Lucy and Lydia Connell
Find the Girl
Glanz & Glamour

Lucy and Lydia Connell
geschrieben mit Katy Birchall

#Find The Girl
Glanz & Glamour

Aus dem Englischen
von Petra Koob-Pawis

Bei diesem Buch wurden die durch das verwendete Material und die Produktion entstandenen CO_2-Emissionen ausgeglichen, indem der cbj-Verlag ein Projekt zur Aufforstung in Brasilien unterstützt. Weitere Informationen zu dem Projekt unter:
www.ClimatePartner.com/14044-1912-1001

Sollte diese Publikation Links auf Webseiten Dritter enthalten, so übernehmen wir für deren Inhalte keine Haftung, da wir uns diese nicht zu eigen machen, sondern lediglich auf deren Stand zum Zeitpunkt der Erstveröffentlichung verweisen.

1. Auflage 2020
© 2020 cbj Kinder- und Jugendbuchverlag
in der Verlagsgruppe Random House GmbH,
Neumarkter Str. 28, 81673 München
Text copyright © Lucy and Lydia Connell 2019
The authors have asserted their moral rights.
Alle deutschsprachigen Rechte vorbehalten
Die englische Originalausgabe erschien 2018 unter dem Titel
»Find the Girl. All That Glitters« bei Penguin Books Ltd., London.
Übersetzung: Petra Koob-Pawis
Lektorat: Luitgard Distel
Umschlaggestaltung: Kathrin Schüler, Berlin, unter Verwendung von
Motiven von © Shutterstock (Artnis, kkoman, Panumas Yanuthai,
99Art, Cesare Andrea Ferrari, Diana Indiana, phive, Halfpoint,
Kseniia Perminova, Ron Dale)
kk · Herstellung: bo
Satz: Uhl + Massopust, Aalen
Druck: CPI books GmbH, Leck
ISBN 978-3-570-16574-4
Printed in Germany

www.cbj-verlag.de
Dieses Buch ist auch als E-Book erhältlich.

KAPITEL EINS

Nina

»Nina!«

Ich werde unsanft aus meinen Träumen gerissen und schrecke hoch, weil Nancy meinen Namen ruft. Während ich noch verschlafen blinzle, kommt sie in mein Zimmer gestürmt und baut sich, die Hände in die Hüften gestützt, vor meinem Bett auf.

»Du verbirgst etwas vor mir«, erklärt sie anklagend.

»Was?«, murmle ich benommen und noch immer halb im Schlaf. »Was ist los? Wie spät ist es?«

»Du hast ein Geheimnis vor mir, Nina Palmer.« Sie sieht mich streng an. »Mein Zwillingsinstinkt lässt bei mir alle Alarmglocken schrillen.«

Ich werfe einen Blick auf mein Handy, das auf dem Nachttisch liegt, und stöhne auf, als ich die Uhrzeit sehe.

»Dein Zwillingsalarm schrillt um sechs Uhr früh? Kannst du ihn bitte ausschalten, damit ich noch ein bisschen schlafen kann?«

»Seit Tagen hatte ich so ein komisches Gefühl, aber heute Morgen bin aufgewacht und wusste plötzlich, was es ist: Du hast ein Geheimnis!« Sie knufft mich, als ich mir die Decke über den Kopf ziehe. »Kannst du es mir jetzt bitte sagen, damit wir alle wieder in Ruhe weiterleben können?«

»Ich habe kein Geheimnis vor dir«, lüge ich. Meine Stimme ist gedämpft, denn ich habe mein Gesicht im Kopfkissen vergraben. »Lass mich in Ruhe.«

Ich hätte damit rechnen müssen, dass sie mir auf die Schliche kommt. Im Bewahren von Geheimnissen bin ich noch nie gut gewesen.

Sobald ich nur an ein Geheimnis DENKE, werde ich rot wie eine Tomate. Und wenn man ohne ersichtlichen Grund rot wird, sind die Leute sofort misstrauisch. Noch schlimmer ist es, wenn mich jemand direkt fragt und ich ihm ins Gesicht lügen muss. Ich bin eine total miese Lügnerin. Mein Gehirn setzt völlig aus.

Das weiß ich deshalb so genau, weil ich im letzten Schuljahr ein großes Geheimnis für mich behalten musste, das nicht einmal meine Zwillingsschwester Nancy erfahren durfte. Dass ich es überhaupt so lange geheim halten konnte, ist ein Wunder. Und jetzt habe ich wieder eins. Ein neues Geheimnis. Es war schon schwierig genug, vor Nancy etwas zu verbergen, als wir beide kaum ein Wort miteinander geredet haben. Aber jetzt, wo wir wieder unzertrennlich sind, ist es praktisch unmöglich.

Nancy lässt sich nicht beirren. »Vor ein paar Tagen fing es an. Plötzlich war da dieses komische Gefühl.« Sie setzt sich auf die Bettkante. »Weißt du noch, wie wir gefrühstückt haben vor der Schule und du gesagt hast: ›Mum, die Post ist da.‹? Erinnerst du dich daran?«

»Nein.«

»Du hast gesagt: ›Mum, die Post ist da.‹ Und weißt du, was dann passiert ist? Du bist knallrot geworden. Aber nicht wie sonst immer, wenn du rot wirst, sondern anders. Heute früh ist es mir gekommen. So wirst du nur rot, wenn du ein Geheimnis hast.«

WOHER WEISS SIE DAS?

WARUM nur nehmen meine Wangen diesen speziellen Rotton an und verraten der ganzen Welt, dass ich etwas zu verbergen habe? Warum kann ich nicht normal erröten wie alle anderen auch?

Ernsthaft, gestern ist Nancy zum ersten Mal auf dem Bild an unserer Treppe das Pferd aufgefallen, und sie sagte: »Ich dachte immer, es ist eine Kuh?« Dabei hängt es dort, seit wir vor fast SIEBEN JAHREN hier eingezogen sind. Aber kaum werden meine Wangen auch nur ein klitzekleines bisschen rosa, wird sie gleich zu einem weiblichen Sherlock Holmes.

»Du bist verrückt! Keine Ahnung, wovon du sprichst«, sage ich und versuche, möglichst glaubhaft zu klingen.

»Du bist ganz ohne Grund rot geworden. Das hat mich stutzig gemacht«, erklärt Nancy und fährt sich mit den Fingern durch die glänzenden blonden Haare.

Obwohl wir eineiige Zwillinge sind, könnten Nancy und ich nicht unterschiedlicher sein, wenn es um unsere Looks geht. Nancy ist immer schick, mit makellosem Make-up und perfekt sitzenden Haaren, egal welche Frisur sie gerade ausprobiert. Ich dagegen kann mit Make-up nicht viel anfangen. Ganz egal, wie oft Nancy es mir beizubringen versucht, ich kann mir einfach nicht merken, welchen Pinsel man wofür benutzt, wieso man mehrere Schichten Grundierung auftragen soll und wie ich das Glätteisen benutzen muss, um meine Haare zu locken (was, wie ich Nancy schon mehrfach zu erklären versucht habe, sowieso ein Widerspruch in sich ist).

»Der nächste Hinweis«, fährt sie fort, »war die Sache gestern.«

»Nancy, können wir dieses Gespräch nicht zu einer normalen Uhrzeit fortsetzen? Heute ist Samstag. Die Woche war echt hart. Wir haben bergeweise Hausaufgaben aufgebrummt bekommen zur Vorbereitung auf die Abschlussprüfungen. Bitte, ich könnte jetzt eine kleine Auszeit wirklich gut gebrauchen«, sage ich in der Hoffnung, dass sie das Thema endlich fallen lässt.

Dabei weiß ich jetzt schon, dass es nicht funktionieren wird. Wenn Nancy erst einmal in Fahrt ist, lässt sie sich nicht mehr so einfach stoppen.

»Gestern früh, als Mum uns an der Schule abgesetzt hat, da habe ich dich gefragt, ob alles okay ist. Du warst so abwesend. Darauf hast du geantwortet: ›Ja, warum?‹«

Sie schaut mich an, als hätte sie gerade eine lückenlose Beweiskette präsentiert, und wartet gespannt auf eine Reaktion von mir.

Ich seufze. »Und?«

»Du hast gesagt: ›Ja, *warum?*‹«, wiederholt sie bedeutungsvoll. »Wenn du nichts zu verbergen hättest, dann hättest du auf meine Frage einfach mit Ja oder Nein geantwortet. Aber weil du ein Geheimnis hast, musstest du ›Warum?‹ fragen, um herauszufinden, ob ich dir auf die Schliche gekommen bin. Kannst du mir folgen?«

»Nein.«

»Willst du wissen, was ich denke?«, fährt sie ungerührt fort. »Ich denke, dass du, Nina Palmer, einen Plattenvertrag oder so was unterschrieben hast. Also, habe ich recht?«

Einen Augenblick herrscht Stille, dann fange ich an zu lachen.

»WAS? So ein Quatsch! Wie kommst du denn auf die Idee?«, frage ich glucksend.

»Ich weiß nicht, was an meiner Theorie so lächerlich sein soll«, schnaubt Nancy empört.

»Das ist vollkommen verrückt.«

»So verrückt wie die Idee, du würdest heimlich Chase Hunter daten, den berühmten Leadsänger von Chasing Chords, meiner absoluten Lieblingsband, und das über Monate hinweg, ohne dass jemand etwas davon ahnt, nicht einmal die Presse?« Sie zieht die Augenbrauen hoch. »An *dieses* kleine Geheimnis wirst du dich ja wohl noch erinnern, oder?«

Ich zögere, denn da hat Nancy recht.

Selbst jetzt kann ich manchmal immer noch nicht glauben, was im vergangenen Schuljahr passiert ist. Und dann frage ich mich, ob ich mir das alles nur ausgedacht habe. Es ist ja nicht so, als hätte ich fest vorgehabt, mich in einen Popstar zu verlieben. Chasing Chords kannte ich nur, weil Nancy geradezu besessen von der Band war und deren Musik dauernd aus ihrem Zimmer dröhnte. Außerdem hatte sie eine Fanfiction-Website eingerichtet, bei der sich alles nur um diese Band drehte.

Ich dagegen habe meistens Musik von meinem Lieblingskomponisten Austin Golding gehört und mir gewünscht, eines Tages genauso gut Klavier spielen zu können wie er.

Nancy und ich sind wirklich TOTAL verschieden, nicht

nur, was unseren Musikgeschmack angeht oder unser Schminktalent. Sie ist beliebt und witzig, während ich zwischenmenschlich eher schüchtern und unbeholfen bin. Diese Gegensätze haben irgendwie dazu geführt, dass wir kaum ein Wort miteinander geredet haben, obwohl wir beide in derselben Klasse waren. Wenn wir zu Hause miteinander sprechen mussten, weil Mum die Hoffnung einfach nicht aufgeben wollte, endete das jedes Mal mit einem Streit.

Doch dann musste ich Nancy auf ein Konzert von Chasing Chords begleiten, wo ich zufällig Chase Hunter traf, den Leadsänger der Band. Jemandem wie ihm war ich noch nie begegnet. Was kaum überraschend war, denn bis dahin hatte ich mich praktisch noch nie mit einem Jungen getroffen, mal abgesehen von meinem besten Freund Jimmy. Und der war in meinen Augen kein *Junge,* sondern eben Jimmy. Ich hätte niemals den Mut aufgebracht, einen Jungen anzusprechen, der mir gefällt. Immer wenn ich jemanden kennenlernte, brachte ich kein Wort heraus und war total unsicher. Bei Chase war das anders.

Vom ersten Moment an hatte ich mich in seiner Gegenwart wohlgefühlt. Wir haben so viele Gemeinsamkeiten, dass uns der Gesprächsstoff nicht ausging und ich gar nicht nachdenken musste, was ich mit ihm reden sollte. Wir saßen auf dem Gehsteig von irgendeiner Gasse in London und ich hätte mich stundenlang mit ihm unterhalten können. Er war so ganz anders, als ich mir den Leadsänger einer Pop-Band vorgestellt hatte. Er war nicht eingebildet oder nur auf Karriere aus, sondern witzig, klug und freundlich. Ganz davon abgesehen sah er auch noch wahnsinnig gut aus.

Ich verstehe nicht, dass jemand wie er sich ausgerechnet

für mich interessiert, und doch ist es so. Noch am selben Abend, nachdem ich überstürzt aufgebrochen war, ohne ihm meine Handynummer zu geben, hat er in den sozialen Medien unter dem Hashtag #FINDTHEGIRL eine Riesenkampagne gestartet, um mich zu finden. Ich hatte meinen Geldbeutel verloren und daher kannte er lediglich von meiner Bankkarte meinen Namen: N. PALMER. Anfangs haben wir uns heimlich getroffen und das war ziemlich aufregend. Aber dann wurde es kompliziert, weil Nancy sich einredete, sie selbst sei das gesuchte Mädchen. Meine Schwester und ich waren damals nicht wirklich Freundinnen. Trotzdem wollte ich sie nicht verletzen und habe ihr die Wahrheit verschwiegen. Von Tag zu Tag wurde es schwerer, den richtigen Zeitpunkt zu finden, denn inzwischen verbrachten Nancy und ich wieder mehr Zeit miteinander. Ich hatte Angst, dass sie mich hassen würde, wenn sie das von Chase herausbekäme.

Es versetzt mir immer noch einen Stich, wenn ich an den Tag denke, als Nancy es ausgerechnet in der Schule erfahren hat. Die Paparazzi hatten ein Foto von Chase und mir bei einem Date geschossen, natürlich ohne unser Wissen, und die Nachricht verbreitete sich in den sozialen Medien wie ein Lauffeuer. Ich weiß noch, wie furchtbar enttäuscht und verletzt Nancy ausgesehen hat, als sie das Foto entdeckte. Auf der Heimfahrt haben wir uns in Mums Auto heftig gestritten. Allerdings kann ich mich daran kaum erinnern, denn ein anderes Fahrzeug war bei Rot über die Kreuzung geschossen und rammte unser Auto.

Nancy fällt es jetzt noch schwer, über den Unfall zu sprechen.

Sobald die Rede darauf kommt, kriegt sie diesen merkwürdigen Gesichtsausdruck und wechselt rasch das Thema. Ich glaube, sie hat mehr damit zu kämpfen als ich. Als der andere Fahrer in unser Auto fuhr, bekam ich den Aufprall ab und musste im Krankenhaus sogar in ein künstliches Koma versetzt werden. Für mich war das wie ein sehr, sehr tiefer Schlaf, aber Nancy hat alles voll miterlebt und musste mit ansehen, wie ich schwer verletzt im Bett lag.

Während ich mich von den Folgen des Unfalls erholte, verwandelte sie sich in eine überfürsorgliche große Zwillingsschwester. Sie ließ mich kaum noch aus den Augen, nahm mir alle Arbeiten ab und sorgte dafür, dass ich immer warm genug angezogen war. Es war zum Kaputtlachen, aber auch sehr lieb. Genau so war es zwischen uns gewesen, bevor wir uns einander entfremdet hatten. Damals war Nancy die selbstbewusste, extrovertierte Schwester, hinter der ich mich verstecken konnte. Ich überließ ihr das Kommando und versuchte nur, sie zu bremsen, wenn sie zu übermütig wurde.

Ausgerechnet der Unfall hat uns wieder zusammengebracht. Dass wir uns beinahe verloren hätten, hat uns bewusst gemacht, was für ein Glück wir haben. Jetzt sind wir sogar froh darüber, dass wir so verschieden sind. Inzwischen tue ich nichts, ohne Nancy vorher um Rat zu fragen. Ohne sie könnte ich nicht leben.

Ohne ihre frühmorgendliche Aufweckaktion allerdings schon.

»Ich weiß, was du vor mir verheimlichst!«, ruft Nancy plötzlich und schnippt mit den Fingern. »Chase hat das L-WORT gesagt! O mein Gott, Nina, erzähl mir alles ganz genau! Wie und wann hat er es gesagt und hast du es auch gesagt?«

»Moment mal, was? Nein!«, rufe ich und verschlucke mich fast an meiner eigenen Spucke. »Er hat…« Ich senke die Stimme zu einem Flüstern. »… *das L-Wort* nicht gesagt. Er nicht und ich auch nicht.«

»Warum flüsterst du, Nina? Chase kann uns nicht hören, er ist hundert Meilen weit weg in London. Wir sind also unter uns«, sagt sie und verdreht die Augen. »Was ist schon dabei, ihm zu sagen, dass du ihn liiiiebst?«

»Nichts.« Ich versuche, cool zu klingen, obwohl meine Wangen glühen. »Er hat es noch nicht gesagt, also sage ich es auch nicht.«

Ich würde Nancy gern fragen, ob sie es seltsam findet, dass er es noch nicht gesagt hat. Aber das ist mir zu peinlich. Nicht dass ich selbst noch nie darüber nachgedacht hätte. Mehrmals hätte ich es *fast* gesagt, am Ende von Telefonaten oder Dates. Einmal habe ich tief in seine wunderschönen blauen Augen geblickt, seine langen dunklen Wimpern bewundert und war davon so abgelenkt, dass ich, ohne nachzudenken, mit den magischen Worten herausgeplatzt bin, um den Satz dann doch noch schnell abzuändern.

»Ich liebe… Stifte«, habe ich gesagt, was total bescheuert war. Aber in meiner Panik ist mir nichts Besseres eingefallen. Chase hat mich merkwürdig angesehen und gemeint, dass er Stifte auch mag, also hat er wohl nichts gemerkt.

Aber er hat auch gesagt, er sei auf dem besten Weg, sich in mich zu verlieben, und er benimmt sich eindeutig so, als wäre er verliebt in mich.

Trotzdem wäre es schön, wenn er es mal aussprechen würde. Dann könnte ich es auch sagen und müsste keine Angst mehr haben, dass ich mich verplappere.

Es sei denn, er liebt mich nicht und spricht es deshalb nicht aus.

»Nina, hör mir zu! Du bist ja total abwesend«, bringt Nancy mich in die Realität zurück. Sie macht es sich auf meinem Bett bequem. »Also, wenn es kein Plattenvertrag ist und auch nicht Chase, was ist es dann? Ich rühre mich hier nicht eher weg, bis du mir das große Geheimnis verraten hast.«

»Was ist hier los?«, fragt eine Stimme vor der Tür.

Ich stöhne auf, als Mum ins Zimmer kommt, sich aufs Fußende des Betts plumpsen lässt und Nancy einen Kuss auf die Stirn drückt.

Mum lächelt. »Ich hätte nicht gedacht, dass ihr an einem Samstag schon so früh munter seid.«

»Ich auch nicht«, grummle ich.

»Mein Zwillingsinstinkt hat mich geweckt«, erklärt Nancy.

Ich verdrehe die Augen.

»Oh, wie spannend!«, ruft Mum und beugt sich neugierig vor. »Was hat er dir gesagt?«

Mum ist felsenfest davon überzeugt, dass Zwillinge eine besondere Verbindung untereinander haben. Wenn sie Nancy und mich Blicke tauschen sieht, ruft sie sofort: »Jetzt macht ihr wieder dieses Zwillingsdings! Da, schon wieder! Ich hab's genau gesehen!«

Sie glaubt, Nancy und ich könnten gegenseitig unsere Gedanken lesen, selbst wenn wir nicht im selben Raum sind. Gestern war ich in der Küche und Nancy in ihrem Zimmer, aber Mum wollte von mir wissen, was Nancy zum Abendessen möchte.

»Weiß nicht – soll ich hochgehen und sie fragen?«

»Nein, nein«, hat sie geantwortet. Dann hat sie erwartungsvoll hinzugefügt:»Warum versuchst du es nicht mit eurem Zwillingsdings? Vielleicht verrät dir dein Instinkt, was sie essen möchte.«

Daraufhin habe ich ihr lang und breit erklärt, dass wir NICHT gegenseitig unsere Gedanken lesen können. Aber sie wollte mir einfach nicht glauben.

»Mein Zwillingsinstinkt sagt mir, dass Nina ein großes Geheimnis hat, und gerade wollte sie es mir anvertrauen«, erzählt Nancy ihr.

»Da komme ich ja genau richtig!« Mum strahlt mich an. »Was ist das für ein Geheimnis, Nina? Hast du eine Verabredung mit einem anderen berühmten Popstar? Oder ist es diesmal ein Hollywood-Schauspieler? Vielleicht sogar beides?«

»Sehr witzig«, seufze ich, als Nancy und Mum gleichzeitig loskichern. »Nein, Mum. Ich bin immer noch mit Chase zusammen. Er kommt heute zum Abendessen, wenn du nichts dagegen hast.«

»Wie bedauerlich unspektakulär. Aber selbstverständlich ist er herzlich willkommen, keine Frage! Also los, raus mit der Sprache. Nancys Zwillingsinstinkt täuscht sie nie. Wobei...« Mum hebt die Hand und fährt mit ernster Mutterstimme fort.»... wenn du es uns nicht erzählen möchtest, dann musst du nicht. Niemand zwingt dich. Du hast ein Recht auf deine Privatsphäre.«

»Ach ja? Ich habe ein Recht auf meine Privatsphäre? Seit einer geschlagenen halben Stunde versucht Nancy, mir das Geheimnis zu entlocken!«

»A-HA!«, ruft Nancy. »Du gibst also zu, dass du ein Geheimnis hast!«

Ich stoße einen tiefen Seufzer aus und gebe mich geschlagen. »Also gut, du hast gewonnen. Da ist tatsächlich etwas, das ich niemandem erzählt habe.«

Ich ziehe unter meinem Kissen einen ungeöffneten, an mich adressierten Briefumschlag hervor. Mum und Nancy starren ihn neugierig an. Der Umschlag ist aus einem dicken, teuren Papier und vorne drauf steht in schwungvoller Schrift mein Name.

»O mein Gott, was ist das?« Nancy sieht mich mit großen Augen an. »Gehst du ... gehst du nach HOGWARTS?«

Mum lacht schallend über Nancys Witz.

»Danke, Mum. Wie schön, dass wenigstens du meine geistreiche Bemerkung zu schätzen weißt«, freut sich Nancy und ignoriert, dass ich völlig unbeeindruckt bleibe. »Aber mal im Ernst, Nina, worum geht's? Der Brief sieht wichtig aus.«

»Ich habe schon so lang darauf gewartet. Gestern ist er gekommen.«

»Also deshalb bist du rot geworden, als du vor ein paar Tagen die Post erwähnt hast! Und deshalb warst du gestern so abwesend! ICH BIN GENIAL!«, erklärt Nancy. »Mein Zwillingsinstinkt wächst ins Unermessliche. Ich sollte meine eigene Show bekommen.«

»Das solltest du wirklich, meine Liebe«, stimmt Mum ihr zu. »Also, was ist das für ein Brief, Nina?«

Ich hole tief Luft. »Er ist von der Guildhall School of

Music and Drama. Ich habe herausgefunden, dass die Akademie bis zum Ende des Schuljahres einen Wochenendkurs anbietet. Als eine Art Einführung für die jährlichen Sommerseminare. Nächste Woche fängt er an. Um es kurz zu machen, ich habe in letzter Minute vorgespielt und –«

»Was?«, unterbricht mich Nancy. »Du hast vorgespielt? *Wann?*«

»Kurz nach Neujahr. Chase hat mich begleitet. Es ist nicht so, dass ich euch nicht hätte dabeihaben wollen«, sage ich schnell. »Aber Chase war derjenige, der mir von dem Kurs erzählt hat. Und dann hat er mich praktisch dorthin geschleppt. Er musste mir versprechen, es niemandem zu sagen. Ich dachte ja, ich hätte ohnehin keine Chance.«

Nancy lächelt. »Das ist mal wieder durch und durch... Nina«, stellt sie fest. »War es schlimm?«

Ich nicke und denke an den Tag zurück. Als Chase mich auf den Kurs aufmerksam gemacht hat, konnte ich es anfangs kaum glauben. Die Beschreibung hörte sich toll an, und ich wünschte mir so sehr, dabei sein zu können.

Aber der Gedanke an das Vorspielen jagte mir Angst ein. Ich fürchtete mich davor und war hin- und hergerissen. Schließlich füllte ich das Anmeldeformular aus, saß den Rest des Tages mit Chase an meinem Computer und versuchte den Mut aufzubringen, die Bewerbung abzuschicken. Als ich auf *Senden* drückte, war mir ganz schlecht. Danach checkte ich alle fünf Sekunden meine E-Mails. Ich war überzeugt, einen Riesenfehler gemacht zu haben, und stellte mir vor, wie die Lehrer von Guildhall sich um den Computer versammelten und sich schlapplachten über meine Bewerbung.

Dann kam wenige Tage später eine Antwortmail aus London. Es war eine Einladung zum Vorspielen. Ich war starr vor Schreck. Dass es auch noch ein Kurs an der Schule war, von der ich schon mein Leben lang träume, machte das Ganze noch zehnmal schlimmer. Chase, der in London wohnt, versprach mir, mich vom Bahnhof abzuholen und zur Akademie zu bringen, damit ich nicht allein hinmusste.

Als es so weit war und der Zug an der Liverpool Street Station hielt, schaffte ich es fast nicht, auszusteigen. Ich saß reglos auf meinem Platz und überlegte, ob ich nicht im Abteil bleiben und sofort wieder zurück nach Norwich fahren sollte. Irgendwie brachte ich doch den Mut auf, auszusteigen und den Bahnsteig entlang bis zur Absperrung zu gehen, hinter der Chase schon auf mich wartete.

»Bist du bereit?« Er verschränkte seine Finger mit meinen und lotste mich zum Taxistand. »Du kannst das, Nina. Ich weiß, dass du es kannst.«

Ohne ihn hätte ich es niemals bis zur Guildhall geschafft.

»Wie lief es denn?«, fragt Nancy und stupst mein Bein unter der Decke an. »Bei deinem Auftritt, meine ich. Gab es eine Jury und Buzzer und so?«

»Nein, Nancy«, antworte ich lachend. »Das war keine Talentshow. Es gab weder Buzzer noch eine Jury. Aber es war trotzdem ziemlich einschüchternd. Ich musste zwei Stücke vorspielen, danach gab es ein Interview, in dem ich erklären musste, wieso ich meiner Meinung nach einen Kursplatz verdient hätte. Mein Kopf war wie leer gefegt, ich wusste nicht, was ich sagen sollte, und schwafelte irgendwas von wegen Liebe zur Musik und so. Eine total lahme Antwort.«

»Ich bin sicher, es war viel besser, als du denkst.«

»Das hat Chase auch gesagt. Aber egal, ich war jedenfalls schrecklich nervös. So nervös wie noch nie zuvor.«

»Nicht mal wie an Silvester, als ich dich gezwungen habe, vor einer Menge Leute Klavier zu spielen, ohne dass du es vorher wusstest?«, fragt Nancy.

»Guildhall war schlimmer«, antworte ich. »An Silvester musste ich nicht vor Caroline Morreau spielen.«

»Wer?«, fragen Mum und Nancy gleichzeitig.

»Das ist die Direktorin für Musik an der Guildhall. Sie unterrichtet auch die Klavierklassen. Sie ist eine berühmte Pianistin und hat mehrere Klassik-Alben veröffentlicht, die zu echten Bestsellern geworden sind. Außerdem leitet sie den Kurs, für den ich mich angemeldet habe.«

Mir wird ganz flau im Magen, wenn ich daran denke, wie ich das Vorspielzimmer betrat und Caroline neben dem Klavier sah. Sie machte sich gerade Notizen und ich blieb wie angewurzelt stehen. Ich wusste, dass sie die Direktorin der Abteilung Musik ist, aber ich hatte KEINE Ahnung, dass ausgerechnet *sie* das Vorspiel durchführen würde.

»Nina Palmer«, begrüßte sie mich knapp und mit ausdrucksloser Stimme. Dann deutete sie auf den Klavierhocker. »Nimm Platz.«

Nachdem ich sie einfach eine Weile angestarrt hatte, während sie weiterschrieb, zwang ich mich, zum Klavier zu gehen und mich zu setzen.

»Fang mit dem ersten Stück an, wenn du so weit bist«, forderte sie mich auf und nahm etwas seitlich auf einem Stuhl Platz.

Ich wusste nicht, was ich tun sollte. Meine Hände zitterten, mein Herz pochte, meine Ohren summten. Ich schluckte. Kalter Schweiß brach in meinem Nacken aus, während ich mir das Gehirn zermarterte und mich fieberhaft an die Tipps zu erinnern versuchte, die Chase mir gegeben hatte, um mein lähmendes Lampenfieber in den Griff zu bekommen. Aber da saß Caroline Morreau, ich konnte sie aus den Augenwinkeln sehen, sie wartete, wollte mich spielen hören, mich einschätzen. Wie sollte ich vor ihr Klavier spielen? Ich konnte nicht vor Publikum spielen – und schon gar nicht vor *ihr*.

Caroline saß da und wartete geduldig. Nach einer Weile räusperte sie sich.

»Bist du nervös, Nina?«, fragte sie sachlich.

Ich konnte nicht sprechen, weil mein Mund so trocken war. Daher nickte ich nur.

Sie nahm ihren Stuhl und ging mit klappernden Absätzen quer durch den Raum bis zu einer Stelle weit hinter meinem Klavierhocker. Dort stellte sie den Stuhl an die Wand und setzte sich so, dass ich sie nicht sehen konnte, wenn mein Blick auf die Tasten gerichtet war.

»Versuche es jetzt«, sagte sie. »Lass dir Zeit. Wir haben keine Eile. Tief Luft holen. Fang an, wenn du so weit bist.«

Und tatsächlich, es funktionierte. Ich konzentrierte mich auf die Klaviertasten. Jetzt war Caroline auch aus den Augenwinkeln nicht mehr zu sehen. Um mich herum war ein leerer Raum. Ich folgte ihrem Rat und versuchte, gleichmäßig zu atmen, und war froh darüber, dass ich nicht sofort anfangen musste. Als ich etwas ruhiger war, legte ich die Finger auf die Tasten und fing an zu spielen. Nach einem etwas zittrigen Beginn spielte ich langsam flüssiger, und als ich am Ende des Stücks angelangt war, hatte ich fast vergessen, dass sie im selben Raum mit mir saß.

Auch wenn es keine Glanzleistung gewesen war, hatte ich es zumindest geschafft, das Stück zu Ende zu bringen.

»Ich bin beeindruckt, dass du jemandem wie ihr vorgespielt hast«, sagt Mum mit Tränen in den Augen. »Ich bin so stolz auf dich, Nina. Aber ich staune, dass du das alles für dich behalten konntest!«

»Also«, fängt Nancy an und blickt vielsagend auf den Umschlag. »Das ist der Brief, in dem steht, ob du genommen wirst oder nicht?«

Ich schlucke. »Ja.«

»Und du hast ihn noch nicht aufgemacht?«

»Nein.«

»Warum nicht?«

Ich beiße mir auf die Lippe und starre den Umschlag an. »Ich habe Angst.«

Nancy nimmt meine Hand, drückt meine Finger und sieht mir fest in die Augen. »Nina, dass du den Mut aufgebracht hast und dich dieser Aufgabe gestellt hast, ist toll. Wenn es eine Absage ist, versuchst du es eben wieder. Aber egal, was drinsteht, du erfährst es nur, wenn du den Brief öffnest.«

Vom Fußende des Betts ist ein leises Schniefen zu hören. Wir drehen uns zu Mum um.

»Ach, Mädchen«, seufzt sie und tupft sich mit ihrem Morgenmantel über die Augen. »Ich bin so stolz auf euch.«

Nancy sieht Mum an und verdreht die Augen.

»Nancy«, sage ich zu ihr, »kannst du den Brief für mich aufmachen?«

»Wirklich? Bist du sicher?«

»Ja. Ich kann das nicht.« Entschlossen reiche ich ihr den Umschlag. »Mach ihn auf und sag mir, was drinsteht.«

»Also gut.«

Sie reißt den Umschlag auf, zieht ein gefaltetes Blatt Papier heraus und überfliegt rasch, aber konzentriert das Geschriebene. Ihre Stirn legt sich in Falten. Ich versuche, ihren Gesichtsausdruck zu lesen – vergeblich. Ich spüre einen Kloß im Hals und meine Handflächen sind plötzlich ganz feucht. Ich wünsche mir *so sehr*, dass es klappt.

»Und?«, krächze ich, den Blick auf Nancys Gesicht geheftet. »Was steht drin?«

»Nina«, sagt sie und fängt an zu grinsen. »Du bist angenommen.«

KAPITEL ZWEI

Nancy

CHASE!

CHASE?! WACH AUF!

CHASE, WO BIST
DU?!?!?!?!

CHASE, WACH
AUUUUUFFFFF!!!

HALLOOOOOO?!?!

Hi, Nancy

Oh, hi!! Yeah! Du bist wach!!

Jetzt schon. Hast du noch nie
was von Wochenenden gehört?

Wenn du nicht gestört
werden willst, musst du dein
Handy auf stumm schalten,
Schlafmütze. Und hallooo, du
bist ein Popstar! Müsstest du
nicht längst auf sein?

Schon, aber nur, wenn wir auf
Tour sind oder arbeiten. Die
Band hat sich eine verdiente
Auszeit genommen, schon
vergessen?

CHASE, NINA IST DRIN! IM
GUILDHALL-KURS!

Echt? Das sind super
Neuigkeiten!

Wobei mich das nicht
überrascht. Ich ruf sie sofort
an.

NEIN! OMG, TU DAS
NICHT!!!!!

Okay, und warum nicht?

Dann weiß sie, dass ich dir
geschrieben habe!

Ich dachte an eine
ÜBERRASCHUNGSPARTY,
um ihren Erfolg zu feiern.
Heute Abend.

Coole Idee von dir! Bin dabei.
Brauchst du Hilfe?

Habe gehört, dass du
zum Abendessen kommst.
Kannst du auch früher? Du
musst Nina den Tag über
beschäftigen, sonst merkt sie
was. Geht das?

Okay, das kriege ich hin. Ich
komme vormittags zu euch und
lasse mir was für sie einfallen.

Geht zum Strand, trinkt heiße
Schokolade und macht eure
schrägen Sachen, die der
Rest der Welt abartig findet.

Du bist so nett. Findet die Party
bei euch daheim statt?

Ich hab eine bessere Idee.
Ich melde mich, wenn's
klappt. Übrigens, hab dich

letzte Woche in der Graham
Norton Show gesehen. Das
Shirt, das du anhattest…
Also, ich weiß nicht.

Was hast du gegen das Shirt?

Ich finde, Blau steht dir
besser. Besser als…
Kotzgelb.

Kotzgelb? Das war Senfgelb!
Cooles Senfgelb

Klar. Senfgelb. Wenn du
meinst.

Ich LIEBE dieses Shirt!

Okay

Ich sehe TOLL darin aus!

Okay

Komm schon. War es wirklich
so schlimm?

Ja

Du bist gnadenlos, weißt du
das?

Ich bevorzuge das Wort
ehrlich.

Okay, ich zieh's nicht mehr an.

Bis später, Mister Senfgelb x

Ich bin so stolz auf Nina. Und kein bisschen sauer, weil sie
mir nichts von dem Kurs erzählt hat. Es niemandem zu
sagen, ist typisch für sie, weil sie glaubt, dass sie sowieso
nicht aufgenommen wird. So wie beim letzten Talentwettbewerb der Schule, wo sie nicht mitmachen wollte, weil sie
Angst vor ihrem eigenen Lampenfieber hatte und dachte,
sie sei nicht gut genug, bla, bla, bla. Und wie ist es ausge-
gangen? Sie hat ihn GEWONNEN.

Dass sie einen Platz in diesem Klavier-Kurs bekommen
hat, ist die perfekte Gelegenheit, eine große Party für sie zu
schmeißen. Ehrlich gesagt können wir alle ein bisschen Ablenkung von der Schule gebrauchen. Die Weihnachtsferien
waren eben erst vorbei, da haben die Lehrer uns sofort mit
Hausaufgaben überschüttet. Außerdem liegen sie uns ständig mit den Abschlussprüfungen in den Ohren. Jeden Morgen redet Mrs Smithson, unsere Klassenlehrerin, auf uns
ein, dass wir zwar erst Januar haben, aber die Prüfungs-
wochen schneller kommen als gedacht und man gar nicht
frühzeitig genug mit dem Lernen anfangen kann.

Das alles ist so deprimierend.

Als ich Layla und Sophie, den beliebtesten Mädchen in unserer Klasse, schreibe und ihnen mitteile, dass ich für Nina am Abend eine Party schmeißen werde und sie es allen weitererzählen sollen, antworten beide sofort, dass sie kommen.

Mein Verhältnis zu ihnen ist immer noch etwas merkwürdig. Wir waren beste Freundinnen und haben immer alles gemeinsam gemacht. Aber als die Sache mit Chase und Nina rauskam, hat sich Layla mir gegenüber ziemlich mies verhalten. Seither weiß ich, dass unsere Freundschaft nicht wirklich eine Freundschaft war. Zugegeben, wir beide teilen die große Leidenschaft für Make-up, Klamotten und Chasing Chords. Aber wenn es um Werte und so weiter geht, sind wir grundverschieden. Freunde unterstützen dich und lieben dich bedingungslos, aber diesen Rückhalt habe ich bei Layla nie gespürt. Im Grunde genommen war es eher so eine Status-Sache. Wir waren beide beliebt, also lag es nahe, dass wir Freundinnen wurden, und Sophie schloss sich uns einfach an.

Es ist nicht so, als hätte es einen schlimmen Streit gegeben, weshalb wir uns jetzt hassen würden. Wir sind immer noch *befreundet,* aber nicht sehr eng.

Wenn jemand mir vor einigen Monaten prophezeit hätte, Nina und ich würden beste Freundinnen sein und Jimmy wäre der Dritte im Bund, hätte ich ihm ins Gesicht gelacht. Aber genau das ist passiert. Neuerdings mache ich praktisch nichts, ohne die beiden gefragt zu haben.

Daher habe ich auch, kaum dass Nina das Haus verlassen hatte – weil Chase, wie sie sagte, den Nachmittag mit ihr verbringen wolle, um ihren Erfolg zu feiern –, Jimmy angerufen, damit er sofort herkommt.

»Jimmy!«, rufe ich, als er jetzt zur Tür hereinschlendert. »Wir haben viel zu tun, ich dreh gleich durch!«

»Whoa, whoa, whoa«, sagt er lachend. »Immer mit der Ruhe. Wir haben noch ein paar Stunden, Nancy. Das reicht locker.«

»Hast du die Besitzerin des Plattenladens erreicht?«, bestürme ich ihn. »Hannah?«

»Haley«, korrigiert er mich. »Ja, hab ich.«

Ich versuche, seine Miene zu lesen. »Uuuund?«

Er grinst. »Sie meinte, das sei alles kein Problem. Die Überraschungsparty für Nina findet heute Abend bei Neptune Records statt.«

»YESSSS!«

Neptune Records ist das alte, staubige Schallplattengeschäft in der Hauptstraße unseres kleinen Städtchens. Aus irgendeinem Grund ist Nina ganz vernarrt in den Laden. Sie verbringt fast ihre gesamte Freizeit dort und hat inzwischen ziemlich viele Vinylplatten, die bei ihr teilweise sogar an der Zimmerwand hängen. Als ich die Idee für die Party hatte, wusste ich sofort, dass der Laden die ideale Location ist. Die Feier lässt sich einfacher organisieren, und Nina muss nicht den ganzen Tag von zu Hause ferngehalten werden, damit sie nicht misstrauisch wird. Aber Neptune Records ist mehr als nur Ninas Lieblingsplatz in Norfolk. Dort haben sie und Chase sich auch zufällig wiedergesehen, nachdem sie ihn kurz zuvor auf dem Konzert kennengelernt hatte. Es war also Schicksal oder so.

»Lass uns gleich hingehen«, sage ich zu Jimmy und schlüpfe in meine Jacke. »Ich schreibe Layla und Sophie, wo die Party stattfindet, damit sie es weitersagen können. Und unterwegs kaufen wir in der Bäckerei einen Glückwunsch-kuchen.«

»Ist deine Mum im Geschäft?«, fragt Jimmy und hält mir die Haustür auf. »Dann sollten wir kurz bei ihr vorbei-schauen und ihr Bescheid sagen.«

Als Dad uns vor Jahren verlassen hat, sind wir in diesen klei-nen Ort in Norfolk gezogen. Mum hat in der Hauptstraße ein Geschäft eröffnet und sich damit einen lang gehegten Wunsch erfüllt. Ihren Laden zu beschreiben, ist nicht ein-fach und ein bisschen so, als wolle man sie selbst beschrei-ben. Sie trägt gern große Schleifen im Haar, schwingende Röcke, SEHR grelle Farben, solchen Kram eben. Und ihr Geschäft ist genauso durchgeknallt wie sie. Besonders im Sommer kommen scharenweise Touristen in unseren Ort, denn er ist malerisch und in Küstennähe gelegen. Deshalb ist Mums Laden vollgestopft mit allem möglichen Zeug, das sich als Souvenir eignet – Gemälde ortsansässiger Künstler, Postkarten vom Strand, handbemalte Teekannen mit Norfolk-Motiven und anderer seltsamer Krimskrams.

Im vergangenen Jahr waren die Verkaufszahlen eher mau, was Mum Sorge bereitet hat. Aber seit bekannt ge-worden ist, dass eine ihrer Töchter mit Chase Hunter von den Chasing Chords zusammen ist, kommen wieder mehr Kunden.

»Ich musste bei Ladenschluss eine Gruppe junger Mäd-chen zur Tür hinausscheuchen«, hat sie gestern erzählt. »Zwei Stunden lang haben sie sich im Geschäft herumge-trieben und gehofft, dass Chase Hunter oder Nina vorbei-kommt. Sie haben sogar Kleinigkeiten gekauft, um noch etwas länger bleiben zu können. Das ist gut fürs Geschäft, aber meine Güte, was für ein grenzenloser Einsatz!«

Ich musste lachen, als sie es uns erzählte, zum einen, weil sie so verwundert war, aber auch, weil es noch gar nicht so lange her ist, dass ich selbst eines dieser Mädchen war. Ich war der größte Fan von Chasing Chords. Ich war der Band so treu ergeben, dass ich sogar ein Fanfiction-Blog gegründet hatte. Ich dachte mir Geschichten über die Bandmitglieder aus und verbrachte jede freie Minute damit, sie in den sozialen Medien zu tracken, um immer auf dem allerneuesten Stand zu sein. Ein Bild von Chase Hunter war mein Bildschirmhintergrund, und ich hatte sogar einen Tweet ausgedruckt und eingerahmt, den die Band mir irgendwann als Antwort auf meinen Kommentar zu ihrer letzten Single geschickt hatte.

Was mir jetzt, wo meine Schwester mit Chase zusammen ist, selbst alles etwas seltsam vorkommt.

In den Ferien habe ich alle Chasing-Chords-Fanartikel aus meinem Zimmer geräumt, auch den gerahmten Tweet und das Foto von Chase. Es wäre ziemlich schräg, ein Foto von Ninas Freund auf dem Schreibtisch zu haben. Als Bildschirmhintergrund habe ich jetzt ein Bild von Nina und mir, wie wir alberne Grimassen ziehen. Außerdem habe ich beschlossen, das Blog zu schließen. Die Musik der Band mag ich nach wie vor, aber ich schreibe keine Geschichten über Jungs, mit denen ich inzwischen befreundet bin.

In den Weihnachtsferien habe ich Chase ziemlich gut kennengelernt und über ihn auch die anderen Mitglieder der Band, einschließlich Miles, den Drummer. Der mit den tollen Armen. Und den tollen Augen.

Nicht dass das irgendwie von Bedeutung wäre. Nur eine Feststellung, mehr nicht.

Jedenfalls, seit ich Chase kenne, haben sich meine romantischen Träume von ihm in Luft aufgelöst. Zugegeben, er ist echt heiß und alles, aber ich kann nicht länger in ihn verknallt sein. Das wäre abartig. Er ist der *Freund* meiner Zwillingsschwester. Wir verstehen uns gut, aber wir passen gar nicht zusammen.

Nichts für ungut, aber er hat diese grüblerische, ernste Art – was natürlich ganz toll ist und alles. Aber gestern habe ich einen superlustigen Witz über Nina und ihre Begeisterung für Austin Golding gemacht und Chase hat keine Miene verzogen. Er hat gewartet, bis ich aufgehört hatte, über meinen eigenen Witz zu lachen, und dann gesagt: »Oh, ich finde, Austin Goldings neueste Komposition weist nostalgische Züge einer längst vergangenen Epoche auf, bla, bla, bla.«

Ich habe mich sofort ausgeklinkt, aber Nina war total fasziniert.

»Na, wenn das nicht Nancy Palmer ist!« Eine Frau in einem Stevie-Wonder-Shirt lächelt mich strahlend an. Sie steht hinter der Verkaufstheke von Neptune Records, als ich den Laden betrete, doch schon im nächsten Moment eilt sie auf mich zu und umarmt mich stürmisch. »Das letzte Mal, als ich dich gesehen habe, warst du ein kleines Mädchen, und ihr wart gerade neu hergezogen. Ich bin Haley.«

»Hi, Haley! Danke, dass unsere Party hier stattfinden kann«, sage ich und schaue mich um. Alles ist genauso wie in meiner Erinnerung, sogar der staubige Geruch nach alten Büchern.

»Gern geschehen. Nina ist sehr oft hier.« Haley legt ihre Hand aufs Herz und seufzt. »Jimmy hat mir von der Guildhall erzählt, als er mich wegen der Party anrief. Ich bin so stolz auf Nina! Als sie gestern hier war, hat sie kein Wort darüber gesagt.«

»Sie hat niemandem von uns was erzählt.« Jimmy kommt hinter mir zur Tür herein und stellt die Tüten mit der Partydekoration ab, die wir gerade gekauft haben. »Wir wussten nicht mal, dass sie vorgespielt hat.«

»Sie ist unglaublich mutig. Allein der Gedanke, vor einer Jury spielen zu müssen, macht mich nervös«, sagt Haley, bevor sie entschlossen die Hände in die Hüften stemmt. »Aber jetzt wird dekoriert. Offiziell mache ich das Geschäft um fünf zu, aber ich kann den Ladenschluss vorziehen, wenn die Party früher steigen soll.«

»Nein, nicht nötig. Ich sage allen, dass es um fünf losgeht, wenn das okay ist, und schreibe Chase, dass er Nina kurz danach hierherlotsen soll.«

Haley nickt. Im Moment ist nur ein Kunde da. Er steht im hinteren Teil des Ladens und schaut einen Stapel alter Platten durch. Aber mir ist aufgefallen, dass er immer wieder zu Jimmy und mir hersieht. Haley folgt meinem Blick, dann dreht sie sich mit einem vielsagenden Lächeln um.

»Ihr kennt Max Rogers? Er ist Ninas Klavierlehrer.«

»Ach ja?«

»Ich dachte mir gleich, dass ich ihn von irgendwoher kenne!«, sagt Jimmy.

»Er kommt oft hierher. Ich stelle ihn euch vor. – Max!«, ruft sie und winkt den Mann zu uns. »Max, ich nehme an, ein Blick hat genügt, um zu wissen, wen du vor dir hast.

Aber darf ich dir Nancy vorstellen, Ninas Schwester, und Jimmy, einen Freund der beiden.«

Mr Rogers schüttelt meine Hand. »Schön, dich kennenzulernen, Nancy, und dich natürlich auch, Jimmy. Wir sind uns ja schon in der Schule begegnet. Haley hat mir gerade die guten Neuigkeiten von Nina und der Guildhall erzählt. Ich freue mich sehr für sie.«

»Nicht einmal Sie wussten davon?«, fragt Jimmy erstaunt.

»Nein, aber das überrascht einen nicht, wenn man Nina kennt.« Mr Rogers gluckst leise und wir nicken alle zustimmend. »Ich bin schon sehr gespannt, mehr davon zu erfahren. Es ist wunderbar, miterleben zu dürfen, wie sie immer mehr Selbstvertrauen gewinnt und ihre Chancen ergreift. Ich denke, das ist auch dein Verdienst, Nancy.«

Ich blicke ihn fragend an. »Meiner?«

»Sie sagte, du hättest sie dazu gebracht, am Talentwettbewerb der Schule teilzunehmen. Und wenn ich mich nicht irre, hast du auch das Silvesterkonzert in Norwich für sie organisiert«, erklärt er. »Nina ist eine sehr begabte Klavierspielerin, aber sie hat schon immer unter Lampenfieber gelitten. Ich habe mich lange bemüht, sie dazu zu bringen, vor Publikum zu spielen, aber sie konnte ihre Angst einfach nicht überwinden. Doch jetzt wird alles anders. Ich bin so froh, dass Nina endlich die verdiente Aufmerksamkeit erhält.« Stolz reckt er seine Brust. »Ich werde allen erzählen, dass meine beste Schülerin in das Guildhall-Programm aufgenommen wurde.«

»Nach dem heutigen Abend werden es ohnehin alle wissen«, erwidert Haley lächelnd. »Nancy veranstaltet eine Überraschungsparty für Nina, um ihren Erfolg zu feiern.«

»O ja, das hat sie verdient.« Der Lehrer lächelt mich

freundlich an. »Es war sehr nett, dich kennenzulernen, Nancy. Richte Nina bitte aus, dass ich mich darauf freue, nächste Woche in der Klavierstunde mehr über das Vorspielen zu erfahren. Bis bald, Haley.«

Er winkt zum Abschied und geht Richtung Tür. Aber als er hinausgehen will, halte ich ihn auf.

»Äh, Mr Rogers, warten Sie!«, rufe ich spontan. »Ich finde, Sie sollten auch zur Party kommen. Ich meine, wenn Sie nichts anderes vorhaben.«

»Gute Idee! Nina wird begeistert sein!«, ruft Haley und klatscht in die Hände.

»Ja, das stimmt. Sie spricht oft darüber, wie viel Sie ihr beigebracht haben«, sage ich, und Jimmy neben mir nickt.

»Nina würde Sie dabeihaben wollen, um sich gemeinsam mit Ihnen über ihren großen Erfolg zu freuen. Ohne Sie wäre das alles gar nicht möglich gewesen.«

»Wo du schon da bist, Max, könntest du uns auch gleich beim Dekorieren helfen«, sagt Haley und deutet mit einem Nicken auf die abgestellten Tüten.

Mr Rogers ist so verblüfft, dass er einen Moment lang stumm an der Tür stehen bleibt.

»Oh, das ist sehr nett von dir, Nancy«, sagt er schließlich. »Ich nehme die Einladung gern an.«

Einige Stunden später ist der Plattenladen mit Fähnchen und Luftballons dekoriert und an der Wand hängt ein großes Plakat mit der Aufschrift HERZLICHEN GLÜCK-WUNSCH! Zwischen den Regalreihen drängen sich Leute aus unserer Schule und unterhalten sich angeregt, bewundern den Kuchen auf dem Verkaufstresen und genießen

Jimmys selbst gemachten Früchtepunsch. Haley steht hinter der Theke und blickt gequält drein, weil Layla sie gedrängt hat, statt Musik von den Beatles doch lieber Songs aus den aktuellen Charts aufzulegen.

Jimmy kommt zu mir herüber.

»Nina wird es hassen, meinst du nicht auch?«, sagt er grinsend. »Sie ist kein Fan von Überraschungen. Ich fürchte, sie hat uns immer noch nicht verziehen, dass wir sie an Silvester mit dem öffentlichen Konzert so überrumpelt haben.«

»Na ja, zuerst war sie wohl schon alles andere als begeistert, aber danach war sie total glücklich«, erwidere ich. »Das Video von ihr und Chase, wie sie zusammen Klavier spielen, ist viral gegangen, und seither gilt sie als vielsprechende Newcomerin. Wenn sie sich auch nur ein bisschen für Social Media interessieren würde und ich ihr einen Instagram-Account einrichten dürfte, könnte sie sich vor Musikangeboten gar nicht mehr retten. Mr Rogers hat recht: Es ist Zeit, dass Nina die verdiente Aufmerksamkeit erhält.«

»Wie es aussieht, kommt sie auch ohne soziale Medien ganz gut zurecht«, entgegnet Jimmy. »Nicht zu glauben, wie viele Leute so kurzfristig gekommen sind! Und wo wir gerade von Mr Rogers reden: Ich finde es super, dass er auch dabei ist.«

»Ja«, stimme ich ihm zu und entdecke den Lehrer auf der anderen Seite des Raums, wo er sich gerade mit Mum unterhält. »Er ist wahnsinnig stolz auf Nina. Als er mir beim Aufhängen des Banners geholfen hat, fragte er allen Ernstes, ob ich nicht auch Klavierstunden nehmen will. Wenn ich auch nur einen Funken von Ninas Talent hätte, würde es sich bestimmt lohnen.«

»Wirklich? Und was hast du gesagt?«

»Die Wahrheit – dass ich absolut kein Talent habe und ein hoffnungsloser Fall bin.«

Jimmy lacht. »Wer weiß? Ich sehe dich schon in einem Orchester. Vielleicht an den Becken? Oder mit einem Tamburin in der Hand?«

»Mal sehen«, antworte ich kichernd. Ich checke die Uhrzeit auf meinem Handy und recke den Hals, um mich im Laden umzusehen. »Was meinst du, sind alle da? Nina und Chase werden bald hier sein.«

»Ich denke schon.«

»Bist du sicher? Es gibt ja immer irgendwelche, die auf den letzten Drücker kommen.«

Jimmy sieht mich neugierig an. »Hoffst du auf jemand Bestimmtes?«

»Weiß nicht. Ich will nur nicht, dass jemand zu spät kommt oder zur gleichen Zeit wie Nina und Chase auftaucht und uns die Überraschung versaut. Vielleicht sollte ich einigen Leuten schreiben und fragen, ob sie noch kommen oder nicht.«

»Hm.« Jimmy nickt und sieht mich wissend an. »Und wen genau willst du fragen, ob er noch kommt oder nicht?«

Ich zucke die Schultern und checke die Nachrichten auf meinem Handy. »Niemand Spezielles.«

»Du wirst also nicht einem gewissen Drummer einer gewissen Band schreiben, um herauszufinden, ob er noch vorbeischaut?«

Meine Wangen fangen sofort an zu glühen. »Wen meinst du denn?«

»Ich meine Miles, den Drummer von Chasing Chords.«

Jimmy lächelt amüsiert. »Denkst du, ich hätte das Knistern zwischen euch an Silvester nicht bemerkt? Und dass du seither ständig von ihm sprichst?«

»WAS? Das stimmt doch gar nicht!«

»Doch, stimmt wohl. Du merkst es vielleicht nicht, aber sein Name fällt andauernd.« Er stemmt die Hände in die Hüften und macht mich mit lächerlich hoher Stimme nach. »Dein Shirt gefällt mir, Jimmy. Ein ähnliches Shirt hat Miles in einem Musikvideo von Chasing Chords angehabt. – Ich begreife nicht, wie jemand *Jane Eyre* nicht mögen kann. Es ist mein Lieblingsbuch. Und Leute wie Miles, die den Roman langweilig finden, sollten ihn dringend noch einmal lesen. Sie leiden eindeutig an Geschmacksverirrung. – Jimmy, denkst du, Miles kommt heute Abend zu der Party? Ich hoffe es so sehr, denn ich liiiiiebe ihn.«

»Erstens war das eine ganz miese Parodie. Und zweitens hast du dir das alles nur ausgedacht. Ich rede NIE von Miles und ich liebe ihn NICHT. Ich kenne ihn ja kaum!«

»Und was war das heute in der Bäckerei, als du den Kuchen ausgesucht hast?«, fragt er und sieht mich mit einem frechen Grinsen an.

»Was hat Ninas Kuchen damit zu tun?«

Mir ist plötzlich sehr warm. Ich muss Haley bitten, die Heizung runterzudrehen.

»Ich wollte einen Karottenkuchen nehmen, aber du wolltest lieber Victoria-Sponge-Kuchen, weil den angeblich alle gern essen – anders als Karottenkuchen, den manche nicht mögen, wie zum Beispiel... Miles«, erklärt er triumphierend. »Gib's zu, Nancy, Miles geht dir nicht mehr aus dem Kopf.«

»Ich gebe gar nichts zu. Und überhaupt, ich weiß nicht mal, ob Chase ihn eingeladen hat. Ich habe ihm nur gesagt, dass er die Bandmitglieder fragen soll, falls sie zufällig in der Gegend sind und Lust auf die Party haben«, erkläre ich beiläufig und werfe meine Haare über die Schulter. »Offensichtlich sind alle viel zu beschäftigt, denn keiner von den anderen ist gekommen. Aber das ist okay. Es macht mir nichts aus. Es ist mir nicht mal aufgefallen.«

In diesem Moment vibriert in meiner Tasche das Handy. Es ist eine Nachricht von Chase.

Kommen gerade die Hauptstraße runter ...

»SCHNELL!«, rufe ich. »SIE KOMMEN!«

Chaos bricht aus, während alle ihre Plätze einnehmen. Haley unterbricht die Musik, und Jimmy schaltet schnell das Licht aus, damit Nina niemanden sieht, wenn sie durchs Fenster hineinschaut. Ich habe mir den Kuchen geschnappt und halte ihn stolz in die Höhe, während Jimmy laut flüsternd alle auffordert, die Partyknaller bereitzuhalten, die er zuvor verteilt hat.

Draußen vor der Tür ist Ninas Stimme zu hören.

»Ich hab dir doch gesagt, dass der Laden schon zu ist, Chase. Siehst du – alle Lichter sind aus. Lass uns gehen, wir schauen ein andermal vorbei. Ich werde Haley sagen, dass sie die Platten, nach denen du suchst, für dich bestellen soll.«

»Ich denke, wir sollten es trotzdem versuchen, nur für den Fall ...«

Die Tür quietscht und die alte Glocke über dem Eingang bimmelt.

»Seltsam«, sagt Nina und tritt ins Dunkle. »Haley hat wohl vergessen –«

»ÜBERRASCHUNG!«, rufen wir alle im Chor, und das Licht geht an.

Nina macht vor Schreck fast einen Luftsprung.

»WAS ZUM –«

»Überraschung, Nina!«, rufe ich und trete mit dem Kuchen auf sie zu. »Herzlichen Glückwunsch zum Klavierkurs an der Guildhall! Wir sind alle sehr stolz auf dich!«

»Nancy!«, keucht sie und sieht dabei so geschockt aus, dass ich lospruste. »Ich fasse es nicht!«

»Du müsstest dein Gesicht sehen!«, rufe ich und reiche den Kuchen an Chase weiter, um meine Schwester zu umarmen. »Zum Totlachen.«

»Hast du das alles organisiert?« Sie hat Tränen in den Augen, als sie die Dekoration bewundert und dann Haley auf der anderen Seite des Raums zuwinkt. »Wie hast du das an einem einzigen Tag geschafft?«

»Sie hatte Helfer«, erklärt Jimmy. Er knufft mich mit dem Ellbogen und legt den Arm um Nina. »Die Feier hier im Neptune zu veranstalten, war allerdings ganz allein Nancys Idee!«

»Die beste Idee überhaupt!« Chase grinst mich an. »Wo könnte man besser eine Party feiern als in einem Plattenladen?«

»Danke, dass du Nina beschäftigt hast, Chase.«

»Das war nicht so schwer«, sagt er und fährt sich mit den Fingern durch die zerzausten Haare. »Ich habe ein paar schöne Orte vorgeschlagen, die gute Fotomotive bieten. Nina wird dieses Hobby in Zukunft wahrscheinlich etwas vernachlässigen müssen, wenn sie sich ganz auf ihre Musik konzentriert. Wie sich herausgestellt hat, gibt es SEHR viele schöne Plätze in Norfolk, die man ausgiebig fotografieren kann. Wer hätte gedacht, dass ein Baum auf einem Feld ganz anders aussehen kann als ein anderer Baum auf einem anderen Feld?«

Ich muss lachen. »Du Armer! Wohin hast du ihn geschleppt, Nina?«

»Hey! Du hast gesagt, du freust dich über den Ausflug aufs Land!«, protestiert Nina, während Chase ihr einen Kuss auf die Stirn drückt. Und zu mir sagt sie: »Ich bin mit ihm den Weg gegangen, den wir mit Mum genommen haben, als wir neu hier waren – weißt du noch?« Sie holt ihre Kamera aus der Tasche. »Da ist es noch genauso schön wie damals, Nancy. Beim nächsten Mal musst du mitkommen.«

»Es gibt ein *nächstes* Mal?«, raunt Chase stöhnend Jimmy zu, der Mühe hat, nicht loszuprusten.

»Ich würde ja furchtbar gern deine unendlich vielen Fotos von Bäumen und Kühen durchklicken, aber vielleicht begrüßt du erst mal deine Freunde?«, schlage ich vor und zwinkere Chase zu, während ich Nina den Fotoapparat aus der Hand nehme.

Sie lächelt. »Ja, klar. Wirklich, Nancy, wie hast du das alles nur so schnell hingekriegt? Danke.«

Sie umarmt mich noch einmal, dann geht sie zu einer Gruppe Mädchen aus unserem Jahrgang, die darauf warten, ihr zu gratulieren, während sie gleichzeitig mit offenem Mund Chase anstarren. Mir fällt auf, dass auch andere so reagieren, als meine Schwester und ihr Freund sich unter die Gäste mischen, und ich frage mich, wie Chase es schafft, total normal zu wirken und so zu tun, als würde er die neugierigen Blicke gar nicht bemerken. Während ich ihn beobachte, denke ich, wie gut es ist, dass nicht auch noch die anderen Bandmitglieder aufgetaucht sind. Das wäre für unsere Schulfreunde vermutlich zu viel des Guten. Wenn schon ein Einzelner für so viel Aufregung sorgt, was wäre dann los, wenn die ganze Band hier auftauchen würde?

»Super gemacht, Nancy, das ist echt großartig!«, lobt mich Sophie und lächelt. »Die Überraschung ist dir voll gelungen! Meinst du, Chase würde mit mir zusammen ein Selfie machen?«

»O Sophie, wie peinlich ist das denn?«, schnaubt Layla. Sie verdreht die Augen und wirft ihre glänzenden braunen Haare über die Schulter. »Bleib cool und krieg dich wieder ein. Bestimmt ist er schrecklich genervt von so was.«

Ich grinse in mich hinein, denn ich weiß, dass Layla die Erste in der Reihe wäre, wenn Chase sich für Selfies zur Verfügung stellen würde. Letzten Sommer, als Layla und ich noch beste Freundinnen waren und alles gemeinsam gemacht haben, dachte ich, ich hätte bei unserer Shoppingtour in der Oxford Street einen Schauspieler aus *High School Musical* gesehen. Kaum hatte ich Layla auf ihn hingewiesen, kreischte sie: »Nimm meine Sachen!«, und drückte mir ihre Einkaufstüten in die Hand, um ihm hinterherzurennen.

Wie sich herausstellte, war es gar nicht der Schauspieler, sondern irgendein Typ, der Ähnlichkeit mit ihm hatte. Layla war so sauer, weil sie ihre Energie auf einen Nobody verschwendet hatte, dass sie den Rest des Tags mies gelaunt war.

Für mich hatte sich die Shoppingtour allein schon deshalb gelohnt, weil ich Laylas Affentheater miterleben durfte.

»Nina ist richtig gut«, sagt Sophie und wippt geistesabwesend zur Musik. »Sie ist auf dem besten Weg, eine berühmte Musikerin zu werden, stimmt's? So wie Chase! Da wird sie sicher mit ganz vielen Leuten aus dem Musik-Business abhängen! Das ist so cool!«

Ich zucke mit den Schultern. »Eigentlich steht sie mehr auf klassische Musik.«

»Lernst du durch sie und Chase tolle Leute kennen?«, fragt Sophie neugierig.

»Klar«, höre ich mich sagen. »Inzwischen bin ich mit allen von Chasing Chords gut befreundet.«

Keine Ahnung, warum ich immer noch das Gefühl habe, Layla und Sophie beeindrucken zu müssen. Aber aus irgendeinem Grund möchte ich nicht, dass sie mich für unbedeutend halten. Ja, Nina ist diejenige, die einen berühmten Popstar datet, aber ich weiß mehr über Chasing Chords, als Chasing Chords über sich selbst weiß.

Wirklich. Fragt mich irgendwas!

Abgesehen davon ist dieses Ich-kenne-Leute-im-Musik-Business keine Lüge, jedenfalls keine schlimme. Zum Beispiel habe ich tatsächlich Mark getroffen, den Band-Manager und Chase' Onkel, wenn auch nur kurz. Und ich habe seine Kontaktdaten von damals, als Nina nach unserem Autounfall im Koma lag und Chase immer erreichbar sein wollte und mir sicherheitshalber Marks Handynummer gegeben hat.

Miles habe ich sogar öfter getroffen, wenn man den Silvesterabend mitzählt und den Abend, als ich mich an ihm vorbeigedrängt habe, um in das Studio in Norwich zu platzen, oder damals, als er mich für eine durchgeknallte Stalkerin hielt, weil ich behauptete, das gesuchte Mädchen von Chase' #FINDTHEGIRL-Kampagne zu sein. (Tja, das habe ich tatsächlich behauptet, aber doch nur, weil ich wirklich dachte, er meint *mich*. Hallo, immerhin bin ich auch eine N. Palmer, und ich war ebenfalls auf dem Konzert, bei dem er und Nina sich kennengelernt haben. Und ich war ganz sicher keine durchgeknallte Stalkerin, sondern ein treuer Fan.)

Sophie strahlt mich an. »Ist das nicht Wahnsinn, dass du mit der besten Band aller Zeiten befreundet bist? Meinst du, wir könnten mal alle gemeinsam was unternehmen? Ich habe ungefähr hundert T-Shirts von Chasing Cords, die ich gern signieren lassen würde.«

»Vielleicht«, sage ich und nicke. »Doch jetzt, wo Nina an den Wochenenden in London sein wird, weiß ich nicht, wie oft ich Chase und die Band treffen werde.«

»Also, was hast du vor, Nancy?«, mischt Layla sich ein und nippt an ihrem Drink.

»Wie meinst du das?«

Sie sieht mich an, als wäre ich schwer von Begriff. »Du hast es doch gerade selbst gesagt. Nina wird jedes Wochenende in London bei ihrem megacoolen Kurs sein. Da bleibt ihr nicht viel Zeit für etwas anderes. Seit einiger Zeit unternehmt ihr beiden doch immer alles gemeinsam?«

»Keine Sorge, ich werde die Wochenenden schon überleben«, entgegne ich zuversichtlich. »Außerdem sehen wir uns unter der Woche jeden Abend.«

»Aber wird sie das bisschen Freizeit, das sie hat, nicht lieber mit ihrem Popstar-Freund verbringen wollen? Oder mit Klavierüben? Dieser Kurs ist eine große Sache, noch dazu an einer richtigen Musikakademie in London. Nina geht nach London und hat Erfolg und du bleibst hier. Also, ehrlich gesagt...« Layla hält inne und zuckt mit den Schultern. »Ich an deiner Stelle würde mich irgendwie...« Sie sucht nach den richtigen Worten.

»Abgehängt fühlen?«, schlägt Sophie vor.

»Ja genau«, sagt Layla. »Abgehängt.«

»Ich, ähm, so hab ich das bisher noch gar nicht gesehen«, erwidere ich leise und schaue zu Chase und Nina, die auf der anderen Seite des Raums stehen und lachen.

»Na ja, Veränderungen sollen ja angeblich immer etwas Gutes sein«, sagt Layla leichthin und winkt dann jemandem hinter mir zu. »Bis später, Nancy. Ach, übrigens, tolle Party.«

Als die Gäste gegangen sind und nachdem wir Haley noch beim Aufräumen geholfen haben, gehe ich nach Hause und versuche zu schlafen. Aber Laylas Worte geistern durch meinen Kopf, obwohl es absolut lächerlich ist. Ich werde nicht abgehängt. Ich freue mich für Nina. Sie verdient es, durchzustarten und Erfolg zu haben. Man kann nicht immer auf der Stelle treten. Manchmal müssen sich die Dinge eben ändern. So ist das Leben.

Layla hat es ganz richtig gesagt. Veränderungen sind etwas Gutes.

Oder nicht?

KAPITEL DREI

Nina

Als das Taxi vor der Guildhall hält, habe ich das Gefühl, mich jeden Moment übergeben zu müssen.

Nancy hat angeboten, mit nach London zu fahren und mir zu helfen, mich am ersten Wochenende einzugewöhnen, aber ich habe dankend abgelehnt. Ich wollte nicht, dass sie einen Großteil ihres Wochenendes darauf verschwendet, meine Hand zu halten. Außerdem werde ich nicht allein sein, weil ich Chase treffen werde. Aber jetzt gerade wünschte ich, Nancy wäre hier und würde mich beruhigen und mich zum Lachen bringen.

Ich bezahle den Taxifahrer, hole mein Gepäck aus dem Taxi und lasse meinen Blick über das große Backsteingebäude wandern, auf dem in großen weißen Buchstaben GUILDHALL SCHOOL OF MUSIC AND DRAMA steht. Ich kann nicht glauben, dass ich hier bin. Ich kann nicht glauben, dass ich einen Platz in diesem Kurs bekommen habe. Aber es ist wahr. Ich habe das große Glück, die nächsten Wochenenden in diesem Gebäude verbringen zu dürfen. Für diese Chance würden andere töten.

Also WARUM möchte ich am liebsten umkehren und wieder nach Hause fahren?

»Los, Nina«, sage ich mir und hole tief Luft. »Du schaffst das.«

Ich schaue auf die Uhr. Chase wollte eigentlich längst hier sein. Er wollte mich am Eingang treffen. Also stelle ich meine Tasche ab und vertreibe mir die Zeit damit, Leute zu beobachten.

Ich bin froh, dass wenigstens keine Paparazzi herumlungern. Chase hat mich vor ihnen gewarnt. Es ist nicht schwer herauszufinden, wann der Kurs anfängt, um dann am Eingang zu warten. Den Vorspieltermin hatten wir noch geheim halten können, aber dann bekam die Presse Wind davon, dass ich einen Platz in dem Kurs bekommen habe. Keiner weiß, wie sie dahintergekommen sind, denn ich habe Nancy eingeschärft, es nirgendwo zu posten. Für einen Moment überkommt mich Panik, weil ich mir einbilde, in der Menge jemanden gesehen zu haben, der eine Kamera auf mich richtet. Aber als die Leute weitergehen und ich genauer hinschaue, ist niemand zu sehen.

Nach einigen Minuten kommt ein großer Typ mit kurzen braunen Haaren auf mich zu. Er ist ungefähr in meinem Alter, trägt schwarze Skinny Jeans und eine schicke Sonnenbrille, obwohl es ein trüber Tag ist. Er hat einen Rucksack über die Schulter geworfen, und als er mich entdeckt, wirft er mir einen seltsamen Blick zu – als wolle er sich vergewissern, dass ich es bin. Doch er scheint nicht gerade erfreut über meinen Anblick zu sein. Er zieht die Augenbrauen hoch und schüttelt fast unmerklich den Kopf. Dann geht er an mir vorbei, unter dem Eingangsbogen hindurch und durch die Glastür in die Empfangshalle der Schule.

Sofort fühle ich mich unsicher und verlegen. Wieso hat der fremde Junge so merkwürdig reagiert? Instinktiv fahre ich mir mit den Fingern durch die Haare, für den Fall, dass sie wirr abstehen und ich es nicht bemerkt habe. Ich krame meinen Taschenspiegel hervor und überprüfe mein Make-up, das Nancy heute früh aufgetragen hat. Es ist nicht verschmiert oder verwischt, sondern immer noch perfekt, als wäre es ganz frisch.

Während mehr und mehr Leute an mir vorbei in das Gebäude gehen, stehe ich da, checke mein Handy und werde ungeduldig. Chase hätte eigentlich schon seit einer halben Stunde hier sein sollen und ich hätte mich längst anmelden müssen. Mir graut es bei dem Gedanken, ganz allein jemandem wie dem Jungen mit der Sonnenbrille gegenüberzutreten, aber ich möchte auch nicht an meinem allerersten Tag zu spät kommen. Irgendwann piepst mein Handy. Eine Nachricht von Chase.

> Hey, tut mir so leid, aber ich schaff es nicht. Stecke in einem Meeting, das länger dauert als geplant, und kann nicht weg! Viel Glück an deinem ersten Tag! Du rockst es! xxx

Es ist ein bisschen kindisch, aber ich würde am liebsten losheulen. Ich kann nicht glauben, dass er nicht kommt. Er hat versprochen, hier zu sein. Außerdem hätte er es mir früher sagen können, statt mich hier draußen herumstehen zu lassen. Immerhin war der Kurs seine Idee und jetzt überlässt er mich meinem Schicksal.

Nein, Nina, das ist nicht fair, sage ich mir selbst kopfschüttelnd. *Alle anderen gehen auch ganz allein durch diese Tür. Also, warum solltest du es nicht auch schaffen?*

»Hallo«, sage ich leise, als ich es bis zur Anmeldung geschafft habe. »Ich bin Nina Palmer.«

»Wie bitte?«, fragt die Dame am Empfang und blickt von ihrem Computerbildschirm hoch.

»Ich ... ich bin N-Nina Palmer«, wiederhole ich etwas lauter. Meine Wangen fangen an zu glühen.

In Momenten wie diesem wünsche ich mir das Selbstbewusstsein meiner Schwester. Sie hätte auf niemanden gewartet. Sie wäre schnurstracks hineinmarschiert und hätte sich vorgestellt. Sie hätte sich gefreut, dass es endlich losgeht, und versucht, vom ersten Augenblick an einen guten Eindruck auf die besten Musiklehrer des Landes zu machen.

Ich hingegen schaffe es nicht einmal, meinen Namen zu sagen, ohne mich zu verhaspeln.

Die Dame am Empfang lächelt freundlich. »Ah ja. Willkommen in Guildhall! Das ist dein Zimmerschlüssel. Du teilst dir Zimmer 14 mit Grace Bright. Die Einführung beginnt in Kürze, aber du hast noch zehn Minuten Zeit, dein Gepäck aufs Zimmer zu bringen und dich im Milton-Court-Konzertsaal einzufinden. Und vergiss nicht, die Notenblätter deines Probestücks mitzubringen.«

Sie hält mir den Schlüssel hin, aber als ich danach greife, gleitet er mir aus den Fingern. Ich komme mir vor wie der größte Tollpatsch, als ich ihn mit hochrotem Gesicht vom Boden aufhebe. Die Empfangsdame tut so, als hätte sie meine Ungeschicklichkeit nicht bemerkt, zeigt mir auf einem Plan das Gebäude, in dem mein Zimmer liegt, und deutet sicherheitshalber auch noch in die Richtung.

Ich trete wieder nach draußen in die Kälte, folge dem Weg auf der Karte, biege um die Ecke und erreiche das Wohngebäude. Als ich das Haus betrete, kommen mehrere Schüler die Treppe heruntergeeilt. Sie unterhalten sich aufgeregt und sind anscheinend schon auf dem Weg zum Musiksaal. Den Blick auf den Boden geheftet, lasse ich sie an mir vorbeiziehen. Ich bin viel zu nervös, um sie anzusprechen und mich vorzustellen. Als ich vor Zimmer 14 stehe, geht plötzlich die Tür auf und ein Mädchen mit lockigen dunklen Haaren und funkelnden Augen steht vor mir.

»Du bist bestimmt Nina!«, sagt sie und strahlt mich an. »Hi, ich bin Grace.«

»Hi«, sage ich mit piepsiger Stimme, während sie mich hereinwinkt.

»Möchtest du ein bestimmtes Bett?«, fragt sie. »Ich habe meine Tasche schon auf dem am Fenster abgestellt, aber wir können gern tauschen, wenn du willst.«

Ich schüttle den Kopf. Mein Magen schlägt vor Aufregung Purzelbäume. Ich stelle meine Tasche auf das freie Bett und trete ans Fenster. Von dort sieht man auf den Hof und auf die Straße, die ich gerade überquert habe. Beim Anblick der vielen Schüler, die sich mittlerweile draußen versammelt haben, verspüre ich einen Kloß im Hals. Sie wirken ziemlich einschüchternd auf mich. Obwohl ich weiß, dass ich morgen wieder nach Hause fahre, überkommt mich Heimweh. Ich wünschte, Chase wäre hier oder Nancy oder Mum. Alles ist so überwältigend.

»Geht's dir gut?«, fragt Grace und sieht mich neugierig an.

»Ja, doch. Ich bin nur ein bisschen nervös.«

Sie lächelt aufmunternd. »Mach dir keinen Kopf, mir geht's genauso. Ich sage mir immer, es ist ja nur für ein paar Tage. Aber das hier ist so überwältigend!« Sie macht eine alles umfassende Armbewegung. »Ich weiß, es klingt dumm, denn wir sind nur für ein paar Wochenenden hier und keine echten Schüler der Akademie, aber ich habe trotzdem das Gefühl, als hätte ich eigentlich nicht das Recht, hier zu sein.«

»Genau so geht's mir auch«, gebe ich zu.

»Lass uns in den Konzertsaal gehen. Hast du deine Notenblätter?«

Ich krame die Noten meines Austin-Golding-Stücks hervor und presse sie an meine Brust wie eine schützende Decke, während Grace vorausgeht und den Gang entlang zur Treppe eilt.

»Du spielst Klavier, oder? Ich habe das YouTube-Video gesehen, auf dem du an Silvester ›Ghosts‹ von den Chasing Chords spielst. Wow, du hast echt Talent! Da kommt so viel Gefühl rüber, fantastisch!«

»O nein, so gut bin ich gar nicht«, sage ich, während wir über den Hof in Richtung Straße gehen. »Der Song hört sich kompliziert an, aber er ist –«

»Nina«, unterbricht sie mich lachend, »du darfst ein Kompliment ruhig annehmen. Du wärst nicht in diesem Kurs, wenn du keine gute Pianistin wärst.«

»Spielst du auch Klavier?«, frage ich und lenke das Gespräch auf sie.

»Schön wär's«, sagt sie. »Nein, ich singe. Eines Tages möchte ich im West End auftreten.«

»Meine Schwester und ich lieben das West End.« Ich lächle. »Ich spiele so gern die Songs aus den großen Musicals.«

»Welche sind deine Lieblingssongs?«

»Kennst du *Half a Sixpence*?«

Sie grinst übers ganze Gesicht. »Ich liebe dieses Musical!«

»Besonders gut gefällt mir ›If the rain's got to fall‹. Nancy und ich können den Song gar nicht oft genug hören.«

»Ich stehe total auf *Dreamgirls*. Falls du es nicht kennst, musst du es dir unbedingt anschauen. Ich war schon fünfmal drin«, schwärmt Grace. Sie deutet auf ein Gebäude zu unserer Linken. »Das muss Milton Court sein.«

Vor dem Eingang wartet ein Mann, der uns den Weg zum Saal weist, und als Grace die Tür aufstößt, sehen wir uns staunend um. Der Saal ist unglaublich groß und beeindruckend, mit Hunderten von Plätzen im Zuschauerraum, einer hell erleuchteten Bühne mit Parkettboden und einer hohen Decke mit einer schicken Beleuchtungsanlage.

»Wow«, haucht Grace und sieht mich mit großen Augen an. »Da kann man schon weiche Knie bekommen.«

»Unglaublich«, flüstere ich und lasse den Blick über die Lehrer schweifen, die auf der Bühne stehen und sich unterhalten. Ich schlucke, denn unter ihnen ist auch Caroline Morreau.

Die vordersten Reihen sind bereits von anderen Kursteilnehmern belegt. Sie schauen sich um, als wir uns hinter sie setzen. Ich mache mich in meinem Sitz so klein wie mög-

52

lich. Obwohl ich Grace gerade erst kennengelernt habe, bin ich total froh, dass ich mein Zimmer mit einer so netten Mitbewohnerin teile.

Zwei Jungs direkt vor uns drehen sich um, und erst da bemerke ich, dass einer von ihnen der Typ mit der Sonnenbrille ist. Der Junge neben ihm hat lockige dunkelbraune Haare und trägt eine von diesen großen runden Schildpattbrillen, die an unserer Schule gerade alle haben, die cool und beliebt sind.

»Nina, stimmt's? Nina Palmer?«, fragt der Sonnenbrillentyp halblaut.

»Ja, und das ist Grace«, sage ich, und Grace hebt grüßend die Hand.

»Aha«, meint er desinteressiert. »Ich bin Jordan.«

»James.« Der Junge mit der Schildpattbrille lächelt.

Instinktiv ist mir James sympathisch, Jordan eher nicht. Wie sich schnell herausstellt, kann ich mich auf meinen Instinkt verlassen.

»Du bist mit Chase Hunter zusammen«, stellt Jordan fest. »Leadsänger von ... wie heißt die Band gleich noch mal?«

»Chasing Chords«, antwortet Grace an meiner Stelle begeistert. »Ich liebe ihre Musik. Chase schreibt alle Songs selbst, nicht wahr? Die Texte sind richtig gut und die Melodien sind unglaublich einfallsreich.«

Jordan schnaubt. »Sorry«, sagt er, aber man merkt, dass es ihm kein bisschen leidtut. »Nichts gegen deinen *Freund*, aber Popsongs sind wirklich nicht mein Fall.«

»Schon okay.« Ich zucke mit den Schultern, denn ich habe keine Lust, das Wochenende mit einem unangenehmen Gespräch zu beginnen. Außerdem habe ich ähnlich wie Jordan gedacht, bevor ich die Show von Chasing Chords gesehen habe. Ich war genauso ignorant und eingebildet wie dieser Junge, bis ich einmal wirklich hingehört habe.

»Und, hat er mal eben zum Telefon gegriffen, hm?«, fragt Jordan leichthin.

»Äh, wen meinst du?«

»Chase«, sagt er und sieht mich an, als wäre ich schwer von Begriff.

»Entschuldige, aber ich weiß nicht, was du –«

»Deshalb bist du doch hier, oder?«, sagt er so laut, dass andere Kursteilnehmer neugierig zu uns herüberblicken. »Weil du berühmt bist.«

»Ich bin nicht berühmt«, entgegne ich.

»Es muss schön sein, einfach mit den Fingern zu schnippen und zu bekommen, was man will, nur weil man mit einem Popstar zusammen ist«, sagt er mit einem schmalen Lächeln. »Wie heißt es doch gleich: Es kommt nicht darauf an, was du *kannst*, sondern *wen* du *kennst*.«

»Hey«, fährt Grace dazwischen. »Nina ist nicht in den Kurs aufgenommen worden, weil sie Chase Hunter datet. Hast du nicht das Video gesehen, auf dem sie Klavier spielt? Sie ist unglaublich talentiert.«

»Klar«, sagt Jordan und verdreht die Augen. »Schadet ja nicht, jemanden wie Nina aufzunehmen. Der Akademie bringt es gute Publicity und so weiter. Ich sag ja nur, dass einige von uns hart arbeiten mussten, um in den Kurs zu kommen, während andere die richtigen Beziehungen spielen ließen.«

»Ich habe vorgespielt«, verteidige ich mich nervös, denn

54

die ganze Aufmerksamkeit der anderen ist mir schrecklich unangenehm.

»Aber er hat dich begleitet. Ich habe ihn an dem Tag gesehen.«

»Ja, schon, aber ... aber das hat er nur gemacht, weil er für mich da sein wollte. Die Lehrer kennt er doch gar nicht.« Jordans Blick wandert zu den Notenblättern auf meinem Schoß und er verzieht den Mund zu einem fiesen Grinsen. »Du hast Austin Golding vorgespielt? Und du glaubst allen Ernstes, dein Können hat den Ausschlag gegeben? Das letzte Mal, als ich so etwas Einfaches gespielt habe, war ich ungefähr fünf Jahre alt. Guildhall ist eine Akademie für ernsthafte Musiker.« Er dreht sich wieder nach vorn. »Es wäre wirklich schade, wenn man hier die Ansprüche runtergeschraubt hat, damit irgendwelche Promis Zugang bekommen, die nicht wirklich gut genug sind.«

Ich beiße mir auf die Lippe, starre hinunter auf meine Füße und versuche verzweifelt, nicht loszuheulen.

»Am besten, du beachtest ihn gar nicht«, flüstert Grace, bevor sie mit lauter Stimme fortfährt: »In der Musikwelt gibt es so viel Neid.«

Den Blick nach vorn gerichtet sitzt Jordan da und grinst.

Ich bin Grace dankbar, dass sie mich verteidigt, aber ich bin auch total erschüttert. Der Kurs hat noch gar nicht richtig angefangen, und schon denken alle, dass ich es nicht verdiene, hier zu sein. Jordans Bemerkung tut weh und geht mir nicht mehr aus dem Kopf. Ich sage mir, dass es den Lehrern ganz gleich sein wird, wen ihre Schüler daten, und dass es nur auf das Talent ankommt. Aber Jordans Worte lassen mich unsicher werden.

Und was noch schlimmer ist: Alle anderen werden jetzt auch so denken wie er.

»Guten Morgen!«

Caroline tritt nach vorn an den Rand der Bühne. Ihre dunklen Haare sind zurückgebunden und sie trägt einen tiefroten Lippenstift und ein schickes schwarzes Kleid. Mir fällt auf, dass sie in allen YouTube-Videos ihrer Konzerte und auf allen Plattencovern ihrer Alben ausschließlich Schwarz trägt. Und ich kann mich nicht daran erinnern, sie je lächeln gesehen zu haben.

»Ich bin Caroline Morreau, die Direktorin für den Bereich Musik. Willkommen beim Wochenendkurs der Guildhall. In den nächsten Wochen werdet ihr von den Besten des Fachs lernen und einen Vorgeschmack darauf bekommen, wie es ist, an dieser Akademie zu studieren. Wir sehen in euch zukünftige Musiker, die bei uns ausgebildet werden –« Sie hält inne und blickt in unsere Gesichter, woraufhin wir uns alle etwas aufrechter hinsetzen. »Aber vor allem sollt ihr bei uns eure Leidenschaft für Musik und die Künste vertiefen und weiterentwickeln. Das erste Wochenende ist den Grundlagen gewidmet. Nächstes Wochenende werden wir einige sehr aufregende Neuigkeiten für euch haben und dann fängt die Arbeit erst so richtig an.«

Ein erwartungsvolles Raunen geht durch den Saal.

»Heute Nachmittag werdet ihr eure Lehrer kennenlernen und mit dem Unterricht beginnen, doch zunächst hören wir etwas von jedem von euch. Eure Darbietungen beim Vorspielen waren so beeindruckend, dass wir sie den anderen Teilnehmern nicht vorenthalten wollen. Also, keine langen Vorreden mehr – zeigt uns, was ihr könnt.«

Der Schreck fährt mir in alle Glieder.

»Meint sie das ernst? Ich kann nicht… Ich kann nicht hier auf die Bühne gehen und spielen«, sage ich panisch zu Grace, die sofort anfängt, ihre Notenblätter zu ordnen. »Ich kann nicht. Und sie weiß das. Ich habe es kaum geschafft, ihr vorzuspielen, obwohl niemand außer ihr da war.«

»Klar kannst du«, sagt Grace und dreht sich erstaunt zu mir. »Du bist großartig. Ich habe dich auf YouTube gesehen, schon vergessen?«

Ich schüttle verzweifelt den Kopf. »Nein, Grace«, sage ich und umklammere ihr Handgelenk. »Das an Silvester war eine Ausnahme und außerdem war Chase dabei. Ich habe Lampenfieber. Richtig schlimmes Lampenfieber.«

»Wir gehen alphabetisch nach den Nachnamen vor, das heißt, wir beginnen mit Grace Bright«, erklärt Caroline und stimmt einen Begrüßungsapplaus an.

Grace steht auf, zwängt sich an mir vorbei und geht nach vorn. Sie reicht ihre Notenblätter an Caroline weiter, die sie mit zum Klavier nimmt, während Grace sich in die Mitte der Bühne stellt.

Als Grace zu singen anfängt, nimmt mich ihre Stimme sofort gefangen, und für einen Moment vergesse ich meine Angst und lausche ihrem Gesang. Sie strahlt Selbstvertrauen aus, ja sie scheint sich auf der Bühne wohlzufühlen. Die Vorstellung, sie könne jemals etwas anderes tun als singen, ist völlig absurd. Ihr Lied endet und die Zuhörer klatschen begeistert. Wieder rollt eine Welle der Panik über mich hinweg.

»Du hast eine wundervolle Stimme«, sage ich zu ihr, als sie auf ihren Platz zurückkehrt. »Warum singst du nicht schon längst im West End?«

Kichernd bedankt sie sich, während Caroline bereits den nächsten Kandidaten aufruft. Meine Nervosität steigt, und ich suche verzweifelt nach einer Ausrede, um nicht auf die Bühne zu müssen. Ich könnte so tun, als wäre mir schlecht. Oder einfach sagen, dass ich nicht vorspielen möchte. Aber das hier ist *Guildhall.* Wenn ich die Sache vermassle oder mich schlicht weigere, werfen sie mich aus dem Kurs – und mein Traum, hier zu studieren, ist ausgeträumt.

Ich schließe die Augen und versuche, ruhig zu bleiben. Niemand hat gesagt, dass wir schon am ersten Tag unsere Stücke vortragen müssen. Niemand hat uns vorgewarnt. Ich kann das nicht. Ich kann nicht.

Doch, du kannst das.

In meinem Kopf höre ich Chase' Stimme das sagen, was er in den vergangenen Wochen mindestens eine Million Mal zu mir gesagt hat, damit ich vor meiner Familie und vor Freunden spiele und mein Lampenfieber in den Griff bekomme.

Hol einfach tief Luft und denk daran, dass Klavierspielen deine große Leidenschaft ist. Vergiss das Publikum, spiel nur für dich selbst.

Aber seine Stimme geht unter, als Jordans Name aufgerufen wird, gefolgt von einem Applaus, als er sich ans Klavier setzt.

»Er spielt Klavier«, stöhne ich auf.

»Dann seid ihr wahrscheinlich die beiden Einzigen mit diesem Instrument«, stellt Grace fest. »Fast alle anderen waren schon dran. Und angesichts der Tatsache, dass die beiden da drüben eine Flöte und eine Violine in der Hand halten, gehe ich davon aus, dass sie diese Instrumente auch spielen und nicht nur zum Spaß mit sich herumtragen.«

Jordan fängt an zu spielen. Er ist brillant. Er ist hundertmal besser als ich. Fassungslos höre ich ihm zu, staune mit offenem Mund, was ich erst merke, als er zu Ende gespielt hat und ich schlucken muss, weil meine Kehle so trocken ist.

»Nina Palmer!«, ruft Caroline, während Jordan zu seinem Platz zurückkehrt und James ihn abklatscht.

Ich rühre mich nicht vom Fleck. Nach einem Augenblick stößt Grace mich mit dem Ellbogen an. Als ich aufstehe, flattern meine Notenblätter zu Boden.

Jordan seufzt hörbar auf. »Das kann ja was werden«, sagt er halblaut.

Grace hilft mir beim Aufsammeln der Blätter. »Du schaffst das, Nina«, flüstert sie aufmunternd. »Du bist genauso gut wie er, wenn nicht sogar besser. Geh und zeig es allen.«

Mit unsicheren Schritten betrete ich die Bühne, lege meine Notenblätter auf das Klavierpult und ordne sie. Im ganzen Saal wird es mucksmäuschenstill. Der Klavierhocker kratzt geräuschvoll über den Boden, als ich ihn zurechtrücke, und ich entschuldige mich vage in Richtung des Publikums.

»Wann immer du so weit bist, Nina«, sagt Caroline, bevor sie sich seitlich von mir an den Rand der Bühne stellt.

Ich versuche mich daran zu erinnern, was Chase über Lampenfieber gesagt hat - dass ich tief Luft holen und mich auf das konzentrieren soll, was ich so gern tue -, aber der Musiksaal ist so riesig, und ich kann die vielen bohrenden Blicke geradezu auf mir spüren. Meine Finger zittern so sehr, als ich sie auf die Tasten lege, dass ich, ohne es zu wollen, einen Ton anschlage, der durch die Stille des Raums hallt.

»Entschuldigung«, murmle ich erneut.

Niemand sagt ein Wort. Alle sitzen da und warten.

Ich kann nicht einfach herumsitzen, ich muss spielen.

Also fange ich an. Aber meine Nerven sind zum Zerreißen gespannt, weshalb ich auch gleich an mehreren Stellen patze. Meine Darbietung ist miserabel. Man könnte meinen, ich hätte das Stück noch nie zuvor gespielt. Am Ende bin ich nur noch erleichtert, dass es endlich vorbei ist. Ich halte den letzten Ton nicht lange genug aus und warte auch die Reaktion des Publikums nicht ab, sondern springe sofort auf und werfe dabei fast den Klavierhocker um. Hastig sammle ich meine Noten ein und renne regelrecht von der Bühne, um möglichst schnell wieder an meinen Platz zu kommen.

Verhaltener, halbherziger Applaus begleitet mich. Die Zuhörer scheinen nicht so recht zu wissen, ob sie klatschen sollen oder nicht. Ich schaffe es gerade noch, mich hinzusetzen, bevor die Tränen fließen. Sie strömen nur so aus mir heraus.

Caroline räuspert sich und ruft die nächste Teilnehmerin auf. Grace wirft mir einen mitfühlenden Blick zu und tätschelt meine Hand.

Als Jordan sich vor mir zu James beugt, spricht er so laut, dass alle, auch ich, es hören können.

»Wie es aussieht, helfen Beziehungen nur bis zu einem gewissen Punkt und nicht weiter. Am Ende siegt immer das Talent.«

KAPITEL VIER

Nancy

Ich drehe mich um, als jemand mir auf die Schulter tippt.
Es ist ein Mädchen, das einige Klassen unter mir ist.

»Hi, Nina«, spricht sie mich an. Ein paar Schritte entfernt stehen ihre Freundinnen und kichern. »Entschuldige,
aber verrätst du mir, woher du diesen Look hast?«

Sie hält ihr Handy hoch. Auf dem Display sehe ich ein
Foto einer Online-Klatschkolumne mit einem Bild von
Nina vor dem Eingang der Guildhall. Darunter steht:

NINA TRITT INS RAMPENLICHT!

Chase Hunters Freundin trifft auch in Sachen
Mode genau den richtigen Ton! So startet sie in
ihren Wochenendkurs an der Guildhall School of
Music and Drama!

»Ich bin Nancy«, sage ich und lächle die Schülerin freundlich an, damit sie nicht denkt, sie hätte mich verärgert.

»Oh«, sagt sie und sieht enttäuscht aus.

»Aber du bist bei mir genau richtig. An dem Tag, an dem

diese Aufnahme entstand, habe ich Ninas Frisur und ihr Make-up gemacht. Wenn du es dir auf dem Handy notieren willst, dann nenne ich dir die Produkte, die ich verwendet habe.«

»Nein, danke«, sagt sie und steckt ihr Handy weg. »Ich frage Nina, wenn sie wieder da ist.«

»Bist du sicher?«, frage ich. »Nina hat keine Ahnung von Make-up und wird dir keine große Hilfe sein. Ich kann dir genau erklären, wie du diesen Look hinkriegst. Den Highlighter habe ich erst kürzlich entdeckt, er ist fantastisch, man darf ihn nur nicht zu –«

»Schon gut«, unterbricht sie mich und eilt zu ihren Freundinnen zurück. »Das ist nicht Nina, sondern die andere«, höre ich sie sagen.

Mir bleibt der Mund offen stehen. Fassungslos sehe ich ihnen hinterher, wie sie davoneilen. *Die andere.* Die Zurückweisung versetzt mir einen Stich. Seit wann bin ich... *die andere?* Noch vor wenigen Monaten war ich das beliebteste Mädchen der ganzen Schule. Alle wollten Stylingtipps von mir und drängten mich, Vlogs aufzunehmen, in denen ich erkläre, wie man mit einem Glätteisen die perfekten Locken zaubert. Wie konnte das passieren?

Jimmy biegt um die Ecke, und als er meinen Gesichtsausdruck sieht, fängt er an zu lachen.

»Okay, was ist los?«, fragt er und lehnt sich an den Spind neben meinem. »Das letzte Mal, als du so schockiert ausgesehen hast, wollte diese Taube damals auf deinem Kopf landen.«

»Gar nichts«, sage ich schnell, denn die Wahrheit ist zu peinlich. »Wie geht's?«

»Gut. Ich habe das nächste Buch für unseren Buchklub ausgewählt. Willst du wissen, was wir diesen Monat lesen? Es ist ein Klassiker und sieht auch klasse aus.«

»Jimmy.« Mit einem lauten Seufzer hole ich den Stapel Unterrichtsbücher aus meinem Spind, bevor ich die Spindtür wieder zuschlage. »Wie oft soll ich dir noch sagen, dass ich NICHT Mitglied in deinem Buchklub bin? Falls man überhaupt von einem Buchklub sprechen kann, wenn der nur zwei Mitglieder hat, nämlich dich und deinen Dad.«

»Weißt du, es ist wirklich gut, dass wir Freunde geworden sind. Sonst würde ich jetzt womöglich beleidigt sein«, sagt er grinsend und passt sich meinem Tempo an, als ich noch etwas schneller zu meinem Klassenzimmer eile. »Ich dachte nur, nach all den Textnachrichten, die du mir am Wochenende pausenlos geschickt hast, würdest du dir mein großzügiges Angebot, unserem Buchklub beizutreten, noch einmal durch den Kopf gehen lassen.«

»Was meinst du damit?«, frage ich und bleibe an der Tür zu meinem Klassenzimmer stehen.

Er zieht die Augenbauen hoch. »Fragst du das wirklich? Weißt du, wie oft du mir am Samstag geschrieben hast?«

»Keine Ahnung.« Ich zucke die Schultern. »Ein paarmal, nehme ich an.«

»Ein paarmal?« Er legt den Kopf in den Nacken und lacht laut. »Du hast fünfzehn Mal geschrieben, um mir auf jede erdenkliche Art und Weise mitzuteilen, wie sehr du dich langweilst.«

»Quatsch. So schlimm war es nun auch nicht.«

Er lächelt. »Ich übertreibe nicht, Nancy Palmer. Ich habe mitgezählt.«

»Schön, meinetwegen, dann waren es eben fünfzehn«, schnaube ich, weil ich mich in die Enge gedrängt fühle. »Mum war den ganzen Tag im Geschäft und Nina war bei ihrem Kurs. Ich wollte nur sichergehen, dass *du* dich nicht langweilst, so ganz ohne Nina.«

»Wie mitfühlend von dir.« Er verschränkt die Arme und sieht mich vielsagend an. »Du weißt aber schon, dass Ninas Kurs über mehrere Wochenenden geht und nicht nur an einem einzigen ist?«

»Natürlich, warum fragst du?«

»Was machst du nächstes Wochenende, wenn sie wieder nach London fährt?«

»Weiß nicht«, antworte ich, aber mir wird plötzlich klar, dass ich absolut nichts vorhabe. »Mir wird schon was einfallen.«

»Das wäre doch eine gute Gelegenheit, etwas Neues auszuprobieren«, schlägt er vor. »Hast du dich schon für einen Vortrag an den Karrieretagen eingetragen, die dieses Jahr stattfinden?«

Ich schüttle den Kopf.

»Mach das doch«, ermuntert er mich. »Einige der Berufe sind richtig interessant. Nächste Woche kommt zum Beispiel ein Zeitungsredakteur. Das könnte spannend werden. Komm doch einfach mit.«

»Hast du etwa vor, was mit Journalismus zu machen?«

»Genau, ich habe schon alles geplant«, antwortet er. »Ich studiere Englisch in Oxford, mache in den Ferien ein Praktikum bei einem größeren Verlagshaus, leite in meinem letzten Studienjahr die Studentenzeitung, nehme danach einen begehrten Job in einer großen Nachrichtenagentur an, schreibe aufsehenerregende, investigative Reportagen und Hintergrundartikel, arbeite mich immer weiter hoch und bin mit dreißig Chefredakteur.«

Ich lache. »Wow, das nenne ich mal gute Planung. Woher weißt du so genau, was du machen willst?«

»Na ja, Schreiben und Diskutieren war schon immer mein Ding. Ich bin eben ›sehr meinungsstark‹, wie Mr Barber es in seiner Beurteilung formuliert hat.« Er grinst. »Da bietet sich Journalismus doch förmlich an.«

»Okay, aber was, wenn man kein Talent hat? Was, wenn man nur –« Ich suche nach dem richtigen Wort. »Puh, mir fällt absolut nichts ein, was ich gut kann oder worin ich herausragend bin. Ich habe keine richtigen Hobbys. Wenn ich früher zu viel Zeit hatte und mir langweilig war, habe ich mir eine Geschichte für mein Chasing-Chords-Blog ausgedacht, aber das geht jetzt nicht mehr.«

»Warum machst du keine Vlogs?«, fragt Jimmy. »In der Schule wirst du ständig nach Make-up-Tipps gefragt, oder?«

Bei dem Gedanken an den Vorfall vor einigen Minuten verziehe ich leicht gequält das Gesicht. »Nicht mehr. Ich bezweifle, dass ich viele Klicks bekäme, wenn Nina nicht mitmacht, und ich kann sie ja wohl schlecht fragen, ob sie mir hilft. Dazu fehlt ihr die Zeit. Mann, Jimmy, was soll ich am Wochenende bloß machen? Letztes Wochenende war SCHRECKLICH. Ich hatte zu nichts Lust. Ich drehe durch, wenn ich wieder allein zu Hause sitze und die einzige Ablenkung die Hausaufgaben sind.«

Jimmy steht da und überlegt, während die Schüler an uns vorbei ins Klassenzimmer strömen.

»Ich hab's!« Seine Miene hellt sich auf. »Warum hilfst du nicht deiner Mum im Geschäft?«

»BITTE sag, dass das ein Witz war.«

»Was?« Als er meinen entsetzten Gesichtsausdruck sieht, prustet er los. »So übel ist die Idee nun auch wieder nicht.«

»Na toll, Nina ist in London bei ihrem fantastischen Musikkurs, wird von Fotografen belagert, die ihr absolut hinreißendes Make-up bewundern, und trinkt heiße Schokolade mit ihrem Popstarfreund, während ich den ganzen Tag im Kleinstadtladen meiner Mutter hocke? Nein danke. Da fühle ich mich ja noch verlassener als ohnehin schon.«

Die Glocke schrillt, die Stunde beginnt.

»Ich muss los, sonst komme ich zu spät. Bin schon einmal zu oft verwarnt worden«, meint Jimmy. »Wir sehen uns in der Pause. Bis dahin kannst du dir meinen Vorschlag mit dem Buchklub ja noch mal durch den Kopf gehen lassen. Wenn du willst, kannst du samstags in die Welt von Thomas Hardy eintauchen.«

»Ich denk drüber nach«, rufe ich ihm hinterher, als er den Gang entlangspurtet.

Ich setze mich auf meinen Platz in der hintersten Reihe. Früher saß ich am Fenster neben Layla und Sophie, aber seit den Ereignissen im letzten Jahr sitze ich zusammen mit Nina an einem Tisch. Es hat mich einiges an Überredungskünsten gekostet, sie nach hinten zu locken, weil sie bisher immer in der ersten Reihe saß. Aber ich bin eisern geblieben und letzten Endes hat sie nachgegeben. Ich habe ja schließlich einen Ruf zu verlieren.

Dachte ich zumindest bis heute Morgen.

Unsere Klassenleiterin Mrs Smithson kommt mit ihrem

Kaffee herein. Sie scheucht alle auf ihre Plätze und fordert Layla auf, ihr Handy wegzustecken, weil sie sich sonst gezwungen sehe, es zu konfiszieren. Mrs Smithson droht Layla mindestens dreimal am Tag, ihr Handy zu konfiszieren, hat es bisher aber noch nie getan.

»Wo ist Nina?«, fragt sie, als ihr der leere Stuhl neben mir auffällt.

»Ich bin hier!« Nina kommt hereingestürmt, knallt ihre Bücher auf den Tisch, setzt sich hastig neben mich und streicht sich die Haare aus dem Gesicht.

»Wo bist du gewesen?«, frage ich leise, während Mrs Smithson auf der Anwesenheitsliste ein Häkchen hinter Ninas Namen macht.

»Ich habe geübt.«

»Schon wieder? Seit Tagen übst du pausenlos. Ich sehe dich ja kaum noch.«

»Ich weiß, aber ich habe dir doch gesagt, dass Guildhall anstrengend ist. Ich bin definitiv die Schlechteste von allen. Wenn ich nicht besser werde, schmeißen sie mich raus.«

»Sei nicht albern, Nina. Du bist ein Star. Wo bleibt dein Selbstvertrauen?«

Nina ist so gestresst, dass sie gar nicht hört, was ich sage. Als Mrs Smithson alle Namen abgehakt hat, stellt sie sich vor die Klasse und räuspert sich.

»Ich habe aufregende Neuigkeiten für euch«, verkündet sie. »Heute startet an unserer Schule ein ganz besonderer Wettbewerb und der Preis kann sich wirklich sehen lassen. Vergangene Woche hat unsere Rektorin bei einer Veranstaltung eine Frau kennengelernt, die einen sehr interessanten Job zu vergeben hat. Sie ist Kreativdirektorin bei Disney

Channel in London. Könnt ihr euch denken, worum es sich handelt? Ich verrate es euch. Sie hat in den Osterferien einen Praktikumsplatz zu vergeben, bei dem man an ihrer Seite alles lernt, was für ihren Aufgabenbereich wichtig ist.«

Die Ankündigung reißt mich fast vom Stuhl. Ein Praktikum bei Disney Channel? WAHNSINN! Seit ich denken kann, liebe ich Disney Channel. Ein Traum, eines Tages dort zu arbeiten! Mein Arm schießt buchstäblich in die Höhe.

»Nancy, du hast eine Frage?«

»Wie kann man sich bewerben, Mrs Smithson?«

Sie lächelt. »Das wollte ich gerade erklären. Die Rektorin ist natürlich sehr erfreut über das Angebot, und sie möchte diese wunderbare Gelegenheit dazu nutzen, um einen Schulwettbewerb zu starten, bei dem alle ihre Kreativität beweisen können.«

»Moment«, sagt Layla, mäßig beeindruckt. »Heißt das, man kriegt dieses Praktikum nur, wenn man den Wettbewerb gewinnt?«

»So ist es.«

»Was muss man dafür tun?«, ruft jemand aus der vorderen Reihe.

»Disney sucht nach einem oder auch mehreren kreativen und innovativen Praktikanten, die sich mit den Neuen Medien auskennen und einen guten Draht zum Publikum haben. Deshalb dachten wir, es wäre toll, wenn derjenige gewinnt, der die beste neue Website entwickelt!«

»Wir müssen eine Website erstellen?« Layla rümpft die Nase. »Und das Thema?«

»Genau darum geht es«, fährt Mrs Smithson begeistert

fort. »Ihr dürft kreativ werden und euch etwas ausdenken, das aufregend und neu ist. Nach Ablauf der Frist wird die Rektorin die Wettbewerbsbeiträge sichten und die besten auswählen, um sie der gesamten Schülerschaft zur Wahl zu stellen. Die Website, die die meisten Stimmen erhält, gewinnt. Der oder die Ersteller der Sieger-Website dürfen ihre Osterferien bei Disney Channel verbringen und dort einen Blick hinter die Kulissen werfen. Ihr könnt entweder allein arbeiten oder in einem Team von bis zu maximal drei Leuten. Die Kreativdirektorin wäre bereit, bis zu drei Praktikanten aufzunehmen.« Sie klatscht in die Hände. »Stellt euch vor, wie hervorragend sich das in eurem Lebenslauf machen würde.«

»Ich wette, dort trifft man auch eine Menge Promis!«, fügt Sophie hinzu.

Mrs Smithson nickt. »So eine Gelegenheit bekommt ihr nicht so schnell wieder. Ich habe schon mit meinen Kollegen gewettet, dass das Siegerteam aus meiner Klasse kommen wird. Meine Schüler sind die besten und kreativsten der ganzen Schule!«

Nina fängt meinen Blick auf und wir kichern los.

»Also gewinnt die Website, die am beliebtesten ist?«, fragt Timothy Davies, einer der Jungs aus der ersten Reihe. »Geht es darum, welche Website die meisten Klicks bekommt?«

»Um in die Endrunde zu kommen, müssen die Websites mehrere Kriterien erfüllen. Da sind zum einen die Klicks, wie du schon gesagt hast, Timothy, aber darüber hinaus zählt auch die inhaltliche Qualität, die Aufmachung und inwieweit sich der neue Entwurf von den gängigen Websites unterscheidet. Sobald die engere Auswahl feststeht, seid ihr es, die zusammen mit allen anderen Schülern dieser Schule eine endgültige Entscheidung trefft.«

»Könnte knifflig werden, neben all den Hausaufgaben noch ein aufwendiges Projekt unterzubringen«, überlegt ein Mädchen namens Ellie. »Außerdem fällt das Praktikum in die Vorbereitungszeit für die Abschlussprüfungen.«

»Ja, darüber habe ich auch schon nachgedacht«, erklärt Mrs Smithson ernst. »Die Teilnahme ist natürlich freiwillig. Daher solltet ihr nur mitmachen, wenn ihr neben der Wiederholung des Schulstoffs noch genug Zeit erübrigen könnt. Was das Praktikum angeht, so dauert es nur eine Woche. Den Rest der Ferien könnt ihr auf die Vorbereitung für die anstehenden Prüfungen verwenden. Da wir gerade davon sprechen – so spannend der Wettbewerb auch ist, möchte ich die verbleibenden Minuten unserer Stunde nun darauf verwenden, euch hilfreiche Tipps für die Wiederholung des Lernstoffs zu geben. Falls ihr weitere Fragen zum Wettbewerb habt, könnt ihr sie gern nach dem Unterricht oder in den Pausen stellen.«

Als sie sich umdreht, um an die Tafel zu schreiben, beuge ich mich zu Nina. »Cool, oder? Stell dir vor, du könntest mit einer Kreativdirektorin von Disney Channel zusammenarbeiten. Dann könntest du die verschiedenen Abläufe kennenlernen und hautnah miterleben, wie alles zusammenhängt.«

»Ja, das wäre eine tolle Erfahrung«, stimmt sie mir zu, während sie die einzelnen Punkte von Mrs Smithsons Merkliste sorgfältig in ihr Heft schreibt. »Aber nichts für mich.«

»Reizt dich der Wettbewerb denn nicht?«

»Ich habe momentan so viel am Laufen... die vielen Hausaufgaben und dann noch Guildhall. Wie soll ich da Zeit für diesen Wettbewerb finden?«, fragt sie zurück. »Außerdem habe ich nicht den leisesten Schimmer, wie man eine Website erstellt. Ganz zu schweigen, was ich schreiben sollte.«

»Jimmy wird begeistert sein. Vorhin hat er mir erzählt, dass er Journalist werden will. Der Wettbewerb kommt für ihn genau zum richtigen Zeitpunkt.«

»Nancy Palmer«, ruft Mrs Smithson von vorn, »nur weil du ganz hinten sitzt und flüsterst, heißt das nicht, dass ich dich nicht hören kann. Ich nehme an, ihr beide, Nina und du, diskutiert eifrig über meine hervorragenden Lerntipps, die ich gerade an die Tafel schreibe und die euch von großem Nutzen sein werden.«

Mit gesenktem Kopf mache ich mich daran, die Liste abzuschreiben. Aber der Gedanke, hinter die Kulissen von Disney Channel blicken zu können, lässt mich nicht los. Ich sehe mich schon mit einem dieser coolen Headsets auf dem Kopf, wie man sie aus dem Fernsehen kennt, während ich mit neuen kreativen Ideen immer größere Publikumskreise erschließe.

Doch dann kommt die Ernüchterung. Warum lasse ich solche Tagträume überhaupt zu? Tatsache ist, ich habe auch keine Ahnung, wie man eine Website erstellt. Die Fanfiction zu Chasing Chords war nur ein Blog, Geschichten eines Fangirls, mehr nicht. Was hätte ich denn Bedeutsames mitzuteilen? Gegen Leute wie Jimmy, die genau wissen, was sie tun, habe ich nicht den Hauch einer Chance. Am besten, ich vergesse den Wettbewerb schleunigst und konzentriere mich auf die Liste mit den äußerst nützlichen

Lerntipps. Ich muss mir Disney Channel und das Praktikum aus dem Kopf schlagen.

»Nancy?«

Ich hebe ruckartig den Kopf. Gerade saß ich gedanklich noch an einem Tisch zwischen anderen Kreativen und Produzenten und sagte: »Kommt schon, Leute. Ich brauche Ideen! Strengt euer Hirn an!« Doch anscheinend habe ich die Schulglocke überhört und nicht gemerkt, dass alle ihre Sachen zusammenpacken. Auch Nina steht schon neben mir. Die Tasche über der Schulter, sieht sie mich merkwürdig an.

»Sorry«, sage ich und schiebe meinen Stuhl zurück. »Ich war mit den Gedanken woanders.«

»Wirklich?«, fragt sie lächelnd. »Du hast Kugelschreiberfarbe auf deiner Wange. Da, wo du dich auf deine Hand gestützt hast.«

Ich krame meinen Taschenspiegel hervor, werfe einen Blick auf mein Gesicht und versuche, den blauen Fleck wegzurubbeln.

»Bis gleich«, sagt Nina und sieht auf ihre Uhr.

»Wartest du denn nicht auf mich? Ich komme mit, ich will nur schnell den Kugelschreiberfleck wegmachen.«

»Ich muss los. Vielleicht erwische ich Mr Rogers noch im Übungsraum und kann ihm eine Frage zu dem neuen Stück stellen, das ich einstudiere. Ich hänge an einer bestimmten Stelle fest. Sagst du Miss Sanders, dass ich gleich nachkomme?«

»Klar«, antworte ich, aber da hat sie sich schon bedankt und ist auf und davon.

Ich rubble, so gut es geht, die Kugelschreiberspuren weg.

Dann nehme ich meine Bücher und klemme sie mir unter den Arm. Ich bin die Letzte im Klassenzimmer. Als ich zur Tür hinausgehen will, hält Mrs Smithson mich auf.

»Nancy«, sagte sie und drückt die Kappe auf ihren Tafelstift, »bevor du gehst, möchte ich dich etwas fragen: Was hältst du von dem Wettbewerb?«

»Coole Sache. Toller Preis.«

Sie lächelt. »Ja, ich dachte mir schon, dass dich das interessiert.«

»Na ja, Disney-Filme habe ich schon immer geliebt. Als Kinder waren Nina und ich ganz scharf darauf und irgendwie bin ich es immer noch. Wer auch immer den Preis gewinnt, hat ein Riesenglück. Ich hoffe, es ist Jimmy. Er arbeitet so hart und träumt von einem Job in der Medienbranche. Er hätte es ganz sicher verdient.«

»Und du nicht?«, fragt Mrs Smithson überrascht und legt den Kopf schief.

»Hm?«

»Ich dachte, du würdest selbst am Wettbewerb teilnehmen und den Preis gewinnen wollen. Das ist doch genau das Richtige für dich!«

»Mrs Smithson, Sie scheinen mich mit jemandem zu verwechseln. Ich würde so einen Preis nie gewinnen. Sind Sie sicher, dass Sie nicht Nina meinen?«

»Ich weiß genau, wen ich meine, Nancy«, erwidert sie und lehnt sich mit verschränkten Armen gegen das Pult. »Du hast ein besonderes Gespür fürs Schreiben. Denk nur nicht, ich hätte das nicht bemerkt.«

Ich blinzle verwirrt. Was ist los mit ihr? Ist sie gestürzt und hat sich den Kopf angeschlagen? Ein besonderes Gespür fürs Schreiben? Kann sein, dass Englisch mein bestes Fach ist, weil ich gern lese, aber im Gegensatz zu Nina oder Jimmy kriege ich fast nie Toppnoten auf meine Essays.

»Ähm, Mrs Smithson, ich habe kein besonderes Gespür fürs Schreiben. Erinnern Sie sich denn nicht mehr an meinen Aufsatz zu *Jane Eyre*? Ich hatte eine Zwei minus, dabei ist *Jane Eyre* mein Lieblingsbuch. Ich fürchte, mehr ist für mich nicht drin.«

»Ich rede nicht von deinen Essays, sondern von kreativem Schreiben«, erklärt sie und blickt mich eindringlich an. »Ich habe deine Blog-Posts über die Band gelesen.«

»Sie haben meine Fanfiction zu Chasing Chords gelesen?«

»O ja!« Sie gluckst. »Ich hatte ja keine Ahnung bis zu der großen Aufregung im vergangenen Jahr. Da beschloss ich, einmal einen Blick darauf zu werfen, um herauszufinden, in was du deine Energie steckst, die du bei deinen Schularbeiten vermissen lässt. Ich muss sagen, dieser Blick war sehr erhellend. Die Geschichten sind einfallsreich und unterhaltsam. Ich habe angefangen zu lesen, was zur Folge hatte, dass ich nun selbst ein Fan von Chasing Chords bin. Dieser Chase Hunter hat wirklich unglaubliche Wangenknochen, nicht wahr?« Ein träumerischer Ausdruck tritt in ihr Gesicht.

Igitt!

»Es ist sehr nett, dass Sie sich die Mühe gemacht haben, meine Geschichten zu lesen, aber das war nur eine Spielerei.«

»Ah, genau das versuche ich dir zu erklären«, sagt sie und wackelt mit dem erhobenen Zeigefinger. »Du hast nicht nur herumgespielt. Du hast eine ganz tolle Website geschaffen, weil du dein Thema mit viel Leidenschaft angegangen bist.

Ich denke, mit deiner Begabung fürs Texteschreiben und deinem natürlichen Talent, ein Publikum anzulocken, hast du ebenso gute Chancen, den Wettbewerb zu gewinnen, wie andere. Es wäre schön, wenn du es zumindest versuchen würdest. Hast du schon einmal über einen Beruf in der Medienbranche nachgedacht?«

»Mrs Smithson, ich weiß ihren Zuspruch sehr zu schätzen und alles, aber Nina ist der Zwilling mit der großen Begabung und dem coolen Lifestyle. Also ist sie auch diejenige, von der man mehr erfahren will. Aber egal...« Ich werfe einen Blick auf die Uhr über der Tafel. »Ich muss los, sonst kriege ich Ärger.«

»Ich hoffe, du denkst noch einmal über meine Worte nach. Es wäre schade, wenn du aufgeben würdest, bevor du es überhaupt versucht hast.«

»Okay, ich überlege es mir.«

»Nancy.« Sie hindert mich erneut am Gehen. »Du darfst eines nicht vergessen: Auch wenn ihr Zwillinge seid, Nina und du, seid ihr trotzdem zwei eigenständige Persönlichkeiten. Es ist wunderbar, mit anzusehen, wie Nina nach all den Jahren in deinem Schatten endlich erblüht und ihre Schüchternheit überwindet. Aber nimm das nicht als Ausrede, dich jetzt in ihrem Schatten zu verkriechen.«

»Ein Wettbewerb? Wie aufregend!«, ruft Mum und klatscht entzückt in die Hände, obwohl die in Ofenhandschuhen stecken. »Macht ihr mit?«

»Nina hat zu viel um die Ohren, und ich hätte sowieso keine Chance«, antworte ich und decke weiter den Tisch. »Obwohl Mrs Smithson meinte... ach, egal.«

»Erzähl«, drängt Mum. »Was hat Mrs Smithson gesagt? Dass ihr zwei die begabtesten Wesen auf diesem Planeten seid und ich die glücklichste Mutter der Welt bin?«

»Ähm, nein«, sage ich und starre sie an, als hätte sie den Verstand verloren. »Wie kommst du denn darauf? Sie meinte nur, ich solle es mir durch den Kopf gehen lassen, weil ihr mein Chasing-Chords-Blog gefallen hat. Das ist alles.«

»Chasing Chords?« Nina blickt von ihren vollgekritzelten Notenblättern hoch. »Tut mir leid, ich habe nicht zugehört – worüber habt ihr gerade gesprochen?«

»Es geht um den Wettbewerb, den Mrs Smithson heute angekündigt hat.« Mum und ich grinsen uns über Ninas Kopf hinweg an. »Hast du vor, beim Abendessen über deinen Noten zu brüten?«

»Nein, ich leg sie kurz weg«, sagt Nina entschuldigend. Sie legt die Blätter in einen Ordner und schiebt ihn zur Seite. »Meine Augen fangen schon an zu spinnen. Sobald ich sie schließe, sehe ich kleine schwarze Noten vor mir.«

Mum kreischt los. Sie wiehert vor Lachen. So lacht sie sonst nie.

»Das war nicht lustig«, sagt Nina verwirrt. »Oder?«

»Nein, war es nicht«, stimme ich ihr zu. »Mum, ist alles okay?«

»Natürlich, ihr wundervollen Entchen!«, flötet sie und stellt die Teller vor uns auf den Tisch.

»Entschuldige, aber hast du uns gerade *wundervolle Entchen* genannt?«, fragt Nina, während ich zwei Finger in den Hals stecke und so tue, als müsse ich mich übergeben. »Ist heute im Laden irgendwas passiert, Mum? Du bist so gut gelaunt.«

»Warum sollte ich nicht gut gelaunt sein? Ich esse mit

meinen beiden großartigen Mädchen, meinen wunderhübschen kleinen Entchen«, sagt Mum, die sich hingesetzt hat und ihre Gabel zur Hand nimmt. »Greift zu! Ich hoffe, es schmeckt euch!«

Ich fange Ninas Blick auf und weiß genau, was sie denkt. Wenn Mum sich so verhält, ist etwas im Busch.

In den vergangenen Tagen hat sie sich irgendwie verändert. Sie ist ständig in Bestlaune, nichts kann sie erschüttern, und sie kriegt sich kaum noch ein vor lauter Begeisterung. Sogar ihre Haltung ist anders, sie geht aufrechter, und ihr Gesicht hat einen besonderen ... Glanz.

Dafür kann es eigentlich nur einen Grund geben.

»Mum«, frage ich zögernd. »Hast du ... jemanden kennengelernt?«

Nina schnappt nach Luft. »Das ist es! Ich habe mir schon den Kopf zerbrochen und bin einfach nicht draufgekommen. Mum! Du musst uns sofort alles erzählen!«

Mum wird bis zu den Haarwurzeln rot und lächelt so schüchtern, dass ich fürchte, ihre Lippen würden verschwinden. »Was? Seid nicht albern, Mädchen. Ich bin nur gut gelaunt, das ist alles.«

»Nein, das ist nicht alles«, widerspreche ich ihr. »Du bist superträumerisch und glücklich, genau wie Nina es war, als sie angefangen hat, sich heimlich mit Chase zu treffen. Weißt du noch? Alle haben die Veränderung bemerkt. Und jetzt benimmst du dich so wie sie damals. Raus mit der Sprache, wer ist der Mann?«

»Also wirklich, ich komme mir vor wie bei einem Geheimdienstverhör!«, entrüstet sich Mum. »*Na gut*, ich ... ich habe tatsächlich jemanden kennengelernt.«

»Wusste ich's doch! Vielleicht sollte ich Detektivin werden«, sage ich und bringe damit Nina zum Lachen. »Raus mit der Sprache, wer ist es?«

»Ach, niemand«, sagt Mum und weicht unseren Blicken aus. »Wir reden nur. Es ist nichts. Ich möchte nicht darüber sprechen. Jetzt noch nicht.«

»Okay, dann warten wir noch«, lenkt Nina grinsend ein. »Aber ich finde das alles sehr spannend.«

»Ich auch«, stimme ich ihr zu. »Und auch etwas verstörend.«

»Ach, Mädchen«, seufzt Mum und verdreht kichernd die Augen. Sie springt hektisch auf, um etwas aus dem Kühlschrank zu holen.

Als sie weg ist, lehnt Nina sich über den Tisch. »Nancy, ich finde übrigens, du solltest an diesem Wettbewerb teilnehmen.«

»Hm? Red keinen Unsinn.«

»Mrs Smithson hat recht. Du solltest es wenigstens versuchen.«

Ich seufze. »Ach komm, was hätte ich denn schon auf einer Website zu berichten? Ich habe nicht den Hauch einer Chance.«

»Nancy, als ich heute ins Klassenzimmer gekommen bin, hast du gesagt, ich soll ein bisschen mehr Selbstvertrauen haben. Wie wär's, wenn du zur Abwechslung mal auf deinen eigenen Rat hörst? Was kann schon Schlimmes passieren?«

KAPITEL FÜNF

Nina

»Willkommen zurück in Guildhall.«

Caroline mustert uns von der Bühne aus.

Während alle anderen erwartungsvoll ihrer Begrüßung lauschen, sinke ich tiefer in meinen Sitz und hoffe, sie bemerkt mich nicht. Seit letztem Wochenende traue ich mich nicht einmal mehr, sie anzuschauen. Bestimmt bereut sie es längst, mich in den Kurs aufgenommen zu haben. Ich wünschte, die Direktorin für Musik wäre nicht auch noch meine Klavierlehrerin.

»Ich gehe davon aus, ihr hattet eine gute Woche und habt fleißig die Stücke geübt, die eure Lehrer euch aufgegeben haben.«

Mir läuft es eiskalt über den Rücken. Es ist keine Übertreibung, wenn ich sage, dass der Unterricht am Samstag und Sonntag nicht zu meinen Sternstunden gehört hat. Mit Caroline lief es nicht besonders. Sie hat kaum ein Wort gesagt, als ich meine drei Stücke von Austin Golding gespielt habe. Ohne einen weiteren Kommentar hat sie mich immer wieder aufgefordert, sie zu wiederholen, nur um am

Ende festzustellen, dass sie nun wüsste, woran wir bis zur Abschlussvorstellung arbeiten müssten, und dass die Liste sehr, sehr lang sei. Das war nicht gerade sehr aufbauend.

Kein Wunder, dass ich mich an diesem Morgen nicht besonders auf meine Stunde mit ihr freue.

»Bevor ich euch in den Unterricht entlasse, noch eine kurze Ankündigung«, sagt Caroline. »Letztes Wochenende habe ich euch aufregende Neuigkeiten in Aussicht gestellt. Das Abschlusskonzert am Ende dieses Kurses erlaubt nicht nur euren Familien und Freunden, sich an den Fortschritten zu erfreuen, die ihr gemacht habt. Sie ist auch für meine Kollegen und mich eine gute Gelegenheit, einen geeigneten Kandidaten auszuwählen, der automatisch einen Platz in der Sommerakademie erhält.«

Der ganze Saal explodiert. Alle schnappen nach Luft, überall wird aufgeregt getuschelt. Eigentlich müsste ich total aus dem Häuschen sein. Stattdessen habe ich das Gefühl, als würde mir jemand ein Messer im Magen umdrehen. Ein Platz an der Sommerakademie wäre die ideale Voraussetzung, um später einmal einen Studienplatz an der Guildhall zu ergattern. Mr Rogers und ich haben oft darüber gesprochen. Aber inzwischen kenne ich meine Mitbewerber, weiß, wie gut sie sind und wie groß die Konkurrenz ist. Mir ist klar, dass ich nicht darauf hoffen kann, von Caroline ausgewählt zu werden. Vor einer Woche habe ich hier in diesem Saal allen vor Augen geführt, dass ich eine zweitklassige Pianistin bin. Jordan dagegen hat gezeigt, dass er der mit dem Potenzial ist.

»O mein Gott, Nina, ist das nicht großartig?«, kreischt Grace neben mir und klammert sich an meinen Arm. »Stell dir das nur mal vor! Wenn man gewinnt, muss man nicht mehr für die Sommerakademie vorspielen oder vorsingen. Mein Herz rast gerade.«

»Wenn ihr wegen des Abschlusskonzerts noch nicht nervös wart, dann habt ihr jetzt einen Grund, es zu sein«, fährt Caroline fort. »So, und nun ab in den Unterricht. Am Nachmittag schaue ich bei der Orchesterprobe vorbei. Dann sehen wir uns wieder.«

Nachdem die Direktorin mit klappernden Absätzen die Bühne verlassen hat, springt Grace auf, ergreift meine Hand und versucht mich auf die Beine zu ziehen.

»Komm, Nina, lass uns gehen! Wenn wir uns beeilen, können wir die besten Übungsräume belegen, bevor die Meute dort einfällt. Vor mir liegt nämlich SEHR viel Arbeit!«

»Ich habe jetzt Klavierstunde«, sage ich und stehe widerstrebend auf.

»Oh«, meint Grace, »bei der Heiratsvermittlerin?«

Obwohl ich nicht in der allerbesten Stimmung bin, muss ich lachen, als Grace den Spitznamen erwähnt, den wir beide uns ausgedacht haben. Als ich von meiner katastrophalen ersten Klavierstunde in mein Zimmer zurückgekehrt bin, hat Grace geduldig zugehört, während ich darüber jammerte, wie schlecht es gelaufen war. Dann hat sie nachdenklich das Gesicht verzogen.

»Caroline Morreau ist echt Furcht einflößend. Sie erinnert mich an irgendjemanden. Ich weiß nur nicht, an wen. Es hat was mit ihrer Körperhaltung zu tun und mit ihrer unergründlichen Miene.« Dann schnippte sie mit den Fingern, als wäre ihr ein Licht aufgegangen. »Jetzt weiß ich es! Es ist eine Figur aus *Mulan!*«

»Meinst du den Disney-Film?«

»Ja. Die Szene mit der Teekanne.«

»Kann mich nicht erinnern. Jetzt bräuchten wir Nancy, meine Schwester. Sie ist Expertin für alles, was mit Disney zu tun hat. Sie wüsste sofort, wen du meinst.«

Aber Grace ließ nicht locker. »Gleich am Anfang, wenn Mulan losgeschickt wird, um diese superstrenge, hochnäsige Frau zu beeindrucken, die herausfinden will, ob Mulan eine gute Ehefrau wäre. Dann singen sie ein Lied, bei dem es um Ehre geht. Und die Glücksgrille landet in der Teekanne. ICH HAB'S!«, jubelte sie plötzlich. »Die Heiratsvermittlerin!«

Wir haben losgeprustet, und als Grace den Filmausschnitt auf ihrem Handy abspielte, mussten wir uns sogar den Bauch halten vor Lachen. Mit ihrem genialen Einfall hatte Grace es geschafft, dass ich mich besser fühlte und nicht mehr über diesen grauenhaften Tag nachdachte.

»O nein! Das kriegen wir nie wieder aus unseren Köpfen!«, hat Grace unter Lachtränen geseufzt. »Jedes Mal, wenn wir sie sehen, werden wir daran denken müssen!« Sie ist aufgestanden und hat so getan, als würde sie ein Klemmbrett in der Hand halten. Dann hat sie mit einem übertriebenen Stirnrunzeln den ersten Auftritt der Heiratsvermittlerin nachgespielt, wie sie Mulan aufruft: »FA MULAN!« – woraufhin wir sofort wieder losgeprustet haben.

Ich bin so froh, dass Grace meine Mitbewohnerin ist. Außer ihr habe ich keine anderen Freunde im Kurs gefunden. Allerdings gab es auch kaum eine Gelegenheit dazu. Am ersten Samstag hatten wir pausenlos Einführungsveranstaltungen und waren am Abend so platt, dass niemand mehr in den Gemeinschaftsraum gegangen war. Alle wollten nur noch ins Bett und schlafen. Wenigstens konnte ich so diesem schrecklichen Jordan aus dem Weg gehen. Allerdings habe ich mitbekommen, wie er in der Kantine mit den anderen getuschelt hat, und dann haben alle zu mir rübergeschaut.

Zu Hause habe ich niemandem von seinen fiesen Kommentaren erzählt und auch nicht, wie grottenschlecht meine erste Darbietung war. Nancy wollte ich nichts sagen, weil sie sich sofort als Beschützerin aufgespielt hätte und womöglich in den erstbesten Zug nach London gestiegen wäre, um Jordan die Meinung zu sagen. Bei diesem Zusammentreffen wäre ich zwar zu gern dabei gewesen, aber ich wollte keinen Wirbel verursachen. Und ich wollte nicht, dass sie sich Sorgen macht.

Kurz habe ich daran gedacht, mich Chase anzuvertrauen. Aber plötzlich hatte ich Angst, dass er zugeben würde, tatsächlich ein bisschen nachgeholfen zu haben, so wie Jordan es behauptet hat. Dann wäre ich nur seinetwegen in dem Kurs und das wollte ich lieber nicht so genau wissen.

Ich versuchte mir zu sagen, was das für ein dummer Gedanke war. Natürlich würde Chase so etwas nie tun. Aber erzählen wollte ich ihm trotzdem nichts davon. Wozu auch? Er würde nur wütend werden, weil jemand mich verletzt hat, und gerade jetzt ist er so beschäftigt, dass ich ihn nicht mit solchen Kleinigkeiten behelligen will. Wobei ich mich schon frage, warum er so beschäftigt ist. Chasing Chords macht gerade eine Pause zwischen der Arbeit im Studio und den Auftritten, und Chase konnte es eigentlich gar nicht erwarten, endlich auszuspannen. Ich habe mich darauf gefreut, mehr Zeit mit ihm zu verbringen, aber das Gegenteil ist der Fall.

»Das wird so schön«, hat er mir noch an Neujahr vorgeschwärmt. »Ich komme nach Norfolk und wir sehen uns abends nach der Schule. Und an den Wochenenden haben wir dann richtige Dates.«

Bisher hat er es nur an zwei Abenden geschafft, nach Norfolk zu kommen, und an den Wochenenden hatten wir so gut wie nie ein Date. Letzten Sonntag, nach dem Kurs, hatte ich gehofft, die Zeit bis zur Abfahrt des Zuges mit ihm verbringen zu können. Aber er kam praktisch in allerletzter Minute zum Bahnhof, sodass wir nur schnell eine heiße Schokolade trinken konnten, bevor er schon wieder losmusste. Mark, sein Onkel und Manager, wollte ihn zu einem schicken Abendessen mitnehmen, und Chase musste sich noch umziehen.

Ich war ein bisschen beleidigt, weil er unsere ohnehin knappe Zeit opferte, um bei Mark zu sein. Dabei sieht er seinen Onkel ständig. Außerdem wusste er, dass mein erstes Wochenende in der Guildhall nicht ganz so gelaufen war wie erhofft.

Trotzdem. Es war schön gewesen, ihn wenigstens kurz zu sehen. Er hat mir versprochen, heute Abend vorbeizukommen. Ich muss also nur den Tag irgendwie hinter mich bringen. Der Gedanke, ihn bald hierzuhaben, ist die beste Motivation, die ich mir vorstellen kann.

»Ah, Nina, komm rein«, sagt Caroline, nachdem ich zaghaft an die Tür des Übungsraums geklopft habe.

Ich husche an ihr vorbei, nehme auf dem Klavierhocker Platz und lege meine Notenblätter zurecht.

»Hast du geübt, Nina?«

Beim Klang ihrer fast schon schneidenden Stimme verflüchtigt sich jeder belustigende Gedanke an die Heiratsvermittlerin. Ich bin so verkrampft, dass ich bei dem Versuch, etwas zu sagen, keinen Ton hervorbringe.

»Ja«, hauche ich.

Sie kommt zu mir und baut sich neben dem Hocker auf. »Das ist nicht das Stück, das wir letzte Woche gespielt haben«, stellt sie fest.

»Nein. Ich dachte, ich versuche mal etwas anderes«, erkläre ich und muss an Jordans abfällige Bemerkung über Austin Golding denken. »Wenn Sie einverstanden sind?«

Auf meine Frage folgt ein langes Schweigen. »Ja«, sagt sie schließlich. »Es ist gut, etwas Neues auszuprobieren. Mal sehen, wie du zurechtkommst.«

Ich schlucke hart und lege die Finger auf die Tasten. Das Stück, das ich ausgesucht habe, ist Edward Griegs Nocturne, Opus 54. Es ist wunderschön. Ich habe gehört, wie Jordan es letzte Woche geübt hat. Aber vor allem ist es sehr schwierig.

Mr Rogers war ein wenig verwundert, als er letzte Woche zur Unterrichtsstunde kam und ich schon am Klavier saß und die Notenblätter studierte, die ich kurz zuvor besorgt hatte. Noch erstaunter war er, als er sah, dass die Noten von Austin Golding zerknüllt in dem Mülleimer in der Ecke lagen.

Nachdem ich ihm erklärt hatte, dass ich ein Stück einüben muss, mit dem ich die Lehrer der Guildhall möglicherweise beeindrucken kann, hat er verständnisvoll genickt, und wir haben uns an die Arbeit gemacht. Die Stunde war eine einzige Katastrophe. Ich habe es nicht einmal geschafft, die allerersten Takte fehlerfrei zu spielen.

»Sehen Sie?«, habe ich ihn vollgejammert. »Ich kann's nicht. Es ist zu schwer. Ich weiß nicht, warum die mich in diesen Kurs aufgenommen haben. Jordan hat dieses Stück auswendig runtergespielt.«

»Du hast schon Stücke gespielt, die genauso schwierig waren wie das hier«, hat Mr Rogers geantwortet. »Du redest dir nur ein, dass du es nicht kannst, und prompt machst du Fehler. Sonst erwartest du doch auch nicht, ein Stück auf Anhieb fehlerfrei zu spielen. Wenn du das könntest, bräuchtest du weder zu mir zu kommen noch zu Caroline Morreau in die Guildhall. Atme tief durch und dann probierst du diese Stelle noch einmal. Spiel sie langsamer und hör auf die Musik. Genieße die wunderbare Melodie.«

»Wie kann ich sie genießen, wenn ich ständig Fehler mache?«

»Ein Musikstück muss nicht technisch perfekt gespielt werden, um seine Schönheit erklingen zu lassen«, hat er leise lachend erwidert.

Ich habe das dumpfe Gefühl, dass Caroline Morreau seine optimistische Ansicht nicht teilt. Schon nach den ersten Takten hebt sie die Hand und unterbricht mich. Zu behaupten, sie hätte einen anderen Unterrichtsstil als Mr Rogers, wäre untertrieben. Er ist liebenswürdig und aufmunternd, sie kalt und direkt.

»Spiel nicht für mich«, sagt sie nach kurzem Schweigen.

»Wie bitte?«

»Spiel nicht für *mich*«, wiederholt sie.

»Ähm.« Ich starre auf die Notenblätter und spüre, wie

mein Nacken ganz heiß wird. Bestimmt ist mein Gesicht jetzt rot wie eine Tomate. »Aber –«

»Versuch's noch mal.«

Ich fange an, und diesmal lässt sie mich das ganze erste Blatt mit allen Fehlern, die ich mache, herunterspielen, bevor sie abrupt die Hand hebt. Sie schließt die Augen und holt übertrieben dramatisch Luft. Die Stille scheint ewig zu dauern, zumindest kommt es mir so vor, auch wenn es wahrscheinlich nicht mal eine Minute ist. Als sie die Augen öffnet, trifft mich ihr unerbittlicher Blick.

»Noch. Mal.« Sie hält kurz inne, dann sagt sie: »Hör auf, dich zu entschuldigen. Fang von vorn an.«

Ich zögere, denn ihre Worte verwirren mich. Ich habe keinen Pieps von mir gegeben und mich auch nicht entschuldigt. Hat sie sich das nur eingebildet?

»Wann immer du so weit bist«, fügt sie hinzu.

Verunsichert schlage ich die ersten Töne an.

»Halt!«, ruft sie und hebt die Hand. »Aufstehen, Miss Palmer!«

Sofort springe ich auf die Füße und stelle mich gerade hin. Ich komme mir vor wie ein Rekrut beim Drill vor einem Furcht einflößenden Offizier, der seine Befehle brüllt.

»Geh im Kreis durch den Raum. Lauf einfach.«

Ich starre sie verständnislos an und rühre mich nicht vom Fleck. »W-wie bitte?«

»Geh durch den Raum«, sagt sie. »Komm!« Mit einer Geste fordert sie mich auf, ihr zu folgen. Dann fängt sie an, durch den Raum zu gleiten.

WAS SOLL ICH MACHEN?

»Nina! Gehen, habe ich gesagt.«

Ich schleiche hinter Caroline her, komme mir dabei vor wie eine Vollidiotin und frage mich, wie um alles in der Welt mir dieses Herumgerenne beim Klavierspielen helfen soll. Das geht ungefähr zwei Minuten so. Dann bleibt sie abrupt stehen, sodass ich fast in sie hineinlaufe.

»Siehst du?«, fragt sie und macht einen Schritt zur Seite, damit ich in den wandhohen Spiegel an der Tür schauen kann.

Ich starre mein Spiegelbild an.

»Äh, das bin ich«, piepse ich verschüchtert. Ich kann nur hoffen, dass das die Antwort ist, die sie von mir hören will.

»Ja, das bist du.« Sie deutet auf den Spiegel. »Schau, wie du dastehst. Die Schultern fallen nach vorn, die Augen sind auf den Boden gerichtet, es sei denn, du wirst dazu gezwungen aufzuschauen. Dein Körper ist verschlossen und verkrampft. Ich sehe dir an, dass es dir leidtut, noch bevor du sagst, dass es dir leidtut. Deine ganze Körpersprache ist eine einzige Entschuldigung. Du entschuldigst dich dafür, überhaupt in diesem Raum zu sein. Und genauso spielst du auch.«

Oh. Also das hat sie gemeint, als sie sagte, dass ich mich nicht entschuldigen soll.

Ich blicke wieder in den Spiegel. Sie legt ihre Hände auf meine Schultern und zwingt mich, sie durchzudrücken, damit mein Rücken gerade ist. Dann hebt sie mit dem Finger mein Kinn.

»Sehr schön. *So* sollst du spielen«, sagt sie und winkt mich zum Klavier zurück.

Ich versuche, mein Kinn vorzustrecken und meinen Körper zu öffnen, aber als ich einen Fehler mache, nehme ich automatisch wieder meine verkrampfte Haltung ein. Ich falle in mich zusammen, und ich wünsche mir nichts sehnlicher, als im Boden zu versinken. Nach mehreren miserablen Versuchen ist die Unterrichtsstunde vorbei und ich haste zur Tür.

»Üben und noch mal üben, Nina.«

»Das werde ich«, verspreche ich, obwohl ich nicht genau weiß, was sie meint: die Musik oder das alberne Herumlaufen mit erhobenem Kopf.

Ich mache mich sofort auf die Suche nach einem freien Übungsraum. Als ich um eine Ecke biege, treffe ich auf Jordan, der gerade auf dem Weg zu seiner Unterrichtsstunde bei Caroline ist.

»Na, wie war's, Nina?«, fragt er hämisch und versucht, auf meine Notenblätter zu schielen. »Noch mehr Austin Golding? Vielleicht bist du ja schon besser geworden und kannst zu seichten Popsongs von Chasing Chords übergehen. Soweit ich weiß, sind einige ihrer Songs im *Klavierbuch für Anfänger*.«

Ich versuche, ihn zu ignorieren, und will mich an ihm vorbeidrängen, da fällt sein Blick auf den Titel meines Musikstücks.

»Ah, Griegs Nocturne.« Sein spöttisches Grinsen verwandelt sich in ein sehr schmallippiges Lächeln. »Ambitioniert. Ich frage mich, woher du die Idee dazu hattest? Aber Nachahmung ist ja angeblich die ehrlichste Form der Bewunderung. Tja, wenn du Tipps für die kniffligen Passagen brauchst, dann frag mich. Ich spiele das Stück oft zum Aufwärmen, bevor ich mich an die anspruchsvolleren Stücke setze.«

Mit diesen Worten eilt er davon, aber ich höre, wie er den ganzen Gang entlang vor sich hin lacht. Ich flüchte in ein leeres Klavierzimmer, schlage die Tür hinter mir zu und lehne mich dagegen, um mich einen Moment zu sammeln. Ich darf mich von ihm nicht einschüchtern lassen. Kopfschüttelnd betrachte ich die Notenblätter. Aber er hat recht. Ich müsste dieses Stück vom Blatt spielen können. Im Nachhinein komme ich mir schrecklich dumm vor, weil ich tatsächlich geglaubt habe, ich könnte mit den Stücken eines zeitgenössischen Komponisten wie Austin Golding irgendjemanden beeindrucken. In den kommenden Wochen muss ich doppelt so hart arbeiten wie bisher. An der Guildhall zu studieren, ist mein Traum, und ich werde ihn garantiert nicht aufs Spiel setzen, indem ich diesen Kurs vermassle.

Warum fühlt es sich nur so an, als wäre der Traum schon längst geplatzt?

»Und, wie läuft's?«, fragt Chase einige Stunden später.

Wir sitzen in der Gemeinschaftsküche neben meinem Zimmer und trinken heiße Schokolade. Eigentlich wollte ich ihn woanders treffen, aber er bestand darauf, zur Guildhall zu kommen. Er möchte gern wissen, wie es hier ist und wo ich wohne. Ich hielt es für besser, niemandem etwas zu sagen. Auf Jordans gehässige Kommentare kann ich verzichten, und ich möchte nicht, dass Chase für unnötiges Aufsehen sorgt. Daher habe ich ihn gebeten, erst nach dem gemeinschaftlichen Abendessen zu kommen, wenn alle in den Musikräumen sind und für den morgigen Unterricht üben.

»Geht so. Ich habe ein bisschen zu kämpfen, was das Spielen vor Publikum angeht.« Seufzend lege ich meine Hände um die warme Tasse. »Aber das ist ja nicht wirklich überraschend.«

Chase lächelt aufmunternd. »Es ist nicht einfach, auf der Bühne zu stehen.«

»Es ist so peinlich, wie schlimm es ist. Man kann doch nicht Konzertpianistin werden wollen, wenn man nicht vor Zuschauern spielen kann.«

Chase zuckt mit den Schultern. »Dafür bist du hier. Um daran zu arbeiten. Niemand ist perfekt, Nina. Nicht einmal Caroline Morreau.«

»Ich weiß, aber ich fürchte, sie ist nicht sehr beeindruckt von meinen bisherigen Fortschritten«, gestehe ich. »Das hat sie mir heute Nachmittag deutlich zu verstehen gegeben.«

Neben den einzelnen Solodarbietungen ist auch ein Orchesterstück für das Abschlusskonzert geplant. Daher haben wir vormittags Einzelunterricht und an den Nachmittagen proben wir ab sofort in der Gruppe. Nach dem Mittagessen haben sich alle Kursteilnehmer im großen Orchestersaal versammelt, um an dem Stück zu arbeiten. Es gibt zwei Klavierparts: Piano eins und Piano zwei.

Caroline hat Jordan wortlos die Noten für Piano eins und mir die Noten für Piano zwei in die Hände gedrückt.

»Also ist Talent doch wichtiger als Promi-Status. Nichts für ungut«, konnte Jordan sich den Seitenhieb nicht verkneifen. Er hat die Noten entgegengenommen und sich sofort ans Klavier gesetzt, das dem Orchester am nächsten war.

Bei der Erinnerung daran umklammere ich meine Tasse noch etwas fester. Jordan hat es geschafft, dass ich mich in diesem Moment ganz klein fühlte.

»Was ist denn passiert?«, fragt Chase und sieht mich neugierig an. »Und wie genau hat sie dir zu verstehen gegeben, dass sie nicht beeindruckt ist?«

»Nicht so wichtig«, sage ich und lächle gezwungen. »Genug von mir geredet – was läuft bei dir so?«

»Wie meinst du das?«, fragt er und rutscht verlegen auf seinem Stuhl herum.

»Wie geht es dir? Wie war deine Woche?« Als er wortlos in seine Tasse starrt, sehe ich ihn fragend an. »Chase, wieso bist du plötzlich so verschlossen?«

»Bin ich doch gar nicht.«

»Doch, bist du«, widerspreche ich lachend. »Ich wollte nur wissen, was du so gemacht hast, und jetzt kannst du mir kaum in die Augen sehen.«

»Ich hatte die Woche über viel zu tun, das ist alles.«

»Das dachte ich mir. Ich hab ja kaum etwas von dir gehört«, erwidere ich ein bisschen schnippisch. »Warum bist du so beschäftigt? Ich dachte, du wolltest dir mal eine Pause gönnen? Nancy hat mich über die Aktivitäten der restlichen Bandmitglieder auf dem Laufenden gehalten und mir Instagram-Fotos gezeigt. Alle scheinen ihre freie Zeit mit Freunden und Familie zu genießen und Ferien zu machen. Und du?«

»Die schreiben ja auch nicht die Songs für die Band«, erwidert er.

»Also hast du neue Songs geschrieben? Chase, du musst mal durchschnaufen. Es ist nicht gut, wenn du pausenlos arbeitest. Außerdem wollten wir mehr Zeit miteinander verbringen.«

»Das tun wir doch«, blafft er mich an. »Ich bin hier, oder nicht?«

Sein Ton versetzt mir einen Stich. Eine Weile sagt keiner von uns ein Wort. Die Stille ist unerträglich.

»Entschuldige«, sagt er schließlich und streckt die Hand über den Tisch nach mir aus. »Es war nicht so gemeint, wie es bei dir angekommen ist.«

Ich nicke und lasse zu, dass er meine Hand nimmt.

»Tut mir leid. Dabei habe ich dir versprochen, ganz viel Zeit mit dir zu verbringen«, sagt er etwas sanfter. »Ich mach es wieder gut, okay? Glaub mir.«

»Okay«, sage ich und lächle vorsichtig. »Ich habe ja selbst wenig Zeit. Die Wochenenden sind hiermit belegt und dazwischen muss ich üben. Nicht zu vergessen die Hausaufgaben.«

»Wir werden uns die Zeit nehmen«, sagt Chase entschlossen. Der Knoten in meinem Magen lockert sich ein bisschen. »Ich habe nicht erwartet, dass die Woche so voll sein würde. Aber ich bin froh, dass ich jetzt hier bei dir sein kann.«

Er steht auf, kommt um den Tisch herum und stellt sich hinter mich. Dann legt er die Arme um mich und stützt sein Kinn auf meine Schulter. Ich drehe den Kopf zu ihm und drücke meine Stirn gegen seine Wange. Gerne würde ich ihm weitere Fragen stellen - warum er so beschäftigt gewesen ist, warum er sich entschuldigt hat, ohne eine Erklärung zu liefern -, aber ich möchte den Moment nicht zerstören.

Das übernimmt dann leider Jordan.

Die Küchentür geht auf und er kommt mit einer Tasse in der Hand herein. Als er uns bemerkt, bleibt er abrupt stehen. Er verzieht die Lippen, geht wortlos zum Wasserkocher, füllt ihn am Wasserhahn auf und schaltet ihn ein. So ein Pech! Warum muss ausgerechnet ER uns stören? Es ist mir unangenehm, dass er uns beide zusammen sieht. Als wäre das der Beweis für seine lächerliche Theorie, dass Chase mir zu einem Platz im Kurs verholfen hat. Rasch schüttele ich Chase' Arme ab.

Chase, der natürlich keine Ahnung hat, wer Jordan ist und was er über uns denkt, verhält sich so, wie er sich jedem gegenüber verhalten würde, der zur Küchentür hereinkommen würde.

Lächelnd streckt er die Hand aus. »Hey, ich bin Chase.«

Jordan blickt auf die ausgestreckte Hand, und einen schrecklichen Augenblick lang fürchte ich, er könnte sie ausschlagen, was die Situation noch peinlicher machen würde, als sie ohnehin schon ist. Aber zum Glück besinnt er sich und ergreift sie.

»Jordan«, sagt er kühl.

»Bist du im Musikkurs wie Nina? Oder bist du Schauspieler? Soweit ich weiß, findet momentan auch ein Theaterkurs statt.«

»Ich bin im Musikkurs. Ich spiele Klavier.«

»Cool.« Chase nickt. »Dann bist du richtig gut, so wie Nina.«

Ich sehe, wie Jordan mir einen amüsierten Blick von der Seite zuwirft, aber er sagt kein Wort. Der Wasserkocher macht *pling* und Jordan gießt das kochende Wasser auf den Teebeutel in seiner Tasse.

»Gefällt dir der Kurs?«, fragt Chase und lehnt sich gegen die Anrichte. »Ich wollte auch immer nach Guildhall.«

Bei Chase' Worten geht buchstäblich ein Ruck durch Jordan. Jetzt bereue ich, nicht sofort in dem Moment, als Jordan die Küche betreten hat, mit Chase geflüchtet zu sein. Hastig stehe ich auf und stelle unsere beiden Tassen in die Spülmaschine.

»*Du*, Chase Hunter, wolltest auf die Guildhall? Eine Musikakademie?«, fragt Jordan nach.

»Ja, ich weiß.« Chase lächelt ein wenig verlegen. »Das mit der Band hat sich einfach so ergeben. Aber eigentlich hatte ich immer vor, an einer Schule wie dieser Musik zu studieren. Bekanntlich ist es ja nie zu spät. Vielleicht hole ich es eines Tages nach und besuche einen Kurs wie euren.«

»Guildhall ist etwas für *richtige* Musiker«, sagt Jordan langsam, als müsse er einem begriffsstutzigen kleinen Kind etwas erklären.

Chase starrt ihn an. »Was hast du gesagt?«

»Komm, Chase – lass uns gehen!« Eilig ergreife ich seine Hand und ziehe ihn zur Tür hinaus und die Treppe hinunter ins Freie.

»Wer war der Typ?«, fragt Chase und vergräbt seine Hände in den Hosentaschen. »Was hat er mit dieser Bemerkung gemeint?«

»Er ist … schwierig. Vergiss ihn einfach.«

»Sind in deinem Kurs alle so wie er?«

»Nein. Nur Jordan. Eigentlich ist er ein Loser.«

»Kann man so sagen«, knurrt Chase und schüttelt den Kopf. »Ich hoffe, du fängst nicht an, so zu denken wie er.«

»Wie bitte? Chase, wie kannst du so etwas sagen?«

»Ach, ich weiß nicht. Wenn genug Leute dir einreden, Popmusik sei keine *richtige* Musik, dann glaubst du es vielleicht irgendwann.«

Ich gehe auf ihn zu und verschränke meine Finger mit seinen.

»Sei nicht kindisch. Ich finde dich toll.«

Ich spüre förmlich, wie sein Körper sich entspannt. Chase drückt meine Finger und zieht mich an seine Brust.

»Ich finde dich auch toll«, sagt er. Dann stößt er einen Seufzer aus. »Und es tut mir leid, dass ich nicht länger bleiben kann.«

»Schon okay. Ich muss sowieso noch üben, bevor ich ins Bett gehe«, sage ich mit einem Blick auf die Uhr.

Gemeinsam schlendern wir zur Straße, dann ruft Chase sich ein Taxi und gibt mir einen Abschiedskuss.

»Chase«, halte ich ihn auf, als er die Autotür öffnet und einsteigen will. Unser Gespräch darüber, wie viel er zu tun hat, geht mir nicht aus dem Kopf. »Du weißt, dass du mir alles erzählen kannst, oder?«

Er lächelt und beim Anblick seiner Grübchen flattern wie immer Schmetterlinge in meinem Bauch.

»Natürlich.«

Und trotzdem, als das Taxi davonfährt und ich ihm hinterherschaue, werde ich das Gefühl nicht los, dass Chase etwas vor mir verheimlicht.

KAPITEL SECHS

Nancy

»Mum, was ist *das*?«

»Wonach sieht es denn aus? Das sind Ohrenwärmer! Kannst du sie bitte an den Ständer da neben der Tür hängen? Das würde mir sehr helfen.«

Ich rümpfe die Nase und halte das Objekt auf Armeslänge von mir – ein neongrüner Kopfbügel mit zwei flauschigen Ohrenschützern in Form von großen Muscheln. Ich hänge das erste Paar an den Ständer, wie Mum gesagt hat, und greife in den Karton, in dem sich noch weitere Exemplare befinden. Ich kann nicht glauben, dass ich meinen Samstag auf diese Weise verbringe. Ich arbeite *freiwillig* an einem Wochenende. Gestern Abend, als wir von der Schule zurückkamen, hat Nina sofort angefangen zu packen, um ein weiteres Wochenende in London zu verbringen. Das war so deprimierend. Dieses Gefühl, zurückgelassen zu werden. Nichts zu tun zu haben. Nutzlos zu sein. Während ich Nina dabei zugesehen habe, wie sie ihre Kleidung ordentlich gefaltet und ihre Notenblätter sortiert hat, ist mir klar geworden, dass ich im Gegensatz zu allen anderen kein Ziel vor Augen habe. Nina lebt für die Musik, Jimmy hat einen genauen Zukunftsplan mit dem Ziel, Journalist zu werden, Chase ist bereits ein Star auf dem Weg nach ganz oben…

Wie kommt es, dass alle Lebensziele haben, nur ich nicht? Der Gedanke hat mich traurig gemacht. Wenn ich nicht gut drauf bin, gehe ich normalerweise in mein Zimmer und höre Musik, bis es mir wieder besser geht. Musik hat mich schon immer aufgemuntert. Nicht dieses klassische Entspannungszeug, das Nina mir immer aufdrängen will, sondern Popmusik wie die Alben von Chasing Chords, meine liebsten Musicalsongs oder Filmsoundtracks. Nach dem Autounfall im letzten Jahr hatte ich Einschlafprobleme und auch da hat Musik mir geholfen. Ich habe sogar Playlists für verschiedene Stimmungen erstellt.

Aber egal, welche Songs ich mir anhörte, nichts konnte mich aufheitern. Ich hatte immer noch das Gefühl, herumzusitzen, wertvolle Zeit zu vergeuden und völlig ziellos zu sein. Das konnte so nicht weitergehen. Ich wollte nicht das ganze Wochenende Trübsal blasen. Also nahm ich mir Jimmys Rat zu Herzen und fragte Mum, ob sie vielleicht meine Hilfe im Geschäft brauchen könnte. Auf diese Weise würde ich wenigstens beschäftigt sein und nicht stundenlang auf Instagram scrollen, nur um herauszufinden, wie fantastisch und ausgefüllt das Leben aller anderen war.

Aber als ich jetzt die Muschelohrschützer betrachte, frage ich mich, wie ich auf diese bescheuerte Idee gekommen bin.

»Ich habe in letzter Zeit viele Produkte rund um das Thema Küste bestellt«, schwärmt Mum. »Touristen kommen von weit her, um die herrliche Küste Norfolks zu erleben, und verrückter Krimskrams verkauft sich immer gut.«

»Es fällt mir schwer, das zu glauben«, murmle ich. »Wer würde ausgerechnet so was wollen? Und die Dinger dann auch noch tragen?«

»Aufgesetzt sehen sie hübscher aus«, sagt Mum ungerührt. Wie zum Beweis kommt sie zu mir und setzt sich einen Ohrenschützer auf. »Siehst du?«

Ich pruste los. »Du siehst *lächerlich* aus!«

Schmunzelnd holt sie ein zweites Exemplar aus dem Karton und stülpt es mir über.

»Jetzt sehen wir beide lächerlich aus!«

»Sehr witzig!« Grinsend nehme ich meine ab und lasse sie ganz schnell wieder im Karton verschwinden. Zum Glück sind keine Kunden im Laden, die mich mit diesem peinlichen Ding auf dem Kopf gesehen haben. »Hast du vor, sie heute Abend bei deinem Date zu tragen?«

Mum wird rot. Sie nimmt die Ohrenschützer ab und hängt sie vorsichtig an den Ständer.

»Eigentlich wollte ich dich fragen, ob du mir bei der Kleiderauswahl helfen kannst«, sagt sie. »Wenn wir wieder zu Hause sind. Wäre das in Ordnung? Ich schwanke zwischen verschiedenen Outfits, aber was Dates und das ganze Drumherum angeht, kenne ich mich nicht mehr so gut aus. Ich bin mir nicht sicher, was ich für ein Abendessen anziehen soll.«

»Sei nicht albern, Mum – du ziehst das an, was dir gefällt. Aber ich kann dir gern helfen. Ich habe sowieso nichts Besseres vor«, erwidere ich.

Dass es in deinem Leben gerade richtig mies läuft, merkst du spätestens, wenn deine Mutter am Samstagabend ein Date hat und du nicht.

Mum hat uns immer noch nicht verraten, wer der Glückliche ist, mit dem sie ausgeht, obwohl Nina und ich die Woche über alles versucht haben, um ihr das Geheimnis zu entlocken. Jedes Mal, wenn wir beiläufig wissen wollten, wo sie sich kennengelernt haben oder wie er aussieht oder was er beruflich macht, ist sie unseren Fragen ausgewichen und hat betont, dass es dafür noch viel zu früh sei. Aber falls sich herausstellen sollte, dass etwas Ernstes daraus wird, würde sie uns VIELLEICHT mehr darüber erzählen.

Ich verstehe nicht, warum sie denkt, so ein Geheimnis daraus machen zu müssen. Nina und ich finden es großartig, dass Mum sich wieder mit jemandem trifft. Sie hat sich für keinen Mann interessiert, seit Dad weggegangen ist, und der ist nun schon seit JAHREN fort.

Sie spricht nie darüber, außer wir fragen, aber sie hat sehr lange gebraucht, um über Dad hinwegzukommen. Er war ihre erste große Liebe; sie waren schon als Kinder unzertrennlich. Mum war überzeugt, dass sie für immer zusammenbleiben würden, und sogar als er sie verlassen hat, glaubte sie immer noch, er würde zu ihr zurückkommen. Irgendwann hat sie wohl begriffen, dass das nicht passieren wird. Da hat sie uns gepackt und ist mit uns nach Norfolk gezogen.

Manchmal denke ich an diese Zeit zurück, und mir wird klar, wie toll Mum ist. Es war bestimmt nicht leicht, eine Scheidung durchzustehen, in eine andere Stadt zu ziehen, ein komplett neues Leben anzufangen und ganz allein zwei Kinder großzuziehen.

Wenn ich daran denke, werde ich sofort wütend auf Dad. Wie konnte er uns verlassen? Wie konnte er einfach zur Tür hinausgehen und so tun, als gebe es Nina und mich nicht? Ich habe viele glückliche Erinnerungen an ihn, als er noch bei uns war, aber ich wünschte, ich könnte sie aus meinem Gedächtnis verbannen. Er hat immer sehr lange gearbeitet, und unter der Woche haben wir ihn nicht sehr oft zu Gesicht bekommen, weil er viel beruflich unterwegs war. Aber an den Wochenenden hatten wir immer eine fantastische Zeit in London. Wir sind essen gegangen und haben uns Shows angesehen und Dad hat alles für uns organisiert. Er ist der Grund, warum Nina und ich Musicals lieben. Dad ist es auch gewesen, der Nina dazu gebracht hat, Klavier zu spielen. Er hat sie ermutigt, Unterricht zu nehmen und jeden Abend zu üben, und er hat ihr erklärt, dass sie eines Tages ein großer Star sein würde.

Manchmal frage ich mich, ob ich mir diese guten Erinnerungen nur einbilde. Es ist doch kaum vorstellbar, dass dieser Mann uns einfach im Stich gelassen hat und danach keinerlei Anstrengungen unternommen hat, uns je wiederzusehen. Jedes Jahr eine Karte zu Weihnachten. Das ist alles.

Als die Karte letztes Weihnachten mit der Post gekommen ist, habe ich seine Handschrift gleich erkannt und wollte den Brief direkt in den Mülleimer werfen. Aber Nina hat mich daran gehindert. Sie hat sich sehr seltsam benommen, und als ich sie gefragt habe, warum sie sich wegen einer bescheuerten Weihnachtskarte so aufregt, hat sie kein Wort gesagt, sondern den Text mehrmals gelesen und dann den Brief mit in ihr Zimmer genommen und auf ihren Schreibtisch gelegt. Ich kapier nicht, warum sie ihn behalten will.

»Lass sie«, hat Mum sanft gesagt, als Nina später mit

Chase unterwegs war und ich Mum deutlich zu verstehen gegeben habe, was ich von der Sache halte. »Der Brief bedeutet ihr etwas.«

»Eine blöde Weihnachtskarte? Dad hat uns in all den Jahren nie besucht, und sie gerät aus dem Häuschen, nur weil er mal schreibt? Es wundert mich, dass er unsere Namen noch kennt.«

»Nina ist anders als du. Sie ist sensibler. Für sie ist die Karte eine Verbindung zu ihrem Vater.«

Ich habe die Augen verdreht, aber die Sache auf sich beruhen lassen, denn Mum hat recht. Nina kann natürlich tun und lassen, was sie will – aber *ich* brauche keine Verbindung zu dem Mann, der seine Familie verlassen hat, ohne sich auch nur einmal umzudrehen.

Ich finde es jedenfalls toll, dass Mum jemanden datet. Wenn daraus etwas Ernstes wird, werde ich allerdings umfangreiche Nachforschungen anstellen, denn Mum verdient nur das Beste.

»Holt dein Date dich heute Abend ab?«, frage ich beiläufig.

»Nein, Nancy«, antwortet Mum und wirft mir einen vielsagenden Blick zu. »Ich bin ja nicht doof, ich weiß genau, wieso du mich das fragst. Wir treffen uns direkt im Restaurant, damit er nicht an unserer Haustür von meiner überbesorgten Tochter überfallen wird und eine Million Fragen beantworten muss. Ich möchte ihn nicht gleich verschrecken.«

»Hey!«, schnaube ich beleidigt. »Natürlich wäre ich die Höflichkeit in Person.«

»Natürlich.« Mum lächelt in sich hinein und blättert in

Papieren. »Ich muss kurz nach hinten ins Büro. Kommst du hier allein klar?«

Ich nicke.

Mum verschwindet und überlässt es mir, die restlichen Ohrenschützer an den Ständer zu hängen. Als ich fertig bin, lege ich die leere Kiste zusammen und stelle sie hinter die Theke. Ich bücke mich und will die Kartons neben der Tür nach hinten ins Büro tragen, da bimmelt die Ladenglocke. Ich richte mich sofort auf, um den neuen Kunden zu begrüßen.

Meine Kinnlade klappt herunter, als ich sehe, wer hereingekommen ist.

»Hey, Nancy«, sagt Layla und schlendert auf mich zu. Sophie trottet gut gelaunt hinter ihr her. »Du bist nicht ans Handy gegangen.«

»Wenn ich arbeite, lasse ich es hinter der Kasse liegen«, antworte ich verblüfft. »Was macht ihr hier?«

»In eurem Laden gibt es echt coole Sachen«, stellt Sophie fest. Sie nimmt handgemachte Kerzen aus einem Regal und riecht daran. »Kriegen wir Rabatt?«

»Das weiß ich nicht, aber ich kann gern fragen. Sucht ihr was Bestimmtes?«

»Ehrlich gesagt«, erklärt Layla und schaut stirnrunzelnd zu, wie Sophie eine Mütze mit zwei grünen Bommeln anprobiert, »sind wir nicht hier, um etwas zu kaufen. Wir wollen zu dir. Als du nicht ans Handy gegangen bist, haben wir es bei Jimmy versucht und erfahren, dass du heute hier arbeitest.«

»Seht euch das an!«, ruft Sophie und legt die Bommelmütze weg. »Schlüsselanhänger in Fischform? Die würden meinem Dad gefallen.«

»Sophie, kannst du bitte mal bei der Sache bleiben?«, fragt Layla genervt.

»Sorry«, entschuldigt sich Sophie, aber ihr Blick huscht immer wieder zu den Anhängern.

»Nancy, wir möchten dir einen Vorschlag machen«, verkündet Layla bedeutungsvoll. »Wir haben uns die Sache mit dem Schulwettbewerb durch den Kopf gehen lassen und beschlossen, daran teilzunehmen.«

»Ach ja? *Warum?*«

»Na, hast du nicht mitgekriegt, was Mrs Smithson über den Siegerpreis gesagt hat? Mit einer Kreativdirektorin von Disney Channel zu arbeiten, ist so ziemlich der coolste Job, den man sich vorstellen kann«, antwortet Layla und wirft ihre Haare zurück. »Wir müssen unbedingt gewinnen.«

»Aber ist das nicht irre viel Extra-Arbeit?«

Sie zuckt mit den Schultern. »So schwer kann das nicht sein. Wir erstellen eine Website, und dann sagen wir allen, dass sie für uns stimmen sollen. Ganz einfach.«

»Okaaaaaaay. Und warum erzählt ihr mir das alles?«

»Wir wollen dich in unserem Team haben«, meint Sophie und strahlt mich an.

»Hä?«

»Wir haben bereits alles geplant«, erklärt Layla. »Wir ziehen eine Lifestyle-Website auf, die echt Stil hat. Sie muss alles abdecken, was man so braucht. Mode, Frisuren und Make-up-Tipps, Party-Ratgeber und Musikempfehlungen. Alles Fragen, die man uns ohnehin ständig in der Schule stellt. Also können wir auch gleich eine Website daraus machen. Die Leute werden begeistert sein.«

»Bei der Musik kommst du ins Spiel ...«, ergänzt Sophie und beugt sich über den Kassentresen. »Wir wissen ja, dass du gern schreibst. Das beweist deine Fanfiction über Chasing Chords.«

Ich zögere. »Warum soll ausgerechnet ich euch helfen? Ich meine, nach allem, was vor den Ferien passiert ist ...«

Ich lasse den Satz in der Schwebe. Eine verlegene Pause tritt ein und Sophie und Layla tauschen Blicke aus. Sie können über mein Schreibtalent und mein Musikwissen reden, so viel sie wollen, aber dass sie mich in ihrem Team haben wollen, ist trotzdem merkwürdig. Unsere Freundschaft hat sich im letzten Jahr drastisch verändert und seither ist unser Verhältnis ein wenig angespannt. In unserer Klasse gibt es viele, die gut schreiben und sich mit Musik auskennen. Also, warum nehmen sie nicht die?

»Wir sagen dir ganz ehrlich, warum wir dich wollen.« Layla zuckt wieder mit den Schultern. »Wir beide haben schon genug mit der Website zu tun. Wir können nicht auch noch die Musikempfehlungen machen. Du magst Musik, also haben wir als Erstes an dich gedacht. Außerdem hast du gute Kontakte.«

»Kontakte?«

»Chasing Chords!«, erklärt Sophie grinsend. »Du bist mit der besten Band der Welt befreundet! Wir werden die Neuigkeiten aus dem Musik-Business kennen, bevor sie irgendwer sonst weiß. Denk doch mal, wie FANTASTISCH das sein wird!«

»Also, was meinst du?«, fragt Layla und trommelt mit den Fingern ungeduldig auf der Verkaufstheke.

»Ich weiß nicht«, antworte ich ehrlich. »Ich weiß nicht,

ob ich neben den Hausaufgaben und all den anderen Dingen Zeit habe.«

Ich nenne nicht den eigentlichen Grund, warum ich bei ihrem Projekt nicht mitmachen will: dass ich dann sehr viel von meiner Freizeit mit ihnen verbringen müsste.

»Andere Dinge? Was genau ...? Im Laden deiner Mutter arbeiten?«, fragt Layla und sieht mich durchdringend an.

»Das hier ist eine Ausnahme. Mum hat jemanden gebraucht, der aushilft.«

»Schon okay«, sagt Sophie fröhlich. »Wir können Nina fragen.«

»*Nina?*« Ich versuche gar nicht erst, meine Überraschung zu verbergen. »Hast du gerade Nina gesagt? Wie meine Schwester Nina?«

Layla nickt. »Ja, genau diese Nina.«

Ich rufe laut »HA!«, aber niemand lacht. »Soll das ein Witz sein? Ihr wollt Nina fragen, ob sie bei einem Projekt mitmacht, bei dem es um Lifestyle und heiße Musik geht?«

»Was ist daran so komisch?«, fragt Layla und verschränkt die Arme. »Nina datet *Chase Hunter*. Sie ist vermutlich das beliebteste Mädchen der Schule. Sie ist berühmt, und sie hat hervorragende Kontakte zur Musikwelt, besonders seit sie mit Chase und anderen Showbiz-Leuten in London abhängt. Wenn wir sie nicht fragen, dann nur, weil sie sehr beschäftigt ist. Aber einen Versuch ist es trotzdem wert.«

»Moment mal!«, protestiere ich und halte meine Hände fassungslos hoch. »Habe ich richtig gehört? Nina ist jetzt das beliebteste Mädchen der Schule?«

»Gestern habe ich die gleichen Kopfhörer gekauft wie sie«, erzählt Sophie. »Ich habe das Geld zusammengespart und sie sind *fantastisch*. Nina hat absolut recht: Mit diesen Kopfhörern weißt du erst, was guter Sound ist.«

»Und mir hat sie ihren Highlighter empfohlen, als ich sie danach gefragt habe«, ergänzt Layla und deutet dabei auf ihr makellos geschminktes Gesicht. »Unglaublich, dass ich ihn nicht schon längst kannte. Er ist so viel besser als meine alte Marke.«

»Ja, und erst die Schuhe!«, schwärmt Sophie, bevor ich darauf hinweisen kann, dass ICH Ninas Make-up gemacht habe und ICH ihr den Highlighter empfohlen habe. »Hast du gelesen, was dieser Style-Kolumnist über ihre High Tops geschrieben hat, mit denen sie letztes Wochenende an der Guildhall gesehen wurde? ›Geek Chic.‹ Ich wette, sie waren ein Weihnachtsgeschenk von Chase! Das ist so süß von ihm! Ich habe Mum schon gefragt, ob sie mir auch welche zum Geburtstag schenkt.«

»Whoa, whoa, whoa!«, brülle ich fast. »Die Turnschuhe habe ICH Nina geschenkt. Nicht Chase. Ich habe sie ihr gekauft.«

»Style zeigt sich nicht daran, was du trägst, sondern, wie du es trägst«, erklärt Layla und übergeht meinen Protest.

Sophie nickt bewundernd, als hätte Layla soeben die größte Weisheit der Welt verkündet.

Ich kann nicht glauben, was ich da höre. Nina datet einen Popstar, kein Wunder also, dass sich plötzlich viele Leute für sie interessieren. Aber ich hatte KEINE Ahnung, welche verrückten Ausmaße das alles bereits angenommen hat. Sophie kauft sich Sachen, weil Nina sie hat. NINA. Ich liebe meine Schwester über alles, aber gestern hätte sie sich fast einen beigefarbenen Rollkragenpulli gekauft. EINEN BEIGEFARBENEN ROLLKRAGENPULLI.

Zum Glück war ich da, um sie davon abzuhalten.

Diese ganze Idee, Nina könnte zusammen mit den beiden hier eine Lifestyle-Website kreieren, ist völlig absurd. Nina hat keinen blassen Schimmer von solchen Dingen und sie sind ihr auch total egal. Nur ein Beispiel: Auf der gelungenen Überraschungsparty, die ich für sie organisiert habe, hat sie auf die Fähnchen an der Wand gedeutet und erstaunt gefragt: »Wie hast du es geschafft, dass die da oben hängen bleiben?«

UND AUSGERECHNET SIE SOLL DEN LEUTEN PARTY-TIPPS GEBEN?

Ich weiß, dass sie sich nie darauf einlassen würde. Ich weiß, dass sie Layla und Sophie nicht leiden kann. Ich weiß, dass sie gar nicht die Zeit hat, um an dem Wettbewerb teilzunehmen. Das alles weiß ich nur zu gut.

Trotzdem ...

Ich bin schockiert von der Vorstellung, dass sie dabei mitmachen könnte und ich nicht. Falls Nina in einem Anfall von geistiger Umnachtung bei dem Team einsteigen würde, wäre ich komplett raus. Dann hätte ich NICHTS mehr. Nina würde die tollsten Sachen machen, und ich, was würde ich tun?

Am Wochenende Schlüsselanhänger in Mums Laden sortieren?

»Wir wollten dich zuerst fragen, aber wenn du nicht willst, dann können wir –«

»Ich bin dabei«, höre ich mich sagen.

Layla zieht die Augenbrauen hoch. »Jaaa?«

»Ja.« Ich nicke entschlossen. »Ich will die Website zusammen mit euch machen. Und ich will gewinnen.«

»Yes!«, kräht Sophie und klatscht in die Hände. »Wir werden sooo viel Spaß haben!«

»Montag ist unser erstes Arbeitstreffen. Die Website soll so bald wie möglich online gehen«, sagt Layla. »Wir müssen uns einen Namen ausdenken und möglichst viel Content sammeln, damit wir in kurzer Zeit sehr viele Interessenten anlocken. Ich habe jede Menge Ideen für das Layout, aber wir brauchen auch Vlogs. Wenn es sich an der Schule rumspricht, dass wir drei uns zusammengetan haben, werden alle gespannt auf unsere Website sein. Unser Ziel muss es sein, die Konkurrenz von vornherein auszuschalten.«

»Okay«, sage ich und bin unwillkürlich beeindruckt von Laylas plötzlicher Verwandlung in eine Businessfrau. »Ich mache mir am Wochenende ein paar Gedanken zu einer Musikseite. Dann können wir am Montag gemeinsam brainstormen.«

»Hervorragend.«

Hinter mir höre ich ein Geräusch, und als ich mich umdrehe, kommt Mum mit einer großen Kiste durch die Bürotür herein und lässt sie auf die Theke plumpsen.

»Hallo, Mädchen.« Sie klingt genauso überrascht, wie ich es war, als Layla und Sophie im Laden aufgetaucht sind. »Wolltet ihr mal schauen, wie Nancy hier schuftet?«

»Wir haben unser neues Projekt besprochen«, antwortet Sophie. »Eine Website für einen Schulwettbewerb.«

»Ihr macht bei dem Wettbewerb mit?« Mum lächelt erfreut. »Das sind ja tolle Neuigkeiten!«

»Nancy wird Musikredakteurin für unsere neue, coole Lifestyle-Website«, erklärt Sophie eifrig.

»Oh!« Mum bemüht sich, ihre Verblüffung angesichts dieser überraschenden Wendung zu überspielen. »Ihr bewerbt euch also als Team.«

»Wir sehen uns in der Schule, Nancy«, sagt Layla gelangweilt und macht Anstalten zu gehen.

»Es war nett, euch zwei wiederzusehen. Dann kann Nancy ja jetzt weiterarbeiten und die Sachen auspacken«, sagt Mum und deutet auf die Kiste.

»Was ist da drin?« Sophie stellt sich auf die Zehenspitzen und versucht in die Box zu spähen.

»Sind die nicht entzückend?« Bevor ich Mum daran hindern kann, zieht sie einen Hut hervor und setzt ihn auf.

»Sind das etwa Hüte, die aussehen wie ... *Hummer?*«, fragt Layla.

»Ja, verrückt, nicht wahr?«, kichert Mum. Sie bewegt den Kopf, um zu demonstrieren, wie lustig die Hummerscheren rechts und links wackeln.

Layla grinst boshaft. »Ja, verrückt.«

»Okay, dann bis Montag.« Ich komme hinter dem Tresen hervor und schiebe Layla und Sophie eilig zur Tür. »Ich kann es kaum erwarten.«

Sie winken zum Abschied, und ich warte, bis die Tür sich hinter ihnen schließt, bevor ich mich zu Mum umdrehe.

»Musstest du unbedingt den Hummerhut aufsetzen?«

»Ja, musste ich«, kichert sie. »Diese beiden Mädchen sollten ab und zu mal lächeln. Sie nehmen sich selbst viel zu wichtig. Außerdem dürfen Mütter ihre Töchter in peinliche Situationen bringen. Das ist unser Recht und unser Privileg.«

»Ja, schon klar. Ich wette, ich kriege am Montag ganz wunderbare Kommentare über Hummerhüte zu hören«, sage ich seufzend.

»Nancy.« Mum wird plötzlich sehr ernst. »Hältst du das wirklich für eine gute Idee? Mit ihnen gemeinsam eine Website aufzuziehen?«

»Sie haben einen interessanten Plan, mit dem wir vielleicht gewinnen könnten.«

»Du bist gut genug, um allein zu gewinnen«, wendet Mum ein. »Mag sein, dass du mir das nicht glaubst, aber es stimmt. Diese Mädchen ... Ich weiß, dass du es nicht immer einfach mit ihnen hattest –«

»Mum, lass gut sein«, unterbreche ich sie. »Glaub mir, ich will das machen. Es ist ja nicht so, als hätte ich besonders viele andere Dinge am Laufen. Außerdem lenkt mich das ab, während Nina London erobert und supererfolgreich und berühmt wird. Ich möchte dieses Projekt wirklich machen.«

»Schon gut, es ist deine Entscheidung«, meint Mum und schiebt die Kiste mit den Hüten zu mir rüber. Sie nimmt das Ungetüm von ihrem Kopf und setzt es mir auf. »Du siehst hinreißend aus. Und jetzt ran an die Arbeit.«

Lächelnd nehme ich die Kiste und trage sie zu dem Ständer. Die Türglocke bimmelt, als ich gerade dabei bin, die Hüte zu dekorieren, und ich höre eine vertraute Stimme, bei deren Klang mein Herz einen Hüpfer macht.

»Hey, Nancy.«

Ich wirble herum und sehe Miles vor mir, den Drummer von Chasing Chords. Er steht da und grinst übers ganze Gesicht.

»Was machst *du* denn hier?«

»Ich freue mich auch, dich zu sehen«, entgegnet er, dann nickt er Mum zu. »Hi, Ms Palmer.«

»Miles!« Mum kommt sofort zu uns und umarmt ihn stürmisch. »Du siehst *sehr* gut aus!«

O mein Gott. Erde, bitte verschling mich.

»Danke!« Als er Mums bewundernden Blick sieht, muss er lachen. »Wie geht es Ihnen?«

»Gut, danke. Nancy hat mir von deinem Trip nach Singapur erzählt. Sie hat mir alle deine Fotos auf Instagram gezeigt. Hast du eine schöne Zeit gehabt?«

»Mum!«, zische ich, aber sie ist so in das Gespräch mit Miles vertieft, dass sie mich nicht hört.

»Nancy hat Ihnen *alle* Fotos gezeigt?«, fragt Miles und sieht mich mit hochgezogenen Augenbrauen an. »Also, die Reise war fantastisch. Ich habe dort die Familie meiner Mutter besucht.«

»Und dann hat Nancy mir noch die Fotos von dir in Wanderstiefeln gezeigt, als du an einem langen Wochenende im Lake District warst«, fährt Mum fort, ohne zu merken, dass sie mich gerade wie eine Vollidiotin dastehen lässt. »Früher sind wir oft gewandert. In Norfolk gibt es wunderbare Wanderwege. Die würden dir bestimmt gefallen. Vielleicht kann Nancy sie dir bei Gelegenheit mal zeigen.« Sie sieht mich an und zwinkert.

Im Ernst, sie ZWINKERT.

»Eine Wanderung würde mir echt Spaß machen. Das wäre toll«, sagt Miles, der die Situation sichtlich genießt.

Mum nickt, dann tritt eine peinliche Stille ein.

»Tja«, sagt sie und schnippt unvermittelt mit den Fingern.«Ich setze mich wieder an die Schreibarbeit und überlasse es euch beiden, euch im Laden um alles zu kümmern. Nancy, ich bin im Büro.«

Ich zwinge mich, ihr nicht nachzuschauen, um ihr gar nicht die Gelegenheit zu geben, noch einmal zu zwinkern. Die Bürotür fällt hinter ihr zu.

»Also«, sagt Miles und steckt die Hände in die Taschen. »Du hast mich gestalkt?«

»Was?« Ich drehe mich weg und tue so, als würde ich die Hüte am Ständer neu ordnen. »Natürlich nicht.«

»Gerade hat es sich aber so angehört, als hättest du deiner Mum SEHR VIELE Fotos von meinem Instagram gezeigt.« Er kommt zu mir geschlendert und lehnt sich neben mich ans Regal. »Klingt ganz nach Stalking.«

»Sie hat da was verwechselt. Nicht ich, sondern Nina hat ihr die Fotos gezeigt. Du scheinst jedenfalls einen tollen Urlaub gehabt zu haben.«

Mein Gesicht steht in Flammen. Zum Glück gibt es gut abdeckende Foundation, sonst hätte es jetzt die Farbe von Rote Bete.

»Aha, Nina hat ihr die Fotos gezeigt«, sagt er und nickt. »Verstehe. Wie war übrigens Ninas Party? Tut mir leid, dass ich nicht kommen konnte.«

»Oh, du warst nicht da?«, sage ich leichthin. »Ist mir gar nicht aufgefallen bei all den Leuten. Wir hatten echt viel Spaß.«

Er lächelt. »Ja, das hat Chase auch gesagt.«

»Was machst du in Norfolk?«, frage ich. Weil mir langsam die Hüte ausgehen, wechsle ich zu den Schlüsselanhängern.

»Wir haben uns mit diesem Produzenten in Norwich getroffen. Es ging um Ideen für neue Songs, und ich dachte, es könnte Spaß machen, mal vorbeizuschauen und herauszufinden, was so besonders ist an diesem kleinen Ort. Chase redet ständig von eurem hübschen, idyllischen Städtchen.«

»Wie nett.«

»Jetzt fehlt mir nur noch jemand Ortskundiges.«

»Soll ich dir den Weg zur Touri-Info zeigen?«

Ich blicke auf und sehe, wie er mich anlächelt. Mein Magen schlägt verrückte Saltos. Ich frage mich, wie ich Chase jemals für den heißesten Typen der Band halten konnte. Miles ist so süß, dass sich die Frage eigentlich gar nicht stellt. Und er sieht mit einer Jeansjacke über einem Hoodie wahnsinnig gut aus. Genau diese Kombi hat er heute an.

Stopp, Nancy, denke ich und versuche verzweifelt zu ignorieren, wie gut er aussieht. Leider weiß ich mit absoluter Sicherheit, dass Miles sich NIE für mich interessieren wird. Ich bin das absolute Gegenteil von Nina, und sie ist diejenige, in die sich Musiker hoffnungslos verlieben. Ich bin nur *die andere*, ich weiß.

»Ich dachte, vielleicht könntest *du* mich herumführen, falls du Zeit hast. Chase hat mir von einem guten Plattenladen erzählt, den es hier angeblich gibt.«

»Meinst du Neptune Records? Nina liebt den Laden. Dort hat auch die Party stattgefunden.«

Hab ich's nicht gesagt? Das ist der perfekte Beweis, warum Miles sich nie für jemanden wie mich interessieren würde. Ich bin keine, die in Plattenläden geht. *Nina* ist diejenige, die in Plattenläden abhängt.

»Wie wär's, wenn ich einen Abstecher dorthin mache,

und du kommst in deiner Mittagspause nach? Wir könnten irgendwo essen und ein bisschen reden. Ich habe noch etwas Zeit, bevor ich wieder nach London muss.«

»Okay«, sage ich. »Klingt gut. Bis dann.«

Das ist kein Date, Nancy. Er muss Zeit totschlagen und außer dir kennt er hier niemanden. Er geht nicht mit dir aus. Die Schmetterlinge in deinem Buch können aufhören, wie wild herumzuflattern.

Miles grinst, dann geht er zur Tür.

»Bis dann. Ach, übrigens …«, sagt er und dreht sich am Eingang noch einmal um, »weißt du eigentlich, dass ein Hummer auf deinem Kopf hockt?«

KAPITEL SIEBEN

Nina

»Gehen wir.«

Am Sonntagmorgen wartet Caroline, ihren langen schwarzen Mantel über dem Arm, vor dem Übungsraum auf mich.

»Sie wollen gehen?«, frage ich. »Wohin denn?«

»Nicht *ich* gehe, sondern *wir*«, erwidert sie. Ihr Blick fällt auf die Notenblätter in meiner Hand. »Die brauchst du heute nicht. Komm mit.«

Sie läuft los und zieht sich im Gehen den Mantel über. Verblüfft folge ich ihr. Niemand hat gesagt, dass ein Ausflug auf dem Programm steht. Und ich habe gestern den ganzen Abend für die heutige Stunde geübt. Als ich ins Bett gegangen bin, habe ich meine Finger kaum mehr gespürt.

»Caroline, wo wollen wir hin? Brauche ich meine Tasche oder irgendetwas?«, frage ich, als wir nach draußen in die Kälte treten.

»Wir besuchen die Theaterabteilung.«

Ich bleibe abrupt stehen. »Was?«

Sie geht weiter und scheint nicht zu bemerken, dass ich

ihr nicht länger folge. Nach ein paar Schritten blickt sie über die Schulter, und als sie merkt, dass ich nicht hinter ihr bin, dreht sie sich um und winkt mich zu sich.

»Was stehst du da herum, Nina? Komm mit, Kälte ist Gift für Pianistenfinger.«

»Haben Sie gerade etwas von der Theaterabteilung gesagt?«, frage ich und rühre mich immer noch nicht vom Fleck.

»Ja, das habe ich.«

»Was wollen wir dort?«

»Warum siehst du mich so verschreckt an?« Sie mustert mich prüfend. »Ich dachte, du bist hier, um etwas zu lernen. Vertraust du meinen Unterrichtsmethoden nicht?«

»Doch, natürlich!«, sage ich schnell. »Es ist nur ... ich bin ein hoffnungsloser Fall, wenn es um Theaterauftritte geht. Haben Sie mein katastrophales Vorspiel am Anfang des Kurses schon vergessen? Die Bühne und ich, das passt nicht zusammen.«

Sie macht kehrt und baut sich vor mir auf. »Wenn du wirklich möglichst viel aus diesem Kurs mitnehmen willst, musst du mir vertrauen, Nina Palmer. Und jetzt los, sonst kommen wir zu spät.«

Mit diesen Worten dreht sie sich um und steuert auf den Gebäudeflügel zu, in dem sich die Theaterabteilung befindet. Ich habe keine andere Wahl, als ihr zu folgen.

Ich muss zugeben, ich bin von Caroline ziemlich eingeschüchtert, aber zumindest bin ich nicht die Einzige, die Schwierigkeiten mit einem der Lehrer hat. Grace hat gestern vor der Orchesterprobe erzählt, ihr Gesangslehrer habe sie für ihren albernen Akzent kritisiert.

»Ich singe so, wie ich spreche«, hat sie sich beklagt. »Ich wusste nicht, was ich machen sollte. Also habe ich ... na ja ...«

»Was hast du gemacht?«, fragte ich neugierig.

»Ich habe angefangen, mit schottischem Akzent zu singen.«

Ich prustete los, und zuerst war Grace fast beleidigt und meinte, das sei überhaupt nicht lustig. Aber schließlich musste sie mitlachen und am Ende haben wir uns kaum mehr eingekriegt.

»Nach dir, Nina«, sagt Caroline und hält mir die Tür zum Theaterflügel auf. Dann folge ich ihr einen Gang entlang. Vor einer Tür zu unserer Rechten bleibt sie stehen. »Bereit?«

»Ich weiß nicht«, antworte ich ehrlich. »Kommt drauf an, wofür.«

»Hast du dein Handy auf lautlos gestellt? Schau lieber noch mal nach.«

Sie öffnet die Tür. Dahinter befindet sich ein großer Übungsraum, dessen eine Wand komplett aus Spiegeln besteht. Vorn stehen ein paar Stühle. Einige Theaterstudenten in schwarzen Leggins und T-Shirts laufen hin und her und unterhalten sich. Ein paar von ihnen blicken auf, als wir eintreten, lassen sich aber nicht von uns stören. Auf einem der Stühle sitzt ein Mann Mitte vierzig und liest ein Buch mit vielen Eselsohren und mit Textmarker markierten Stellen. Als Caroline zu ihm geht, sieht er auf, und ein Lächeln erhellt sein Gesicht. Er erhebt sich, um sie zu begrüßen, und erst da bemerke ich, dass er genau wie seine Schüler keine Schuhe trägt.

»Danke, dass du uns zuschauen lässt«, sagt Caroline und küsst ihn auf beide Wangen. »Das ist lieb von dir.«

»Es ist mir wie immer ein Vergnügen«, antwortet der Mann. Sein Blick gleitet über ihre Schulter hinweg zu mir. Er lächelt. »Ist sie das?«

»Nina, das ist Sam. Er ist unser Bewegungslehrer.« Er ergreift meine Hand mit festem Händedruck und schüttelt sie. Ich starre auf den Boden und hoffe inständig, dass er nicht von mir verlangt, am Unterricht teilzunehmen. In solchen Momenten wäre ich am liebsten unsichtbar.

»Schön, dich kennenzulernen, Nina. – Ah ja«, sagt er und tauscht einen vielsagenden Blick mit Caroline. »Jetzt weiß ich, was du meinst.«

Sie nickt. »Ich habe es dir ja gesagt.«

»Setz dich, Nina«, fordert Sam mich auf und deutet auf einen der Stühle. »Wir wollten gerade anfangen.«

Ich setze mich. Caroline zieht ihren Mantel aus und nimmt neben mir Platz, während Sam sich vor seine Klasse stellt und in die Hände klatscht. Sofort verstummen alle. Die Schüler verteilen sich im Raum und sehen ihn erwartungsvoll an.

»Caroline«, flüstere ich und beuge mich zu ihr. »Was machen die da? Warum sind wir hier?«

»Du sollst nur zuschauen«, sagt sie, den Blick auf die Theaterstudenten gerichtet. »Das ist alles. Vielleicht lernst du etwas. Sam ist ein hervorragender Lehrer.«

»Aber das sind Schauspielschüler. Hier lernen sie, wie man *Theater* spielt«, sage ich so leise wie möglich, während Sam seine Schützlinge auffordert, tief einzuatmen. »Das hat nichts mit Klavierspielen zu tun.«

Caroline dreht sich langsam zu mir und sieht mir in die Augen. »Findest du?« Sie richtet ihre Aufmerksamkeit wieder auf die Klasse, woraus ich schließe, dass sie keine Antwort von mir erwartet.

»Ich habe mitbekommen, wie ihr vorhin im Schauspielunterricht eure Monologe geübt hat«, beginnt Sam. »Wunderschön. Ihr habt großartig gesprochen. Aber ich sage euch eines: Der schwierigste Teil an so einem Auftritt ist nicht euer Monolog, sondern der Weg auf die Bühne, von ganz hinten bis nach vorn, wo das Publikum wartet. Behaltet das im Kopf, wenn ihr euch jetzt bewusst macht, wie ihr steht. Steht ihr *lebendig?*«

Was redet er da? Natürlich sind sie lebendig! Ich schaue zu Caroline. Sie nickt fast unmerklich, als würde sie ihm zustimmen. Als hätte er eine vernünftige Frage gestellt. Vielleicht habe ich mich ja verhört.

»Werdet euch bewusst darüber, wie ihr steht«, fährt er fort.

Die Studenten fangen an, kleine Bewegungen zu machen. Einige rollen mit den Schultern, andere strecken die Hände aus und wackeln mit den Fingern. Alle wirken plötzlich ein Stück größer.

»Wunderbar«, lobt Sam. »Das ist das Thema unserer heutigen Stunde: stehen.«

Ich starre auf Sams Rücken und überlege, ob er den Verstand verloren hat. Anscheinend sieht er mein Gesicht in den Spiegeln, denn er hält inne und blickt über die Schulter.

»Ja, nur stehen«, sagt er direkt an mich gewandt, ehe er sich wieder seiner Klasse zuwendet. »Ihr müsst euch daran gewöhnen, den Platz, an dem ihr steht, auszufüllen.«

120

Er geht von einem Studenten zum nächsten und prüft ihre Haltung.

Caroline nutzt den Moment, um mir etwas zuzuflüstern: »Du siehst aus, als wüsstest du nicht, was du davon halten sollst.«

»Es ist nur... Haben Sie nicht gesagt, dass er für Bewegungen zuständig ist?«

»Ja, das stimmt.«

»Aber... ist Stehen nicht das genaue Gegenteil von Bewegung?«

»Sieh dir seine Schüler an.« Sie deutet mit einem Nicken in den Raum. »Denkst du, du könntest so stehen wie sie? Wenn ich dich jetzt bitten würde, aufzustehen und dich so hinzustellen, jetzt in diesem Moment?«

Ich beobachte ein Mädchen, das direkt vor mir steht. Ihre Schultern sind gerade, das Kinn vorgestreckt, und sie blickt direkt auf die Wand hinter mir. Sie sieht so *offen* aus. Sie weiß, dass ich direkt vor ihr sitze und sie beobachte, doch das scheint ihr gar nichts auszumachen.

»Nein«, flüstere ich zurück. »Das könnte ich nicht.«

Meine Antwort scheint Caroline zufriedenzustellen. »Sam bringt seinen Schülern bei, wie sie sich erst einmal Raum verschaffen, bevor sie eine Bewegung machen. Und ich möchte, dass du genau das übst, Nina. Deine Hausaufgabe für nächste Woche ist es, zu *stehen*.«

»Wie bitte?«

»Ich möchte, dass du stehst«, wiederholt sie, den Blick auf Sam gerichtet, der immer noch seine Runde durch den Raum dreht. »Ich bin gespannt auf deine Fortschritte, wenn wir uns am nächsten Samstag wiedersehen.«

»Was?«, fragt Chase und verschluckt sich fast an seiner heißen Schokolade. »Deine Hausaufgabe besteht darin, zu *stehen*? Einfach nur ... so herumstehen?«

»Genau. Aber es ist schwerer, als du denkst. Ich habe es geübt, bevor ich los bin, um dich zu treffen. Ich habe mich mitten ins Zimmer gestellt und es war ein total seltsames Gefühl. Ich habe ganz bewusst wahrgenommen, dass ich *stehe,* und dann bin ich mir dumm vorgekommen und wollte mich hinsetzen oder irgendetwas anderes machen.«

»Wow«, sagt er und stellt die Tasse ab. »Das ist verrückt.«

Ich nicke und lasse meinen Blick noch einmal durch das Café schweifen, um sicherzugehen, dass uns niemand beobachtet und keine Handys auf uns gerichtet sind. Wir haben uns extra einen Tisch in einer Ecke ausgesucht und bisher scheint niemand von uns Notiz zu nehmen.

Seit mich jemand fotografiert hat, als ich an meinem ersten Tag vor der Guildhall auf Chase gewartet habe, bin ich ständig in höchster Alarmbereitschaft und rechne auf Schritt und Tritt damit, dass uns irgendwo Fotografen auflauern. Chase hat für unser Treffen dieses kleine Café vorgeschlagen, das etwas abseits liegt. Hier würde niemand einen Popstar vermuten. Ich habe mich riesig gefreut, als Chase mir schrieb und fragte, ob wir uns in der Pause zwischen dem Vormittagsunterricht und der nachmittäglichen Orchesterprobe treffen können. Aber ich habe trotzdem ständig Angst, dass uns jemand entdeckt. Das Letzte, was ich jetzt brauchen kann, wäre Jordan, der hereinspaziert kommt und uns zusammen sieht.

»Ich bin froh, dass wir ein bisschen Zeit für uns haben«,

sagt Chase, und wie immer betont sein Lächeln seine Wangenknochen. »Ich habe dich vermisst.«

»Ich dich auch. Ich vermisse es, dass wir nicht mehr jeden Abend miteinander reden.«

Es hört sich schärfer an als beabsichtigt, und sein betroffener Gesichtsausdruck sagt mir, dass ich den schönen Moment ruiniert habe. Aber es ist die Wahrheit. Seit wir zusammen sind, haben wir jeden Tag miteinander geredet – selbst damals, als wir unsere Beziehung noch geheim halten mussten. Aber in den vergangenen Tagen hat es jedes Mal sehr lange gedauert, bis er auf meine Nachrichten geantwortet hat, und abends war er entweder zu müde für eine Unterhaltung, oder er war auf irgendeinem Musikevent.

»Nina, du hattest recht mit dem, was du letzte Woche vermutet hast. Ich bin nicht ganz ehrlich zu dir gewesen«, beginnt er auf einmal. »Ich muss dir etwas sagen. Ich hätte es schon früher tun sollen, aber ich wollte mir erst ganz sicher sein.«

Er beugt sich vor und schaut mich mit seinen sanften blauen Augen an. Mir stockt der Atem und mein Herz fängt an zu flattern. Vielleicht ist das der Moment. Vielleicht sagt er es jetzt.

Das L-Wort.

»Nina«, beginnt er mit einem leisen Lächeln. »Ich habe mir überlegt, es mal solo zu probieren.«

Das warme, kribblige Gefühl ist wie weggeblasen. Tränen schießen mir in die Augen, und mein Herz hämmert so laut, dass alle im Café es hören müssen.

»Du ... du machst Schluss mit mir?«

»*Was?*« Er sieht mich entsetzt an. »NEIN! Wie kommst du

darauf? Nina, mit *solo* meine ich nicht ohne dich! Sondern ohne die Band!«

»Oh!«

Ich bin so erleichtert, dass ich mich zurücklehnen muss und die Hand ans Herz presse, während ich versuche, die Tränen wegzublinzeln. Seine Worte hallen immer noch in mir nach.

»Hast du allen Ernstes gedacht, ich würde mit dir Schluss machen?«, fragt er kopfschüttelnd. »Ich sag dir was: Wenn jemand mit den Worten: ›Ich probier es mal solo‹, mit dir Schluss macht, dann ist er ein Vollidiot, und du solltest gar nicht erst mit ihm zusammen sein.«

Ich lache und mein Herzschlag verlangsamt sich. Chase ergreift über den Tisch hinweg meine Hände. Ich weiß nicht, wieso seine Hände immer warm und meine immer kalt sind.

»Moment mal, heißt das, Chasing Cords lösen sich auf?«, frage ich, während er seinen Stuhl näher zu mir rückt.

»Nein, die Band weiß noch gar nichts davon«, sagt er und legt die Stirn in Falten. »Ich habe es noch niemandem erzählt. Onkel Mark hatte die Idee, und je mehr er davon geredet hat, desto besser klang es für mich. Die Musik von Chasing Chords ist toll, aber sie war eigentlich nie so ganz mein Stil.« Er hält inne und streicht mir eine Strähne hinters Ohr. »Das habe ich dir schon an unserem ersten Abend erzählt, ich erinnere mich genau daran. Ich habe dir mein Herz ausgeschüttet, obwohl du eine Fremde für mich warst.«

»Ich dachte, Mark wäre gegen eine Solokarriere? Immerhin ist er der Bandmanager«, erwidere ich, während ich versuche, mich von seinen sanften, streichelnden Fingern auf meiner Wange nicht von den großen Neuigkeiten ablenken zu lassen, mit denen er mich gerade aus dem Nichts überfallen hat. »Du hattest Angst, ihm zu sagen, dass du dein eigenes Ding machen willst. Du meintest, er würde es nie verstehen.«

»Das war vor unserem kleinen Akustikkonzert an Silvester.«

»Genau deshalb wolltest du das Konzert ja vor ihm geheim halten«, sage ich verwirrt. »Nancy musste alles heimlich organisieren, damit er nichts davon erfährt.«

»Und dann ist ein Video davon viral gegangen, und plötzlich gibt es lauter Leute, die mich solo als Singer-Songwriter hören wollen«, erklärt Chase. Mit einem verschmitzten Lächeln fügt er hinzu: »Mark ist durch und durch Geschäftsmann, weißt du?«

»Hattest du Anfragen von deinem Plattenlabel?«

»Ja, und auch von anderen. Deshalb war ich in letzter Zeit so beschäftigt. Während das Video tausendfach angeklickt wurde, bekam Onkel Mark Anrufe von Produzenten, die an einem Soloalbum mit mir interessiert sind, und von Plattenfirmen, die wissen wollten, ob ich für einen neuen Vertrag frei bin oder weiter bei den Chasing Chords bleibe. Mark antwortete ihnen, ich sei grundsätzlich für alles offen.«

»Hat er dich vorher gefragt?«

»Nein, das musste er nicht.« Chase zuckt mit den Schultern. »Er wusste ja, dass ich mit dem Sound von Chasing Chords nie so ganz glücklich war und dass der Erfolg der Band mich selbst überrumpelt hat. Ich glaube, er hat das schon seit Längerem kommen sehen. Aber jetzt erkennt er auch die Vorteile. Ein neuer Plattenvertrag und eine ganz neue Karriere.«

»Chase.« Ich bin so überrumpelt von seinen Neuigkeiten, dass ich ganz vergessen habe, ihm zu gratulieren. »Ich bin so stolz auf dich.«

»Danke, Nina. Tut mir leid, dass ich mich so rargemacht habe. Ständig waren wir in Meetings, und Onkel Mark hat mich von einem Musikevent zum nächsten geschickt, damit ich mir ein ›Netzwerk aufbaue‹.« Chase verdreht die Augen. »Die Partys waren auch der Grund, warum es manchmal so schwierig war, dich anzurufen. Und wenn ich nach Hause kam, hast du schon geschlafen.«

»Hast du ein konkretes Angebot? Ist schon irgendetwas fix?«

»Im Moment sind wir noch dabei, alles durchzusprechen.« Er fährt sich mit den Fingern durch die Haare. »Es ist wirklich stressig. Spannend, aber stressig. Mir macht vor allem die Band Sorgen. Wie soll ich es den anderen beibringen, wenn ich bei einem Label als Solomusiker unterschreibe?«

»Sie werden es verstehen«, sage ich sanft. »Sie sind deine größten Fans. Und alle wissen, dass du derjenige bist, der die Songs schreibt. Miles war bei dem Akustikkonzert in Norwich. Ihm ist sicher längst klar, dass du es mal solo versuchen wirst.«

Er nickt. »Ja, aber trotzdem fühlt es sich wie Verrat an. Als würde ich sie hintergehen. Auch Miles schreibt gute Songs. Er hat mir bei einigen geholfen.«

»Mach nichts hinter ihrem Rücken«, rate ich ihm. »Du solltest ihnen sagen, was los ist. Dann haben sie Zeit, sich an den Gedanken zu gewöhnen, bevor es offiziell wird.«

»Ich kann sie ja wohl schlecht zusammentrommeln und sagen: ›Hey, Leute, ich strecke gerade meine Fühler aus, um ein Soloalbum zu machen.‹ Sie würden denken, ich will aussteigen – und schon berichten alle Medien, dass Chasing Chords sich auflösen.« Er schließt kurz die Augen. »Aber dafür bin ich noch nicht bereit. Ich möchte die Band nicht verlassen. Das sind meine besten Freunde. Ich will mein eigenes Ding machen, ohne Chasing Chords aufgeben zu müssen. Das ist egoistisch, oder?«

»Es ist total verständlich«, sage ich und lege beruhigend eine Hand auf seinen Arm. »Du kannst doch beides machen.«

»Vielleicht. Deshalb möchte ich ja erst einen Vertrag als Solomusiker unterzeichnen, bevor ich es den anderen aus der Band sage. Dann kann ich alle ihre Fragen beantworten. Ich kann ihnen zusagen, dass ich der Plattenfirma – welche es auch immer sein wird – klargemacht habe, dass ich mich auch weiterhin der Band gegenüber verpflichtet fühle. Die Plattenfirma wird alles dafür tun, damit ich beide Karrieren unter einen Hut bringe. Onkel Mark wird das als Bedingung in den Vertrag aufnehmen. Das hat er mir fest versprochen.«

»Dann musst du dir keine Sorgen machen. Alles wird glattgehen.«

Er lächelt mich an. »Danke, Nina. Ich hätte dir das alles viel früher erzählen sollen. Es war nur so viel auf einmal, und anfangs war ich mir nicht sicher, ob überhaupt etwas daraus wird. Aber inzwischen nimmt das Ganze Formen an.«

»Mach dir keine Sorgen. Ich bin so, so stolz auf dich.«

»Ich weiß, dass ich das nicht extra erwähnen muss«, sagt er beinahe entschuldigend. »Aber bitte erzähl niemandem davon. Ich stehe noch ganz am Anfang, und wenn jemand Wind davon bekommt, bevor die Jungs –«

»Das ist doch klar. Dein Geheimnis ist bei mir gut aufgehoben.«

Sein Lächeln wird breiter und seine Grübchen vertiefen sich. Ich kann nicht anders, als ihn anzuhimmeln. Er nimmt sanft mein Gesicht in seine Hände, beugt sich zu mir und küsst mich.

»Ich bin froh, dass ich dich habe«, sagt er ernst, als er sich wieder von mir löst.

»Geht mir genauso«, murmle ich verträumt, denn ich bin wie benommen von unserem Kuss. Man könnte doch meinen, ich hätte mich inzwischen daran gewöhnt.

Er lacht leise. »Wenn ich solo auftrete, könntest du meine Pianistin werden, und wir könnten zusammen auf Tournee gehen. Ich verspreche dir auch, dass du bei mir nie das Stehen üben musst.«

Sein Witz über Guildhall reißt mich aus meiner Trance.

»O mein Gott, wie viel Uhr ist es?«, frage ich panisch und greife nach meinem Handy. Ich war so vertieft in unser Gespräch, dass ich die Zeit ganz vergessen habe. Beim Blick auf das Display wird mir ganz schlecht. In drei Minuten fängt die Orchesterprobe an. Das schaffe ich nie. »Ich komme zu spät!«

Ich springe so hektisch auf, dass mein Stuhl nach hinten kippt, schnappe Tasche und Mantel und renne zur Tür.

»Sie werden es verstehen. Manchmal vergisst man eben die Zeit«, beruhigt mich Chase und folgt mir, während ich

128

an der Tür jemanden zur Seite stoße, der das Café betreten will. »Sag, du warst mit mir zusammen.«

»Das würde alles nur noch *hundertmal* schlimmer machen.«

Chase sieht mich merkwürdig an. »Warum?«

»Das kann ich dir jetzt nicht erklären. Hör zu, ich muss los. Ich werde –«

Mitten im Satz breche ich ab, denn mein Blick fällt auf eine Gestalt, die uns aus einiger Entfernung beobachtet. Chase folgt meinem Blick.

»Was? Was ist los?«, fragt er und wendet sich zurück zu mir.

Ich blinzle. Die Person ist um die Ecke verschwunden. Das Licht hat mir wohl einen Streich gespielt. Es hätte jeder sein können.

Unmöglich, dass *er* es war.

»Nina?« Chase sieht mich besorgt an. »Was ist los? Du machst mir Angst. Du bist so blass geworden.«

»Ach, nichts«, sage ich und schüttle den Kopf. »Ich dachte, ich hätte jemanden gesehen, aber ich habe mich wohl getäuscht.«

»Wen denn?«

»Vergiss es.« Ich versuche, den Gedanken abzuschütteln, und stelle mich auf die Zehenspitzen, um Chase einen Abschiedskuss zu geben. »Heute Abend auf der Heimfahrt nach Norwich melde ich mich bei dir«, sage ich, dann renne ich die Straße entlang Richtung Guildhall.

»Ich habe heute Abend einen Termin«, ruft er mir hinterher.

Für eine Antwort habe ich es zu eilig. Als ich die Guildhall erreiche, bin ich in Schweiß gebadet. Vor der Tür zum Orchesterraum bleibe ich stehen und ringe nach Atem. Ich will auf einen geeigneten Moment warten, um unauffällig hineinzuhuschen. *Vielleicht,* denke ich und wische mir über die Stirn, während ich durch das kleine Fenster in der Tür spähe, *vielleicht ist ihnen noch gar nicht aufgefallen, dass ich fehle.*

Wenn ich Piano eins wäre, hätten sie es längst bemerkt, aber mein Part ist so unwichtig, dass ich mich mit etwas Glück hineinschleichen kann.

Ich warte, bis der Dirigent sich den ersten Violinen zuwendet und der Tür den Rücken zudreht, dann husche ich durch die Tür, schleiche auf Zehenspitzen nach hinten und lasse mich auf meinen Klavierhocker gleiten. Jordan blickt unerträglich selbstgefällig drein, aber ich denke, ich bin noch einmal davongekommen.

Falsch gedacht.

»Wie nett, dass du uns Gesellschaft leistest, Nina«, schallt eine Stimme durch den Raum, als die Violinen ihren Part beendet haben.

Caroline wollte sich offensichtlich unsere Probe anhören und saß die ganze Zeit in der Ecke. Als sie aufsteht und mich anspricht, drehen sich alle im Orchester neugierig nach mir um.

»Du bist sieben Minuten zu spät«, stellt sie fest. »Sind dir die Orchesterproben nicht wichtig genug?«

»Doch, natürlich«, flüstere ich eingeschüchtert und wünsche mir, alle würden aufhören, mich anzustarren.

»Ist die Zeit der anderen weniger wertvoll als deine?«

»Natürlich! Ich meine, *nein!* Ich meine…« Ich breche ab.

In meinem Kopf geht es drunter und drüber und mir fallen die richtigen Worte nicht ein. »Ich habe die Zeit vergessen.«

»Verstehe. Hattest du etwas Besseres zu tun?«

»Wenn man Twitter fragt, dann ja«, meldet sich Jordan zu Wort. Zum Beweis hält er sein Handy hoch. Darauf ist ein Foto von Chase und mir zu sehen, wie wir uns im Café küssen. Es ist von draußen durchs Fenster aufgenommen worden. Jemand hat uns von der Straße aus entdeckt und uns heimlich fotografiert. Alle fangen an zu kichern, während ich verzweifelt versuche, nicht loszuheulen.

»Danke, Jordan. Aber ich kann mich nicht erinnern, dich oder Twitter nach eurer Meinung gefragt zu haben«, weist Caroline ihn scharf zurecht.

Jordans Miene verfinstert sich und er lässt das Handy wieder in seiner Tasche verschwinden. Im Raum wird es still. Caroline wendet sich erneut mir zu.

»Vielleicht solltest du einmal darüber nachdenken, wie viele gern in diesem Kurs wären, es aber nicht sind, weil wir dir den Platz gegeben haben«, erinnert sie mich. »Also, komm nicht noch einmal zu spät.«

Ich nicke nur. Vor Angst bringe ich kein Wort heraus.

Caroline kehrt zu ihrem Platz zurück. Der Dirigent räuspert sich und fordert uns auf, von vorne zu beginnen. Als sich alle wieder auf die Musik konzentrieren, kann ich, versteckt hinter meinen Notenblättern, meinen Tränen freien Lauf lassen.

Jordan wirft mir einen Blick von der Seite zu. Als er meine tränenüberströmten Wangen sieht, zeigt sich auf seinem Gesicht zuerst Überraschung und für einen kurzen Moment so etwas wie Mitgefühl. Doch dann dreht er sich weg und schaut für den Rest der Probe nicht mehr her.

Er nicht und auch sonst niemand.

KAPITEL ACHT

Nancy

Ich kriege Miles nicht aus dem Kopf und das treibt mich noch in den WAHNSINN. Ich weiß ja, dass er nicht auf mich steht. Aber jedes Mal, wenn ich ihn aus meinem Kopf verjagen will, schleicht er sich heimlich wieder hinein. Das ist so bescheuert. Ich wünschte, Nina wäre hier, um mich abzulenken. Kurz überlege ich sogar, sie anzurufen. Ein Blick auf die Uhr sagt mir aber, dass sie schon auf dem Weg von London nach Hause ist. Also kann ich es auch lassen.

Ich liege auf dem Sofa und schaue mir einen alten Film von Mary-Kate und Ashley Olsen an, weil ich hoffe, dass er mich auf andere Gedanken bringt. Aber ich kann mich nicht konzentrieren. Immer wieder muss ich an gestern denken und alles, was Miles gesagt oder getan hat, noch einmal haarklein durchspielen.

»O Gott, Schluss jetzt!«, sage ich laut zu mir selbst.

»Alles in Ordnung, mein Schatz?«, ruft Mum aus der Küche. Sie hat heute wieder eine ihrer künstlerischen Anwandlungen und zeichnet gerade eine leere Milchflasche ab.

»Ja, Mum. Ich habe nur Selbstgespräche geführt«, rufe ich zurück.

»Weißt du«, sagt Mum und kommt aus der Küche, um sich neben mich aufs Sofa zu setzen. »So eine leere Milchflasche ist wirklich faszinierend, wenn man sie nur lange genug anschaut.«

»Wenn du das sagst«, erwidere ich und greife nach der Fernbedienung, um auf Pause zu drücken. »Hast du eigentlich vor, mir irgendwann mal von deinem Date gestern Abend zu erzählen?«

Auch wenn sie mir bisher keine Details verraten wollte, bin ich sicher, dass der Abend gestern gut lief, denn sie schwebt schon den ganzen Tag wie auf Wolken durchs Haus und summt Musical-Melodien vor sich hin. Heute Morgen hat sie in ihrem Überschwang sogar angefangen zu backen, weshalb ich ungefähr hundert Cupcakes gegessen habe, denn sie stehen direkt vor mir, mit ihrem pinkfarbenen Zuckerguss und Streuseln und allem Drum und Dran.

»Hast du vor, mir von *deinem* Date zu erzählen?«, fragt sie zurück.

»Hm? Welches Date?«

Sie sieht mich an, als hätte ich nicht mehr alle Tassen im Schrank. »Dein Date mit Miles! Dem Adonis von Chasing Chords!«

»Bitte benutze NIE mehr das Wort Adonis. Außerdem war es kein Date.«

»Er ist extra in unser kleines Städtchen gekommen, um dich zum Mittagessen auszuführen«, sagt sie und zieht die Augenbrauen hoch. »Also, für mich klingt das nach einem

Date. Denk bloß nicht, ich hätte den kleinen Flirt zwischen euch nicht bemerkt. Ich war im Büro und habe mit einer Tasse am Ohr an der Tür gelauscht, daher habe ich jedes Wort verstanden.«

»MUM!« Ich werfe ein Kissen nach ihr. »Das ist eine Verletzung meiner Privatsphäre, weißt du das?«

»Ich wollte nur überprüfen, ob meine Theorie stimmt. Und ich hatte recht. Du magst ihn.«

»Okay, Ende der Unterhaltung. Ich schaue jetzt den Film weiter.« Ich spüre, wie meine Wangen heiß werden.

»Wenn du mir von deinem Date erzählst, dann erzähl ich dir von meinem.«

Ich stoße einen tiefen Seufzer aus. »Mum, es war kein Date. Miles war nur zufällig in Norwich, um einen Produzenten zu treffen, und Chase hat ihm offenbar von Neptune Records vorgeschwärmt. Er wollte sich den Laden anschauen, denn so etwas machen talentierte Menschen wie Chase, Miles und Nina in ihrer Freizeit. Sie kramen in staubigen alten Platten herum. Er wollte nur höflich sein, als er vorschlug, zusammen Mittagessen zu gehen. Vielleicht habe ich ihm leidgetan.«

»Aus welchem Grund solltest du ihm leidtun?«, fragt sie mit zusammengezogenen Augenbrauen.

»Da gibt es viele Gründe«, antworte ich. »Zum Beispiel wissen alle ganz genau, was sie wollen, und nur ich sitze daheim herum und habe keinen Plan.«

»Das stimmt doch überhaupt nicht. Es ist völlig in Ordnung, wenn man mit fünfzehn noch nicht das ganze Leben durchgeplant hat, Nancy.« Sie lacht leise. »Der Weg ergibt sich manchmal von ganz allein.«

»Mum, weißt du, wie jemand in der Schule mich vor ein paar Tagen genannt hat?«

»Nina?«, schlägt sie vor.

Ich verdrehe die Augen. »Ja, schon klar, das kommt oft vor. Aber das meine ich nicht. Die Leute haben mich *die andere* genannt. Die andere! Als wäre es völlig unwichtig, wie ich heiße. Nina ist der Hauptzwilling und ich bin die andere. Ich MUSS meinen Namen wieder ins Spiel bringen! Aber keine Sorge, ich habe schon eine Idee.«

»Verstehe. Und wie sieht diese Idee aus?«

»Die Website«, verkünde ich stolz. »Das Projekt, das ich mit Layla und Sophie auf die Beine stellen werde. Wenn es so weit ist, werden alle nur noch von mir und meiner tollen Musikkolumne reden. Ich werde wieder beliebt sein, den Wettbewerb gewinnen und bei Disney Channel die Zeit meines Lebens verbringen. Dann bin ich nicht mehr unbedeutend, sondern etwas Besonderes. Das ist ein ausgezeichneter Plan.«

Mum nickt nachdenklich. »Du scheinst dir alles genauestens überlegt zu haben. Hast du Miles von dem Plan erzählt?«

»Nein, warum sollte ich? Außerdem ist mir erst heute Morgen die Idee gekommen. Gestern war ich noch nicht so weit.«

»Ich dachte nur, dass er vielleicht genauso darüber denkt wie ich.« Sie lächelt mich liebevoll an. »Du bist schon jetzt etwas Besonderes, Nancy. Dafür musst du nicht beliebt sein und dafür brauchst du weder eine neue Website noch ein Praktikum.«

»Mum.« Ich stöhne auf. »Du bist meine *Mum*. Natürlich

musst du so etwas sagen. Hast du mir denn nicht zugehört? In der Schule habe ich nicht mal mehr einen Namen. Mein Leben ist ein dickes, fettes Nichts. Ich muss etwas unternehmen, sonst drehe ich durch.«

»Ich finde es gut, dass du diesen Wettbewerb so ernst nimmst – aber nur, wenn dich nicht die falschen Gründe antreiben«, sagt sie. »Also, worüber hast du dich mit Miles unterhalten, wenn du ihm nicht von der Website erzählt hast?«

»Nicht viel. Hauptsächlich darüber, dass er es schön fand, mal eine Pause von der Band zu haben. Allerdings freut er sich schon darauf, mit Chase an neuen Songs zu arbeiten. Eigentlich war es ganz lustig«, fahre ich fort. »Während er redete, habe ich eine winzig kleine Spinne auf seiner Schulter entdeckt. Und als ich ihm das gesagt habe, ist er mit einem Schrei aufgesprungen, dabei gegen den Tisch gestoßen und hat sein Glas umgekippt. Es war zum Piepen. Ich musste loslachen, und er nur so: ›Nancy, das ist nicht witzig! Mach die Spinne weg! Wo ist sie? WO IST SIE?‹ Er war so in Panik, dass ich noch zehnmal mehr lachen musste, bis mir irgendwann die Tränen kamen. Das ganze Café hat uns angestarrt, und dann war da dieser alte Typ, der sagte: ›Da ist gar keine Spinne, Junge. Die ist schon längst weg.‹ Miles hat sich bei ihm bedankt und sich wieder hingesetzt, aber ich konnte nicht aufhören zu kichern. Irgendwann fand er es dann selbst komisch und hat mitgelacht.

Jedenfalls haben wir ihm etwas Neues zu trinken bestellt, und ich habe ihn getröstet, dass ihm das nicht peinlich sein muss. Die winzig kleine Spinne hätte ja auch eine MONSTER-TARANTEL sein können, die sich zur Tarnung ganz klein gemacht hat, und dann hätte er STERBEN können.

Aber am Ende hat er seine Rache bekommen, denn als wir das Café verließen, war auf der Straße eine Taube, die an einem Stück Pommes geknabbert hat, und ich bin total zappelig geworden und musste zugeben, dass ich mich vor Tauben fürchte. Den Rest des Weges hat er immer wieder gerufen: ›NANCY, DUCK DICH. TAUBE IM ANFLUG!‹, und ich habe mich geduckt, obwohl es immer nur ein Scherz war.

Ich habe ihm gesagt, dass man über so etwas keine Witze macht, denn wer einmal lügt, dem glaubt man nicht und so weiter – aber das fand er NOCH lustiger.

Dann hat er sich ein Taxi gerufen, das ihn zum Bahnhof von Norwich bringen sollte. Ich habe ihn damit aufgezogen, dass eine so unschätzbare Berühmtheit wie er natürlich nicht mit öffentlichen Verkehrsmitteln fahren kann. Daraufhin war er in seinem Stolz gekränkt und bestellte das Taxi ab, um den Bus zu nehmen. Mir blieb nichts anderes übrig, als mitzufahren, denn allein hätte er es nicht hingekriegt. Er wollte tatsächlich in einen Bus steigen, der genau in die entgegengesetzte Richtung fuhr, was ziemlich süß war. – Moment mal.« Ich halte inne und sehe Mum an. »Wie war noch gleich die Frage?«

Sie lächelt auf diese wissende Art und ich halte ihren Blick fest.

»Was? Warum siehst du mich so an?«

»Ach nichts«, sagt sie. »Klingt, als hättet ihr einen schönen Tag miteinander verbracht.«

»Es war ganz okay«, sage ich schnell. Erst jetzt fällt mir auf, dass ich eine halbe Ewigkeit über Tauben und Spinnen geredet habe. »Was mich viel mehr interessiert: Wie war dein Date?«

»Ach, Nancy, es war ein wundervoller Abend«, seufzt sie, und ihre Augen verschleiern sich. »Wir hatten so viel Spaß. Wir sind in dieses kleine italienische Restaurant gegangen, und das Essen war einfach himmlisch, und es gab überhaupt keine peinlichen Gesprächspausen! Es ist so angenehm, mit jemandem zusammen zu sein, bei dem man sich wohlfühlt. Nach dem Essen hat er vorgeschlagen, tanzen zu gehen. Da musste ich ihm natürlich erzählen, dass er die Siegerin im Mambo-Amateurtanzwettbewerb von East Anglia von 1988 vor sich hat. Das weißt du ja. Aber ich war seit Jahren nicht mehr richtig tanzen. Also sind wir in diesen Klub gegangen.«

»Du warst in einem *Klub*?«

»Ja, das war ich. Und eines kann ich dir sagen, liebste Tochter: Ich weiß immer noch, wie man eine Tanzfläche zum Beben bringt.«

»Mum, erzähl nicht weiter, sonst brauche ich eine Therapie«, warne ich sie, als sie auch noch zu kichern anfängt. »Klingt, als würdest du den Typen richtig mögen. Wie stehen die Chancen, ihn kennenzulernen?«

»Noch schlecht«, sagt sie dickköpfig. »Es ist zu früh, um ihn meinen Kindern vorzustellen.«

»Wir sind keine Kinder mehr, Mum«, erinnere ich sie. »Wir verkraften das.«

Im Schloss der Haustür dreht sich ein Schlüssel. Kurz darauf kommt Nina herein, wie immer mit den Kopfhörern um den Hals. Sie lässt sich in den Sessel fallen und schließt die Augen.

»Hey, Nina«, sage ich fröhlich. »Du siehst müde aus.«

»Ich bin fix und fertig.« Sie öffnet die Augen und lächelt uns an. »Aber ich bin froh, wieder daheim zu sein.«

»Wie war Guildhall?«

»Ganz okay.«

Mum und ich tauschen Blicke aus, woraufhin Mum schnell den Teller mit den Cupcakes nimmt und ihn Nina hinhält. Sie greift dankbar zu und fängt an, am Rand zu knabbern.

Wenn jemand Nina und mich nicht unterscheiden kann, müsste er uns nur etwas zu naschen geben, zum Beispiel einen Schokoriegel oder einen Muffin, und uns dann beim Essen zusehen. Nina knabbert wie ein Eichhörnchen an den Rändern und hebt das Beste bis zum Schluss auf, als hätte sie die Reihenfolge genau durchdacht. Ich dagegen verschlinge alles und muss ihr dann zusehen, wie sie genüsslich vor sich hin knuspert.

»Gestern war die Einladung zu deinem Abschlusskonzert in der Post«, erzählt Mum, und ich sehe, wie Nina bei diesen Worten zusammenzuckt. »Du bist ein Star, Nina! Ich freue mich schon so!«

»Super.« Nina bemüht sich, enthusiastisch zu klingen. »Dabei weiß ich noch nicht mal, was ich spiele. Es muss etwas Besonderes sein. Ich kann es mir ja überlegen, während ich stehen übe.«

»Du willst stehen üben? Ooohh, heißt das, du spielst im Stehen Klavier, wie Jamie Cullum? Du weißt schon, wenn er sich total im Jazz verliert und den Klavierhocker wegstößt. Das wäre COOL.«

»Nein, Nancy, ich muss das ernste Zeug spielen«, sagt Nina lachend. »Wie war denn dein Wochenende?«

»Nancy erstellt mit Layla und Sophie eine Website für den Wettbewerb«, antwortet Mum für mich. »Sie wird gewinnen und ein großer Disney-Star werden.«

»Du machst *was*?« Nina sieht mich ungläubig an. »Wieso ausgerechnet mit den beiden?«

»Weil sie mich gefragt haben. Ich habe darüber nachgedacht und bin zu dem Schluss gekommen, dass es eine gute Idee ist«, erwidere ich. »Ich denke, wir haben eine realistische Chance. Es soll eine Lifestyle-Website werden und ich übernehme den Musikteil und helfe bei Fashion und Style. Ein bisschen wie auf meinem Instagram-Account.«

Nina nickt und sieht mich gedankenverloren an. »Die Idee klingt ganz gut und es ist bestimmt eine tolle Erfahrung. Jimmy macht auch bei dem Wettbewerb mit, aber seine Website wird sich sicher nicht um Lifestyle drehen. Ihr seid also keine direkten Konkurrenten.«

»Hat er schon ein Thema?«

»Das weiß ich nicht«, gibt Nina zu und reibt sich den Nacken. »Ich habe mich das ganze Wochenende über nicht bei ihm gemeldet. Ich bin eine schreckliche Freundin. Wie war dein Date, Mum?«

»Gerade habe ich Nancy erzählt, was für einen wunderbaren Abend ich hatte«, sagt Mum glücklich.

»Stellst du ihn uns diese Woche vor?«

»Das hat Nancy auch schon gefragt, aber ich glaube, ich möchte noch etwas warten.«

»Ist vielleicht besser so«, sagt Nina. »Nicht dass Nancy ihn so verschreckt, dass er das Weite sucht.«

Ich sehe sie aus schmalen Augen an. »Schade, dass ich mein Kissen nach Mum geworfen habe. Sonst würdest du es jetzt abbekommen.«

»Bitte sehr, mein Schatz.« Mum reicht mir das Kissen.

»Danke, Mum.« Ich werfe es nach Nina, die es lachend auffängt und sofort zurückwirft.

»Willst du nicht Nancy fragen, wie *ihr* Date war?«, fordert Mum Nina auf.

»Du hattest ein Date? Mit wem? Davon hast du mir gar nichts erzählt!«

»Es war *kein* Date«, stelle ich klar und werfe Mum einen bösen Blick zu, aber sie lächelt nur fröhlich zurück. »Miles ist gestern im Laden vorbeigekommen, und wir waren kurz zusammen Mittagessen, bevor er wieder nach London gefahren ist. Es war nur ein kurzes, spontanes Treffen. Mum, wenn Chase mitbekommt, dass ich es als Date bezeichnet habe, erzählt er es Miles weiter, und das wäre MEGAPEINLICH.«

Mum gluckst. »Schon gut, schon gut, es war nur ein ›kurzes, spontanes Treffen‹«, sagt sie wenig überzeugend.

»Willst du, dass ich noch mal das Kissen nach dir werfe?«

»Was hatte Miles denn in Norfolk zu tun?«, fragt Nina.

»Er war in Norwich, um diesen Produzenten zu treffen. Aber das weißt du sicher schon, oder? Chase war doch bestimmt auch dabei.«

»Oh. Ähm. Ja, klar, bestimmt«, antwortet Nina verwirrt.

Ich will ihr gerade die Spinnen-Story erzählen, weil ich weiß, dass sie das aufmuntern wird, als es an der Tür klingelt.

»Ich wusste gar nicht, dass Chase heute Abend kommt, Nina«, wundert sich Mum. Sie stemmt sich vom Sofa hoch, um aufzumachen.

»Das ist er nicht«, sagt Nina. »Vielleicht ist es Jimmy. Oder Miles, der *zufällig* vorbeischaut.«

»Halt die Klappe«, knurre ich sie an. »Vielleicht ist es ja Mums neuer *Freund*.«

Wir hören, wie Mum die Tür öffnet. Dann ist es einen Moment still, bevor die Tür wieder ins Schloss fällt.

»Seltsam«, murmle ich, und Nina nickt. »Hat sie gerade jemandem die Tür vor der Nase zugeschlagen?«

Nina steht auf und späht in den Gang hinaus.

»Nein«, sagt sie und setzt sich wieder. »Sie ist nach draußen und hat die Tür hinter sich zugemacht. Offenbar will sie ungestört reden.«

»Das MUSS ihr Freund sein!«, krähe ich los. »Sollen wir spionieren? Dann kriegen wir endlich raus, wer es ist.«

»Wie willst du das machen?«, fragt Nina und lacht über meine Aufregung. »Hier im Haus gibt es keine Stelle, von der aus man die Haustür sehen kann.«

»Wirklich nicht?«

»Nein. Als Chase mich zum ersten Mal besuchen wollte, war ich so nervös, dass ich von Fenster zu Fenster gerannt bin, um zu sehen, ob er schon da ist. Von nirgendwo sieht man die Eingangsstufen.«

Ich muss ein paarmal blinzeln, bis ich diese Information verdaut habe. »Wow, Nina. Ich wusste ja, dass du eine Loserin bist, aber ich hatte keine Ahnung, wie hoffnungslos dein Fall ist.«

»Gib mir das Kissen, damit ich es dir ins Gesicht schleudern kann.«

Die Tür geht auf, und Mum sagt: »Komm rein.«

»Sie stellt ihn uns vor!«, raune ich Nina zu. Schnell setze ich mich aufrecht hin und zupfe meine Haare zurecht. »Versuch, dich ganz normal zu verhalten.«

»Versuch *du* das lieber!«, zischt sie zurück. Sie springt auf und kommt ganz schnell zu mir aufs Sofa.

Mum erscheint an der Tür, gerade als Nina sich neben mich plumpsen lässt. Wir empfangen Mum mit einem Lächeln, das hoffentlich engelhaft und nicht einschüchternd ist.

»Mädchen«, sagt Mum. Sie ist gespenstisch blass. »Da ist jemand, der euch sehen möchte.«

Mum tritt zur Seite und lässt den Besucher herein. Ein groß gewachsener Mann mit hellbraunen Haaren in einem gut geschnittenen Anzug lächelt uns aus wässrigen Augen an.

Es ist *er*.

Er sieht anders aus. Natürlich ist er älter geworden. Und seine Haare sind kürzer, als ich sie in Erinnerung hatte. Aber es ist eindeutig er. Nach all dieser Zeit steht er vor uns.

»*Dad*«, flüstert Nina und sucht instinktiv nach meiner Hand.

Ich nehme sie und halte sie fest.

»Hallo, Mädchen«, sagt er zurückhaltend. »Wow. Was für ein Anblick. Ihr seid so groß geworden.«

Stille breitet sich aus, während wir ihn anstarren und er unsicher zu Boden blickt. Ich habe mir diesen Moment oft vorgestellt. Wie es wäre, Dad nach all diesen Jahren wiederzusehen. Ich habe ihn sogar ein paarmal gegoogelt und mir sein blödes Business-Profil angeschaut, aber dann jedes Mal die Website zugemacht und mir geschworen, das nie wieder zu tun. In Gedanken habe ich mir genau zurechtgelegt, was ich ihm sagen würde. Ich habe eine lange Liste erstellt, mit seinen Fehlern und mit allen Momenten in unserem Leben, die er verpasst hat.

Aber jetzt, wo er vor mir steht, weiß ich nicht, wo ich anfangen soll. Passiert das gerade wirklich? Ist er tatsächlich hier? Was sagt man zu jemandem, den man fast sieben Jahre nicht gesehen hat? Als der erste Schock nachlässt, bricht eine Flut von Gefühlen über mich herein. Plötzlich habe ich rasende Kopfschmerzen und möchte am liebsten losheulen.

»Warum bist du gekommen?«, platze ich heraus. Wut steigt in mir auf. »Was machst du hier? Du hast uns verlassen.«

»Ich weiß. Du hast jedes Recht, wütend zu sein. Aber ich ... tja, ich weiß, dass ihr bald Geburtstag habt, und ich hatte wohl so etwas wie einen Moment der Erleuchtung.« Er holt tief Luft. »Ich bin hier, weil ich gern wieder an eurem Leben teilhaben möchte. Ich war ein schrecklicher Vater. Ich weiß, dass ich es nicht verdiene, aber ich wünsche mir eine zweite Chance als euer Dad. Ich habe euch vermisst. Ich habe nie aufgehört, an euch zu denken.«

Wir starren ihn alle drei schweigend an. Seine Worte schweben zwischen uns.

»Tut mir leid, das muss so was wie ein Schock für euch sein«, fügt er hinzu.

»Du hattest einen *Moment der Erleuchtung*?«, sage ich nach einer Weile fassungslos. »Meinst du das ernst? Etwas Besseres fällt dir nicht ein?«

»Ich ... ich weiß, das kommt alles ein bisschen plötzlich«, fängt er mit unsicherer Stimme an. »Aber –«

»Du kannst hier nicht einfach so reinschneien!«

»Ich wusste nicht, wie ich es anfangen sollte.« Er sieht uns an und runzelt die Stirn. »Zuerst wollte ich euch anrufen, doch es erschien mir falsch, nicht persönlich zu kommen. Hört zu, das ist keine Entschuldigung – aber als ich eure Mutter verlassen habe, war ich sehr jung und dumm. Ich steckte bis zum Hals in Arbeit. Mein Job war extrem stressig, und ich habe aus den Augen verloren, was wirklich wichtig ist.«

»Aha«, sage ich frostig. »Und es hat all die Jahre gedauert, bis du es gemerkt hast.«

»Wie gesagt, es ist keine Entschuldigung.« Er nickt bekräftigend. »Über die Jahre hinweg ist es immer schwerer geworden, den Mut zu finden, zu euch zu kommen und euch zu fragen, ob ich wieder Teil eures Lebens sein darf. Ich dachte, ihr hättet vielleicht kein Interesse, nachdem ich schon so viel verpasst habe.«

»Da hast du richtig gedacht.«

»Aber«, fährt er fort, als würden ihn meine Kommentare noch befeuern, »ich hoffe, dass ihr mir vergebt und es mich wiedergutmachen lasst.«

»Nett gemeint, aber nein danke. Wir brauchen dich nicht. Mum hat das alles allein geschafft, und du kannst nicht einfach auftauchen, wenn dir danach ist. So funktioniert das mit dem Elternsein nicht.«

»Ich weiß. Karlene ist ein großartiger Mensch.« Er lächelt Mum an, aber sie erwidert seinen Blick nicht. Sie sieht Nina und mich nur besorgt an. »Ich erwarte natürlich nicht, dass ich nur mit den Fingern zu schnippen brauche und wieder euer Dad sein kann. Ich bin hergekommen, um euch zu bitten, darüber nachzudenken. Lasst euch Zeit. So viel ihr braucht. Ich konnte nicht anders, ich musste kommen und herausfinden, ob ich noch eine Chance als euer Vater habe.«

Er zögert. Dann fällt sein Blick auf Nina und seine Miene hellt sich auf.

»Ich habe auf YouTube gesehen, wie du Klavier spielst, Nina. Ich bin so *stolz* auf dich. Und so enttäuscht von mir selbst. Enttäuscht, dass ich aus Egoismus und Feigheit so viel von eurem Leben verpasst habe. Ich hätte alles in meiner Macht Stehende tun müssen, um für euch da zu sein, auch nachdem es mit eurer Mum und mir nicht mehr funktioniert hat. Als ich das Video gesehen habe, stand mein Neujahrsvorsatz fest, Kontakt zu euch aufzunehmen. Ich habe ein paar Wochen gebraucht, um allen Mut zusammenzunehmen. Aber jetzt bin ich hier.«

»Hast du einen Ratgeber gelesen, in dem steht, was man seinen Töchtern sagen sollte, wenn man sie im Stich gelassen hat?«, frage ich. Bei meinen Worten senkt er den Blick. »Wir glauben dir nämlich kein Wort.«

»Ich gehe jetzt. Ich wollte euch sehen und... na ja, ich hoffe, ihr denkt darüber nach.«

Mir fällt auf, dass er bei diesen Worten Nina ansieht und nicht mich.

Er wendet sich Mum zu. »Karlene, du hast meine Handynummer und meine E-Mail-Adresse. Und meine Adresse in London, falls jemand von euch mich sehen möchte. Nina, ich weiß, dass du zurzeit öfter in London bist. Ich habe in der Zeitung gelesen, dass du an einem Wochenendkurs an der Guildhall teilnimmst. Also, ihr wisst, wie ihr mich erreichen könnt. Falls ihr das wollt. Ich hoffe sehr, dass ich bald von euch höre.«

Er wendet sich zum Gehen.

»Es tut mir wirklich leid. Alles«, sagt er leise. »Ich finde allein raus.«

Seine Schritte hallen in der Stille nach. Dann fällt die Tür hinter ihm ins Schloss.

KAPITEL NEUN

Nina

»Ich fasse es nicht, dass er glaubt, er könnte einfach so wieder in unser Leben spazieren!«

Nancy tritt mit ihrer Fußspitze so heftig in den Sand, dass Sand und Kies nur so wegspritzen. Sie zieht den Reißverschluss ihrer Jacke zu, um sich gegen den Wind zu schützen, und vergräbt ihre Hände in den Taschen. Ich mag es nicht, Nancy so verärgert zu sehen, doch zumindest spricht sie endlich darüber.

In den vergangenen Tagen, seit Dads Besuch, hat sie kaum ein Wort gesagt. Die meisten Menschen würde das wundern, denn normalerweise ist Nancy ja die Gesprächige von uns beiden und ich die Stille. Aber wenn etwas Wichtiges in unserem Leben passiert, tun wir genau das Gegenteil von dem, was man von uns erwarten würde. Als Dad uns vor vielen Jahren verlassen hat, wollte ich unbedingt mit Nancy darüber reden, aber sie weigerte sich. Jedes Mal, wenn ich davon anfing, wurde sie wütend. Es war, als wolle sie die Erinnerungen an ihn aus ihrem Gedächtnis verbannen und nie wieder einen Gedanken an ihn verschwenden.

Nach Dads Besuch am Wochenende war sie nicht mehr sie selbst. Um ehrlich zu sein, gilt das für uns alle. Mum hat versucht, so zu tun, als sei alles in bester Ordnung, aber ich bin sicher, dass es für sie ein großer Schock war, als er so aus heiterem Himmel aufgetaucht ist.

»Es tut mir so leid, Mum«, habe ich an jenem Abend zu ihr gesagt.

»Du kannst doch nichts dafür, Nina«, hat sie mit einem matten Lächeln geantwortet. »Mir geht es gut. Ich mache mir vielmehr Sorgen um euch.«

Aber ich konnte sehr wohl etwas dafür.

Nicht dafür, dass Dad so plötzlich aufgetaucht ist. Aber ich hätte sie vorwarnen können, denn ich habe ihn gesehen. Vor dem Café, in dem ich mit Chase war, kurz bevor ich losgerannt bin, weil ich zu spät dran war. Ich habe ihn gesehen, wie er dastand und mich beobachtete. Danach habe ich mir eingeredet, dass er es nicht gewesen sein kann. Dass es nur eine Sinnestäuschung war. Außerdem war er so weit weg, dass ich mir nicht sicher sein konnte. Aber in dem Moment, als ich ihn gesehen habe, wusste ich instinktiv, dass es Dad war, der da am Ende der Straße stand und mich anstarrte – nur um dann sofort abzutauchen, als ich ihn entdeckte. Er wollte wohl wissen, ob ich tatsächlich an der Guildhall School of Music and Drama bin, die so nah an seinem Zuhause liegt, und dann hat er mich zufällig gesehen.

Ich weiß, dass er ganz in der Nähe wohnt, denn ich habe die Adresse herausgesucht, die er Mum gegeben hat. Der Punkt auf der Karte hat mir gezeigt, dass es von dort nur zehn Minuten zu Fuß bis zur Guildhall sind. Ich bin fast vom Stuhl gefallen, als ich im Internet Fotos von den Häusern und Wohnungen in dieser Gegend gesehen habe. Alles sieht superschick und teuer aus. Ich schätze, Dads Geschäfte laufen gut. »Er stand einfach vor unserer Haustür. Nicht mal vorher angerufen hat er!«, regt Nancy sich weiter auf. »Wer macht so was? Was, wenn wir nicht zu Hause gewesen wären? Es erscheint mir ziemlich anmaßend, einfach so aufzutauchen und zu erwarten, dass alle zu Hause sind.« Zornesfalten stehen auf Nancys Stirn, während sie aufs Meer hinausstarrt.

»Die Jungs kommen zurück«, sage ich und nicke in Richtung Chase und Jimmy, die mit heißer Schokolade auf uns zuschlendern.

Chase gibt mir meine und legt mir den Arm um die Taille, während Jimmy einen Becher an Nancy weiterreicht. Es ist schön, dass Chase hier ist. Am Sonntag habe ich ihn nicht erreicht und konnte ihm nicht erzählen, was passiert ist, und dann hat er den ganzen Montag in Meetings verbracht und konnte nur kurze Textnachrichten schicken und nicht anrufen. Aber ich wollte ihm das von Dad nicht schreiben. Als wir abends endlich miteinander sprechen konnten und ich ihm die Neuigkeiten erzählt habe, versprach er, irgendwann im Lauf der Woche zu kommen und mich nach der Schule aufzumuntern. Ich musste ein paar Tage warten, weil er so viel um die Ohren hatte, aber jetzt ist er hier, und das allein zählt. Ich habe Jimmy und Nancy gefragt, ob sie Lust auf einen Strandspaziergang mit uns hätten, denn ich dachte, das würde Nancys Laune heben. Außerdem gibt uns das die Gelegenheit, mit Leuten, denen wir vertrauen, offen über die Ereignisse zu reden.

»Verrückt, dass ihr zwei ausgerechnet an eurem ersten Date hierhergekommen seid«, meint Jimmy grinsend zu Chase. »Das war im Oktober, oder? Da war es bestimmt saukalt!«

»Eigentlich war es so wie heute«, sagt Chase und nimmt einen Schluck von seiner Schokolade. »Leer und schön. Ich habe Nina beigebracht, wie man Kieselsteine übers Wasser flitschen lässt.«

»Das habe ich aber anders in Erinnerung«, protestiere ich lachend. »Du hast den perfekten Kiesel entdeckt und ihn einfach im Wasser versenkt. Zuvor hattest du große Töne gespuckt. Wenn ich mich nicht täusche, hast du dich als Champion im Steineflitschen bezeichnet.«

»Ich bin ziemlich gut im Flitschen«, erklärt Jimmy und lässt suchend den Blick über die Kiesel gleiten.

»Herausforderung angenommen.« Chase' Grübchen treten zum Vorschein, als er grinst. »Und was ist mit dir, Nancy? Bist du auch dabei?«

»Ich bin leider eine totale Niete«, sagt sie entschuldigend. »Aber Nina ist richtig gut. Mum hat es uns beigebracht, als Dad abgehauen ist und wir hierhergezogen sind.«

»Ich kann es immer noch nicht glauben, dass euer Dad am Sonntag einfach vor eurer Tür stand«, sagt Jimmy sanft. »Das muss so schräg gewesen sein.«

»Ja, echt irre, dass er, ohne anzurufen, vorbeigekommen ist«, stimmt Chase ihm zu. »Ich weiß nicht, was ich machen würde, wenn mein Dad ohne Vorwarnung bei mir auftauchen würde. Ich bin nicht sicher, ob ich ihm jemals vergeben könnte, dass er mich und Mum verlassen hat.«

»Da bist du nicht der Einzige«, sagt Nancy und kickt

weitere Kiesel über den Sand. »Ich hoffe, er lässt sich nie mehr blicken. Ich möchte nichts mit ihm zu tun haben.« Bei diesen Worten sieht sie mich bedeutungsvoll an. Ich weiß genau, was sie denkt. Sie möchte, dass ich ihr zustimme. Sie will von mir hören, dass ich ihn nie wiedersehen will. Ich soll versprechen, dass ich keinen Kontakt zu ihm aufnehme und ihn nicht in London treffe.

Aber das kann ich nicht. Ich bin mir noch nicht sicher, was ich will, aber mein Bauchgefühl sagt mir, dass ich ihm eine zweite Chance geben sollte.

»Willst du ihn wirklich zurück in dein Leben lassen, nachdem er sich damals einfach aus dem Staub gemacht hat?«, fragt Nancy, obwohl ich gar nichts gesagt habe.

Es kann ganz schön nervig sein, dass meine Zwillingsschwester quasi meine Gedanken lesen kann.

»Ich weiß nicht. Vielleicht. Es ist kompliziert. In meinem Kopf geht alles drunter und drüber.«

In dem Moment, als ich das sage, sehe ich, wie Chase auf die Uhr schaut. Ich merke, dass mich das ärgert, aber dann wische ich den Gedanken beiseite und konzentriere mich auf das schöne Gefühl, ihn bei mir zu haben.

»Das überrascht mich nicht«, sagt Jimmy. »Es ist ja auch eine ziemlich große Sache.«

»Er weiß doch rein gar nichts über uns«, erklärt Nancy verbittert. »Nichts! Wie will er all die Jahre aufholen, die er verpasst hat? Sollen wir ihm eine Liste der wichtigsten Momente unseres Lebens schreiben? Ich glaube, er weiß noch nicht einmal von dem Autounfall letztes Jahr. Seine Tochter lag im Koma und er hatte keine Ahnung davon!«

»Wie kommt eure Mum damit klar?«, fragt Jimmy. »Es

war bestimmt schwierig für sie, ihn nach all dieser Zeit wiederzusehen.«

»Ich glaube, sie hat es ganz gut weggesteckt«, sage ich. »Aber sie fragt ständig, wie es uns damit geht, und will, dass wir mit ihr reden, statt es in uns reinzufressen.«

»Hätte sie etwas dagegen, wenn ihr euch mit ihm trefft?«, fragt Chase. Er nimmt den Arm von meiner Taille, weil sein Handy in der Tasche summt. »Ich glaube, meine Mum wäre echt sauer, wenn ich versuchen würde, meinen Dad zu treffen.«

»Bei Mum ist es eher das Gegenteil«, stelle ich klar. »Ich habe das Gefühl, dass sie nach dem ersten Schock eigentlich ganz froh ist, dass er wieder zur Familie gehören will. Sie hat sich immer Sorgen gemacht, dass uns eine Vaterfigur fehlen könnte. Sie will nicht, dass wir keinen Dad haben, nur weil es zwischen den beiden nicht funktioniert hat.«

»So hat er es ausgedrückt«, sagt Nancy kalt. »Am Sonntagabend hat er gesagt: ›Es hat nicht funktioniert.‹ Als hätten zwei Puzzleteilchen nicht zusammengepasst. Aber das stimmt nicht. Er ist auf und davon. Einfach so. Dieser Mann ist zur Tür raus und nicht mehr wiedergekommen. Er kann nicht so ohne Weiteres bei uns hereinschneien, wann immer es ihm passt. Warum steht er denn ausgerechnet jetzt bei uns auf der Matte?«

»Es war doch sein Neujahrsvorsatz«, sage ich mit einem Seitenblick auf Chase, der eine lange Mail auf seinem Handy liest.

»Welcher Neujahrsvorsatz?«, fragt Jimmy und schlürft den Rest seiner heißen Schokolade.

»Wieder Kontakt zu seinen Töchtern aufzunehmen«, antwortet Nancy und verdreht die Augen. »Stell dir vor, wie er das auf einer Party erzählt«, sagt sie und verstellt ihre Stimme. »›Also, mein Neujahrsvorsatz ist es, mich im Fitnessstudio anzumelden. Und deiner?‹ – ›Ich will meine beiden Töchter ausfindig machen, die ich im Stich gelassen habe, und sie fragen, ob ich wieder ihr Dad sein kann. Mal sehen, wer von uns beiden länger durchhält.‹ Das ist so was von lächerlich. Ich glaube ja, da steckt noch etwas anderes dahinter.«

»Sorry«, unterbricht Chase sie und hält sein Handy hoch, auf dem gerade ein Anruf blinkt. »Da muss ich rangehen. Ich komme gleich nach.«

Er nimmt den Anruf an und bleibt zurück, während wir weiter den Strand entlanggehen. Ich versuche, nicht sauer auf ihn zu sein, aber es gelingt mir nicht. An einem Tag in der Woche ein paar Stunden für mich zu erübrigen, kann doch nicht zu viel verlangt sein? Besonders wenn bei mir gerade so etwas Bedeutsames passiert. Ich weiß, er steht an einem wichtigen Punkt in seiner Karriere, schon klar, aber könnte er sich nicht für einen kurzen Moment mal ganz auf mich konzentrieren?

Da fällt mir jedoch ein, dass er mich gestern Abend angerufen hat und ich nicht abgehoben habe, weil ich gerade an einem neuen Stück saß, das ich Caroline am Samstag vorspielen will. Ich habe eine halbe Ewigkeit nach dem kompliziertesten Stück gesucht, das ich finden konnte – eines, mit dem ich alle beeindrucken kann, sogar Jordan, wenn ich es gut hinbekomme. Ich wollte Chase eigentlich später zurückrufen, aber als ich vom Klavier aufstand, war es Mitternacht, und er hatte mir eine Stunde zuvor geschrieben, dass er ins Bett geht.

Ich kann schlecht böse auf ihn sein, weil er beschäftigt ist, wenn ich auch nicht viel besser bin. Irgendwie müssen wir es schaffen, unsere freie Zeit besser aufeinander abzustimmen.

»Anscheinend arbeiten sie zurzeit an vielen neuen Songs«, sagt Nancy.

»Hm?«

»Chasing Chords.« Sie nickt in Chase' Richtung. »Deshalb ist er so beschäftigt, oder? Er schreibt alle Songs.«

»Ähm, ja, schon.«

»Keine Ahnung, wie er das schafft«, überlegt Jimmy. »Ich sitze stundenlang an den Texten für meine Website. Dabei sind das nur Worte. Sie müssen nicht poetisch und bedeutsam sein und dann auch noch zu einer Ohrwurm-Melodie passen. Seitdem empfinde ich echt tiefen Respekt gegenüber jedem, der schreibt.«

»Ich dachte, du willst Journalist werden. Hattest du nicht schon immer Respekt gegenüber Autoren?«, fragt Nancy mit einem kleinen Lächeln. Es ist das erste, seit wir heute Nachmittag die Schultore hinter uns gelassen haben. Ich wusste, dass es eine gute Idee sein würde, Jimmy mit an den Strand zu nehmen.

»Ja, aber mir war nicht klar, wie stressig es ist, unter Zeitdruck zu arbeiten. Es ist einfach unmöglich! Unmöglich, wirklich!«, ruft Jimmy dramatisch. Er wirft die Arme in die Luft wie eine Dramaqueen und bringt Nancy und mich damit zum Lachen. »Bisher habe ich gerade mal zwei Artikel geschrieben, die ich hochladen kann, und das hat viel Zeit und Mühe gekostet. Ich bin noch nicht einmal ansatzweise zum Layout und Design gekommen.«

»Über welche Themen schreibst du?«, fragt Nancy neugierig.

Er wackelt mit dem Finger vor ihrer Nase und sie schlägt seine Hand weg.

»O nein, Miss Palmer! Von mir erfährst du kein Sterbenswörtchen über mein geniales Projekt. Und weißt du auch, warum? Weil wir Konkurrenten sind. Medien-Rivalen!«

»Das stimmt«, sagt sie, während er ihr die Zunge herausstreckt. »Aber wenn deine Website Ende der Woche online geht, erfahre ich es sowieso. Also, wieso verrätst du es mir nicht gleich?«

»Und woher weiß ich, ob du nicht sofort zu deinen besten Freundinnen Layla und Sophie rennst und ihnen von meinen fantastischen Ideen erzählst, damit sie sie kopieren, weil sie selbst keinen Funken Originalität oder Kreativität im Leib haben?«

»Da muss ich dir widersprechen«, erklärt Nancy schnippisch. »Auf ihre eigene Art sind die beiden sogar sehr kreativ. Layla kann richtig künstlerisch werden, wenn es um Make-up geht, und Sophie hat mir einmal vorgeschlagen, eine Geschichte über Chasing Chords in einer Welt mit Dinosauriern und Robotern zu schreiben. Wenn das keine Originalität ist, weiß ich auch nicht. Außerdem sind die beiden *nicht* meine besten Freunde, nein danke. Das seid ihr beide.«

Jimmy bleibt stehen, legt seine Hand aufs Herz, schließt die Augen und holt tief Luft. Dann drückt er mir seinen leeren Schokoladenbecher in die Hand.

»Ich befürchte Schlimmes«, sagt Nancy in meine Richtung und zieht eine Grimasse.

»Habt ihr das gehört? Habt ihr *das* gehört?«, ruft Jimmy laut. »Ich bin Nancy Palmers bester Freund! Was für eine Ehre! Endlich hat sie den Nerd in sich entdeckt.« Er umarmt sie stürmisch. »Wer hätte gedacht, dass die Zukunft das für uns bereithält? Dass das beliebteste Mädchen der Schule mir ihre Freundschaft gesteht. Weißt du noch, wie du damals den Lehrer angefleht hast, dich in jede andere Dreiergruppe zu stecken, nur nicht zu mir und Nina?«

»Nur zu meiner Verteidigung«, protestiert Nina, »ihr zwei habt euch mit Textmarker gegenseitig die Gesichter angemalt. Abgesehen davon bin ich schon lange nicht mehr das beliebteste Mädchen der Schule. Ich existiere kaum noch für die anderen.«

Ich will sie fragen, was sie damit meint, da kommt Chase und schließt sich uns wieder an.

»Tut mir leid. Es ist schwer, Onkel Mark abzuwimmeln. Was hast du gerade über deinen Dad gesagt, bevor Mark angerufen hat, Nancy?«

Nancys Miene verdüstert sich. »Hab's vergessen.«

»Du sagtest, dass mehr dahinterstecken würde als nur ein Neujahrsvorsatz«, erinnert Chase sie. »Was meinst du damit?«

»Ach, das.« Sie seufzt. »Ich finde es echt merkwürdig, dass er ausgerechnet jetzt auftaucht. Wenn es wirklich ein guter Vorsatz gewesen wäre, im neuen Jahr alte Fehler auszubügeln, warum ist er dann nicht schon vor Wochen vorbeigekommen? Er hat die Guildhall erwähnt. Vielleicht ist das ja der Grund. Wie praktisch für ihn, dass Nina jetzt öfter in London ist.«

»Überlegst du denn, ihn am Wochenende in London zu treffen?«, fragt Jimmy mich.

Ich nicke zögernd und weiche Ninas Blick aus. »Ich denke darüber nach, aber ich weiß noch nicht, ob ich es wirklich mache. Nancy und ich müssen das erst noch bereden und gemeinsam eine Entscheidung treffen.«

Nancy stöhnt auf. »Nina, willst du ihn wirklich wiedersehen?«

»Viele meiner Erinnerungen, die mit Musik zu tun haben, sind auch Erinnerungen an Dad. Das kann ich nicht einfach ignorieren«, verteidige ich mich. »Er hat mich zum ersten Mal an ein Klavier gesetzt.«

»Na und? Chase' Dad hat ihn ans Klavier gesetzt, da war Chase gerade mal vier, und trotzdem kommt er nicht auf die Idee, seinen Vater sehen zu wollen.«

Jimmy sieht Chase von der Seite an. »Wahnsinn, wie viel sie über dich weiß.«

Chase nickt. »Wem sagst du das? Ich hatte keine Ahnung, dass ich einen entfernten Cousin habe, der ein berühmter Käsehändler ist, bis sie es mir erzählt hat.«

»Jeder, der jemals deinen Wikipedia-Artikel gelesen hat, weiß von dem Käsehändler«, kontert Nancy und verschränkt die Arme. »Ich weiß nur das, was alle Chasing-Chords-Fans wissen. Ich kenne keine privaten Details wie zum Beispiel, dass du dir erst Butter und dann noch Erdnussbutter aufs Brot streichst. Das hat erst Nina mir verraten. Und das ist echt abartig, wenn du mich fragst.«

»Erst kommt die Butter, dann die Erdnussbutter. Das macht doch jeder so!«, verteidigt sich Chase.

Jimmy rümpft angewidert die Nase. »Auf keinen Fall! Was stimmt eigentlich nicht mit dir?«

»Nancy«, sage ich und lenke das Gespräch wieder auf Dad, jetzt, wo ich meine Schwester endlich so weit habe, dass sie darüber redet. »Ich meine ja nur, wir sollten die Möglichkeit, ihn zu treffen, nicht völlig ausschließen. Weißt du nicht mehr, wie viel Spaß wir früher mit ihm hatten? Wie er uns Mut gemacht hat?«

»Nein, ehrlich gesagt nicht.«

Sie lügt, weil sie wütend ist, und das verstehe ich. Aber sie erinnert sich genauso gut wie ich.

Ich weiß noch, wie er einmal mit uns nach London zu einem Musical gefahren ist. Wir sind ganz früh aus dem Haus, weil er noch eine Überraschung für uns geplant hatte. Die Woche über hatten wir ihn wegen seiner Arbeit kaum zu Gesicht bekommen und auch am Wochenende davor war er beruflich unterwegs gewesen. Nancy und ich konnten am Freitag vor Aufregung kaum einschlafen, weil wir uns so auf unseren Familientag freuten.

Im Zug löcherten wir ihn mit Fragen, wohin wir unterwegs wären, aber er tippte sich nur an die Nase und sagte, dass es eine Überraschung sein sollte. Dann ließ er uns raten. Nancy plapperte wie üblich sofort drauflos und machte einen verrückten Vorschlag nach dem anderen, sodass sogar die Leute im Zug lachen mussten. Ich weiß noch, dass eine Frau auf dem Sitz vor uns sich umdrehte und selbst einen Tipp abgab.

»Das Aquarium vielleicht?«

»Langweilig! Trinken wir einen Tee im Ritz mit all den

berühmten Leuten?«, fragte Nancy, sehr zum Vergnügen der amüsiert kichernden Frau. In London angekommen, ging er mit uns eine sehr elegante Straße entlang. Mum lief mit Nancy hinter Dad und mir, als er mich plötzlich an der Hand nahm und zu einem großen Eingang zog.

»Bereit, Nina?«, fragte er und trat mit mir durch die Tür. Es war ein wunderschönes Geschäft, in dem es Klaviere zu kaufen gab. Es klingt vielleicht albern, aber mir kam es vor wie der Himmel auf Erden. So etwas hatte ich noch nie gesehen. Ich schnappte nach Luft und bestaunte all die glänzenden Klaviere. Es juckte mir in den Fingern, auf dem großen Piano direkt am Schaufenster zu spielen. Er sah aus wie die Flügel, die die berühmten Pianisten in den großen Konzerthallen spielten. Eine elegant gekleidete Frau kam zu uns und fragte, ob sie uns helfen könne.

»Wir sind auf der Suche nach dem perfekten Klavier«, meinte Dad und legte eine Hand auf meine Schulter. »Das ist Nina und eines Tages wird sie ein großer Star sein.«

Die Frau hatte mich freundlich angelächelt und uns dann erlaubt, alle Klaviere in dem Geschäft auszuprobieren. Dad und ich gingen von Instrument zu Instrument, drückten Tasten und taten so, als würden wir uns für einen der riesigen Flügel interessieren, der nie in unser Haus gepasst hätte. Es ist eine meiner glücklichsten Erinnerungen, speziell an Dad. Es machte mir nichts aus, dass er mir am Ende gar kein Klavier kaufte, obwohl er das der Frau gegenüber behauptet hatte. Ich weiß nicht, ob er es je vorhatte oder es einfach nur so sagte, aber es war einer der schönsten Tage meines Lebens.

Wenn ich so darüber nachdenke, fällt mir auf, dass ich nicht weiß, was Nancy und Mum gemacht haben, während ich mit Dad die Klaviere ausprobierte. Ich frage mich, wohin sie verschwunden sind. Ich erinnere mich auf jeden Fall nicht daran, dass sie dort waren. Aber irgendwo müssen sie ja gewesen sein.

Das Klingeln von Chase' Handy reißt mich aus meinen Erinnerungen.

»Sorry«, sagt er, bevor er den Anruf annimmt und sich ein paar Schritte von uns entfernt.

»Er sollte Mark wirklich mal klarmachen, dass der ihn nicht pausenlos in Beschlag nehmen kann«, meint Nancy, während sie Chase hinterherschaut.

»Ich weiß.« Ich zögere. »Nancy?«

»Ja?«

»Erinnerst du dich an das Wochenende, als Dad uns zu diesem Klaviergeschäft geführt hat?«

Sie nickt. »Ja.«

»Bevor wir im *König der Löwen* waren?«

»Ja, Nina.«

»Mum und du, was habt ihr gemacht, während Dad und ich Klavier gespielt haben?«

Sie zieht die Augenbrauen hoch. »Warum willst du das jetzt wissen?«

»Ich habe gerade daran gedacht, wie viel Spaß ich an diesem Tag hatte, als ich mit Dad die Klaviere durchprobiert habe. Haben Mum und du auch mitgemacht?«

»Nein. Wir haben uns neben die Ladentür gesetzt und gewartet. Als du beim dritten oder vierten Klavier warst, ist Mum zu Dad gegangen und hat ihm gesagt, dass wir jetzt weitermüssen. Er meinte nur, dass Mum und ich in der Zwischenzeit etwas anderes machen könnten und ihr zwei dann nachkommt.«

»Oh. Und was habt ihr gemacht?«

»Gar nichts«, sagt sie. »Wir sind sitzen geblieben und haben gewartet. Ich hatte Dad seit Wochen nicht gesehen. Am Wochenende zuvor war er wegen seiner Arbeit unterwegs gewesen, weißt du noch? Er hatte sich an diesem Tag extra Zeit für uns genommen, bevor er in der folgenden Woche wieder geschäftlich nach Deutschland musste. Ich wollte keine Minute mit ihm verpassen.«

Ich starre sie an. »Oh.«

»Hey, da gibt's doch dieses Foto in eurem Wohnzimmer, von euch beiden, wie ihr in zwei genau gleichen Minnie-Maus-Kostümen vor einem Poster von *König der Löwen* steht. Ist das an diesem Tag aufgenommen worden?«, fragt Jimmy. »Damals wart ihr so süß. Schade eigentlich, dass ihr groß geworden seid.«

Gerade als Nancy Jimmy spielerisch einen Stoß versetzt, kehrt Chase zu uns zurück. Ich weiß, was er sagen wird, noch bevor er den Mund aufmacht.

»Tut mir leid, aber ich –«

»Muss gehen«, beende ich den Satz für ihn.

»Etwas ist dazwischengekommen«, sagt er sanft und legt den Arm um mich. »Ich habe versucht, mich zu drücken, aber du kennst ja Onkel Mark. Er sagt, es sei wichtig. Ich erzähl dir später, worum es geht.«

»Wolltest du nicht zum Abendessen bleiben?«, fragt Nancy und tauscht einen Blick mit Jimmy aus. »Mum wollte Kartoffel-Käse-Auflauf machen.«

»Nächstes Mal«, verspricht Chase. Er umarmt Nancy und Jimmy zum Abschied, dann kommt er zu mir. »Mark hat ein Taxi für mich bestellt. Es wartet am Café, ich muss mich beeilen. Ich versuche, dich später anzurufen. Hier –« Er legt eine kleine Muschel in meine Hand, die er anscheinend während des Telefonierens aufgesammelt hat. Eine Erinnerung an unser erstes Date, als er mir auch eine Muschel geschenkt hat. »Ich wünschte, ich könnte bleiben.«

Ich nicke. Er beugt sich zu mir und gibt mir rasch einen Kuss, bevor er eilig den Strand entlangläuft. Ich starre auf die Muschel in meiner Hand. Ich glaube, sie soll mich trösten, aber das tut sie nicht.

»Ist alles okay?«, fragt Nancy. »Zwischen dir und Chase, meine ich?«

»Natürlich«, antworte ich und schließe die Finger um die Muschel. »Alles bestens.«

Sie nickt und für den Rest des Abends kommt sie nicht mehr darauf zu sprechen. Aber Nancy hat eine ganz besondere Fähigkeit, meine Gedanken zu lesen.

Sie weiß, dass ich lüge.

KAPITEL ZEHN

Nancy

Manchmal wünschte ich, ich könnte mein Gehirn einfach ausschalten. Ich würde es gern herunterfahren, um nicht andauernd all diese Gedanken und Sorgen im Kopf zu haben. Ich stelle mir Momente der absoluten Leere vor und wie unglaublich erholsam das sein muss. Meine Aufmerksamkeitsspanne war noch nie besonders lang, aber zurzeit geht sie gegen null. Ich kann mich auf nichts konzentrieren, und ich lasse mich ständig ablenken, bis ich irgendwann merke, dass ich kein Wort von dem Gespräch mitbekommen habe, an dem ich mich eigentlich beteiligen sollte.

Ich bin nicht besonders gut darin, Stresssituationen zu meistern, auch wenn ich immer so tue. Als wir klein waren, war ich diejenige, die die Dinge in die Hand nahm, wenn etwas Schlimmes oder Stressiges passierte. Mum sagte immer: »Nancy, ich bin so froh, dass Nina dich hat.« Aber in Wahrheit kommt Nina viel besser mit Schwierigkeiten klar. Sie analysiert jede Situation genau und durchdenkt sie bis ins Kleinste, auch wenn es wehtut. Ich dagegen drücke mich davor, wo es nur geht.

Ich glaube, das ist einer der Gründe, warum wir uns so voneinander entfremdet haben, nachdem Dad verschwunden war. Ich habe alles versucht, um den Schmerz zu vergessen und mir ein neues Leben einzurichten. Weil ich die Vergangenheit hinter mir lassen wollte, habe ich mich in ein neues, aufregendes Leben gestürzt. Ich war entschlossen, in jedem Sportteam zur Mannschaftsführerin gewählt zu werden, auf coole Partys zu gehen und selbstbewusste und beliebte Freunde zu finden.

Nina entschied sich für das genaue Gegenteil. Sie verschwand praktisch von der Bildfläche und wurde so introvertiert und scheu, dass man kein normales Gespräch mehr mit ihr führen konnte. Sie klammerte sich an der Vergangenheit fest und wollte ständig über Dad reden, was mir unglaublich auf die Nerven ging. Und dann, als ich ohne sie mit einer Freundin shoppen ging, regte sie sich plötzlich auf, obwohl ich sie zuvor gefragt hatte, ob sie mitkommen wolle, und sie Nein gesagt hatte. Irgendwann hörte ich auf, sie zu fragen. Statt der aktuellen Charts hörte sie lieber die Musik, die Dad immer im Auto gehört hatte, und sie spielte wie besessen Klavier, als könne sie ihn zurückholen, wenn sie nur gut genug wäre.

Ich war wütend auf sie, weil sie an Dad festhielt, während er uns, ohne mit der Wimper zu zucken, im Stich gelassen hatte.

Deshalb bin ich wegen Dads unerwarteter Rückkehr auch so misstrauisch. Dass er nach all den Jahren plötzlich aus der Versenkung auftaucht und mit offenen Armen empfangen werden will, kommt mir merkwürdig vor. Wer tut so was?

»*Er* würde so was tun«, hat Mum vor einigen Tagen abends zu mir gesagt, als Nina in ihrem Zimmer auf dem Keyboard übte und ich Mum beim Abtrocknen half. »Er konnte manchmal sehr spontan sein. Früher habe ich diese Eigenschaft an ihm bewundert. Bei einem so ehrgeizigen und karrierebewussten Mann war diese unvorhersehbare Seite sehr charmant.«

»Hast du damit gerechnet, dass er jemals zurückkommen würde? Dass er wieder Teil unseres Lebens sein will?«

Mum hat kurz innegehalten und nachgedacht. »Ehrlich gesagt nicht. In den ersten Jahren dachte ich noch, er würde vielleicht ab und zu ein Wochenende mit euch verbringen wollen, wenn er gerade nicht arbeitete oder auf Reisen war. Ich habe ihm signalisiert, dass er jederzeit die Möglichkeit dazu hat. Egal wie ich zu ihm stand, ich wollte nie, dass ihr ohne Vater groß werdet. Aber sein Enthusiasmus ließ schnell nach, wie das bei ihm mit allem war. Letztendlich auch mit mir ...«, hat sie mit einem traurigen Lächeln hinzugefügt. »Ich dachte, er würde abwarten, um erst später mit euch Kontakt aufzunehmen, vielleicht wenn ihr in euren Zwanzigern seid. Dann wäre die Verantwortung als Vater nicht mehr so groß. Vielleicht ist er deshalb jetzt zurückgekommen. Ihr seid fast erwachsen. Dieses Video von Nina am Klavier zusammen mit Chase muss alte Gefühle in ihm geweckt haben. Er hat immer daran geglaubt, dass sie das Zeug zur Musikerin hat, und hat sie darin bestärkt. Es muss sehr schön für ihn gewesen sein, sie so erfolgreich spielen zu sehen, nachdem er jahrelang nicht wusste, ob sie überhaupt noch Klavier spielt.«

»Vorausgesetzt, er hat überhaupt einen Gedanken an uns verschwendet. Ich kapier's nicht, Mum. Wie kannst du so ruhig bleiben? Er hat dich mit zwei kleinen Kindern sitzen lassen!«

»Inzwischen bin ich nicht mehr wütend«, hat sie ruhig geantwortet. »Mir ist klar geworden, dass er uns im Grunde einen Gefallen getan hat. Er ist ein hervorragender Geschäftsmann, aber als Familienmensch ist er eine Katastrophe. Wenn er wirklich etwas verändern will und wenn ihr beide den Kontakt mit ihm wollt, dann freut es mich für euch. Ich hoffe, er meint es ernst.«

»Aber du hast deine Zweifel.«

Sie hat mich nachdenklich angesehen. »Ich kenne ihn inzwischen nicht mehr gut genug, um das einschätzen zu können. Ich bin lieber vorsichtig, wenn es um ihn geht, denn ich will euch beide beschützen. Nur das ist für mich wichtig. Wenn er diesmal sein Versprechen hält, hat er meine Unterstützung.«

Ich habe genickt und das Thema gewechselt, denn ich hatte keine Lust mehr, schlecht gelaunt zu sein. Die ganze Woche über war ich mies drauf und die anderen hatten es nicht leicht mit mir. Ich musste einfach immer wieder an den Augenblick denken, als er durch die Tür gekommen ist. In meinem Kopf habe ich die Szene so oft ablaufen lassen, dass sie mir inzwischen total unwirklich vorkommt.

»HALLO! NANCY!«

Ich schrecke hoch, als Layla mir ins Ohr kreischt.

»Tut mir leid! Ich war mit den Gedanken woanders«, murmle ich, setze mich auf und reiße mich zusammen.
»Was du nicht sagst«, schnaubt sie und stemmt die Hände in die Hüften. »Du hast noch überhaupt nichts zu unserer Besprechung beigetragen. Gerade habe ich dir ZEHNMAL dieselbe Frage gestellt.«

»Zweimal«, korrigiert Sophie sie.

»Was ist los mit dir?«, fragt Layla, ohne Sophie zu beachten. »Schon die ganze Woche über bist du so merkwürdig drauf.«

»Findest du? Nein, es ist alles okay«, sage ich. »Ich hatte nur viel zu tun, Hausaufgaben und so weiter. Also, was habe ich verpasst?«

Layla hat unser Klassenzimmer für den Nachmittag reserviert, damit wir eine Besprechung zu der Website abhalten können, die wir gestern gelauncht haben. *Glanz und Glamour* – der Namensvorschlag kam von mir – ist jetzt offiziell online. Layla und Sophie hatten bereits einen Großteil des Designs festgelegt, bevor ich zum Team stieß, und ich muss zugeben, es sieht echt gut aus. Layla hat ein Make-up-Vlog gepostet, das schon viele Klicks bekommen hat, und gemeinsam haben wir einen Artikel über Party-Essentials verfasst, der echt stark ist, wie ich finde. Sophie hat ein irre witziges Dance-Tutorial gemacht, in dem sie erklärt, wie man den *Wurm* lernt. Was angesichts der Tatsache, dass sie diesen Move nicht einmal ansatzweise beherrscht, zum Kaputtlachen ist. Es hat bisher die meisten Klicks bekommen, worauf sie sehr stolz ist.

Mein Beitrag war ein kurzer Text mit dem Titel »Willkommen auf der Musikseite«, in dem es darum ging, was die Leser demnächst in dieser Kolumne erwartet. Er war nicht gerade eine Glanzleistung, aber ehrlich gesagt hatte ich diese Woche anderes im Kopf.

Was den beiden offenbar nicht verborgen geblieben ist.

»Wir haben gerade überlegt, wie wir die Zugriffszahlen steigern können«, erklärt Layla mir leicht eingeschnappt. »Das ist wichtig, Nancy. Wir müssen vollen Einsatz zeigen.«

»Ist klar«, sage ich sehr ernsthaft. »Zugriffszahlen steigern.«

»Ja, wir müssen es schlau anstellen«, fährt Layla fort und geht im Raum auf und ab, als sei sie die Premierministerin, die den nächsten Wahlsieg plant. Wenn man ihr zuschaut, könnte man fast lachen. Aber bei ihrer derzeitigen Stimmung wäre das eine ganz, ganz schlechte Idee.

»Die Konkurrenz schläft nicht«, gibt Sophie zu bedenken. »Die Website von deinem Freund Jimmy ist ziemlich cool.«

»Wirklich? Woher weißt du das? Er hat sie doch noch gar nicht hochgeladen.«

»Ich habe mich in seinen Schulaccount eingeloggt, um sie mir mal anzusehen«, meint Sophie leichthin. »Das Design ist außergewöhnlich und seine Artikel haben mich echt nachdenklich gemacht. Er schreibt über wichtige Themen rund um die Schule. Wusstet ihr, dass es in der Kantine immer nur ein einziges vegetarisches Gericht gibt? Ist es nicht unfair, dass Vegetarier nicht genauso viel Auswahl haben wie alle anderen? Es sollte zumindest zwei verschiedene Gerichte geben. Wenn er morgen seine Website launcht, werde ich sofort seine Petition unterschreiben.«

Ich starre sie an. »Ich habe gerade SO VIELE Fragen.«

»Wegen der Kantinenauswahl?«

»Nein, Sophie! Fragen wie: Warum in aller Welt loggst du dich in einen fremden Account ein, und woher weißt du, wie das geht?«

Ich mag Sophie, wirklich. Eine Zeit lang waren wir enge Freundinnen. Daher weiß ich, dass sie meistens den Kopf in den Wolken hat. Der Gedanke, dass ausgerechnet sie sich in einen fremden Account HACKT, um die Konkurrenz auszuchecken, ist völlig ABSURD.

Sie zuckt mit den Schultern. »Das ist keine Hexerei, Nancy. Ich kenne seine E-Mail-Adresse, also musste ich nur noch sein Passwort herausfinden, und schon war ich drin. Es hat mich nur ein paar Versuche gekostet. Sein Passwort ist »judetheobscure1«, alles kleingeschrieben. In letzter Zeit trägt er ständig ein Buch mit sich herum, das genau so heißt. Also war es einen Versuch wert. Ich vermute, er ändert sein Passwort je nachdem, was er gerade liest. Er ist eben ein Nerd.«

»Whoa«, sage ich. Plötzlich sehe ich Sophie in einem ganz neuen Licht. »Ich hatte keine Ahnung, was du draufhast.«

»Was habe ich denn auf mir?«, ruft sie und fährt sich hektisch über Arme und Schultern. »Ist da irgendetwas?«

»Nein, du Genie, *drauf* nicht *auf*«, sagt Layla und verdreht die Augen. Zu mir gewandt fügt sie hinzu: »Was Sophie über Jimmys Arbeit erzählt, macht mir Sorgen. *Glanz und Glamour* hat momentan noch nicht den erhofften Erfolg.«

»Layla, die Website ist erst seit einem Tag online«, versuche ich sie zu beruhigen. »Sollten wir dem Ganzen nicht ein bisschen mehr Zeit geben, bevor wir in Panik verfallen?«

»In welcher Welt lebst du, Nancy Palmer?«, faucht sie und

schnippt mehrmals mit den Fingern vor meinem Gesicht herum, sodass ich mich ganz weit zurücklehnen muss, um ihr auszuweichen. »Wir befinden uns im einundzwanzigsten Jahrhundert! Dinge ändern sich schnell. Wenn du nicht von Anfang an überzeugst, kannst du gleich einpacken und nach Hause gehen!«

Als sie entschlossen nach vorn ans Whiteboard eilt, flüstere ich Sophie zu: »Kann es sein, dass Layla einen Energydrink zu viel intus hat?«

»Nein«, flüstert Sophie zurück. »Aber sie hat drei Kaffee runtergekippt.«

»Das erklärt einiges.«

Layla schreibt BRAINSTORMING in die Mitte des Whiteboards und kreist das Wort ein. Dann dreht sie sich um und deutet mit ihrem Stift direkt auf mich.

»Du!«, sagt sie. »Nenn mir einen Vorschlag!«

»Ähm ...«

»Komm schon, denk nach! Wir machen das hier nicht zum Spaß!«

»Ich weiß«, sage ich und versuche, nicht loszukichern. Ihr Koffein-Trip hat offensichtlich dazu geführt, dass sie sich für eine Topmanagerin hält, bei der ein millionenschwerer Deal auf dem Spiel steht und nicht nur der Sieg bei einem Schulwettbewerb.

»Ich finde, wir brauchen mehr Vlogs«, schlägt Sophie vor. »Heutzutage wollen die Leute Videos sehen. Vielleicht könnten wir mehr Tutorials drehen, zum Beispiel ›Wie gehe ich Verrückten und Langweilern auf einer Party aus dem Weg?‹«

»Sehr gut!«, ruft Layla. Sie dreht sich zur Tafel und

schreibt: MEHR VLOGS. »Nancy, irgendwelche Ideen für Musik-Vlogs?«

»Ja, allerdings«, sage ich, froh, dass ich auch etwas beitragen kann. »Ich habe mir überlegt, eine VLOG-Serie mit dem Titel ›Ein Song mit Bedeutung‹ zu starten. In kurzen Videoclips könnte ich Leute aus der Schule befragen – nicht nur Schüler, sondern auch Lehrer –, welcher Song für sie von besonderer Bedeutung ist und warum. Es hat mit Musik zu tun, aber es erzählt auch persönliche Geschichten.«

Layla sieht mich gequält an. »Ich glaube nicht, dass das die Vibes sind, die wir suchen. Sonst noch was?«

»Oh. Ähm. Klar, ich hab noch was – was war es doch gleich?« Ich versuche, Zeit zu schinden, um mir etwas auszudenken. Laylas Ehrgeiz und ihre Entschlossenheit sind ansteckend, denn plötzlich habe ich das Gefühl, tatsächlich in einem Meeting zu sitzen, bei dem alles auf der Kippe steht und ich jederzeit gefeuert werden könnte. »O ja, okay, wie wär's mit: ›Die besten Live-Auftritte durch die Jahrzehnte‹? Das wäre was für die Nostalgie-Fans.«

Sophie nickt zustimmend, aber Layla senkt den Kopf, als hätte ich sie schwer enttäuscht.

»Nancy«, beginnt sie und steckt die Kappe auf ihren Stift, bevor sie sich vor mir aufbaut.

»Ja?« Ich schlucke. Ihr Schatten fällt über meinen Tisch und mit einem Mal komme ich mir ganz klein vor.

»Vielleicht habe ich mich nicht klar genug ausgedrückt, was deine Rolle in unserem Projekt angeht. Was wir von unserer Musikredakteurin brauchen, ist *brandneues Material*. Hot, aktuell und absolut top. Die Leute interessieren sich nicht für die Lieblingssongs der anderen. Sie wollen

Promi-News! Informationen, die sie nirgendwo sonst kriegen. Nur so steigern wir unsere Klicks! Wir sind Leader. Wir sind Hirten, nicht Schafe.«

»Wir sind SO WAS von keine Schafe«, bekräftigt Sophie.

»Okay, wir sind keine Schafe.« Ich nicke und tue so, als wüsste ich, wovon sie reden. »Aber wie soll ich an diese Informationen rankommen?«

»Über deine Freunde von Chasing Chords!«

»Wie bitte?« Ich schaue von Layla zu Sophie, um herauszufinden, ob sie Witze machen. Aber beide scheinen es ernst zu meinen. »Ich soll die Band über Promis ausfragen?«

»Na klar! Das sind Popstars. Sie wissen alles über alle«, erklärt Layla, als wäre sie eine Expertin auf diesem Gebiet. »Ich wette, sie haben jede Menge guter Storys auf Lager.«

»Vielleicht kannst du sie dazu überreden, bei einem Vlog mitzumachen«, schlägt Sophie vor. »Wir dachten da an ein Exklusivinterview über die neusten Pläne der Band. Das ist es, was die Leute lieben. Damit hätten wir den Sieg so gut wie in der Tasche.«

»Genau«, stimmt Layla zu. »Ein paar Skandalgeschichten und das Disney-Praktikum gehört uns. Wen interessiert da noch Jimmys Gemüsepetition oder was auch immer?«

»Moment mal«, unterbreche ich sie, bevor sie sich weiter in die Idee hineinsteigern. »Ich kann die Band-Mitglieder nicht einfach fragen, ob sie mir Insiderwissen über ihre Freunde im Musikbusiness verraten.«

»Warum nicht?«

»Weil ... weil ich inzwischen mit Chase befreundet bin. Genau wie mit dem Rest der Band. Ich käme mir komisch vor, wenn ich ihnen solche Fragen stelle. Sie werden oft genug von schmierigen Reportern belagert. Das Letzte, was sie brauchen, ist, dass ich versuche, ihnen persönliche Infos zu entlocken, um sie dann auf einer Website auszuwalzen. Ich würde lieber auf meine eigene Art über Musik schreiben.« Layla und Sophie tauschen Blicke.

»Nancy, warum, glaubst du, wollten wir dich in unserem Team haben?« Layla sieht mich stirnrunzelnd an. »Du hast doch selbst deine guten Kontakte ins Spiel gebracht. Sonst hätten wir Nina gefragt. Du hast gesagt, du bist die Beste für diesen Job.«

»Ja, schon, aber ich ... ich hab's mir anders vorgestellt.«

»Wir dachten, du hättest das Zeug dazu. Vielleicht war das ein Fehler. Komm, Sophie.«

Layla packt ihre Sachen zusammen und wirft sich ihre Tasche über die Schulter, während Sophie aufsteht und ihre Bücher einsammelt.

»Ist das Meeting schon zu Ende?«, frage ich erstaunt.

»Ja, es ist zu Ende«, zischt Layla. »Weil du die Sache nicht ernst genug nimmst. Offensichtlich willst du nicht gewinnen.«

»Natürlich will ich gewinnen«, protestiere ich. »Ehrlich! Ich möchte, dass die Website ein Erfolg wird, aber –«

»Nancy, wenn du die Beste sein willst, darfst du keine falsche Rücksicht nehmen. *That's life.* Im Gegensatz zu deiner Schwester bist du nicht für den knallharten Wettbewerb gemacht«, blafft Layla und marschiert wütend zur Tür. »Nina traut sich wenigstens, ihre Ziele zu verfolgen. Du dagegen scheiterst schon an der ersten Hürde.«

Ich seufze. »Layla, warte. Geh nicht weg! Ich denke mir was Besseres aus als –«

»Besser als eine exklusive Story über die nächste Single einer weltberühmten Band? Wohl kaum«, gibt sie zurück. »Ich habe wirklich geglaubt, dass du der Schlüssel zu unserem Erfolg bist. Aber du *willst* es nicht genug. Sophie und ich *wollen* gewinnen, Nancy. Das Praktikum ist eine großartige Chance. Aber wenn du lieber auf der Stelle treten willst und erst gar nicht den Versuch machst –«

»Das ist nicht fair, Layla! Was soll das?«, rufe ich und werfe die Arme in die Höhe. »Ich weiß nicht, warum du so ein großes Drama daraus machst.«

»Ich hab's dir doch gesagt, Sophie«, giftet Layla und stößt die Klassenzimmertür auf. »Dann soll sie eben weiter Hummerhüte verkaufen.« Sie rauscht hinaus.

An der Tür dreht sich Sophie entschuldigend zu mir um. »Sie hat heute nicht die allerbeste Laune«, erklärt sie leise. »Denk noch mal drüber nach, ja?«

»Okay«, sage ich und lasse mich in meinem Stuhl zurücksinken. »Sag ihr, dass ich noch mal drüber nachdenke.«

»Cool!« Sophie grinst mich an. »Das war ein tolles Meeting!«

Sie winkt und eilt hinaus, um Layla sofort die Neuigkeit mitzuteilen. Ich vergrabe meinen Kopf in den Händen und versuche mir einzureden, dass Layla oft Dinge sagt, die sie gar nicht so meint – auch wenn ich allmählich selbst anfange, einige dieser Dinge zu glauben.

Ich ziehe mein Handy aus der Tasche und öffne Instagram, wo ich schon eine ganze Weile keine Bilder mehr hochgeladen habe. Mir fällt auf, dass ich Follower verloren habe. Noch vor wenigen Monaten war meine Social-Media-Präsenz so gut, dass ein Label mir High Heels geschickt hat, damit ich Fotos von mir poste, wie ich sie trage. Ich klicke Laylas Instagram an – ihre Followerzahl ist gestiegen. Ihr letztes Foto hat sie kurz vor unserem Meeting eingestellt. Es zeigt sie vor ihrem Laptop mit entschlossenem Gesichtsausdruck. Darunter die Bildunterschrift: ›*Bereit für die Arbeit! #glanzundglamour #neuewebsite #lifestyle #Wettkampf #motivation #followyourdreams*‹. Der Post hat schon jede Menge Likes und Kommentare von Leuten, die sie für ihre Arbeitsdisziplin und ihre inspirierende Energie bewundern. Ich strecke ihrem Account die Zunge raus und gehe zu meinem Feed, um mich durch die Fotos zu scrollen. Alle machen irgendwas. Entweder haben sie Projekte wie Layla oder sie sind auf irgendwelchen tollen Events. Alle haben irgendwas am Laufen. Nur ich nicht. Vielleicht hat Layla recht. Vielleicht werde ich für immer hier festsitzen und Hummerhüte verkaufen.

Als ich Miles' neuesten Post sehe, muss ich lächeln. Es ist ein schönes Foto von der letzten Tournee. Er sitzt an den Drums, und der Fotograf hat den Moment eingefangen, in dem er die Drumsticks zwischen den Fingern herumwirbelt. Darunter steht: ›Traumjob #rückblick #ChasingChords.‹

Ich verstaue mein Handy in der Tasche, lehne mich über den Tisch und lasse meinen Kopf auf die Arme sinken. Plötzlich lässt mich eine Stimme, die von der Tür her kommt, hochfahren.

»Hey, Nancy!«

»Jimmy! Du hast mich fast zu Tode erschreckt!«

Er setzt sich an den Tisch neben mich und mustert mich amüsiert.

»Was machst du hier?« Ich werfe einen Blick auf die Uhr.
»Die Schule ist seit einer Stunde aus.«

»Ich war noch im Computerraum und habe an meiner
Website gebastelt«, erklärt er und mustert mich plötzlich
misstrauisch. »Und *du*? Was machst du hier?«

»Das Gleiche wie du. Ich hatte gerade ein Meeting mit
Layla und Sophie. Ich dachte, ich bleibe noch ein bisschen,
um ... mir ein paar Gedanken zu machen. Hast du deine
Website schon online gestellt? Sie soll ja echt toll sein.«

Er runzelt die Stirn. »Wer hat das gesagt? Ich habe sie
noch niemandem gezeigt.«

»Ähm ... äh ...«

O Gott. Ich kann ihm auf keinen Fall von Sophies Aktion
erzählen. Sonst wird er wahrscheinlich wütend und erzählt
es einem Lehrer und dann können wir unser Projekt vergessen. KOMM SCHON, GEHIRN. DENK DIR WAS AUS. LASS
MICH JETZT NICHT IM STICH.

»Du hast es mir erzählt«, sage ich.

»Ich?«

»Ja, bei unserem Strandspaziergang hast du gesagt, dass
deine Website toll ist. Weißt du nicht mehr?«

Zu meiner Überraschung fängt er an zu grinsen und nickt.

»Ha, ja! Wenn ich mich recht erinnere, habe ich mich als
Genie bezeichnet.«

PUH. Gut gemacht, Gehirn.

»Wenn alles klappt, geht sie morgen online«, fährt er
fort. »Ich wollte erst noch etwas Content, bevor ich sie der
Öffentlichkeit präsentiere. Wenn sie den Leuten gefällt,
wollen sie sofort Nachschub. Wir leben in einer ungedul-
digen Welt.«

»Du klingst wie Layla«, sage ich lächelnd. »Du hättest sie in unserem Meeting erleben sollen. Sie war wie verwandelt. Ich muss sagen, ich bin fast ein wenig beeindruckt. Seit ich sie so richtig in Aktion erlebt habe, sehe ich sie schon als zukünftige CEO einer großen Firma.«

Jimmys Blick wandert zum Whiteboard mit Laylas Gekritzel. »Wie ist das ›Brainstorming‹ gelaufen? Ich hoffe, ihr hattet noch weitere Ideen als nur ›MEHR VLOGS‹?«

»Ehrlich gesagt lief es gar nicht gut«, gebe ich zu. Jimmy gegenüber kann ich ruhig die Wahrheit sagen. »Leider hat sich herausgestellt, dass ich als Musikredakteurin eine Niete bin.«

»Das glaube ich nicht«, sagt er, ohne zu zögern. »Du hast die Chasing-Chords-Website ohne die Hilfe der beiden in Schwung gehalten und das geht nicht ohne Kreativität. Außerdem hast du immer davon erzählt, wie viel dir die Musik bedeutet. Aus deinem Zimmer dröhnt zu jeder Tages- und Nachtzeit ein Song.« Er grinst mich frech an. »Ich weiß noch, wie Nina und ich uns immer darüber aufgeregt haben, wenn wir in ihrem Zimmer saßen und lernen wollten, während du ein neues Album in Dauerschleife und auf voller Lautstärke abgespielt hast, sodass die ganze Straße mithören konnte. Beim Abendessen hast du dann lang und breit jeden einzelnen Song analysiert und jede Textzeile auseinandergenommen. Und wehe, Nina und ich haben irgendetwas von ›Fließbandmusik‹ gesagt. Das war natürlich, lange bevor wir BESTE FREUNDE geworden sind.«

»Ich erinnere mich«, seufze ich. »Tja, Layla und Sophie wollen nicht, dass ich Songtexte analysiere. Sie wollen *echte* Storys von Musikstars. Layla meint, ich soll Chasing Chords um Hilfe bitten, aber das will ich nicht.«

»Warum nicht?«

»Würdest du das nicht falsch finden?«, frage ich, überrascht, wie locker er darauf reagiert.

»Du versuchst doch, eine Musikredakteurin zu sein, oder? Zufällig bist du mit Musikern einer berühmten Band befreundet. Es wäre echt seltsam, das zu ignorieren. Sie hätten bestimmt nichts dagegen, dir ein Interview zu geben oder so. Aus welchem Grund sollten sie dir nicht bei einem Schulprojekt helfen?«

»Ich dachte, es wäre nicht okay, sie zu fragen.«

»Warum denn? Das Schlimmste, was passieren kann, ist, dass sie dir sagen: ›Tut uns leid, Nancy, aber wir möchten dir kein Interview geben.‹ Und das war's auch schon.«

»Vielleicht sollte ich sie wirklich fragen.«

»Du kannst keine Journalistin sein, ohne Fragen zu stellen«, sagt Jimmy lachend und steht auf. »Etwas zu riskieren, gehört dazu. Wo bliebe sonst der Spaß? Glaub mir, ich habe Angst, dass ich von der Schule fliege, wenn ich morgen meine Website präsentiere. Aber wenn man an die Spitze will, darf man keine falsche Rücksicht nehmen.«

»Okay, jetzt sagst du wortwörtlich das Gleiche wie Layla.«

»Das ist besorgniserregend.« Er bleibt an der Tür stehen. »Wenn das, was Layla sagt, plötzlich einen Sinn ergibt, dann hat dieser Wettbewerb ja vielleicht tatsächlich eine positive Wirkung auf unsere Schule. Bis morgen, und vergiss nicht, dir gleich früh als Erstes meine Website anzuschauen. Konkurrenz hin oder her, aber du hast gesagt, dass ich dein bester Freund bin.«

»Wirst du jemals aufhören, mich damit aufzuziehen?«
Er überlegt einen Moment. »Nee.«

»Bis morgen. Oh, und, Jimmy? Vielleicht solltest du dein
Passwort ändern.«

»Hm?«

»Ich ... ich habe einen Artikel darüber gelesen. Echt. Es ist
sehr wichtig, regelmäßig sein Passwort zu ändern. Nur so
ein Gedanke.«

»Okay.« Er lacht und sieht mich leicht irritiert an.
»Danke für diesen völlig unerwarteten Tipp.«

Als er weg ist, ziehe ich mein Handy hervor. Ich hole ein
paarmal tief Luft, um mich zu sammeln. Dann tippe ich
Miles' Namen in meiner Kontaktliste an. Das Tuten sagt
mir, dass es am anderen Ende klingelt.

»Hallo?«

O mein Gott, er ist es! Ich lege schnell auf.

*Himmel, Nancy, NATÜRLICH IST ER ES! DU HAST GE-
RADE SEINE NUMMER GEWÄHLT!*

Und jetzt habe ich einfach aufgelegt! Wie eine verrückte
Stalkerin! WARUM HABE ICH DAS GETAN? Hilfe, was
mach ich jetzt, was mach ich jetzt, was mach ich jetzt, was
mach ich jetzt, was mach ich jetzt, was mach ich jetzt, was
mach ich jetzt, was mach ich jetzt, was mach ich ...

Mein Handy vibriert. Miles! Er ruft zurück! Panisch
starre ich auf das Handy. Dann schaltet sich mein Gehirn
ein, und ich gehe ran, bevor er auflegt.

»Hallo?«, sage ich so lässig wie möglich.

»Hey, Nancy«, antwortet Miles. »Du hast gerade angerufen, aber ich glaube, die Verbindung ist abgebrochen.«

Beim Klang seiner Stimme bricht mir der Schweiß aus.

»Ach, wirklich?«, krächze ich. »Ich hab dich nicht angerufen ... Es muss ein Versehen gewesen sein. Dann hat dich
wohl meine Tasche angerufen, hahaha.«

Es ist so klar, dass ich lüge. WARUM lüge ich überhaupt?
Als er sagte, dass die Verbindung wohl unterbrochen wurde,
hat er mir die perfekte Ausrede geliefert. Ich hätte seine Erklärung einfach übernehmen können! WARUM habe ich
das nicht gemacht?

»Also, was geht ab?«, frage ich mit hoher Bugs-Bunny-
Stimme.

O Gott. Was mache ich da? In meinem ganzen Leben
habe ich noch NIE »Was geht ab?« gesagt. Und ich habe
noch NIE versucht, wie Bugs Bunny zu sprechen. Warum
hat Miles diese Wirkung auf mich?!

»Nicht viel«, antwortet er und tut netterweise so, als
hätte ich wie ein normaler Mensch gesprochen. »Wie läuft's
bei dir? Es war schön, dass wir uns in Norfolk gesehen haben.«

»Ja. Klar, war cool. Ähm, bei mir ist auch nicht viel los.
Ich arbeite an diesem großen Schulprojekt, das aber eigentlich etwas langweilig ist. Jetzt muss ich Mum anrufen, damit sie mich abholt, weil ich immer noch im Klassenzimmer herumsitze wie eine absolute Loserin, hahaha. Dann
bin ich bald zu Hause.«

DAS. LÄUFT. NICHT. GUT.

»Ich hatte auch schon vor, dich anzurufen.« Auch diesmal ist Miles so nett und geht nicht auf mein sinnloses
Geplapper ein. »Da ist diese Party am Samstagabend. Ich
habe mich gefragt, ob du Lust hättest mitzukommen ...«

»Hä?«, krähe ich.

»Der Veranstalter ist ein großes Musiklabel. Sagt dir *Emerald Entertainment* was? Aus irgendeinem Grund haben sie Chasing Chords eingeladen, obwohl wir eigentlich bei der Konkurrenz unter Vertrag stehen. Aber Chase und Nina gehen hin – hat sie das nicht erzählt?«

»Ich ... ähm ... ich glaube, sie hat gestern Abend irgend so was gesagt. Aber ich war abgelenkt, weil da diese Katze draußen vor unserem Fenster saß.«

Ich frage mich ernsthaft, warum ich überhaupt noch den Mund aufmache.

»Cool, ich liebe Katzen«, greift er meine Antwort auf. »Du würdest meinen Kater mögen. Er heißt Buttercup. Aber mal im Ernst, Chase hat mir erzählt, dass du gerade eine etwas schwierige Zeit durchmachst. Ich habe von der Sache mit deinem Dad gehört.«

»Oh. Ja. Total verrückt.«

»Kann ich mir vorstellen. Da wäre etwas Aufmunterung doch genau das Richtige? Du könntest am Samstag nach London kommen, dann gehen wir alle gemeinsam hin.«

»Lädst du mich gerade *ernsthaft* auf die Party von *Emerald Entertainment* ein?«

»Ja, genau das«, sagt er. Ich höre seiner Stimme an, dass er lächelt. »Ernsthaft.«

Das Leben kann wirklich seltsam sein. Im einen Moment sitzt du noch da, die Stirn auf dem Tisch, und fragst dich, woher um alles in der Welt du Promi-News für deine nagelneue Website zaubern sollst, um einen wirklich wichtigen Wettbewerb zu gewinnen und damit zu beweisen, dass du keine absolute Null bist.

Und im nächsten Moment lädt dich ein berühmter Drummer auf eine glamouröse Musikbusinessparty ein, auf der es vor Promis nur so wimmeln wird.

»Nancy?«, reißt Miles mich aus meinen Gedanken. »Möchtest du am Samstag mit mir auf diese Party gehen?«

»Weißt du was, Miles«, sage ich und blicke durchs Fenster zum Himmel, wo gerade die Sonne durch die Wolken bricht. »Liebend gern!«

KAPITEL ELF

Nina

»Das war GRAUENVOLL!«

Ich zucke zusammen und ziehe den Kopf ein, sodass ich hinter dem Notenpult des Klaviers verschwinde. Zum Glück meint der Orchesterdirigent nicht mich persönlich. Zumindest hoffe ich das. Die heutige Probe geht gerade zu Ende und er schüttelt verzweifelt den Kopf.

»Ihr wart alle nicht im Takt!« Er wirft die Hände hoch. »Ihr seid kein Team! Wie soll ich mit euch arbeiten, wenn ihr nicht zusammenspielt? Hoffentlich wird es morgen besser. Sonst kriege ich sehr schlechte Laune.«

Schweigend sitzen wir da, während er weitergrummelt, bis er schließlich seine Partitur zuklappt, laut »DIE PROBE IST BEENDET!« ruft, aus dem Saal stapft und dabei »Alles Amateure« vor sich hin murmelt. Caroline, die uns wieder zugesehen hat, folgt ihm wortlos hinaus. Heute war ich zumindest fünfzehn Minuten früher da.

Nachdem die Lehrer den Saal verlassen haben, entspannt sich die Atmosphäre, allerdings auf keine gute Art.

»Die ganze letzte Seite war dein Tempo falsch«, blafft ein

Geiger das Mädchen neben sich an. »Du hast uns alle aus dem Takt gebracht.«

»Das war nicht meine Schuld«, verteidigt sie sich. »Das waren die Bläser.«

»Vielleicht würden wir nicht aus dem Takt geraten, wenn wir uns selbst hören könnten«, entgegnet ein Junge mit einer Oboe und wirft Jordan und mir über die Schulter hinweg einen giftigen Blick zu. »Aber bei dem dämlichen Klaviergeklimpere ist das ja nicht möglich!«

»Hey, du solltest dankbar sein, dass ich deinen Patzer im Mittelteil überspielt habe«, gibt Jordan zurück und funkelt ihn wütend an. »Und wenn ihr mich fragt, waren es die Sänger. Die sind am Ende völlig untergegangen.«

Plötzlich bricht Tumult aus, weil alle sich verteidigen, andere beschuldigen und sich gegenseitig die Meinung sagen und dabei immer lauter und lauter werden, weil sie merken, dass eigentlich niemand ihnen zuhört. Ich bleibe einfach auf meinem Platz sitzen, froh, in der hintersten Reihe zu sein, und hoffe nur, dass ich in Ruhe gelassen werde.

Die Woche war ohnehin schon hart genug.

»Hey, hey, HEY! Hört auf!«

Grace' Stimme ist so laut und klar, dass sie das Stimmengewirr übertönt und sämtliche Köpfe sich zu ihr umdrehen. Sie ist auf ihren Stuhl gestiegen und richtet das Wort an alle.

»Genau das hat er gemeint! Wir sind kein Team. Schaut uns doch an! Wenn das Abschlusskonzert ein Erfolg werden soll - und das wollen wir doch alle -, dann müssen wir uns gegenseitig respektieren und uns zuhören. Klar, alle

Künstler haben ein großes Ego, aber wie wär's, wenn wir zur Abwechslung mal *nicht* dem Klischee entsprechen? Es muss doch einen Weg geben, wie wir das auf die Reihe kriegen. Was meint ihr?«

Als Grace ihre Ansprache beendet, fange ich ihren Blick auf und lächle ihr zu. Ich denke gerade, dass ich auch gern so selbstbewusst und entschlossen wäre wie sie, als mir klar wird, dass sie mir mit ihrem Blick etwas zu verstehen geben will. Sie fordert mich auf, auch das Wort zu ergreifen. Im Saal ist es ganz still. O nein. Ich versuche, ihr mit Blicken zu antworten: *Nein, nein, nein, verlang das nicht von mir.* Ihre Augen quellen fast hervor, so eindringlich beschwört sie mich, aufzustehen und ihr beizustehen.

Ich habe keine andere Wahl. Ich will nicht, aber ich muss. Weil ich sie so bewundere und sie in diesem Moment meine Hilfe braucht.

»Ähm«, fange ich leise an und erhebe mich zögernd.

Weiter komme ich nicht, denn Jordan ist bereits aufgesprungen.

»Grace hat recht«, erklärt er. Alle Köpfe drehen sich zu ihm um. »Wir müssen zusammenarbeiten. Kein Wunder, dass es so chaotisch war.«

Grace wirkt genauso überrascht wie ich. Eigentlich müsste ich ihm dankbar dafür sein, dass er mich davor bewahrt hat, plötzlich im Mittelpunkt zu stehen. Aber irgendwie bin ich auch enttäuscht von mir, weil ich nicht sofort aufgesprungen bin und Grace unterstützt habe. Ich hätte ihr zu Hilfe kommen sollen, nicht Jordan. Nancy an meiner Stelle hätte keinen Augenblick gezögert, ihrer Freundin beizustehen.

»Hört zu«, fordert Jordan, der es sichtlich genießt, sich zum Wortführer aufzuschwingen. »Wenn ihr mich fragt, dann waren die Violinen hervorragend! Jedes Mal, wenn ihr nach meinem Anfangspart einsetzt, vergesse ich fast weiterzuspielen, weil ich so hin und weg bin.«

Die Geiger lächeln ihn an. Er blickt kurz zu Grace, die beide Daumen hochstreckt.

»Und dann die Bläser. Wow. Diese kleinen Triller auf der dritten Seite sind so zart und wunderschön, zum Dahinschmelzen. Und was die Sänger angeht: Tut mir leid, dass ich gesagt habe, eure Stimmen würden untergehen. Das wäre bei mir nicht anders, wenn ich mich den ganzen Tag heiser singen würde. Wir anderen haben Instrumente, die wir in die Hand nehmen und wieder weglegen können.« Er hält kurz inne, ehe er mit Blick auf seinen Konzertflügel hinzufügt: »Na ja, in die Hand nehmen, trifft es bei mir nicht so ganz …«

Alle lachen über seinen Witz.

»Aber mal im Ernst, wir alle wissen, dass ihr Sänger das Publikum am meisten mitreißt.«

Jetzt hat er die Zustimmung des ganzen Orchesters, alle nicken, und die Sänger sind so gerührt von Jordans Worten, dass ich bei einigen von ihnen Tränen in den Augen glitzern sehe.

»Der Punkt ist doch der: Jeder Einzelne von uns ist sehr talentiert. Sonst wären wir nicht hier. Aber wir waren so mit uns selbst und unserer eigenen Musik beschäftigt, dass wir nicht auf die anderen gehört haben. Höchste Zeit, das zu ändern.«

Alle applaudieren und manche fangen sogar an zu jubeln.

»Also, ich schlage Folgendes vor«, erklärt er seinem gespannt lauschenden Publikum. »Morgen früh vor unseren Einzelstunden treffen wir uns hier und starten einen neuen Versuch. Aber diesmal hören wir uns gegenseitig zu und respektieren unsere Musikerkollegen. Seid ihr alle dabei?« Wieder antworten alle mit Applaus und Jubel.

»Gut. Und ich habe noch eine Idee. Grace hatte recht, als sie sagte, dass wir kein Team sind. Das überrascht mich nicht. Von vielen von euch kenne ich nicht einmal die Namen. Es ist schwierig, als Team zu spielen, wenn ich in euch nur ein Instrument mit einer Nummer sehe. Stimmt's, Flöte zwei?« Flöte zwei lacht und nickt dann zustimmend.

»Statt uns in unseren Übungsräumen zu verkriechen, sollten wir in unserem Wohntrakt ein kleines Treffen veranstalten. Zeit für eine Party!«

Der ganze Saal explodiert vor Begeisterung, und Jordan bekommt Standing Ovations, während er einige Bläser abklatscht. Alle reden aufgeregt über die bevorstehende Party, während sie zusammenpacken. Grace bahnt sich einen Weg zu mir.

»Wer hätte das gedacht?«, sagt sie und wartet, bis ich meine Notenblätter zusammengesucht habe. Sie beobachtet Jordan, der von seinen neuen Bewunderern umringt wird. »Ich gebe es ungern zu, aber er hat bei mir heute einige Pluspunkte gesammelt.«

»Du hast das Ganze aber angestoßen«, entgegne ich. »Du warst großartig. Ohne dich wäre das alles nicht möglich gewesen.«

»Ach, nicht der Rede wert. Ich hatte nur das ganze Geschrei satt. Außerdem gab es in meiner Fußballmannschaft letztes Jahr eine ganz ähnliche Situation. Daher habe ich schon etwas Übung.«

»Du spielst in einer Fußballmannschaft?«, frage ich beeindruckt. »Das wusste ich ja gar nicht.«

»Und ich wusste nicht, dass du fotografierst.« Sie grinst, als sie sieht, wie ich rot anlaufe. »In der Mittagspause habe ich das Buch auf deinem Bett gesehen, mit den ganzen Aufnahmen von Stränden darin und Feldern und ein paar Schnappschüssen von deinem heißen Boyfriend. Ist Fotografieren ein Hobby von dir? Ich finde nämlich, die Fotos sind richtig cool.«

»Grace!«, ruft Jordan. Er kommt mit James zu uns herüber, bevor ich Grace antworten kann. »Danke, dass du unser kindisches Gezänke beendet hast.«

»Danke *dir*, dass du alle überzeugt hast«, erwidert sie lächelnd. »So eine Party ist genau das, was wir brauchen. Du hast recht, es ist verrückt, dass wir noch nie etwas zusammen gemacht haben.«

»Heißt das, du kommst?«, fragt James hoffnungsvoll. Seine Miene hellt sich auf.

»Na klar! Wir wohnen im selben Gebäude, also bin ich sowieso da.«

Widerstrebend richtet Jordan den Blick auf mich. »Und du, Nina?«

Ich wünschte WIRKLICH, er hätte nicht gefragt.

»Ich kann nicht. Ich habe schon was vor.«

»Ooohh, kannst du es nicht absagen?«, bittet mich Grace. »Das ist unsere erste gemeinsame Party und vielleicht auch unsere letzte, denn normalerweise sind wir am Wochenende ja alle mit Üben beschäftigt.«

»Lass mich raten«, meint Jordan. »Du gehst auf eine Promi-Party.«

Sie schauen mich an. Lügen ist zwecklos. Sobald ich mit Chase auf der Party erscheine, werden sofort die ersten Fotos von uns in den sozialen Medien auftauchen.

»Ehrlich gesagt, ja. Aber ich würde viel lieber auf eure Party gehen.«

»Dann tu's doch«, fordert Jordan. »Es ist ganz einfach, Nina: Lass das Promi-Event sausen und komm stattdessen zur Guildhall-Party, um mit den Leuten zu feiern, mit denen du im Orchester spielst. Es ist ja nicht so, als MÜSSTEST du auf diese andere Party gehen. Aber wahrscheinlich verbringst du lieber Zeit mit publicitygeilen Z-Promis als mit uns.«

»Das stimmt nicht«, sage ich leise.

Ich kann ihnen keine bessere Erklärung geben, ansonsten müsste ich ihnen eingestehen, warum diese Party so wichtig für mich ist. Ich müsste ihnen erklären, dass es mir vorkommt, als hätten Chase und ich in den letzten Tagen kaum ein Wort miteinander gewechselt und dass jeder gemeinsame Moment für mich kostbar ist. Wenn ich heute Abend auf eine andere Party gehe, sehe ich Chase das ganze Wochenende nicht. Und wer weiß, wie es nächste Woche aussieht. Und die Woche danach. Es ist ja schon schwierig genug, Zeit für ein Telefonat zu finden, ganz zu schweigen von einem richtigen Treffen.

Aber ich habe es ernst gemeint, als ich sagte, ich würde lieber mit den anderen aus Guildhall feiern. Dieser Kurs bedeutet so viel für mich und ich möchte nichts verpassen.

»Ich muss mit Chase auf diese Party«, wiederhole ich,

während ich fieberhaft nach einer Lösung suche. »Aber ich werde nicht lange bleiben. Ich lasse mich dort kurz blicken, dann komme ich zu euch.«

Grace' Miene hellt sich auf. »Wirklich? Das wäre super!« Selbst Jordan scheint von meinem Kompromissvorschlag zunächst beeindruckt zu sein, doch dann schüttelt er den Kopf.

»Das glaube ich erst, wenn ich es sehe«, erklärt er und wendet sich zum Gehen. »Wir müssen los, es gibt noch einiges vorzubereiten. Wir sehen uns auf der Party, Grace.«

»Ciao, Grace«, murmelt James leicht verlegen. Er stolpert über seine Füße, als er seinem Freund nach draußen folgt.

»Jetzt musst du heute Abend aber wirklich kommen«, sagt Grace, als die beiden weg sind. »Du kannst mich nicht mit Jordan allein lassen. Sonst habe ich niemanden, der die Augen mit mir verdreht, wenn er wieder mal die Klappe zu weit aufreißt.«

»Ich verspreche, dass ich da sein werde«, erkläre ich lachend und hake mich bei ihr unter. »Ich schreibe dir, sobald ich auf dem Weg bin. Ich bin mir übrigens ziemlich sicher, dass James auf dich steht. Und Jordan war ehrlich beeindruckt davon, wie du die Situation vorhin in den Griff bekommen hast. Vielleicht ist er heute Abend ganz nett zu dir, und es wird viel weniger schlimm, als du denkst.«

»Vielleicht. Wunder gibt es immer wieder«, kichert sie, während wir gemeinsam nach draußen gehen. »Wenn du mich fragst, hat es ihm gefallen, dass du heute Abend kommen willst. Tief in seinem Inneren weiß er, dass du eine gute Pianistin bist. Auch wenn er das natürlich nie zugeben würde.«

»Ganz, ganz tief in seinem Inneren.«

»Ganz, ganz, ganz tief«, sagt sie.

Wir prusten beide los, doch als wir um die Ecke biegen, bleibe ich abrupt stehen. Ein paar Meter vor uns lehnt Dad an der Mauer und tippt auf seinem Handy herum.

»Alles okay?«, fragt Grace und folgt meinem Blick. »Wer ist das?«

»Mein Dad.«

Sie sieht ihn an und dann mich. »Und ... ist das schlecht?«

»Ich weiß nicht.«

»Oh.«

Dad blickt von seinem Handy auf. Als er mich entdeckt, breitet sich ein Lächeln auf seinem Gesicht aus. Er steckt sein Handy weg und kommt auf uns zu.

»Hi, Nina«, sagt er, dann streckt er Grace die Hand hin. »Hallo, ich bin Ninas Dad. Bist du auch in Ninas Kurs?«

»Ja, ich bin Grace. Nett, Sie kennenzulernen.« Sie blickt mich abwartend an, aber da ich selbst nicht weiß, was ich tun soll, beschließt sie zu improvisieren. »Nina ... wir sehen uns dann auf unserem Zimmer?«

Nach einem kurzen Zögern nicke ich.

»Bis gleich. Melde dich, wenn du mich brauchst«, sagt sie und eilt davon, um uns allein zu lassen.

»Ich dachte, wir könnten zusammen Abendessen gehen ...«, fängt Dad hoffnungsvoll an.

»Ich kann nicht.«

»Oh.« Er starrt auf seine Schuhe. »Okay.«

»Ich habe ... Ich muss auf eine Party«, stottere ich und spüre, wie mein ganzer Körper sich verspannt. »Von einer Plattenfirma. Ich gehe mit Chase dorthin.«

»Nein, schon in Ordnung«, sagt er hastig und lächelt dabei. »Das klingt toll. Eine gute Gelegenheit zum Netzwerken. Die darfst du dir nicht entgehen lassen. Ich hätte wissen sollen, dass du beschäftigt bist. Ich dachte nur, ich versuch's mal.« Er wirft einen Blick auf seine Uhr. »Wie wär's, wenn wir etwas trinken gehen, bevor du losmusst? Gleich um die Ecke gibt es ein nettes kleines Café. Wir könnten hingehen und heiße Schokolade trinken. Die mochtest du früher am liebsten.«

»Ich mag sie immer noch«, antworte ich lächelnd.

»Das dachte ich mir fast.« Er grinst. »Also, was meinst du?«

Ich zögere, unsicher, was ich machen soll. Ich wünschte, Nancy wäre hier. Sie weiß immer, was zu tun ist.

»Das wäre nett«, sage ich.

»Wunderbar!«, ruft er. »Gehen wir, es ist nicht weit.«

»Zuerst sollte ich Nancy anrufen.« Ich ziehe mein Handy aus der Tasche. »Sie kommt auch zu der Party. Vermutlich steigt sie gerade in den Zug nach London. Wir könnten auf sie warten und gemeinsam ins Café gehen. Dann können Nancy und ich von dort aus zur Party.«

Dad tritt unschlüssig von einem Bein aufs andere. »Ich weiß nicht, ob das eine so gute Idee ist.«

»Warum nicht?«

»Du sagst, sie steigt gerade erst in den Zug?«

»Ich bin mir nicht sicher. Vielleicht ist sie auch schon unterwegs.«

»Selbst wenn ... Es ist ein langer Weg von Norwich. Die Fahrt dauert ein paar Stunden, und wenn sie ankommt, müsst ihr wahrscheinlich schon aufbrechen. Außerdem denke ich, dass Nancy noch etwas Zeit braucht, um sich daran zu gewöhnen, dass ich wieder in euer Leben getreten bin. Während sie sich darüber klar wird, was sie will, möchte ich die Zeit nicht ungenutzt lassen. Vielmehr würde ich gern mit dir zusammen sein und alles über deinen Kurs erfahren. Natürlich würde ich lieber etwas zu dritt unternehmen, aber ich glaube, Nancy ist noch nicht so weit. Vielleicht sollten erst mal nur wir beide uns erneut kennenlernen.«

Er hat recht, Nancy wird erst in ein paar Stunden hier sein, und dann hätten wir kaum noch Zeit. Und er hat noch in einem anderen Punkt recht. Sie würde sich nicht mit ihm auf eine heiße Schokolade treffen wollen. Das weiß ich alles. Trotzdem wünschte ich, sie wäre hier. Ich stecke mein Handy in die Tasche zurück.

»Okay, wohin wollen wir?«

»Jordan scheint mir ein ziemlicher Unsympath zu sein!« Mit einem amüsierten Lachen greift Dad nach einer Serviette. »Manches von dem, was er sagt, ist die reinste Unverschämtheit. Aber es wundert mich nicht, dass er versucht, dein Selbstbewusstsein Stück für Stück zu untergraben. Selbstzweifel sind der sicherste Weg zum Misserfolg. Und in der Musikindustrie herrscht gnadenloser Wettbewerb.«

»Das wird mir auch gerade klar«, sage ich und lehne mich seufzend zurück.

Ich bin froh, dass Dad ein anderes Café gewählt hat als das, in dem Chase und ich fotografiert worden sind, denn dort fühle ich mich nicht mehr wohl. Dieses Café ist sehr schick, und Dad hat beim Reingehen gleich mit jemandem vom Personal gesprochen, damit wir einen Tisch bekommen, der von draußen nicht einsehbar ist.

»Das ist perfekt«, habe ich ihm versichert, als wir uns an einen Tisch etwas abseits der anderen Gäste gesetzt haben. »Was hast du zu den Leuten vom Café gesagt?«

»Ich habe ihnen gesagt, dass ich, falls sie das noch nicht bemerkt hätten, in Begleitung der berühmten Musikerin Nina Palmer hier bin und wir verhindern möchten, dass Fans von dir oder den Chasing Chords ein Foto von uns machen, wie wir Kuchen in uns hineinstopfen«, hat er grinsend geantwortet und mich zum Lachen gebracht.

Seither ist die Zeit nur so verflogen. Zuerst war die Unterhaltung ein bisschen steif – es kam mir seltsam vor, mit Dad in einem Café zu sitzen und heiße Schokolade zu trinken. Mit *Dad*. Aber zum Glück kann er besser damit umgehen als ich. Er hat das Gespräch auf Musik gebracht, und ab da war das Eis gebrochen, denn diese Leidenschaft haben wir schon immer geteilt. Irgendwann kamen wir auf die Guildhall zu sprechen, und schließlich erzählte ich ihm alles über mein verpatztes Vorspiel, mein Lampenfieber, das Abschlusskonzert und natürlich Jordans ständige Sticheleien.

»Als ich mich für Guildhall beworben habe, habe ich überhaupt nicht darüber nachgedacht, wer mit mir im Kurs sein würde. Es ist mir gar nicht in den Sinn gekommen, dass sie etwas gegen mich haben könnten, nur weil ich mit einem Popstar zusammen bin.« Ich schüttle den Kopf. »Im Nachhinein erscheint mir das dumm von mir.«

Er lächelt. »Nein, das ist nicht dumm. Leider sind nicht alle so nett und vertrauensvoll wie du. Wenn du es bis an die Spitze schaffen willst, musst du dir eine harte Schale zulegen.«

»Ich weiß nicht. Vielleicht ist dieser Kurs ein Wink des Schicksals, der mir zeigt, dass ich nicht zur Musikerin geboren bin. Dass ich nicht das Zeug dazu habe.«

»Das glaubst du doch nicht wirklich, oder?«

»Manchmal schon«, antworte ich schulterzuckend. »Wenn ich neben Leuten wie Jordan bestehen soll, habe ich nicht den Hauch einer Chance. Ich bin nicht einmal annähernd so gut wie er.«

»Nina, das ist die falsche Sichtweise.« Dad beugt sich vor und umfasst meine Hände. »Eigentlich bin ich froh, dass dieser Jordan in deinem Kurs ist. Er kann eine gute Motivation für dich sein. Es gibt nichts Besseres als eine gesunde Konkurrenz. Auf diese Weise habe ich es im PR-Business zu etwas gebracht. Als meine alte Firma scheiterte, hat mein früherer Geschäftspartner einen rasanten Aufstieg hingelegt, was mich wiederum angetrieben hat, mehr zu arbeiten und ehrgeiziger zu sein. Und was soll ich sagen? Mein Geschäft wuchs doppelt so schnell wie seines und viele seiner Kunden wechselten zu mir. Sein Erfolg hat mir die nötige Motivation verliehen, nicht aufzugeben.«

»Wow, das ist beeindruckend. Ich habe mich immer gefragt, wie du dein Geschäft aufgebaut hast.«

»Ja. Es war harte Arbeit und der Erfolg hatte leider seinen Preis ...«

Er lässt den Satz in der Schwebe und wirkt plötzlich verunsichert. Ich weiß nicht, wie ich reagieren soll. Es abzustreiten, wäre eine Lüge. Aber ich möchte nicht, dass jetzt schlechte Stimmung zwischen uns aufkommt. Wir haben nicht mehr viel Zeit, bevor ich losmuss, um mich für die Party fertig zu machen. Ich überlege, wie ich ihn trösten könnte, aber wie sich herausstellt, muss ich das nicht. Er räuspert sich unvermittelt und lächelt.

»Wie auch immer, genug von mir. Ich möchte alles von dir und deiner glanzvollen Karriere hören!«

Bei seinem Lob fangen meine Wangen an zu brennen. »Ach, das ist doch Quatsch.«

»Nina, warum glaubst du nicht an dich? Du hast dich schon immer hinter Nancy versteckt. Dabei bist du eine sehr begabte junge Frau. Das habe ich mit eigenen Augen gesehen. So wie es Tausende von Menschen sehen konnten, als du mit Chase gespielt hast.«

»Du irrst dich. So talentiert bin ich nun auch wieder nicht, zumindest nicht im Vergleich zu den anderen in meinem Kurs. Mein Leben lang habe ich davon geträumt, auf die Guildhall zu gehen – und hier bin ich nun und bekomme einen Vorgeschmack darauf, wie es sein könnte. Ich hätte die Chance, meine zukünftigen Lehrer zu beeindrucken, aber ich vermassle alles.«

»Höchste Zeit, auf die Erfolgsspur zu wechseln«, sagt Dad schlicht.

»Du tust so, als wäre das ganz einfach.«

»Und du tust so, als wäre es unmöglich«, gibt er mit einem vielsagenden Lächeln zurück. »Ich weiß, was du kannst, Nina. Und alle anderen wissen das auch. Das ist es ja, was Jordan solche Angst macht.«

»Glaub mir, Jordan hat –«

»Ordentlich die Hosen voll«, beendet Dad den Satz für mich.

Ich lache. »Warum sollte er Angst haben?«

»Weil du besser bist als er. Vielleicht nicht, was die Technik angeht, aber die kann man lernen. Was man nicht lernen kann, ist das, was *du* hast. Du hast eine angeborene Begabung. Wenn du spielst, verzauberst du das Publikum. Jordan – das kann ich aus dem bisschen, was du mir erzählt hast, sicher sagen – besitzt diese Gabe nicht. Er ist ein guter Pianist, ganz ohne Zweifel, aber er wird keine Alben verkaufen, und er wird nicht in die Top-Charts aufsteigen. Du hingegen schon. Das habe ich immer gewusst. Was sagen denn die Leute von Chase' Plattenfirma?«

»Wie meinst du das?«

»Du hast doch sicher mal mit ihnen geredet. Sehen sie dein Potenzial? Hattest du schon Meetings mit den verantwortlichen Personen?«

Ich schüttle den Kopf und frage mich, ob er Witze macht.

»Warum nicht?«

»Ich… ich weiß nicht. Warum sollten sie sich für mich interessieren?«

»Nina«, sagt er und verdreht die Augen. »Hast du mir überhaupt zugehört? Du musst diese Leute zu deinem Abschlusskonzert einladen.«

»Das Management-Team von Chase' Label? Warum sollten sie zu einem Guildhall-Konzert kommen?«

»Damit sie sehen, wie talentiert du bist, und dich unter Vertrag nehmen«, erklärt er mir, bevor er eine Bedienung heranwinkt und noch einen Espresso bestellt.

»Also«, fährt er fort. »Hast du einen Manager?«

Ich bin so überrascht von seiner Frage, dass ich mich an

meiner heißen Schokolade verschlucke. Meine Augen tränen, so schlimm muss ich husten.

»Hast du gerade Manager gesagt?«, röchle ich.

»Ja, das habe ich.«

»Nein, ich habe keinen.«

Dad nickt nachdenklich und verschränkt seine Hände im Schoß.

»Wenn du möchtest, könnte ich dein Manager sein«, schlägt er vor.

»A-aber ich dachte, du bist in der PR-Branche«, stammle ich, leicht überfordert von der Wendung des Gesprächs. »Und überhaupt, wozu brauche ich einen Manager?«

»Mein Metier erfordert große Flexibilität, und ich war schon immer der Überzeugung, dass Musikmanagement genau das Richtige für mich wäre. Es verbindet zwei meiner großen Leidenschaften: Talentförderung und Geschäftssinn«, sagt er und nippt an seinem Espresso. Er fügt etwas Zucker hinzu und rührt um. »Nina, momentan bist du in einer ausgezeichneten Position. Du hast unglaublich gute Kontakte. Nimm nur mal diese Party heute Abend. Überleg mal, wer dort sein wird. Einige der einflussreichsten Leute der Branche. Und alle wissen, wer du bist. Du bist die Freundin von Chase Hunter, und als Schülerin einer renommierten Musikakademie zählst du zu den aufstrebenden Nachwuchskünstlern, die man im Auge behalten muss. Dir fehlt nur noch jemand, der dich ein bisschen an die Hand nimmt.«

»Und ... du würdest derjenige sein wollen, der mich an die Hand nimmt?«

»Ich möchte nur, dass du darüber nachdenkst. Du legst

gerade den Grundstein für deine Karriere, auch wenn dir
das vielleicht noch nicht bewusst ist. Das YouTube-Video
war nur der Anfang, und wenn man nicht am Ball bleibt,
gerät man schnell wieder in Vergessenheit. Es könnte nütz-
lich für dich sein, wenn jemand sich um solche Dinge küm-
mert.«

»Ich verstehe. Danke.«

Er strahlt mich an. »Ich glaube fest daran, dass du diesen
Jordan übertreffen kannst. Weißt du, was die beste Rache
ist?«

»Seine Finger im Klavierdeckel einzuklemmen?«

Er lacht. »Nicht schlecht. Aber ich hatte etwas anderes
im Sinn. Die beste Rache ist, wenn du bei dem Abschlusskonzert hervorragend abschneidest, einen Vertrag unter-
zeichnest und deine Aufnahmen millionenfach verkaufst,
bevor dieser Jordan auch nur mit seinem Klavierstück
durch ist. Aber dazu müssen wir erst einmal eine Strate-
gie entwickeln, wie du herausstechen kannst. Ich überleg
mir was.«

Er trinkt seinen Espresso aus, fragt nach der Rechnung
und sieht auf die Uhr.

»Wenn du rechtzeitig zur Party kommen willst, musst du
jetzt los.«

»Ja, ich sollte gehen. Danke für deine Ratschläge. Es hat
gutgetan, über alles zu reden. Ich habe sonst niemanden,
mit dem ich das kann«, gebe ich zu.

»Es war mir eine Ehre. Ich bin stolz auf dich, Nina.«

Plötzlich habe ich Tränen in den Augen. Ich versuche sie
wegzublinzeln, aber das klappt nicht, und eine rollt über
meine Wange.

»Ist alles okay? Habe ich etwas Falsches gesagt?«, fragt er besorgt.

»Nein, nein. Im Gegenteil.« Ich wische die Träne mit dem Ärmel weg. »Ich habe mir immer gewünscht, dass du stolz auf mich bist.«

»Weißt du noch, was ich zu der Dame im Klaviergeschäft gesagt habe?« Er ergreift meine Hand. »Ich habe gesagt: ›Das ist Nina und –‹«

Seine Augen funkeln, als er mich erwartungsvoll ansieht. Gemeinsam beenden wir den Satz.

»Eines Tages wird sie ein großer Star sein.«

KAPITEL ZWÖLF

Nancy

Als das Taxi sich dem Gebäude von *Emerald Entertainment* nähert, habe ich vor lauter Aufregung einen dicken Knoten im Bauch. Ein roter Teppich führt bis zu den Glastüren des Gebäudes, rechts und links warten Horden von Fotografen, die Kameras im Anschlag, um die ankommenden Gäste zu fotografieren. Nervös checke ich mein Outfit und mein Make-up zum ungefähr hundertsten Mal. Ich wünschte, ich wäre jetzt nicht allein. Aber Miles und ich haben vereinbart, uns auf der Party zu treffen. Es hätte keinen Sinn gemacht, dass er extra zum Bahnhof kommt, wo ich doch einfach ein Taxi nehmen kann. Eigentlich hatte ich gehofft, gemeinsam mit Nina hier aufzutauchen. Von der Guildhall ist es nicht weit bis zur Liverpool Street Station. Aber sie ist nicht ans Handy gegangen und hat auch meine Nachrichten nicht beantwortet.

Wo steckt sie? Die Orchesterprobe ist schon seit Stunden aus. Danach wollte sie sich dort für die Party fertig machen. Weil ich keine Lust hatte, ewig am Bahnhof auf sie zu war-

ten – vielleicht war sie aus irgendeinem Grund schon längst
auf der Party? –, habe ich mich allein auf den Weg gemacht.
Aber jetzt, beim Anblick der Fotografen neben dem langen
roten Teppich, bereue ich die Entscheidung. Ich könnte
Unterstützung brauchen.

Und das meine ich ernst. Ich brauche wirklich jemanden,
der mich stützt, weil meine hohen Absätze mich fast um-
bringen.

Ich habe die Schuhe letztes Jahr zugeschickt bekommen.
Meine Follower-Zahlen auf Social Media waren so in die
Höhe geschossen, dass Silhouette, eine meiner Lieblings-
marken, auf mich aufmerksam geworden war und mir die
High Heels geschenkt hatte, damit ich sie auf Instagram
poste. Ich habe sie auf dem Geheimkonzert von Chasing
Chords getragen – ein, wie ich jetzt weiß, bedeutsames
Event, weil Nina und Chase sich an diesem Abend kennengelernt haben. Damals habe ich viele positive Kommentare
bekommen, wie toll die Schuhe sind. Daran kann ich mich
noch sehr gut erinnern. Dass ich am Ende des Abends meinen kleinen Zeh nicht mehr spüren konnte und tagelang
Blasenpflaster tragen musste, habe ich anscheinend ver-
drängt. Was soll's, wenigstens sehen die Schuhe gut aus.

Alles an mir sieht gut aus, muss ich zugeben. Ich habe
den ganzen Tag damit verbracht, mich zu stylen. Mum hat
mir geholfen, das perfekte Outfit zu finden – ein schwarzes
Minikleid im Smoking-Look, das fantastisch zu den tür-
kisfarbenen High Heels passt. Meine Haare sind von Natur glatt, aber ich habe sie noch einmal extraglatt geglättet
und mit farblich perfekt passenden Extensions verlängert,
die ich online bestellt habe. Dann habe ich sie zu einem

hohen, straffen Pferdeschwanz zurückgebunden, den ich bei jedem Schritt hin- und herschwingen kann, was richtig Spaß macht. Um den Look zu komplettieren, habe ich ein dramatisches Augen-Make-up gewählt: Gold schimmernder Lidschatten, dunkler Eyeliner mit perfektem Katzenschwung und dichte Fake-Wimpern.

Mum hat mit meinem Handy ungefähr hundert Fotos von mir gemacht. Anschließend habe ich die zweistündige Zugfahrt damit verbracht, das beste auszusuchen, den perfekten Filter zu finden, es zu bearbeiten und dann zu posten – mit der Bildunterschrift, dass ich auf dem Weg zur Party von *Emerald Entertainment* bin. Kaum hatte ich es hochgeladen, kam ein Anruf von Layla.

»Was hast du dir dabei GEDACHT?«, hat sie hysterisch ins Telefon geschrien. »Du musst den Post SOFORT ändern!«

»Warum?«

»Du hast keinen Link zu *Glanz und Glamour* gesetzt!«

»Oh. Stimmt.«

»Also wirklich, Nancy, du musst dein Hirn einschalten, bevor du etwas machst. Schreib, dass du auf dem Weg zur Party von *Emerald Entertainment* bist und dass der neueste Gossip in Kürze auf unserer Website zu lesen sein wird! Damit machst du unser Zielpublikum neugierig und alle können deine Party-News kaum erwarten!«

»Hab's kapiert, ich ändere es sofort. Tut mir leid. Keine Ahnung, warum ich das vergessen habe.«

»Du musst dich *voll aufs Spiel konzentrieren*, Nancy!«, hat sie noch ins Telefon geblafft, bevor sie aufgelegt hat.

Ich hätte nie gedacht, dass Layla mir einmal in einer

ernsthaften Angelegenheit ein Zitat aus *High School Musical* um die Ohren hauen würde. Aber wenigstens hat sie mir nach dem katastrophalen Meeting verziehen. Sie und Sophie waren total aus dem Häuschen, als ich meine Einladung zur Party erwähnt habe. Ich habe ihnen versprochen, nicht mit leeren Händen zurückzukommen. Ihnen und mir selbst. Die Party ist eine einmalige Chance. Ich will das auf keinen Fall vermasseln.

»Wir sind da, Miss«, verkündet der Taxifahrer und hält direkt vor dem roten Teppich. »Sieht aus, als würde da eine rauschende Party steigen.«

»Ja, das stimmt.« Ich lächle ihn freundlich an und bezahle die Fahrt.

Dann hole ich tief Luft und schaue durchs Fenster nach draußen, wo die Fotografen das Taxi schon bemerkt haben und die Köpfe recken, um herauszufinden, wer drinsitzt. Unfassbar, ich bin tatsächlich auf dem Mega-Event von *Emerald Entertainment*. Es ist die Musikparty des Jahres. Jeder, der einen Namen hat, wird heute hier sein.

Die Tür geht auf, und jemand streckt mir die Hand entgegen, um mir beim Aussteigen zu helfen. Dankbar ergreife ich sie und halte mich daran fest, bis ich die Balance auf meinen High Heels gefunden habe und den ersten Schritt auf den roten Teppich wage. Überall flammen Blitzlichter auf und ich werde mit einem Sperrfeuer aus grellen Lichtern und lauten Rufen bombardiert. Ich weiß noch, wie Chase und ich Nina nach dem Unfall aus dem Krankenhaus abgeholt haben und vor der Tür eine Schar Paparazzi auf uns wartete. Genauso fühlt es sich jetzt an, und mir wird einmal mehr klar, warum Promis ständig Sonnenbrillen tragen. Es ist gar nicht so leicht, normal geradeaus zu gehen, wenn einem nach einem Blitzlichtgewitter kleine Lichtpünktchen vor den Augen tanzen.

Aber ich liebe es. Ich komme mir vor wie jemand, der wichtig und begehrt ist, und das ist ein schönes Gefühl. Souverän schwebe ich auf die Glastüren zu, aber die Fotografen bitten mich, stehen zu bleiben, damit sie mein Outfit von allen Seiten ablichten können. Eine Hand in die Hüfte gestützt, drehe ich mich zur Seite, schenke ihnen ein strahlendes Lächeln und hoffe inständig, dass mein Lippenstift nicht verschmiert ist.

Erst da höre ich, was die Reporter mir zurufen.

Erst da begreife ich.

»Nina! Welchen Designer trägst du?«

»Nina! Warum bist du nicht mit Chase gekommen?«

»Nina, stimmt es, dass eure Beziehung auf der Kippe steht?«

»Nina, wie gefällt dir die Musikakademie?«

O mein Gott. Sie halten mich für Nina.

Mein Lächeln gefriert. Ich weiß nicht, was ich machen soll. Ich muss es ihnen sagen. Sonst wird es megapeinlich, wenn Nina mit Chase eintrifft.

»Ich ... ich bin nicht Nina«, rufe ich mit bebender Stimme.

»Was?«, brüllen die Fotografen und winken mich näher heran, damit ich meine Worte wiederhole und sie alle ihre Fragen an Nina loswerden können.

»Ich bin nicht Nina«, wiederhole ich und schaue zur Glastür, wo ein Türsteher und eine Frau warten und die demütigende Szene beobachten.

»Das ist nicht Nina!«, ruft ein Fotograf seinen Kollegen zu. »Das ist sie nicht! Es ist die andere! Die Zwillingsschwester.«

Als seine Worte zu seinen Kollegen durchdringen, lassen alle die Kameras sinken, und ein enttäuschtes Raunen geht durch ihre Reihen. Keiner hat mehr einen Blick für mich übrig. Alle setzen ihre Unterhaltungen fort, als hätte ich sie durch meine Ankunft gar nicht unterbrochen. Es ist, als hätte jemand einen Schalter umgelegt. Von einem Moment auf den anderen scheine ich nicht mehr zu existieren.

Beschämt senke ich den Kopf und haste zur Tür. Ich habe es so eilig, dass ich auf meinen lächerlich hohen Absätzen ins Stolpern gerate. Der Türsteher fängt mich gerade noch rechtzeitig auf und bewahrt mich davor, der Länge nach hinzufallen. Hinter mir höre ich vereinzelte Lacher von den Paparazzi, die meinen Beinahe-Sturz mitbekommen haben.

»Alles in Ordnung?«, fragt der Mann, als ich mein Gleichgewicht wiedergefunden habe.

»Ja, alles bestens«, murmle ich und ignoriere das schmerzhafte Pochen in meinem Knöchel. »Ich bin Nancy Palmer.«

»Ninas Zwillingsschwester.« Die Frau lächelt mich an und blickt auf die Gästeliste auf ihrem Tablet. »Willkommen bei *Emerald Entertainment*. Viel Spaß heute Abend.«

Der Mann hält die Tür für mich auf und ich betrete eine prachtvolle Empfangshalle. Dort werde ich einen Korridor entlang zu einer weiteren Tür geschickt. Die Party ist bereits in vollem Gange, überall drängen sich die Gäste. Einige blicken in meine Richtung und widmen sich, als sie merken, dass ich niemand Wichtiges bin, wieder ihren Luftküsschen und Gesprächen. Die Musik wummert, und ich habe keine Ahnung, wie ich in dem schummrigen Licht unter

Hunderten von Gästen Miles finden soll. In nächster Nähe entdecke ich zwei berühmte Popstars – einen Schauspieler und ein Model –, denen ich auf Instagram folge. Also nicht unbedingt die Art von Leuten, zu denen man sich einfach dazustellen kann.

Ich bahne mir den Weg zu einer ruhigen Ecke und lehne mich an die Wand, immer noch ganz zittrig von dem, was draußen passiert ist. Dabei weiß ich gar nicht, warum ich überrascht bin. Aus welchem Grund hätten die Reporter mich fotografieren wollen? Ich weiß doch selbst, dass ich nicht berühmt bin. Also, warum ist mir zum Heulen zumute?

Vielleicht waren es die hässlichen Worte, die der Fotograf über mich gesagt hat. *Die andere.* Ich habe Angst, dass dieses Etikett für immer an mir haften bleibt.

Das ist der Fluch des Schicksals, wenn man eine perfekte Zwillingsschwester wie Nina hat. Man fühlt sich immer ein bisschen klein.

»Nancy!«

Miles ist wie aus dem Nichts vor mir aufgetaucht. Noch nie in meinem Leben war ich so froh darüber, jemanden zu sehen.

»Da bist du ja«, sage ich unendlich erleichtert. »Ich wusste nicht, wie ich dich zwischen all den Leuten finden soll, und ich war mir nicht sicher, ob du beschäftigt bist und –«

»Wow«, sagt er und starrt mich an. Dann breitet sich ein Lächeln auf seinem Gesicht aus.

Ich glaube nicht, dass ich ihn schon jemals so habe lächeln sehen. Dieses Lächeln ist anders als sein übliches freches Grinsen. Irgendwie ernster ... Falls das einen Sinn ergibt.

»Was ist?«, frage ich und überlege, ob mein Eyeliner verschmiert ist.

»Du ... du siehst wunderschön aus«, sagt er.

»Oh! Ähm. Danke.«

»Wie ich sehe, sind deine Haare seit unserem letzten Treffen wie von Zauberhand gewachsen.« Das vertraute freche Grinsen ist wieder da. »Welches Shampoo benutzt du?«

»Ich kann dir gern die Liste meiner Haarpflegeprodukte schicken.«

»Möchtest du einen Drink? Der Holundersekt ist total Vintage.«

»Hört sich gut an«, sage ich lachend. »Danke.«

»Geh nicht weg, ich bin gleich wieder da.« Miles beugt sich vor und küsst mich auf die Wange.

Dann verschwindet er in der Menge und lässt mich benommen zurück. Wie unfair von ihm, so etwas zu machen. Erstens riecht er so gut, dass einem ganz schwummrig wird, wenn er sich zu einem lehnt. Und zweitens ist sein Gesicht natürlich ganz nah an meinem gewesen, als er mich auf die Wange geküsst hat. Seine Wange hat meine gestreift und mein Magen hat dieses Purzelbaum-Schmetterling-Dings gemacht.

»Nancy, alles in Ordnung?«, fragt eine Stimme über die Musik hinweg.

»Nina!« Ich greife nach ihren Händen und ziehe sie in eine Umarmung. »Ich bin so froh, dass du da bist!«

»Warum stehst du in der Ecke und lächelst verträumt vor

dich hin?«, fragt sie grinsend. »Wirklich, du solltest dein Gesicht sehen. Ziemlich merkwürdig.«

»Ich habe ... nachgedacht«, sage ich ausweichend und wechsele geschickt das Thema. »Wo hast du GESTECKT? Du hast mich allein über den roten Teppich laufen lassen. Das war die schlimmste Erfahrung meines Lebens!«

»Ach ja? Ich dachte, es würde dir gefallen. Du hast doch immer davon geredet, dass du eines Tages über einen roten Teppich schreiten willst.«

»Tja, es lief nicht ganz so, wie ich es mir vorgestellt hatte.« Nina sieht mich wissend an. »Bist du in diesen idiotischen Schuhen hingefallen?«

»Nein! Natürlich nicht. Wie kommst du darauf?«

»Weil diese Schuhe deine Füße ruinieren und ich dich ausdrücklich davor gewarnt habe, sie anzuziehen. Ich weiß, wie schwierig es sein kann, geradeaus zu gehen, wenn man von einer Meute umzingelt ist und alle ein Foto von dir haben wollen. In solchen Höllendingern muss das noch viel schlimmer sein.«

»Wenigstens trage ich keine Turnschuhe«, sage ich mit einem vielsagenden Blick auf ihre Füße.

»Hey! Das sind *Glitzerturnschuhe*!«, verteidigt sie sich und deutet auf ihre Fußspitze. »Jemand, der selbst SEHR stylish ist, hat sie mir erst kürzlich bei einer Shoppingtour empfohlen.«

»Aha, dieser Jemand scheint wirklich MEGA-stylish zu sein«, bemerke ich grinsend. »Übrigens, ich mag dein Make-up. Sieht sehr natürlich aus.«

»Das sieht nicht nur so aus, das ist es auch. Ich habe nur Mascara aufgetragen«, gibt sie zu und verzieht dabei schuldbewusst das Gesicht. »Ich war total in Eile, und ich weiß immer noch nicht, wie man diese schicken Produkte anwendet, die du mir gegeben hast. Ohne dich kann ich das nicht.« Nach dem katastrophalen Verlauf des bisherigen Abends ist es schön, zur Abwechslung mal etwas Nettes zu hören.

»Nancy, wegen heute Abend«, fährt sie fort. »Ich muss –«

»Hey.« Plötzlich ist Chase da und zieht Nina an sich, bevor sie ihren Satz beenden kann. »Wo bist du gewesen? Hier sind viele Leute, die dich kennenlernen wollen. Hi, Nancy. Hübsche Frisur!«, sagt er, um gleich darauf die Stirn zu runzeln. »Deine Haare sind aber schnell gewachsen!«

»Ich verzichte darauf, mich über dich lustig zu machen, weil du nicht weißt, was Extensions sind. Aber nur, wenn du dich endlich nicht mehr darüber lustig machst, wie ich auf die Nase gefallen bin, als ich dir und Nina meinen Lieblings-Move von Beyoncé zeigen wollte.«

»Einverstanden«, sagt er lachend, als er seinen Irrtum erkennt. »Egal, sieht jedenfalls gut aus. Nina, warum kommst du so spät? Ich habe mehrfach versucht, dich zu erreichen.«

»Ich auch«, sage ich.

Nina macht plötzlich ein merkwürdiges Gesicht. Nervös schiebt sie die Haare hinter die Ohren.

»Ehrlich gesagt, ich habe Dad getroffen.«

»Was?«, frage ich. Die Musik ist so laut, ich muss mich wohl verhört haben.

»Ich habe Dad getroffen«, wiederholt sie und sieht mir in die Augen. »Er hat nach der Orchesterprobe vor der Guildhall auf mich gewartet.«

»Was wollte er?«, stellt Chase die Frage, die auch mir auf der Zunge liegt. »Hattest du ihn angerufen?«

»Nein«, antwortet Nina, sieht dabei aber nicht Chase, sondern mich an. »Ich hatte keine Ahnung, dass er da sein würde.«

»Moment mal«, sage ich und versuche, das zu begreifen, »er hat vor der Guildhall auf dich gewartet und dann ...? Dann habt ihr ein paar Stunden geplaudert, oder wie?«

Nina beißt sich auf die Lippe und nickt. »Ich schwöre dir, Nancy, das war so nicht geplant. Zuerst wollte ich dich anrufen und fragen, ob du mitkommst. Aber das hätte zeitlich nicht hingehauen. Du warst wahrscheinlich gerade erst losgefahren und nach deiner Ankunft in London wäre es viel zu spät gewesen.«

»Worüber habt ihr geredet?«, fragt Chase mit einem besorgten Seitenblick auf mich.

»Wir haben heiße Schokolade getrunken und über Musik und so geredet. Nichts Wichtiges. Ich glaube, er wollte uns einfach nur sehen und mit uns ins Gespräch kommen.«

»Nicht uns, *dich*. Er wollte *dich* sehen«, widerspreche ich ihr.

»Nancy, es tut mir leid. Ich wusste nicht, was ich tun sollte ... Bist du sauer?«

Schweigend starre ich auf meine türkisblauen Schuhe. Ich kann nicht sagen, wie ich mich fühle. Ich bin sauer, aber ich weiß nicht, warum. Oder was mich daran ganz besonders ärgert. Er wohnt in der Nähe der Guildhall. Als Nina nicht da war, habe ich die Adresse gegoogelt, die er Mum gegeben hat. Sie befindet sich in einem teuren Viertel der Stadt, keine zehn Minuten Fußweg von der Musikakademie entfernt. Es liegt also nahe, dass er zur Guildhall gegangen ist, um Nina zu sehen.

»Warum hat er dich nicht vorher angerufen?«, übergehe ich ihre Frage. »Findest du das nicht seltsam? Seit Jahren haben wir keinen Kontakt und trotzdem taucht er ohne Ankündigung vor deiner Musikschule auf? Warum hat er nicht den Anstand, ein Treffen mit uns beiden auszumachen, statt dich zu überrumpeln, sodass du gar nicht anders konntest, als mit ihm zu reden? Er hat dir gar keine Wahl gelassen.«

»Ich glaube nicht, dass er sich das so genau überlegt hat«, wendet sie ein. »Er wusste, dass ich in London bin, und wollte wahrscheinlich beweisen, wie ernst es ihm ist.«

»Und warum nicht uns beiden? Muss ich damit rechnen, dass er nächste Woche in Norfolk vor der Schule wartet? Oder ist eine zweistündige Fahrt ein zu großer Aufwand, um sich mit seinen Töchtern zu versöhnen?«

Nina blickt auf ihre Schuhe.

»Hey, kommt, Leute, lasst uns den Abend genießen«, versucht Chase, die Stimmung aufzuheitern. »Wir sind auf dieser unglaublich tollen Party. Es wäre eine Schande, sie nicht zu genießen. Meint ihr nicht auch?«

»Ja«, stimmt Nina zu und sieht mich bittend an. »Finde ich auch.«

»Chase!« Mark, Chase' Onkel und Bandmanager, schiebt sich auf uns zu. Er macht ein verärgertes Gesicht. »Was drückst du dich hier in der Ecke herum?«, grummelt er. »Warum klapperst du nicht die Leute ab?«

»Onkel Mark, du erinnerst dich sicher an Nancy«, stellt Chase mich vor und nickt in meine Richtung. »Und Nina ist auch gerade erst eingetroffen.«

»Ich brauche dich jetzt«, kommandiert Mark, ohne auf

Nina und mich einzugehen. »Die CEO von Emerald Entertainment will dich kennenlernen.«

»Wirklich?« Chase reißt erstaunt die Augen auf. »Wow.«

»Ja, wow.« Mark klingt ziemlich gestresst. »Ich habe dich die ganze Zeit gesucht. Es gibt Leute, die lässt man nicht warten. Also, los jetzt.«

»Kommst du mit?«, fragt Chase Nina. »Ich bin echt nervös. Die Chefin dieses Ladens höchstpersönlich!«

»Ich bin bei dir«, sagt sie und nimmt seine Hand. »Nancy, kommst du auch mit?«

»Ich bleibe lieber hier«, sage ich und weiche ihrem Blick aus. »Miles wollte nur kurz Drinks holen.«

»Nancy...«, fängt sie an.

»Wir müssen los«, drängt Chase und zieht sie mit sich. »Sonst erwischen wir sie vielleicht nicht mehr.«

Nina bringt gerade noch ein lautloses *Sorry* heraus, dann folgt sie Chase, der sich an den Gruppen von Gästen vorbei bis zu Mark und der CEO vorarbeitet, die in der Mitte des Raums stehen. Ich bleibe in meiner Ecke und versuche wildfremden Leuten auszuweichen, die sich an mir vorbeidrängen. Ich bin noch total geschockt von dem, was Nina mir gerade erzählt hat. Sie hat den Nachmittag mit Dad verbracht. Ohne mich. Ich weiß, sie kann nichts dafür, er hat sich aufgedrängt. Aber deswegen tut es nicht weniger weh.

Mum hat gesagt, dass er sehr spontan sein konnte, aber diese Aktion heute hat er garantiert genau geplant.

Ich bin so mit meinen Gedanken beschäftigt, dass ich Miles erst bemerke, als er vor mir steht und mit einem Drink vor meinem Gesicht herumfuchtelt.

»Tut mir leid, dass es so lange gedauert hat«, sagt er, als

ich mich bedanke. »Die Leute treten sich gegenseitig auf die Füße.«

»Ja, es ist total voll«, sage ich geistesabwesend.

»Hey.« Er sieht mich forschend an. »Warum bist du so down? Hab ich irgendwas verpasst?«

»Ich bin nicht down.«

»Doch, das bist du. Als ich weggegangen bin, hast du gestrahlt und gelacht und übermütig mit deinem Einhornpferdeschwanz gewackelt. Und jetzt wirkst du, als müsstest du das Gewicht der ganzen Welt auf deinen Schultern tragen. Raus mit der Sprache, was ist los?«

Er schafft es wirklich, mich zum Lächeln zu bringen. »Einhornpferdeschwanz?«

»Ja, deine Haare sehen aus wie der Schwanz eines Einhorns.«

»Ich nehme das mal als Kompliment«, erwidere ich lachend.

»Das solltest du auch, denn genau so ist es gemeint.« Er knufft mich sanft. »Und nun sag endlich, was los ist. Hat dieser durchgeknallte Typ vom *PopRock Magazine* dich mit Fragen gelöchert? Er lungert nämlich hier herum. Wenn es jemanden gibt, der dich in schlechte Laune versetzen kann, dann er. Einmal hat er mich gefragt, warum unsere Songs so anspruchslose Melodien haben und ob ich ihm zustimmen würde, dass sie alle gleich klingen.«

»Nein, bisher hatte ich noch nicht das Vergnügen, ihn kennenzulernen.« Ich seufze. »Es geht um Nina. Genauer gesagt, um den Grund für ihre Verspätung. Weder Chase noch ich konnten sie erreichen, und jetzt wissen wir auch, warum. Sie hat sich mit Dad getroffen.«

»Was? Echt jetzt?«

Ich nicke. »Ja, echt«, sage ich und presse die Lippen zusammen. »Anscheinend hat er vor der Guildhall auf sie gewartet. Dann haben sie spontan beschlossen, eine heiße Schokolade zu trinken. Ohne mich.«

»Und wie geht es dir jetzt?«

»Weiß nicht. Ich ärgere mich, obwohl ich zugeben muss, dass das unfair ist. Denn ich habe Nina gesagt, dass ich keine Lust habe, ihn in mein Leben zu lassen. Auch wenn ich genau weiß, dass sie das anders sieht. Aber jetzt frage ich mich, ob das stimmt oder ob ich mich einfach noch nicht entschieden habe. Ach, was soll's! War ja klar, dass er sich für sie interessiert und nicht für mich.«

Miles sieht mich fragend an. »Warum sagst du das?«

Ich zucke mit den Schultern. »Zu Nina hatte er schon immer ein besonderes Verhältnis. Sie haben die Liebe zur Musik geteilt, früher, als er noch bei uns war. Musik war sozusagen ihr besonderes Ding. Bei mir ist das anders, wir haben nichts weiter, was uns verbindet.«

»Du magst Musik doch auch, also, wo ist das Problem?«

»Schon, aber ich bin keine Musikerin. Ich höre gern Musik, das ist alles. Nichts, worauf Dad stolz sein könnte.«

»Komm schon, Nancy, er ist dein Dad. Du hast es nicht nötig, nach einer Gemeinsamkeit zu suchen. Du bist seine Tochter, also interessiert er sich für dich.«

»Das bezweifle ich.« Ich nippe an dem Holundersekt und hoffe, dass Miles die Tränen in meinen Augen nicht bemerkt. »Er interessiert sich nur für Nina. Wie alle anderen auch. Und das ist ja auch kein Wunder.«

Miles beobachtet mich, während wir schweigend dastehen, inmitten der lauten, wummernden Musik und dem Stimmengewirr angeregt plaudernder Gäste. Mein Handy vibriert in meiner Clutch. Ich ziehe es heraus und lese mit verschleiertem Blick mehrere Nachrichten von Layla und Sophie, die wissen wollen, ob ich schon irgendetwas für unsere Website habe. Ich stecke das Handy wieder zurück in die Tasche und klipse sie zu.

»Ich weiß, die Sache mit deinem Dad macht dich fertig, aber ich kann es nicht mit ansehen, wenn du so traurig bist«, sagt Miles. »Falls du gehen willst, verstehe ich das. Aber vielleicht gelingt es mir, dich aufzumuntern. Das war ja überhaupt der Grund, warum ich dich eingeladen habe. Also, wie kann ich ein Lächeln auf dein Gesicht zaubern?«

»Sei nicht albern, Miles«, sage ich und deute mit einem Nicken auf eine Gruppe kichernder Models, die ein paar Schritte vor uns herumstehen und ihn anstarren. »Warum gehst du nicht zu denen und genießt die fette Party? Du musst nicht den Babysitter für mich spielen. Tut mir leid, dass ich dich vollgejammert habe. Das wollte ich nicht.«

»Ich fühle mich nicht als dein Babysitter. Und ich unterhalte mich sehr gern mit dir«, meint er mit einem ansteckenden Grinsen. »Soll ich ein paar Witze reißen, damit du lachst? Ich habe einige auf Lager, aber ich muss dich warnen: Manchmal dauert es etwas, bis mir die Pointe einfällt.«

»Hört sich verlockend an… Aber da gibt es etwas, wobei du mir tatsächlich helfen könntest.« Ich gebe mir einen Ruck. »Habe ich dir von unserem Schulprojekt erzählt?«

»Nö, aber Schulprojekte sind IMMER spannend.«

»Unseres auf jeden Fall«, versichere ich ihm. »Ich habe mit zwei Freundinnen eine Website gelauncht, und wenn wir den Wettbewerb unserer Schule gewinnen, dürfen wir in den Osterferien ein Schnupperpraktikum bei der Kreativdirektorin von Disney Channel machen.«

»Okay, das ist wirklich der Hammer. Wie heißt die Schule? Da würde ich auch gern hingehen.«

»Nicht wirklich. Also, ich bin die Musikredakteurin von *Glanz und Glamour* – so heißt unsere Website –, und ich brauche dringend Inhalte.«

»Moment mal.« Seine Augen funkeln. »Heißt das, du hast jetzt noch eine zweite Website mit Fanfiction zu Chasing Chords am Laufen?«

Ich verdrehe die Augen. »Nein, hab ich nicht.«

»Wo wir gerade davon reden, ich habe noch das eine oder andere Hühnchen mit dir zu rupfen. Wie kommt es, dass Chase in allen Storys die Hauptfigur ist? Und ich nur der Sidekick? Außer in der einen Geschichte, wo ich am Strand zufällig ein Mädchen treffe und wir gemeinsam surfen und mit Schildkröten schwimmen und uns dabei ineinander verlieben. Die war gut. Im Gegensatz zu der Story, in der ich von Bienen angegriffen werde. Ich hab mal gecheckt, wann du sie hochgeladen hast – das war, kurz nachdem wir uns kennengelernt haben. Ich werte das als ein positives Zeichen.«

»O nein.« Ich schlage die Hände vors Gesicht, denn ich spüre, wie meine Wangen heiß werden. »Hör auf! Das ist so peinlich! Du hast gesagt, du hättest sie nicht gelesen.«

»Hey, die Storys sind echt gut. Das meine ich ernst!« Lachend zieht er meine Hände weg. »Und jetzt erzähl mir von eurer neuen Website.«

»Wir brauchen mehr Klicks, sonst haben wir keine

Chance auf den Sieg«, erkläre ich ihm. »Ich dachte, vielleicht schnappe ich hier Neuigkeiten auf, die ich hochladen kann.«

Miles nickt nachdenklich und sieht sich um. Er scheint in der Menge jemanden zu entdecken, denn er dreht sich zu mir und sagt: »Bin gleich wieder da.« Schon ist er weg. Ich kann nicht erkennen, mit wem er spricht. Sein großer Kopf versperrt mir die Sicht. Nachdem er kurz ein paar Worte gewechselt hat, kommt er zurück, diesmal in Begleitung.

Ich verschlucke mich fast an meinem Holundersekt, als mir klar wird, dass er Tyler Hill, eine meiner Lieblingssängerinnen, zu mir führt. Auf der Zugfahrt nach London habe ich ihre Musik gehört.

»Tyler, das ist die Journalistin, von der ich dir erzählt habe.«

»Nancy, freut mich, dich kennenzulernen«, begrüßt mich Tyler und gibt mir ein Küsschen auf die Wange, während ich noch versuche, nicht auszuflippen. »Ich bin ein großer Fan deiner Schwester. Chase hat mich gerade mit ihr bekannt gemacht. Die beiden sind so ein hübsches Paar.«

»Äh ...«, sage ich und nicke.

Miles' Mundwinkel zucken. Er versucht krampfhaft, nicht zu lachen, als er sieht, wie supergeflasht ich bin.

»Miles sagt, du suchst Inhalte für deine neue Website? Also, ich werde im Sommer eine Fashion-Linie herausbringen, habe das aber noch nicht offiziell bekannt gegeben. Eigentlich wollte ich heute diesem Typen von *PopRock* den heißen Tipp geben. Aber dann hat er mich gefragt, warum ich ausgerechnet blauen Lidschatten wieder in Mode bringen will. Ich denke, damit hat er sich für die Exklusiv-Story disqualifiziert.« Sie lächelt mich an. »Möchtest du sie stattdessen?«

»JA!«, kreische ich, sehr zu Miles' Erheiterung. Dann reiße ich mich zusammen und räuspere mich. »Ich meine, ja, klar, das wäre toll.« »Ich maile dir die Details. Gibst du mir deine E-Mail?«

Sie schickt mir sofort alle wichtigen Infos, sagt noch ein paar Sätze, die ich zitieren darf, lässt mich ein Foto von uns beiden machen, das ich online stellen kann, bevor sie mich zum Abschied noch einmal auf die Wange küsst und betont, wie nett es war, mich kennengelernt zu haben.

»Vielen, vielen Dank, Tyler«, hauche ich überwältigt. »Ich weiß nicht genau, warum du ausgerechnet mir diese fantastische Exklusiv-Story überlässt, aber ich kann dir gar nicht genug danken.«

»Gern geschehen. Ich freue mich darauf, sie online zu sehen – und viel Glück mit deiner neuen Website. Ich unterstütze gern eine aufstrebende junge Musikjournalistin. Außerdem«, sagt sie, und ihr Blick wandert zu Miles und dann wieder zurück zu mir, »konnte Miles gar nicht aufhören, von dir zu schwärmen.« Mit diesen Worten schwebt sie davon und verschwindet in der Menge.

»O mein Gott, ich kann nicht glauben, dass das gerade passiert ist«, sage ich mit piepsiger Stimme.

»Ja, hm«, meint Miles ein bisschen verlegen.

»Danke, Miles, vielen Dank! Du hast echt was gut bei mir! Die Leute an der Schule werden durchdrehen, wenn sie die Story lesen.«

»Bist du jetzt glücklich?«, fragt er erwartungsvoll.

»Sehr«, sage ich. »Mit dieser brandheißen Story hat unsere Website eine echte Chance. Du bist der Beste!«

»Nichts zu danken.« Er strahlt mich an. »Solange du auf der Website nichts über mich veröffentlichst, helfe ich dir gern. Ich möchte nur nicht, dass du eines meiner vielen Geheimnisse ausplauderst, um deine Mitschüler zu beeindrucken.«

Ich sehe ihn vielsagend an. »Ich frage mich, was das wohl für Geheimnisse sind?«

»Ach, da gibt es einige.« Er hebt sein Glas. »Cheers. Auf den schönen Abend.«

»Auf den allerbesten Abend«, sage ich und stoße mit ihm an. »Danke.«

Er lächelt, und plötzlich ist es mir egal, was momentan in meinem Leben schiefläuft. Es ist mir egal, dass ich bis vor Kurzem noch ziemlich down war und nur nach Hause wollte, um mich auszuheulen. Ich denke nicht mehr an Dad, der sich nicht für mich interessiert. Ich denke nicht mehr daran, wie allein ich mich in letzter Zeit gefühlt habe.

Mit Miles an meiner Seite, der mich anstrahlt, wie nur er es kann, habe ich zum ersten Mal die Hoffnung, dass alles doch noch gut wird.

KAPITEL DREIZEHN

Nina

»Ein Letztes noch...« Der Fotograf macht einen Schritt nach rechts, geht leicht in die Knie und drückt auf den Auslöser. »Das war's. Perfekt, vielen Dank.«

Sofort dreht er sich um, tippt Popstar Tyler Hill, mit der Chase mich zu Beginn des Abends bekannt gemacht hat, auf die Schulter und bittet sie um Fotos.

»Keine weiteren Fotos bitte, ich kann nicht mehr«, sage ich zu Chase und massiere meine Kiefermuskeln. »Mein Gesicht tut weh von dem Dauerlächeln. Wie schaffst du das bloß?«

»Vielleicht ist dir schon aufgefallen, dass ich auf den meisten Fotos nicht lächle«, sagt er. »Ich bevorzuge die unterschwelligen sexy Vibes.«

Ich pruste los, als er so tut, als würde er für Aufnahmen posen.

»Na, was sagst du?«

»Ja, sehr sexy«, sage ich und verdrehe die Augen.

»Lachen Sie nicht, Miss Palmer! Es hat Jahre gedauert, bis ich diesen Blick perfektioniert hatte.«

»Die Mühe hat sich gelohnt.«

Lächelnd streicht er eine Strähne aus meinem Gesicht und steckt sie hinter mein Ohr.

»Es ist schön, dich lachen zu sehen«, sagt er. »Ich habe schon befürchtet, dass dir der Abend verdorben ist. Du hast kaum ein Wort zu Rachel gesagt.«

»Rachel? Nennt ihr euch schon beim Vornamen, du und die Chefin von Emerald Entertainment?«, necke ich ihn.

»Sie hat mich ausdrücklich darum gebeten – du warst doch dabei. Die Frau ist beeindruckend, findest du nicht? Stell dir vor, du wärst die Chefin von alldem hier«, er breitet die Arme aus, »und einige der einflussreichsten Musiker der Welt stehen bei dir unter Vertrag.«

»Und du bist bald einer von ihnen.«

Er fährt sich mit der Hand durchs Haar. »Vielleicht. Ich glaube, die Band ahnt, dass etwas im Busch ist. Miles hat gestern ziemlich viele Fragen gestellt. Du hast doch Nancy nichts gesagt, oder?«

»Natürlich nicht«, versichere ich ihm ein bisschen beleidigt, weil er so etwas für möglich hält und meine Verärgerung noch nicht einmal bemerkt. »Du hast mich gebeten, es für mich zu behalten. Was hat Miles denn gefragt?«

»Er fand es merkwürdig, dass wir eine Einladung zu dieser Party bekommen haben. Im vergangenen Jahr standen wir nicht auf der Gästeliste. Ich habe ihm gesagt, dass wir jetzt viel bekannter seien. Aber natürlich haben sie uns nur eingeladen, weil Onkel Marc seine Fühler ausgestreckt hat, ob Emerald sich für mich als Solo-Musiker interessiert. Ich kann immer noch nicht glauben, dass es tatsächlich so ist. Rachel hat mich auf dem Radar und das bedeutet mir echt viel. Ein Vertrag mit Emerald wäre der Hammer. Es klang so, als würde sie mir sehr viel Mitspracherecht einräumen. Genau das ist ja das Problem bei Chasing Chords. Ich muss mich auf den typischen Sound beschränken. Hier könnte ich endlich was Neues ausprobieren.«

»Wann willst du es denn den anderen sagen?«, bringe ich ihn aufs Thema zurück. »Die Geheimniskrämerei wird irgendwann albern.«

»Der Typ hinter dir, ist das nicht der aus der Armani-Werbung?«, übergeht Chase meine Frage. »Ich habe ihn mir größer vorgestellt.«

»Chase, ich weiß, dass es dir nicht leichtfällt, aber du musst es ihnen sagen. Mark spricht mit so vielen Leuten aus dem Business, und irgendwann erfahren es deine Freunde, bevor du es ihnen gesagt hast. Das willst du doch nicht, oder? Was, wenn heute Abend jemand eine Bemerkung fallen lässt?« Mir fällt auf, dass Mark und Rachel schon wieder miteinander tuscheln. Dann werfen sie einen Blick zu Chase hinüber und sehen beide sehr selbstzufrieden aus. »Dein Onkel scheint fest entschlossen, noch vor Mitternacht den Vertrag mit Emerald unter Dach und Fach zu bringen. Du solltest es der Band so schnell wie möglich sagen, meinst du nicht auch?«

»Ich werde es ihnen sagen, wenn ich es für richtig halte, Nina«, erwidert er knapp.

»Der richtige Moment kommt nie, du musst –«

»Ich hab's kapiert, Nina«, blafft er mich an.

Ich zucke zurück, verletzt von seinem scharfen Ton.

»Werd nicht sauer, Chase. Ich wollte dir nur helfen.«

»Und was ist mit deinem Dad und Nancy?«, fragt er verärgert.

»Was hat das eine mit dem anderen zu tun?«

»Ich finde es seltsam, dass du mir vorschreibst, was ich tun soll, während du selbst es nicht einmal für nötig hältst, Nancy zu informieren, dass du mit eurem Dad eine heiße Schokolade trinkst.«

»Das habe ich dir doch erzählt«, verteidige ich mich leise, damit die Leute um uns herum nicht mithören. »Nancy saß gerade im Zug, als er an der Guildhall auf mich wartete. Sie hätte es nicht rechtzeitig geschafft. Außerdem hätte es die Sache verkompliziert.«

»Für mich hört sich das nach einer bequemen Ausrede an.«

»Du bist ... Das ist nicht fair.«

»Und du bist eingeschnappt, weil du weißt, dass ich recht habe. Du hast es dir leicht gemacht. Du hast Nancy nichts gesagt, denn so konntest du ohne Gewissensbisse deine heiße Schokolade mit ihm genießen. Warum hast du ihr nicht wenigstens geschrieben, damit sie Bescheid weiß und um sie zu fragen, ob sie einverstanden ist?« Chase seufzt frustriert. »Und ich habe genauso gekniffen wie du, sonst hätte ich die Band schon längst in meine Solopläne eingeweiht.«

Schweigend stehen wir da, während um uns die Party steigt. Auch wenn ich es mir nicht eingestehen will, ist es wohl die Wahrheit. Ich hätte Nancy sofort Bescheid sagen müssen. Dann käme ich mir jetzt nicht so mies vor. Ich sehe wieder ihr enttäuschtes Gesicht vor mir, als ich ihr erzählte, wo ich war. Sie hat ausgesehen, als hätte ihr jemand einen Schlag in den Magen versetzt. Sie hat sich bemüht, ruhig und gefasst zu wirken, aber ich weiß, wie verletzt sie ist. Die heiße Schokolade mit Dad bereue ich trotzdem nicht. Nancy will ihn nicht in ihrer Nähe haben – das hat sie klipp und klar gesagt. Ich muss lernen, mit dieser Situation besser umzugehen. Ich muss ehrlich zu ihr sein, wenn ich mich wieder mit ihm treffe, und ich muss sie fragen, ob sie mitkommen will, auch wenn ich weiß, dass sie ablehnen wird.

»Tut mir leid«, sagt Chase nach einer Weile.

»Mir auch«, entgegne ich zerknirscht. Ich hasse es, wenn wir uns streiten. »Du wirst den richtigen Zeitpunkt finden, um es der Band zu sagen. Die Sache ist kompliziert. Ich hätte dich nicht drängen sollen. Nicht bei einer so heiklen Angelegenheit.«

Er nickt. »Ich kann an nichts anderes mehr denken als an meine Solokarriere. Ich will es einfach nicht wahrhaben, dass ich meine Freunde enttäuschen muss. Du hast mich auf den Boden der Tatsachen zurückgeholt und das hat mir nicht gepasst.«

»Das kann ich nachvollziehen.« Ein Blick auf die Uhr verrät mir, dass es schon spät ist. »Ich muss leider gleich zurück zur Guildhall.«

Chase runzelt die Stirn. »Was? Du kannst noch nicht gehen. Du bist doch erst vor einer halben Stunde gekommen.«

»Ich weiß«, sage ich entschuldigend. »Aber ich muss zurück zu einer spontanen Party, die heute stattfindet. Ich habe es den Leuten aus dem Kurs versprochen.«

»Moment mal, du willst diese Party, auf der du mit *mir* bist, verlassen, um zu einer Party zu gehen, bei der Loser wie dieser Jordan sind und all die anderen, mit denen du das ganze Wochenende zusammen bist?« Chase packt meine Hand. »Nina, wir hatten noch gar keine Zeit füreinander.«

»Als ich ihnen erzählt habe, dass ich nicht dabei bin, weil ich mit dir auf diese Party gehe, waren sie nicht gerade begeistert. Ich wette, alle kennen bereits die bescheuerten Fotos von mir auf dem roten Teppich und machen sich gerade über mich lustig, während sie Popcorn essen oder so.«

Chase lässt meine Hand los. »Es ist dir also peinlich, wenn deine *seriösen* Musikerfreunde dich mit mir zusammen sehen?«

»Nein, natürlich nicht. So habe ich das nicht gemeint«, sage ich und lege meine Hand auf seinen Arm. »Chase, der Musikkurs ist mir wirklich wichtig. Ich will keine Außenseiterin sein, das ist alles. Ich möchte so viel wie möglich aus dem Kurs mitnehmen. Ich möchte beweisen, dass ich mir den Platz genauso verdient habe wie alle anderen auch.«

»Okay«, sagt Chase und nickt nachdenklich. »Ich darf nicht so egoistisch sein und dich für mich allein beanspruchen wollen. Aber ich habe dich so vermisst. Ich dachte, wir könnten wenigstens diesen einen Abend zusammen verbringen.«

»Das weiß ich und es tut mir auch schrecklich leid. Aber ich muss den anderen zeigen, dass ich zum Team gehören will. Sonst kommt es mir so vor, als würde ich sie im Stich lassen. Außerdem ...« Ich blicke zu Mark hinüber. Er steht neben einem wichtig aussehenden Mann mit eindrucksvollem Bart und elegant geschnittenem Anzug. »Ich fürchte, dein Onkel schleppt noch sehr viele Leute an, mit denen du heute Abend reden sollst.«

Mark fängt Chase' Blick auf und winkt ihn hektisch zu sich.

»O Mann, und du hast dich beschwert, dass du dauernd lächeln musst. Was soll ich da erst sagen?« Er verzieht das Gesicht. »Gib Bescheid, wenn du wieder gut in der Guildhall angekommen bist, okay?«

»Versprochen.« Ich hauche ein Küsschen auf seine Wange. Irgendwo lauert immer noch der Fotograf, und weder Chase noch ich haben Lust, bei einer – wie ein Klatschkolumnist es genannt hat – »Leidenschaft, dein Name ist Chase«-Umarmung erwischt zu werden.

»Nina, warte!« Chase hält mich zurück, bevor ich mich in dem Gedränge auf den Weg zum Ausgang mache. »Du brauchst niemandem zu beweisen, dass du einen Platz in dem Kurs verdient hast, um dich als Musikerin und als Pianistin weiterzuentwickeln. Nur aus diesem Grund besuchst du diesen Kurs. Du tust es für dich, nicht für andere. Nur das allein zählt.«

Lächelnd sehe ich ihn an. »Danke, Chase.«

Plötzlich taucht Mark mit dem bärtigen Mann neben ihm auf und Chase wendet sich ihnen zu. Da ich allen im Weg zu stehen scheine, bewege ich mich Richtung Ausgang und versuche, gegen keine Drinks zu stoßen, wenn ich mich durch Lücken quetsche, die sich in der Menge auftun. Ich muss Nancy finden und ihr sagen, dass ich gehe, auch wenn ich nicht gerade scharf auf das Gespräch bin. Wegen der Sache mit Dad ist sie sowieso schon schlecht auf mich zu sprechen. Wenn sie jetzt auch noch erfährt, dass ich nicht hierbleibe, wird sie richtig sauer sein.

Auf halber Strecke zur Tür treffe ich auf Miles.

»Hallo, weißt du, wo Nancy ist?«, frage ich ihn.

»Ich suche sie auch gerade«, entgegnet er und blickt über die Köpfe hinweg. »Als ich sie das letzte Mal gesehen habe, wollte sie ihre Reportage hochladen, aber inzwischen müsste sie wieder da sein.«

»Welche Reportage?«

»Eine kleine Exklusiv-Story über Tyler Hill. Nancy hat ein Mädchen aus ihrer Klasse angerufen – ich glaube, sie hieß Layla – und ihr von dem Gespräch mit Tyler erzählt. Die Schreie, die aus dem Handy drangen, konnte man noch in Australien hören.«

»Ja, das klingt nach ihr«, sage ich und bin erleichtert, dass Nancy einen schönen Abend zu haben scheint und dass ich ihr wohl doch nicht die Party verdorben habe.

»Tja, diese Layla hat sie gedrängt, den Artikel sofort hochzuladen. Nancy meinte, es würde nicht lange dauern, und sie würde bald wieder da sein, aber ich kann sie nirgendwo entdecken.« Sein Blick hellt sich auf, als er in die Richtung blickt, aus der ich gerade gekommen bin. »Da ist sie! In der Nähe von Chase.« Er streckt die Hand nach mir aus. »Komm, ich geh voraus.«

Ich stöhne auf, denn ich bin nicht gerade scharf darauf, mich noch einmal zwischen den Leuten hindurchzuzwängen. Aber ich ergreife seine Hand, denn ich möchte nicht gehen, ohne mich von Nancy verabschiedet zu haben. Diesmal geht es schneller, da Miles sich vor mir herschiebt und den Weg frei macht.

»Da ist sie«, sagt er. Zwischen ihm und Chase befinden sich nur noch ein paar kleine Grüppchen.

Inzwischen hat sich auch noch die Chefin von Emerald

230

zu Chase, seinem Onkel und dem bärtigen Mann gesellt. Als Miles sieht, mit wem Chase sich unterhält, ist er beeindruckt. »Wow, Chase versteht es wirklich, sich unter die wichtigen Leute zu mischen«, sagt er und lächelt mich über die Schulter hinweg an. »Ich sag nur schnell Hallo, dann gehen wir weiter zu Nancy. Sie steht da drüben.«

Chase und Mark sind so in ihr Gespräch mit Rachel und dem Bärtigen vertieft, dass sie uns nicht bemerken, obwohl wir direkt hinter ihnen stehen. Plötzlich wird mir klar, worüber sie gerade reden.

»Miles …«, versuche ich hastig seine Aufmerksamkeit auf mich zu lenken. Ich will ihn wegziehen und gleichzeitig Chase' Blick einfangen, um ihn auf uns aufmerksam zu machen. »Lass uns zu Nancy gehen. Du kannst danach Hallo sagen.«

Aber es ist zu spät. Rachel spricht gerade und über die Musik hinweg hören wir ihre Worte.

»Ich denke, du hast eine vielversprechende Solokarriere vor dir, Chase«, sagt sie.

Miles neben mir erstarrt.

O nein.

»Ich freue mich, dass du dich offen für einen Wechsel des Labels zeigst, und ich bin gespannt auf die weiteren intensiven Gespräche«, fährt sie fort.

»Genau. Ich war schon immer ein großer Fan von dir«, fügt der bärtige Mann hinzu. »Mark und Chase haben fantastische Ideen für ein neues Album, Rachel. Gerade haben wir darüber gesprochen.«

Bevor ich ihn aufhalten kann, hat Miles auf dem Absatz kehrtgemacht und stürzt davon.

»Miles! Warte!«, rufe ich, aber er reagiert nicht. Ich will ihm hinterherrennen, als sich eine Hand auf meinen Arm legt. Ich drehe mich um. Nancy steht vor mir.

»Da bist du ja!« Aufgeregt hält sie mir ihr Handy vor die Nase und sieht mich mit leuchtenden Augen an. »Hast du schon gehört, was Miles für mich gemacht hat? Du musst dir unbedingt meinen neuen Beitrag auf unserer Website anschauen. Siehst du die vielen Kommentare?«

»Das ist großartig, Nancy«, sage ich, aber mein Herz wird schwer, als ich Miles zur Tür hinausstürmen sehe.

»Ich glaube, so viele hat nicht mal Jimmy für seinen neuesten Artikel bekommen«, quietscht sie begeistert. »Dabei habe ich die Story erst vor ein paar Minuten hochgeladen. Vielleicht kann ich heute noch Stoff für weitere Beiträge sammeln. Sag mir Bescheid, wenn du was hörst, das sich zu berichten lohnt. In diesem Raum werden heute Abend sicher einige Geheimnisse ausgeplaudert.«

»Ja, das denke ich auch.«

»Hey, ist das nicht Chase? Was macht er da?«

Sie deutet zu einer Art Podium, auf dem eine Band spielt. Vorn ist ein Mikrofon aufgebaut. Rachel steht dahinter, während Chase am Rand der Bühne wartet. Rachel räuspert sich ins Mikro hinein und nickt jemandem im Hintergrund zu. Die Musik bricht ab und es wird still im Saal.

»Willkommen bei Emerald Entertainment«, beginnt sie. Ihre Worte werden von Beifall begleitet. Dann fährt sie fort. »Wie ihr alle wisst, wird unsere geschätzte Tyler Hill heute Abend ihre neueste Single vorstellen!«

Die Gäste reagieren mit lautem Jubel und Tyler winkt allen elegant aus einer Gruppe von Freunden heraus zu.

»O mein Gott, das streame ich live«, flüstert Nancy. »Die Klicks auf unserer Website werden durch die Decke gehen.«

»Aber zuvor«, fährt Rachel fort, »freue ich mich, Ihnen ankündigen zu dürfen, dass Chase Hunter seinen Song ›Ghosts‹ für uns spielen wird. Es hat einige Überredungskünste gebraucht, damit er spontan vor Publikum auftritt. Bitte begrüßt ihn daher mit einem besonders herzlichen Applaus ... Mr Chase Hunter!«

»Das ist der absolute Wahnsinn!«, keucht Nancy und jubelt mit der Menge. Dann reckt sie den Hals und schaut sich suchend um. »Wo ist der Rest der Band? Wo ist Miles? Er muss hoch zu Chase!«

»Miles ist nicht da«, sage ich leise. »Chase macht das allein.«

Aber Nancy hört mich nicht. In der lautstarken Begeisterung geht meine Stimme unter.

Chase tritt ins Rampenlicht. Solo.

»Du hast es geschafft!«

Als Grace mich an der Tür entdeckt, stürzt sie sich sofort auf mich. Ein Blick in mein Gesicht und ihre Miene verdüstert sich.

»Oh-oh, was ist passiert?«, fragt sie besorgt. »Bist du vor den Fotografen auf die Nase gefallen oder so?«

»Nein, das nicht.« Ich ziehe meine Jacke aus und hänge sie über einen Stuhl. Dann wechsle ich das Thema. »Wie läuft die Party?«

Ich will nur eines – mich von dem bisherigen Verlauf des Abends ablenken. Miles' Gesicht, als er Rachels Worte gehört hat, geht mir nicht aus dem Kopf. Er war geschockt

und verletzt zugleich. Und als ich Nancy während Chase'
Solo-Performance zuflüsterte, dass ich jetzt zurück zur
Guildhall fahren würde, wirkte sie schrecklich enttäuscht.
Ich konnte mich nicht einmal damit trösten, dass sie ja
Miles als Gesellschaft hätte, denn ich wusste ja, dass er ge-
gangen war. Ich musste sie allein zurücklassen, während sie
damit beschäftigt war, Chase für ihre Website zu filmen.
Aber sie hat mir noch versprochen, dass sie mir später
schreibt, wenn sie wieder am Bahnhof ist und wohlbehal-
ten im Zug nach Hause sitzt.

»Es macht Spaß, alle richtig kennenzulernen«, schwärmt
Grace über die dröhnende Musik aus den Lautsprechern
hinweg, die jemand auf dem Tisch aufgestellt hat. »Komm,
ich stell dich vor.«

Sie führt mich zu einer Gruppe von Kursteilnehmern,
die auf einem Sofa sitzen und sich unterhalten. Jordan ist
auf der gegenüberliegenden Seite des Raums in ein Gespräch vertieft. Als er aufblickt und mich sieht, wirkt er
überrascht.

»Nina, das ist Nico, auch bekannt als Flöte zwei, das ist
TJ oder Cello eins, und das ist Florence, Oboe zwei.« Grace
grinst zufrieden, während die anderen grüßend die Hand
heben. »An alle, das ist Nina Palmer.«

»Auch bekannt als Klavier zwei«, füge ich hinzu und
setze mich zu ihnen.

»Grace hat erzählt, dass du gerade auf einer Party bei
Emerald Entertainment warst«, sagt Nico staunend. »Das
ist so cool. Ich wette, dort hat es vor tollen Musikern nur
so gewimmelt.«

»Ich weiß nicht, ob das die Art von Musikern ist, von

denen ihr beeindruckt seid«, erwidere ich zögernd, woraufhin Nico mich verwundert ansieht.

»Nicht alle hier denken wie Jordan, Nina«, sagt Grace. »Er ist bescheuert und überheblich, wenn er meint, Popstars seien keine echten Musiker.«

»Behauptet er das?«, fragt TJ leicht amüsiert.

»Ja«, sage ich und nicke. »Er hat einige ziemlich fiese Sachen über Chasing Chords gesagt.«

»Ich liebe Chasing Chords!«, schwärmt Florence zu meiner großen Überraschung. »Ihr erstes Album habe ich rauf und runter gehört. ›Talk to you‹ ist mein absoluter Lieblingssong. Ich verstehe nicht, warum die Band ihn nicht als Single herausgebracht hat.«

»Jordan ist nur eifersüchtig, weil er selbst keinen Plattenvertrag hat«, stellt Grace fest. »Hör nicht auf das, was er sagt.«

»Ja, letztes Wochenende habe ich mitbekommen, wie er jemandem erklärt hat, ein Cello sei kinderleicht zu spielen, verglichen mit anderen Instrumenten«, erzählt TJ kopfschüttelnd. »Ich habe mich in das Gespräch eingemischt und ihm mein Cello angeboten, damit er zeigen kann, wie gut er spielt, wenn es angeblich so einfach ist. Plötzlich wurde er *sehr* still und musste *dringend* ›etwas erledigen‹.« TJ hält inne, als wir loslachen, und fährt dann fort: »Dieser Typ hat eine große Klappe, mehr nicht. Beachte ihn nicht, Nina.«

»Danke, ich werde es versuchen«, erwidere ich lächelnd. »Es wäre sehr viel einfacher, wenn ich mit meinen Leistungen nicht so hintendran wäre. Ich vermute, für jemand wie Caroline Morreau spielt Jordan in einer anderen Liga als ich.«

Florence hat für meinen Einwand nur ein spöttisches Schnauben übrig. »Du denkst, du bist hintendran? Hast du nicht von meiner Unterrichtsstunde heute Morgen gehört?«

»Nein. Was war denn los?«, frage ich. Die anderen fangen an zu kichern.

»Sie ist zum Oboen-Unterricht gekommen«, beginnt Nico, überlässt es dann aber Florence, den Satz zu beenden.

Sie stößt einen tiefen Seufzer aus und erzählt: »Leider ohne meine Oboe.«

»Wirklich?« Ich lache. »Bist du noch mal zurück, um sie zu holen?«

»Nein, mein Lehrer meinte, wenn die Oboe nicht das Erste ist, woran ich beim Aufstehen denke, verdiene ich es nicht, von ihm unterrichtet zu werden.« Sie verdreht die Augen. »Ich bin sicher, er hält mich für eine Idiotin, die versehentlich in den Kurs geraten ist. Ich kann es ihm nicht verdenken. Langsam fange ich an, ihm recht zu geben.«

»Geht mir genauso.« TJ nickt und legt tröstend eine Hand auf ihren Arm. »Heute Morgen hat mein Lehrer mir erklärt, dass ich das Stück spiele, als hätte ich die Noten noch nie gesehen – dabei habe ich die ganze Woche geübt –, und dass ich seiner Meinung nach absolut kein Gefühl für Rhythmus habe. Das muntert einen als Musiker echt auf.«

»Manchmal frage ich mich, warum ich überhaupt einen Kursplatz bekommen habe«, stimmt Nico ihm zu. »In der Orchesterprobe war ich heute mit Abstand der Schlechteste. Flöte eins hat mir ständig böse Blicke zugeworfen. Seit ich in Guildhall angefangen habe, kriege ich nichts mehr auf die Reihe.«

»Wisst ihr was?«, sage ich. »Mir geht es genauso. Bisher dachte ich, nur *ich* hätte dieses Problem.«

»Dachte ich auch«, sagt Florence. »Es tut gut zu wissen, dass man nicht allein ist.«

»Ich lobe Jordan ja nur ungern, aber ich muss zugeben, die Idee mit der Kennenlernparty war wirklich gut«, füge ich hinzu.

Alle nicken und Grace grinst. »Jetzt wissen wir zumindest, dass es uns allen ähnlich geht.«

KAPITEL VIERZEHN

Nancy

»Darf ich dich was fragen?«, spricht mich ein Mädchen mit einem Handy von der Seite an. Soviel ich weiß, ist sie in der Neunten. »Wie hast du diese Frisur hinbekommen? Ich finde, du siehst umwerfend aus.«

»Bist du sicher, dass du mit dem richtigen Zwilling sprichst?«, frage ich skeptisch und schlage die Tür meines Spinds zu. »Ich bin Nancy.«

Sie wirft einen Blick nach hinten zu ihren Freundinnen, die ein paar Schritte entfernt beieinanderstehen und kichern.

»Ja, ich meine dich.« Sie hält ihr Handy hoch und zeigt das Foto von Tyler Hill und mir auf meiner Website. »Unglaublich, dass ihr beide Freundinnen seid. Das ist das Coolste überhaupt.«

»Ah«, sage ich lächelnd. »Ja, der Abend war toll. Und was deine Frage zu Frisur und Outfit angeht: Ich werde heute ein Vlog auf *Glanz und Glamour* hochladen, in dem der Look Schritt für Schritt erklärt wird. Also schau's dir einfach an.«

»*Yesss!*«, ruft sie begeistert. »Und wird es noch mehr solcher Storys geben? Wirst du vielleicht mit Chasing Chords abhängen und zu all diesen tollen Partys in London gehen?«

»Ich schätze schon«, sage ich. »Ich meine, solche Storys wie diese wird es ganz sicher bald wieder geben.«

»Danke, Nancy! Du bist super!«, jubelt sie und hüpft aufgeregt auf der Stelle. »Wir sind deine größten Fans. Also dann, schöne Ferien!«

Sie läuft zu ihren aufgeregt schnatternden Freundinnen, um ihnen sofort die spannenden Neuigkeiten zu erzählen. Mit einem breiten Grinsen schlendere ich den Gang entlang und fühle mich richtig gut. Mein Plan funktioniert. Ich bin nicht mehr die hoffnungslose Loserin, die zu Hause hockt, dazu verdammt, im Schatten ihrer Schwester dahinzuvegetieren. Ich habe *Fans*.

Seit Tylers Exklusiv-Story ist *Glanz und Glamour* förmlich explodiert. Praktisch über Nacht bin ich zum beliebtesten Mädchen der Schule geworden. Aber nicht nur das. Plötzlich interessieren sich echte Promi-Magazine und Zeitungen für meine Reportage und veröffentlichen sie mit dem Zusatz: »wie Nancy Palmer auf *Glanz und Glamour* berichtet«. Einige haben sich bei mir gemeldet und mich beglückwünscht. Sie haben mir ihre Kontaktdaten gegeben, falls in Zukunft weitere Storys geplant sind, und gefragt, ob ich Interesse an einer freien Mitarbeit habe.

»Wir sind ständig auf der Suche nach ambitionierten jungen Talenten«, hat eine Herausgeberin in ihrer E-Mail geschrieben. »Es ist immer von Vorteil, Insider zu kennen.«

Ambitioniertes junges Talent! Insider! Damit hat sie MICH gemeint!

In der Woche vor den Ferien gab es kein anderes Gesprächsthema als unsere Website, und das nicht nur an unserer Schule. In kürzester Zeit hatte sie Tausende von Klicks, vor allem, nachdem Tyler die Website auf Instagram verlinkt und den Fans ihr neuestes Fashion-Projekt angekündigt hatte. Ich glaube, ich habe Layla noch nie so glücklich gesehen wie an dem Tag nach der Party, als sie und Sophie bei mir zu Hause aufgekreuzt sind. »Wir gewinnen, wir gewinnen«, haben sie gesungen und sind übermütig durchs Wohnzimmer getanzt.

Ständig bin ich auf dem Weg zum Unterricht in den Gängen angesprochen oder in der Kantine angestarrt worden, während man ausführlich meinen Promi-Status diskutiert hat. Plötzlich ist Nina nicht mehr die Einzige, die A-Promis zu ihren Freunden zählt. Ich bin jetzt eine seriöse Musikjournalistin, die zu den Partys von Emerald Entertainment eingeladen wird und der selbst weltbekannte Popstars Exklusiv-Interviews geben.

Sogar Mrs Smithson scheint die Veränderung bemerkt zu haben. Sie hat mir versichert, wie sehr sie sich darüber freue, dass ich nun doch am Wettbewerb teilnehme, und sie hofft, dass ich »weiterhin gute Arbeit leiste«.

Was nebenbei bemerkt einfacher gesagt ist als getan. Das Problem ist, dass der gigantische Erfolg unserer Website hohe Erwartungen bei den Lesern geweckt hat – was Layla gar nicht oft genug betonen kann. Dauernd liegt sie mir damit in den Ohren, dass wir den Boom am Laufen halten müssen, indem wir weitere Exklusiv-Storys von Popstars nachschieben. Pech nur, dass ich entgegen der allgemeinen Meinung nicht alle meine Abende in diesen Gesellschaftskreisen verbringe.

»Nancy, warte auf mich!«, ruft Layla. Sie holt mich ein und passt sich meinem Schritttempo an. Ich bin immer noch geflasht, dass die Neuntklässlerin und ihre Freundinnen sich als meine größten Fans bezeichnet haben.

»Hey, Layla, freust du dich auch auf die Ferien? Ich kann es kaum erwarten, endlich eine freie Woche zu haben.«

»Ja, aber vor uns liegt noch eine Menge Arbeit. Hast du schon Ideen für den nächsten Post auf unserer Website?«

»Ich mache ein Tutorial zu meinem Make-up und meiner Frisur mit den Extensions von letztem Samstag. Heute Abend lade ich es hoch.«

»Sehr gut. Wir erhalten täglich Mails von PR-Vertretern der Musikindustrie mit ihren Pressemeldungen, jetzt, wo sie uns auf dem Radar haben. Schaffst du es, dir die heute Abend noch anzuschauen? Du hast gesagt, das würde diese Woche klappen.«

»Schon gut, ich lese sie am Wochenende.«

»Es ist wichtig, dass du den Überblick behältst, Nancy«, beschwört sie mich, als ich ihr die Schultür aufhalte und wir gemeinsam ins Freie treten und die Stufen hinuntergehen. »Wenn du die Mails zu spät liest, sind einige Ankündigungen veraltet und wertlos. Eine Website braucht täglich neue Inhalte, sonst holen sich unsere Leser die Informationen woanders. Es wäre gut, wenn wir immer brandaktuelle News hochladen.«

»Du hast doch gerade erst das coole Vlog gemacht, wo du zeigst, wie man ein Erinnerungsalbum aufhübscht, und auch dein Artikel zu Jeansjacken ist erst in dieser Woche rausgekommen. Außerdem hat Sophie heute Morgen ihr witziges Video über den Prank, den sie dir spielen wollte, hochgeladen. Das ist viel Stoff für eine Woche.«

Layla sieht mich an, als hätte ich nicht mehr alle Tassen im Schrank. »Machst du Witze? Das ist *nichts*. Die meisten Lifestyle-Seiten laden mindestens zweimal am Tag neue Inhalte hoch.«

»Ja, weiß ich doch.«

Layla streckt den Arm vor mir aus und stoppt mich abrupt. »Weißt du das wirklich, Nancy? Ist dir das klar?«, fragt sie, als ob das echte Fragen wären. Sie baut sich vor mir auf. »Hast du die Veränderung hier an der Schule nicht bemerkt? Wie die Leute auf uns reagieren? *Glanz und Glamour* hat einen Platz in ihrem Leben eingenommen und wir dürfen unsere Fans nicht enttäuschen. Wir müssen unser Level halten, sonst spricht bald niemand mehr von uns, sondern von Jimmy und seiner Ferienprotestaktion vor dem Rathaus.« Beim letzten Satz verdreht sie voller Verachtung die Augen.

»Ich finde seine Idee gut. Wusstest du, dass die Stadtverwaltung zwei Büchereien mitten im Zentrum dichtgemacht hat? Bei der einen hat Jimmy sich oft Bücher ausgeliehen. Früher ist sogar Doris Lessing dort gewesen.«

»Nancy, kannst du dich bitte mal KONZENTRIEREN!«, fährt Layla mich an. »Ich rede nicht über Jimmy und seinen Protest. Ich rede von uns und unserem Projekt. Du musst mehr News aus der Musikwelt ranschaffen, und zwar pronto! Sonst ist unsere bisherige Arbeit umsonst! Nancy, stell dir doch nur mal vor, was für uns drin ist, wenn die Website richtig groß rauskommt!«

»Was meinst du?«

»Ich meine«, führt sie mit funkelnden Augen aus, »dass wir über unsere Zukunft reden und nicht nur über ein Schulprojekt oder ein Praktikum bei Disney Channel. Nancy, wenn unsere Website Erfolg hat, und damit meine ich richtig großen Erfolg, dann haben wir unsere *eigene Marke*. Und wenn man es bis zur eigenen Marke geschafft hat, dann ist alles möglich. Mode-Kollektionen, Make-up-Produktlinien, gesponserte YouTube-Videos, Instagram. Denk mal richtig groß!«

»Wow! Meinst du wirklich, das könnte klappen?«

»Halloo-o, schau dir doch nur mal an, was sich in nur einer Woche alles getan hat. Das Foto von dir und Tyler hat uns schlagartig bekannt gemacht. Die Leute erhoffen sich von uns Inspiration. Unsere Website ist jetzt ganz offiziell eine große Nummer«, erklärt sie mit einem anspornenden Lächeln. »Wir müssen dafür sorgen, dass es so bleibt.«

»Okay, ich versuche, noch in dieser Woche an interessante News ranzukommen«, verspreche ich ihr voller Elan. »Ich nehme Kontakt zu den PR-Leuten auf. Vielleicht kann ich ihnen Infos entlocken, die noch nicht an die Presse rausgegangen sind.«

»Oder du rufst einfach Miles an«, schlägt sie vor und gibt mir den Weg frei, damit ich zum Schultor gehen kann. »Vielleicht hat er was für dich.«

»Ja, gute Idee«, lüge ich.

Miles anrufen, ist definitiv das Letzte, was ich tun werde.

Ich weiß nicht, was auf der Party passiert ist, aber er ist einfach abgehauen, ohne sich von mir zu verabschieden. Ja, er ist berühmt und alles, und vielleicht hat man da nicht die Zeit, sich von jemandem wie mir zu verabschieden, bevor man geht. Aber ich habe wirklich geglaubt, dass wir uns gut verstehen, und er schien sich zu freuen, den Abend mit mir zu verbringen. Nachdem ich meine Story hochgeladen hatte, bin ich gleich zurück zur Party, aber Miles war nirgendwo mehr zu sehen. Er hat das Beste verpasst, zum Beispiel Chase' coolen Spontanauftritt. Wenn er dageblieben wäre, hätte ich mit seiner Hilfe Chasing Chords auf die Bühne holen können, was ein echter Knaller gewesen wäre.

Nina hatte angeblich keine Ahnung, wo er hin ist, aber ich hatte das Gefühl, dass sie mehr wusste, als sie zugeben wollte. Vielleicht wollte sie mich auch nur beschützen. Womöglich hatte sich Miles noch mit einem anderen Mädchen verabredet oder auf der Party jemand Neues kennengelernt.

Als ich später im Zug nach Norwich saß, habe ich überlegt, Miles zu schreiben, um zu fragen, ob alles in Ordnung ist oder ob ich vielleicht etwas falsch gemacht habe. Ich habe sogar angefangen, die Nachricht zu tippen. Doch dann ist mir klar geworden, wie peinlich das wäre, wenn er sich wirklich mit einer anderen getroffen hat. Ich wollte nicht, dass es so aussieht, als würde ich von ihm erwarten, dass er die ganze Zeit an meiner Seite bleibt. Es war kein Date, er hat mich einfach nur als Freundin eingeladen.

Also habe ich die Idee verworfen. Und als ich am nächsten Morgen aufwachte, hatte Miles mir eine Nachricht geschickt und sich für seinen überstürzten Aufbruch entschuldigt. »Es ist etwas dazwischengekommen«, hat er geschrieben, mehr nicht. Seither haben wir uns ein paarmal geschrieben, aber er schien irgendwie nicht bei der Sache zu sein. Natürlich weiß ich, dass er furchtbar beschäftigt ist und alles. Trotzdem ...

Ich weiß, es ist dumm. Aber ich dachte, dass da VIEL-LEICHT etwas sein könnte. Zwischen Miles und mir, meine ich. Ich fühle mich in seiner Gegenwart wohl und er bringt mich oft zum Lachen. Außerdem hatte ich das Gefühl, dass er auch gern Zeit mit mir verbringt. Und dann war da noch dieses Strahlen, als er mich in meinem Party-Look gesehen hat. Es hat mich hoffen lassen, dass er vielleicht niemanden sonst auf diese Weise anlächelt.

Aber – und das habe ich mir in dieser Woche schon hundertmal gesagt –, wenn da etwas gewesen wäre, ein Funke zwischen uns oder so, hätte Miles das dann nicht auch bemerken müssen? Wäre er dann nicht auf der Party geblieben, statt wortlos zu verschwinden? Hätte er nicht gefragt, ob wir uns bald wiedersehen?

Offenbar habe ich mich geirrt. Was den Funken angeht, meine ich.

»Hey!« Jimmy kommt angerannt, als ich gerade bei Mum auf der Beifahrerseite ins Auto steigen will. »Dad steckt in der Arbeit fest – kann ich erst mal mit zu euch nach Hause fahren?«

»Da musst du doch nicht fragen«, erklärt Mum durchs Fenster.

Lächelnd gleitet Jimmy auf den Rücksitz. »Hat Nina Klavierstunde?«

»Nein, hat sie nicht«, sagt Mum und schaut an mir vorbei zu Nina, die gerade die Stufen herunterkommt. »Ich habe sie überredet, stattdessen zu Hause zu üben. Heute

245

ist offizieller Ferienstart. Da dachte ich, sie könnte eine Stunde Klavier spielen und dann für einen Filmabend zu uns runterkommen. Wenn du magst, kannst du dich uns anschließen, Jimmy.«

»Gute Idee, Mum«, sage ich und winke Nina, als sie hinten einsteigt. »Die Filmabende haben mir gefehlt. Nina, hast du Lust auf einen Disney-Klassiker?«

»Mal sehen, wie ich vorankomme«, gibt sie sich zurückhaltend. »Ich habe noch so viel zu tun. Morgen will ich Caroline ein neues Stück für das Abschlusskonzert präsentieren.«

»Hast du ihr das nicht schon letzte Woche vorgespielt?«, fragt Mum und reiht sich in den Verkehr vor der Schule ein.

»Das war ein anderes Stück.«

»Müsstest du dich nicht langsam mal entscheiden?«, fragt Jimmy. »Das Konzert ist doch schon bald.«

»Erinnere mich nicht daran. Jede Woche wähle ich ein neues aus, aber keins scheint für mich zu funktionieren.«

»Ich versteh das nicht«, sage ich und drehe an den Knöpfen des Autoradios. »Du kannst viele Klavierstücke, die richtig gut sind. Warum nimmst du nicht eines von denen? Zum Beispiel das, das du letztes Jahr beim Talentwettbewerb der Schule gespielt hast.«

»Ich kann nicht einfach irgendwas spielen. Es muss schon etwas Anspruchsvolles sein. Etwas Besonderes.« Nina seufzt. »Ich muss das Richtige finden und das ist VERDAMMT schwierig.«

»Hat Caroline keine Vorschläge für dich?«, fragt Mum.

»Sie sagt, das muss von mir kommen«, erklärt Nina. »Sie kann mir die Entscheidung nicht abnehmen. Ich muss ein

Stück finden, zu dem ich eine innere Verbindung aufbauen kann. Bisher hat das noch bei keinem geklappt.«

»Du findest schon noch das Richtige«, sagt Mum und lächelt aufmunternd in den Rückspiegel. »Und was macht die Website, Jimmy? Nancy hat sie mir vor ein paar Tagen gezeigt und ich war sehr beeindruckt.«

»Es läuft ganz gut«, antwortet Jimmy und fügt dann hinzu: »Obwohl Nancys neuester Post meine Beiträge in dieser Woche etwas überstrahlt hat.«

»Der Bericht hat auch alles andere überstrahlt«, stimmt Nina zu. »An der Schule wird von nichts anderem mehr geredet. Ich wusste nicht mal, wer Tyler Hill ist, bevor Chase sie mir auf der Party vorgestellt hat. Aber an der Schule kennen sie alle.«

»Das ist mal wieder typisch Nina«, sage ich lachend. »Tyler ist ja auch nur so ein kleines bisschen weltberühmt.«

»Und Nancy ist das jetzt auch. Ich fasse es immer noch nicht, dass BuzzFeed über deine Story berichtet UND sogar auf deine Website verlinkt hat.« Jimmy seufzt. »Für so eine Publicity von diesem riesigen Medienunternehmen würde ich glatt töten.«

»Ja, das war ein Supererfolg, aber es ist schwer, das Niveau zu halten«, erwidere ich. »Layla liegt mir in den Ohren, dass der nächste Knüller hermuss. Sonst bleibt das Ganze ein One-Hit-Wonder.«

»Willkommen in der Welt des Journalismus.« Jimmy nickt schmunzelnd. »Alles dreht sich um die nächste Story – hab ich mir jedenfalls sagen lassen.«

»Ja, stimmt, deswegen darf ich es auch nicht vermasseln. Erstens, weil Layla mich sonst umbringt, und zweitens, weil ich etwas gefunden habe, wodurch andere endlich stolz auf mich sind. So wie du, Nina. Wenn ich mir die Zukunft nicht verbauen will, muss ich das rocken.«

»Moment mal«, sagt Nina, als wir in unsere Einfahrt einbiegen. »Was meinst du damit, dass andere endlich stolz auf dich sind?«

Ich zucke nur mit den Schultern, dann steige ich aus und schlage die Autotür hinter mir zu. »Weiß doch jeder, dass du gerade voll auf dem Höhenflug bist. Genau das sollen die Leute auch von mir sagen. Ich möchte nicht die sein, die zurückbleibt.«

Unsere Nachbarin Mrs Byrne reißt ihre Haustür auf und ruft Nina.

»Das ist heute mit der Post gekommen, als niemand zu Hause war«, sagt sie und eilt mit einem Päckchen herbei. »Ich habe für dich unterschrieben.«

»Danke, Mrs Byrne«, sagt Nina und nimmt das Päckchen entgegen. »Was da wohl drin ist?«

Kaum ist die Haustür hinter uns ins Schloss gefallen, eilen alle schnurstracks in die Küche. Mum setzt den Wasserkessel auf, und Nina holt eine Schere, um das Paketband aufzuschneiden.

»Was ist es?«, fragt Jimmy und späht über ihre Schulter. »Hast du etwas bestellt und dann nicht mehr drangedacht?«

»Jimmy, kennst du Nina denn gar nicht?«, frage ich lachend. »Es gibt kaum etwas, das so frustrierend ist, wie mit ihr im Internet zu shoppen. Das weiß ich aus Erfahrung.«

»Es ist nicht leicht, eine Wahl zu treffen, wenn man die

Artikel nicht mit eigenen Augen sieht«, verteidigt Nina sich. Sie öffnet das Paket und schnappt nach Luft. »Wow!«

»Was? Was ist es?«

Sie holt eine Canon-Videokamera aus dem Paket. Das Top-Modell, nagelneu. Ich platze fast vor Neid. GENAU diese Kamera wird Profi-Vloggern empfohlen. Erst vor Kurzem habe ich online danach gesucht und mir vorgestellt, was für wahnsinnig tolle Videos ich für *Glanz und Glamour* mit so einem Ding drehen könnte. Doch ich wusste, ich würde sie mir nie leisten können. Und Mum darum zu bitten, sie mir zu kaufen, kam auch nicht infrage. Dafür war die Kamera viel zu teuer.

»Nina!«, ruft Mum. »Hat Chase sie dir geschickt?«

»Vielleicht«, sagt Nina und bewundert das edle Teil ehrfurchtsvoll. »Das ist unglaublich. Und so lieb von ihm. Aber natürlich viel zu teuer. Dabei habe ich noch nicht mal Geburtstag.«

»Da steht was.« Jimmy zieht eine Karte aus dem Paket und reicht sie Nina. »Was schreibt er? Lass hören. Es sei denn, es ist schmalziges Liebesgeflüster. Dann reicht eine Kurzfassung«, meint er und zwinkert mir zu.

Ninas Gesichtsausdruck wechselt von Überraschung zu Schock, als sie die Karte liest.

»Nina?«, fragt Mum. »Alles in Ordnung? Was schreibt er denn?«

»Das Paket ist nicht von Chase.« Sie lässt die Karte sinken und nimmt die Kamera in die Hand.

»Von wem dann?«, frage ich.

»Von Dad«, sagt sie.

In der Küche ist es plötzlich mucksmäuschenstill. Mum

starrt Nina fassungslos an. »Dein Vater hat dir die Kamera geschickt?«

»Ja.« Nina nickt zögernd. »Er will, dass ich Aufnahmen für meinen neuen YouTube-Kanal mache. Er glaubt, es könnte meiner Karriere nützen. So steht es auf der Karte.«

»Dad hat dir die Kamera geschickt?«, wiederhole ich leise, weil ich es nicht fassen kann. »Hat er ... Hat er auch etwas von mir geschrieben? Lies vor.«

Es ist eine dumme Frage. Ich kenne die Antwort ja längst und ich quäle mich nur selbst damit. Wenn die Kamera auch für mich gedacht wäre, ständen unsere beiden Namen auf dem Paket.

»Da steht nicht viel«, meint Nina verlegen. »Es geht hauptsächlich um Musik.«

»Lies vor«, wiederhole ich gereizt. »Wenn es wirklich nur um Musik geht, können wir es ja hören, oder? Jimmy, lies du es vor.«

Jimmy nimmt die Karte, und als Nina widerstrebend nickt, beginnt er laut zu lesen: »*Liebe Nina, ich bin so stolz auf dich und auf das, was du erreicht hast. Dieses Geschenk soll dir bei deinen zukünftigen Aktivitäten von Nutzen sein. Vielleicht kannst du damit deinen eigenen Musikkanal starten. Deine wachsende Fangemeinde wird begeistert sein. Alles Liebe, Dad.*«

»Wow«, stoße ich zwischen zusammengepressten Zähnen hervor. »Er versucht ja wirklich ALLES, um bei dir zu punkten, was?«

»Ich glaube, das hat er nur gemacht, weil ich ihm bei unserem Treffen von meinen unerwarteten Schwierigkeiten in Guildhall erzählt habe. Er wollte ... Er wollte einfach helfen, das ist alles«, erklärt Nina hastig. »Wir können sie beide benutzen.«

Sie schiebt die Kamera über den Tisch zu mir, aber ich stoße sie zurück.

»Nein, er hat sie dir geschickt. Es ist deine Kamera. Außerdem kann er sich nicht mit Geschenken in mein Leben einkaufen. Da muss er sich schon ein bisschen mehr anstrengen, als eine Kamera per Post zu schicken.«

»Bitte sei nicht sauer. Er ist auch stolz auf das, was du erreicht hast.«

»Ich habe nichts erreicht«, murmle ich.

»Das stimmt doch gar nicht«, sagt Mum entschieden. Sie greift über den Tisch nach meiner Hand.

»Er kennt deine fantastische Website noch nicht, Nancy. Es wird ihn umhauen, wenn er sieht, was du auf die Beine gestellt hast«, sagt Nina in dem verzweifelten Versuch, mich aufzumuntern. Ihr Übereifer macht das Ganze nur noch peinlicher. »Wüsste er davon, hätte er die Kamera uns beiden geschenkt. Wenn du ihn siehst, kannst du ihm von der Website erzählen. Er wird sich dafür interessieren und dir sicher genauso helfen wollen wie mir.«

»Er weiß nichts von der Website, weil er mich nicht danach gefragt hat.« Ich habe plötzlich einen Kloß im Hals. »Er hat kein einziges Mal versucht, mich zu erreichen, um mir zu sagen, dass er mich bei eurem Treffen gern dabeigehabt hätte. Er war wohl zu sehr damit beschäftigt, für dich eine Kamera auszusuchen und dir bei deiner Musikkarriere zu helfen.«

»Ich werde das Geschenk nicht annehmen«, erklärt Nina und sieht Mum an. »Ich werde ihm sagen, dass das nicht geht. Ich will die Kamera nicht, wenn euch sein Geschenk stört.«

Mum öffnet den Mund, um etwas zu sagen, aber ich komme ihr zuvor.

»Es stört mich nicht«, sage ich mit einem Schulterzucken. »Er kann tun und lassen, was er will. Ich freue mich für dich. Behalt die Kamera.«

»Man merkt, dass er Nina nicht besonders gut kennt«, mischt Jimmy sich ein. »Ich kann mir auf jeden Fall nicht vorstellen, dass du je einen YouTube-Kanal betreiben wirst. Dir ist es ja schon peinlich, wenn ich ein Foto von dir für Instagram machen will.«

»Ach, ich weiß nicht«, sagt Nina und beißt sich auf die Lippe. »Vielleicht wäre es ja eine gute Sache.«

»Wie bitte? Ist das dein Ernst?«, frage ich verblüfft. »Du magst so was doch gar nicht.«

»Ja, aber Dad hat recht. Ich muss etwas verändern, wenn ich vorankommen will. Vielleicht sollte ich den Mut aufbringen und etwas wagen, statt davor zurückzuschrecken. So wie er es damals mit seiner PR-Agentur gemacht hat.«

Mum zieht die Augenbrauen hoch. »Hat er dir davon erzählt?«

»Ja.« Nina betrachtet abwesend die Kameralinse. »Vielleicht könnte ich mit einem eigenen YouTube-Kanal mein Lampenfieber überwinden und gleichzeitig die richtigen Leute auf mich aufmerksam machen.«

Ich weiß nicht, ob ich meinen Ohren trauen kann: Hat sie das gerade wirklich gesagt? Das passt gar nicht zu ihr.

So erbärmlich es vielleicht klingt, aber am meisten tut weh, dass *ich* sie schon seit einer Ewigkeit von einem eigenen

YouTube-Kanal überzeugen will. Seit das Video von ihr und Chase viral gegangen ist, habe ich auf sie eingeredet, dass die Gelegenheit so günstig ist wie nie. Aber sie hat immer nur gelacht und gesagt, dass das nicht ihr Ding ist. Jetzt taucht Dad mit der schicken Kamera auf und plötzlich ist alles anders?

»Ich werde sie nicht behalten, wenn du das nicht willst.« Entschlossen legt sie die Kamera weg und sieht mich an.

»Nein, wie gesagt, ich finde, du solltest sie behalten.« Ich wende mich ab, um Tassen aus dem Schrank zu holen, und blinzle die heraufdrängenden Tränen weg. »Du hast sie verdient.«

»Wirklich? Bist du sicher?«

»Ja.«

Als ich mich wieder umdrehe, habe ich ein frisches Lächeln aufgesetzt, und die Tränen sind verschwunden. Zumindest einen Effekt hat diese dumme Kamera. Sie spornt mich an. Ich werde diesen Wettbewerb gewinnen, meine Website wird ein Megaerfolg, und ich werde aufhören, ein Niemand zu sein. Dann wird Dad auch mir bei meiner großen Karriere behilflich sein wollen.

Vielleicht wird er dann auch auf mich stolz sein.

KAPITEL FÜNFZEHN

Nina

Dad meint, ich soll Nancy anlügen.

Zuerst habe ich gesagt, dass ich das nicht kann. Dass ich ihr die Wahrheit sagen muss. Wir haben keine Geheimnisse voreinander. Und wenn ich lüge, merkt sie das sowieso sofort. Aber die Situation ist kompliziert, und je länger ich darüber nachdenke, desto vernünftiger erscheint es mir, ihr nichts zu sagen und so zu tun, als würde ich aus einem anderen Grund bereits einen Tag früher nach London fahren.

Ich weiß nicht, was Dad geplant hat. Aber er hat mich eingeladen, am Freitagabend nach London zu kommen und nicht wie bisher erst am Samstagmorgen. Er hat eine Idee für meinen Auftritt und möchte mit mir daran feilen, bevor ich Samstag früh meine Unterrichtsstunde habe. Aber dann müsste ich Nancy und Mum einen Grund nennen, warum ich früher hinfahre. Nancys Gesichtsausdruck, als ich letzte Woche die Kamera ausgepackt habe, ist mir noch gut in Erinnerung. Ich kann ihr unmöglich sagen, dass Dad und ich *schon wieder* etwas ohne sie machen.

Wenn ich es Nancy erzähle, muss ich sie fragen, ob sie mitkommen will. Alles andere wäre gemein. Aber wenn sie mitkommt, wird sie herumsitzen, während Dad und ich an meinem Musikstück arbeiten. Es wäre wieder so wie damals im Piano-Geschäft und das wäre ihr gegenüber einfach nicht fair.

»Vielleicht können wir unser Arbeitstreffen verschieben und heute Abend zu dritt essen gehen?«, habe ich Dad vorgeschlagen, als er mich am Freitagmorgen angerufen hat. »Ich denke, sie würde dich gern wiedersehen, egal was sie behauptet. Nancy gibt sich gern tough, aber ich hatte den Eindruck, sie war ziemlich traurig und enttäuscht, als sie von unserem Cafébesuch erfahren hat.«

»Ich dachte, du willst dich ganz auf das Konzert konzentrieren«, hat er entgegnet.

»Ich möchte nicht noch einmal etwas hinter Nancys Rücken machen. Sie braucht Zeit, aber ich bin sicher, irgendwann wird sie sich an die Vorstellung gewöhnen, dass du wieder in unser Leben getreten bist. Schließlich bist du unser Dad. Nancy will nur ihre Familie beschützen. Wenn ich ihr sage, dass du abends in London mit uns essen gehen möchtest, wird sie es sich vielleicht überlegen.«

»Nina, ich würde nur allzu gern mit dir und Nancy essen gehen. Wirklich. Aber können wir das ein andermal machen? Ich habe heute Abend etwas für dich organisiert, und es wäre schwierig, das jetzt noch abzusagen. Du willst doch für das Konzert bestens vorbereitet sein. Es ist nicht mehr lange hin, oder?«

»Nein, bald ist es so weit.« Die Erinnerung an meinen letzten Auftritt auf der Guildhall-Bühne ist noch frisch.

»Ich muss jede Übungsmöglichkeit nutzen. Außerdem habe ich immer noch nicht das Musikstück festgelegt.«

»Kein Grund zur Panik. Genau dafür ist der heutige Abend gedacht. Also, ich verstehe das Problem mit Nancy, aber wenn es dir wirklich ernst ist mit der Musik, und das sollte es, dann halte ich es für das Beste, wenn wir das gemeinsame Abendessen auf ein andermal verschieben.«

»Dann muss ich sie und Mum anlügen«, habe ich gesagt und die Hand vors Gesicht geschlagen. »Ich ... ich behaupte einfach, dass ich mich mit Chase treffe.«

»Prima, dann wäre das ja geklärt!«, hat er gut gelaunt geantwortet. »Ich habe jetzt ein Meeting, aber wir treffen uns heute Abend um sieben an der Guildhall. Hast du ein Übungszimmer belegt, wie ich es dir gesagt habe?«

»Ja, das habe ich schon Anfang der Woche erledigt.«

»Ich freue mich sehr, Nina.«

»Ich auch«, habe ich erwidert und aufgelegt.

Jetzt stehe ich vor dem Spiegel und übe, was ich Nancy und Mum erzähle und wie. Vielleicht sollte ich ihnen einfach sagen, dass ich Dad treffe, um Musikdinge mit ihm zu besprechen. Dagegen kann Nancy doch nichts einzuwenden haben. Andererseits habe ich das letztes Wochenende auch schon gedacht, als ich ihr am Telefon erzählt habe, dass Dad mir geschrieben hat, ob ich mit ihm nach der Orchesterprobe wieder auf eine heiße Schokolade ins Café gehe.

»Wird das jetzt zur wöchentlichen Gewohnheit?«, hat sie gefragt.

»Wohl eher nicht. Wenn du möchtest, sage ich ihm ab.«

»Warum hat er sich nicht früher gemeldet? Dann hätte

ich rechtzeitig nach London fahren und euch treffen können.«

»Vermutlich denkt er, du hast keine Lust.«

»Dann gibt er aber ganz schön schnell auf«, hat Nancy gesagt und ziemlich enttäuscht geklungen. »Aber egal, mach, was du willst, Nina, geh ruhig hin. Bei der Gelegenheit könntest du ihn mal daran erinnern, dass er zwei Töchter hat, nicht nur eine.«

Bevor ich etwas erwidern konnte, hatte sie aufgelegt. Die ganze Ferienwoche habe ich damit verbracht zu überlegen, ob sie wütend auf mich ist, weil ich mich dann doch mit ihm getroffen habe. Sie mag nicht darüber reden, und sobald das Gespräch auf Dad kommt, verdunkelt so etwas wie Traurigkeit ihren Blick, auch wenn sie so tut, als wäre er ihr vollkommen gleichgültig.

Am meisten stört sie jedoch, dass ich ihn nicht mit Fragen löchere. Dass ich ihn nicht zur Rede stelle, wieso er uns im Stich gelassen hat und ob er uns vermisst hat und warum es so lange gedauert hat, bis er zurückgekommen ist.

»Wenn er mit mir auf eine heiße Schokolade ins Café ginge, würde ich ihn genau das fragen«, hat sie eines Abends beim Essen gesagt. »Ich würde nicht die Köpfe zusammenstecken, um über Musik zu reden. Ich würde Antworten hören wollen, nach all den Jahren.«

Vielleicht hat sie recht. Vielleicht sollte ich wütender auf ihn sein, und vielleicht sollte ich ihm Fragen stellen, um besser zu verstehen, was damals passiert ist.

Aber ich scheue davor zurück. Es ist so schön, ihn wieder neu kennenzulernen. Ich liebe unsere Gespräche über

Musik. Dann erzähle ich ihm von der Guildhall und höre, was er dazu meint. Ich liebe es, wenn er alte Erinnerungen hervorzaubert, wie zum Beispiel letztes Wochenende, als er von meiner allerersten Aufführung gesprochen hat. Sie fand an einem Samstagmorgen in der Schule statt, in einem kleinen Musikraum mit ein paar Eltern als Publikum. Vor lauter Angst hatte ich mich draußen in der hintersten Ecke versteckt, und Dad musste mir erst gut zureden, damit ich mit ihm hineinging.

»Du warst so stur«, hat er vergnügt erzählt. »Du hast gesagt, wenn du vor all den Leuten Klavier spielen musst, würde dir schlecht werden. Und rate mal, was passiert ist.«

»Nein!«

»O doch.« Er ist in schallendes Gelächter ausgebrochen. »Du bist zitternd auf deinem Hocker gesessen und hast die ersten Noten gespielt und dich dann aufs Klavier übergeben! Wenn du also jetzt Probleme beim Vorspielen hast, dann glaub mir eines: Das ist kein Vergleich zu damals!«

Danach hat er noch weitere Geschichten aus dem Gedächtnis hervorgekramt. Es war wunderbar dazusitzen, zu lachen und sich gemeinsam an früher zu erinnern – einfach wie ein Vater und eine Tochter, die bei einer heißen Schokolade miteinander plaudern und sich das Neueste aus ihrem Leben erzählen. Wenn ich anfangen würde, ihn auszufragen, warum er uns verlassen hat und alles, wäre diese Vertrautheit sofort weg, und das möchte ich nicht. Ich weiß, dass wir das Thema irgendwann ansprechen müssen, aber ich bin noch nicht bereit. Ich möchte neue Erinnerungen sammeln, zuhören, wie Dad mir liebenswerte und lustige

Dinge aus meiner Kindheit erzählt, und dass er mir dann bei meinen momentanen Problemen hilft. So wie Dads das eben tun.

Ich sehe mein Spiegelbild an und schüttle den Kopf. Habe ich gerade ernsthaft darüber nachgedacht, Nancy anzulügen? Andererseits, was würde es bringen, ihr das Treffen heute Abend unter die Nase zu reiben? Was hätte sie davon mitzukommen, wenn es den ganzen Abend nur um mein Abschlusskonzert geht?

»Ich wünschte, es gäbe eine einfache Lösung«, sage ich laut zu mir.

Es klopft an der Zimmertür. Nancy streckt den Kopf herein. »Redest du mit deinem Spiegelbild?«, fragt sie, als sie mich vor dem Spiegel stehen sieht.

»Nein. Ja. Vielleicht«, erwidere ich und winke sie herein. »Ich habe nur laut nachgedacht.«

»Über einfache Lösungen?« Sie kommt ins Zimmer und setzt sich auf mein Bett. »Worum geht's denn? Zusammen kriegen wir es schon hin.«

»Ach, geht schon. Ist nichts Wichtiges. Musikzeugs«, weiche ich aus. »Was hast du vor?«

»Das wollte ich dich fragen. Ich habe mir überlegt, ob wir nicht eine kleine Lerngruppe bilden sollten«, erzählt sie. »Wir könnten uns zum Arbeiten in die Küche setzen oder in mein Zimmer gehen. Ich will nur noch schnell Popcorn machen, bevor ich anfange.«

»Klingt gut«, sage ich lächelnd. »Ich bin so hintendran. Ich denke immer, die Abschlussprüfungen sind noch weit weg. Aber dann fällt mir ein, dass sie schon im nächsten Trimester stattfinden.«

»Ich weiß, total verrückt.« Nancys Blick fällt auf meine halb volle Tasche auf dem Bett. »Packst du schon für morgen?«

»Genau genommen…« Ich hole tief Luft und tue so, als müsse ich verschiedene Ordner auf meinem Schreibtisch sortieren. »… fahre ich schon heute Abend.«

»Was? Normalerweise fährst du doch erst Samstag.«

»Ja, aber ich dachte, ich könnte heute noch ein bisschen dort üben. Den Vorteil nutzen und an einem richtig guten Klavier spielen. Und morgen Vormittag habe ich dann auch noch Zeit zum Üben.«

»Oh, okay, das klingt logisch.« Sie nickt. »Triffst du dich mit Chase?«

»Ich sehe ihn morgen Abend.«

»Ist alles okay zwischen euch beiden? Mum und ich haben damit gerechnet, ihn in der Ferienwoche öfter zu Gesicht zu bekommen, aber er hat sich nicht ein Mal blicken lassen. Und du warst in dieser Woche nur ein einziges Mal in London und noch nicht mal einen ganzen Tag.«

»Chase hat wahnsinnig viel zu tun«, sage ich rasch. »Er schreibt neue Songs und das fordert seine ganze Konzentration. Zwischen uns ist alles in Ordnung.«

Zumindest hoffe ich das. Diese Woche war etwas besser als die Zeit davor.

Nach dem Abend bei Emerald Entertainment lief es nicht besonders gut. Ich war in absoluter Hochstimmung nach der Party in der Guildhall, sodass ich am nächsten Morgen mit dem Gefühl aufwachte, als hätte jemand eine schwere Last von mir genommen. Das Gespräch mit Grace, TJ, Nico und Florence hatte mir gezeigt, dass es völlig okay ist, noch keine perfekte Musikerin zu sein – denn nur deshalb sind wir in diesem Kurs.

Kurz vor meiner Klavierstunde bei Carol rief Chase an. Ich konnte es kaum erwarten, ihm von der Party zu erzählen, sodass ich sofort lossprudelte, wie supernett die anderen Kursteilnehmer sind, wenn man sie mal näher kennengelernt hat, und wie sehr mich das motiviert.

Chase schien sich zu freuen, dass es mir gut geht, aber an seinem Tonfall erkannte ich, dass etwas nicht stimmt. Als er unvermittelt fragte: »Wusstest du, dass Miles mein Gespräch mit Rachel mitbekommen hat?«, wurde mir ganz schlecht.

Ich hatte total vergessen, ihm das von Miles zu sagen. Ich wollte es ihm schreiben, doch dann hatten wir auf der Guildhall-Party so viel Spaß, und danach war ich so müde, dass ich ins Bett bin und es ganz vergessen habe.

Chase hat sich fürchterlich aufgeregt. Er wollte wissen, warum ich es ihm nicht gleich gesagt habe, sodass er noch an dem Abend die Sache hätte klären können. Offenbar redet Miles nicht mehr mit ihm. Chase weiß noch nicht einmal, wo er ist. Ich habe mich schrecklich gefühlt, weil Miles ja auch mein Freund ist – und ich habe einfach nicht mehr an ihn gedacht, sondern auf der Party gefeiert. In den darauffolgenden Tagen war die Stimmung zwischen uns ziemlich angespannt – Chase war immer noch eingeschnappt, weil ich ihm das mit Miles nicht sofort erzählt habe. Die beiden reden immer noch so gut wie kein Wort miteinander. Miles ist so sauer auf ihn.

Irgendwann haben Chase und ich beschlossen, dass wir in der Ferienwoche einen gemeinsamen Tag brauchen, nur wir zwei, um mal wieder auf andere Gedanken zu kommen.

»Unter einer Bedingung«, sagte Chase, als der Plan aufkam, einen entspannten London-Tag zu verbringen. »Das Thema Arbeit ist absolut tabu.«

»Einverstanden.«

Es hat super funktioniert. Wir haben typische Touristensachen gemacht, zum Beispiel den Tower of London besichtigt oder die beeindruckenden Jachten in den Docks von St. Katherine bewundert, und uns überlegt, welches Schiff wir gern besitzen würden. Chase hat sich mit Hoodie und Mütze getarnt, um unerkannt zu bleiben. Es war wieder so wie damals, als wir uns heimlich getroffen haben und er der berühmte Musikstar war, wegen dem ich meine Familie und Freunde belogen habe. Für ein paar Stunden durften wir ganz wir selbst sein.

»Das habe ich vermisst«, hat er gesagt und gegrinst, als ich ihm eine Cap mit der Aufschrift »I LOVE LONDON« gekauft, seine alte in meine Tasche gestopft und ihm die neue aufgesetzt habe.

»Du hast vermisst, dass ich dich zum Affen mache?«

»Das nicht gerade.« Er hat gelacht und sich in einem im Laden aufgestellten Spiegel betrachtet. »Ich habe es vermisst, mit dir zusammen zu sein und dass wir uns wie Teenager aufführen.«

»Wir sind Teenager.«

»Eben. Das vergisst man manchmal leicht«, hat er gesagt. Dann hat er eine Cap mit der Aufschrift »I LOVE ENGLAND« vom Ständer genommen und sie an der Kasse für mich gekauft.

Nach diesem Tag ging es mir besser. Mir ist klar, dass wir beide im Moment ziemlich unter Druck stehen und dass es schwer sein wird, schon allein, weil wir nicht in derselben Stadt wohnen. Deshalb habe ich Angst, er könnte es zu schwierig finden und aufgeben. Die ganze Woche über hat er es nicht geschafft, sich vom Studio loszueisen. Aber er hat mir den Samstagabend versprochen und das ist ja immerhin etwas. Trotzdem ist es mir ein bisschen peinlich, dass Nancy und Mum auf unsere Probleme aufmerksam geworden sind.

»Songs zu schreiben, stelle ich mir echt schwer vor«, sagt Nancy und lehnt sich gegen meine Bettdecke. »Ich habe keine Ahnung, wie er das macht.«

»Ich auch nicht. Er ist eben sehr talentiert.«

»Ich freu mich schon wahnsinnig auf die neuen Songs von Chasing Chords. Das letzte Album habe ich inzwischen so oft gehört, dass ich alle Texte auswendig kann. Ich brauche Nachschub. Aber sag das nicht Chase – sonst steigt ihm das noch zu Kopf.«

»Kein Wort«, verspreche ich lächelnd.

Ihr Blick fällt auf die Kamera in meiner Tasche, und sie nimmt sie heraus, um sie sich anzuschauen.

»Hast du schon Videos damit gedreht?«

»Nein, das hätte ich dir doch erzählt«, antworte ich. »Ohne deine Hilfe könnte ich nie einen YouTube-Kanal auf die Beine stellen. Ich habe nicht den leisesten Schimmer, wie ich das anstellen soll.«

»Ja, das dachte ich mir. Aber dann habe ich gedacht, dass Dad dir vielleicht hilft.«

Bei ihren Worten verspanne ich mich sofort.

»Nein, ich möchte, dass du mir hilfst. Und überhaupt, ich bin mir noch gar nicht sicher, ob ich das wirklich will. Vielleicht, wenn der Guildhall-Kurs vorbei ist und ich mehr Zeit habe.«

»Vielleicht. Übrigens, ich habe Mum über seine PR-Agentur ausgefragt«, sagt sie und legt die Kamera in meine Tasche zurück. »Du hast sie neulich erwähnt, als du die Kamera ausgepackt hast. Das hat mich neugierig gemacht und ich wollte mehr darüber wissen.«

»Er hat mir nicht allzu viel erzählt«, sage ich vage, denn sie soll nicht denken, wir hätten lange, intensive Gespräche geführt. »Wir haben nur ganz kurz darüber gesprochen.«

»Hat er dir gesagt, dass er seinem früheren Geschäftspartner alle Kunden gestohlen hat?«

»Was?« Ich lege das Buch, das ich in der Hand halte, weg und schaue sie überrascht an. »Nein, er hat sie ihm nicht gestohlen. Sein Ex-Partner war anfangs sehr erfolgreich, nachdem sie sich getrennt hatten, weil ihre gemeinsame Firma nicht so gut gelaufen ist. Das hat Dad angespornt, sich mehr ins Zeug zu legen, und seine Agentur ist immer größer geworden.«

»Mum sagt da aber was ganz anderes«, erwidert Nancy achselzuckend. »So wie sie es darstellt, ging es der gemeinsamen Firma gut. Dad hat seinem Partner und langjährigem Freund allerdings verschwiegen, dass er ein eigenes Geschäft aufziehen will. Er hat heimlich mit allen Kunden Kontakt aufgenommen und sie abgeworben. Sein Partner konnte einpacken. Ihm blieb nichts anderes übrig, als in eine andere Branche zu wechseln. Das war ein cleverer Schachzug von Dad – wenn man das so sehen will. Allerdings hat er dabei einen seiner besten Freunde verloren. Doch Loyalität scheint nicht gerade zu seinen Stärken zu zählen.«

»Oh«, murmle ich verwirrt, weil Dad darüber kein Wort verloren hat. »Ach so.«

»Ich meine ja nur. Sei vorsichtig, Nina.« Nancy steht auf und geht zur Tür. »Er hat uns schon einmal verlassen. Ich befürchte, er könnte es wieder tun.«

»Diesmal ist es anders. Er weiß, dass er einen Fehler gemacht hat, und er versucht, uns zurückzugewinnen.«

»Er versucht, *dich* zurückzugewinnen«, sagt sie geradeheraus. »Ich möchte nur, dass du nicht verletzt wirst.«

»Nancy?«, sage ich, als sie wieder nach unten gehen will. »Ist das der Grund, warum du dich nicht auf ihn einlassen willst? Weil du Angst hast, verletzt zu werden?«

»Ja, vielleicht«, sagt sie. »Du etwa nicht?«

Ich warte eine halbe Stunde vor der Musikabteilung der Guildhall, bis ich beschließe, dass ich genauso gut drinnen auf Dad warten kann, wo es warm ist. Auch wenn der Frühling sich schon ankündigt, ist es immer noch ziemlich kalt. Deshalb gehe ich in den Übungsraum und checke zum soundsovielten Mal mein Handy, um zu sehen, ob er geschrieben hat.

Nichts.

Ich hole meine Notenblätter aus der Tasche und lege sie auf den Notenhalter. Dann klappe ich den Klavierdeckel hoch und schüttle meine Finger aus, bereit zum Spielen. Ich muss lächeln – egal wie mies mein Leben manchmal ist, am Klavier vergesse ich alles. Ohne lange zu überlegen, lege ich die Finger auf die Tasten und fange an, einen meiner Lieblingssongs von Austin Golding auswendig zu spielen. Es ist Wochen her, seit ich Stücke meines Lieblingskomponisten gespielt habe, und ich spüre, wie gut es mir tut und wie sehr ich seine Musik liebe.

Ich bin so in mein Spiel versunken, dass ich das Gesicht, das durchs Türfenster späht, erst bemerke, als ich fertig bin und die Tür quietscht. Den Fuß in der Tür, damit sie nicht zufällt, steht Jordan mit verschränkten Armen da.

»Wenn du beim Konzert so etwas Leichtes spielst wie Austin Golding, habe ich den Platz in der Sommerakademie schon so gut wie in der Tasche«, erklärt er hämisch.

»Was machst du denn hier?«

»Ich komme jeden Freitagabend hierher, um mich für Samstag vorzubereiten. Du wirst feststellen, dass das auch alle anderen tun, die etwas erreichen wollen. Ich habe mich ziemlich geärgert, als ich erfahren habe, dass mein Übungsraum heute reserviert ist.« Er blickt auf die Uhr. »Du hast ihn noch eine weitere Stunde gebucht, oder?«

»Ja«, sage ich, und im selben Moment wird mir klar, wie spät es ist und dass Dad sich jetzt schon um eine Stunde verspätet hat.

»Dann überlasse ich dich wieder deinen Klavierübungen für Anfänger«, sagt er und salutiert spöttisch, bevor er geht.

Ich warte, bis seine Schritte verhallen, bevor ich den Klavierdeckel zuklappe und aufstehe, um zu gehen. Es ist kindisch von mir, aber ich wollte ihm nicht die Genugtuung verschaffen und den besten Übungsraum für ihn frei machen, obwohl es sinnlos ist, noch länger den Platz zu beanspruchen. Als ich meine Notenblätter zusammensuche, platzt Dad herein, gefolgt von einer unbekannten Frau.

»Nina, entschuldige die Verspätung«, sagt er und umarmt mich. »Ich saß im Büro fest. Es ging um einen sehr großen und sehr wichtigen Deal, und, ach, ich will dich nicht mit Einzelheiten langweilen. Aber wie es aussieht, sind einige meiner Mitarbeiter völlig inkompetent, und ich musste mal wieder alles selbst machen.«

»Schon okay.« Ich freue mich, ihn zu sehen, aber die Anwesenheit der fremden Frau irritiert mich. Sie dreht sich langsam im Kreis, nimmt alles in dem Raum genau wahr und atmet tief durch.

Als Dad meine Verwirrung bemerkt, klatscht er so unvermittelt in die Hände, dass ich erschrocken zusammenzucke.

»Nina, ich möchte dir Simone vorstellen. Simone, das ist meine Tochter Nina.«

Simone sieht aus, als komme sie geradewegs aus einem Wahrsagezelt, wo sie anderen Menschen die Zukunft vorhersagt. Sie trägt einen langen, fließenden Wollponcho mit vielen bunten Troddeln und hinter einer großen, orange gerahmten Brille blickt sie mich aus kajalumrandeten Augen an. Ihr braunes Haar hat sie locker mit einem Schal zusammengefasst und ihre großen, baumelnden Ohrringe schwingen bei jeder Bewegung hin und her.

»Ja, das ist ein guter Ort«, sagt sie und nickt nachdrücklich.

»Das ist meine Überraschung für dich, Nina! Simone ist eine der besten Musik-Coaches des Landes. Sie hat mit allen berühmten Popstars gearbeitet«, verkündet Dad stolz, während er auf sein Handy blickt. »Sie wird dir bei deiner Vorbereitung für das Konzert helfen.«

»Sie wird *was?* Entschuldigung, ich meine...«, sage ich und wende mich an sie. »Sie wollen mir helfen?«

»Dein Vater denkt, dass du etwas Unterstützung beim Erklimmen der Karriereleiter brauchst«, sagt sie und fuchtelt dabei so energisch mit den Armen, dass ich ausweichen muss, um keinen Schlag ins Gesicht zu bekommen. »Ich bin diejenige, die dich an die Spitze bringt. Egal, an welchen berühmten Popstar du denkst, ich war die, die ihn erst berühmt gemacht hat.«

»Ähm... okay« Ich blicke Hilfe suchend zu Dad, doch der ist mit seinem Handy beschäftigt.

»Lass uns mit dem Zwerchfell anfangen. Wenn du wie eine Göttin singen willst, musst du zuerst einmal wie eine Göttin atmen«, ruft sie überschwänglich und segelt in die Mitte des Raums.

»Ich singe aber nicht.«

»O doch, das wirst du«, sagt sie und schließt die Augen. Dann holt sie tief Luft. »Das wirst du.«

»Nein, tut mir leid, aber das muss ein Irrtum sein.« Ich lache nervös. »Ich bin Pianistin und keine Sängerin. Ich werde beim Konzert Klavier spielen.«

»Nina, wenn du zu den Gewinnern zählen willst, musst du lernen, anders zu denken«, erklärt Dad. Er fährt sich mit den Fingern durchs Haar und brüllt ins Telefon: »WARUM hat niemand in meinem Büro das Zeug dazu, auch mal die Initiative zu ergreifen?«

»Dad, wovon redest du?« Ich trete einen Schritt zurück, als Simone sich, eine Art Singsang vor sich hin murmelnd, vornüberbeugt, bis ihre Hände fast die Füße berühren.

Er schaut von seinem Handy auf und deutet auf Simone. »So wirst du nicht nur die Konkurrenz schlagen, sondern auch dein Lampenfieber überwinden. Mit Simone kriegst du das hin. Du bist nicht nur eine Pianistin, du bist das *Gesamtpaket*. Eine Sängerin und Songschreiberin. Tolle Idee, was?« Er tippt mit dem Finger gegen seine Schläfe, zufrieden mit sich und seiner Idee.

»Nein, das ist gar nicht toll«, erwidere ich panisch. »Hör mal, Dad, ich bin wirklich keine Sängerin. Und selbst wenn ich eine wäre, ich kann nicht einmal Klavier vor Publikum spielen – wie kommst du darauf, ich könnte vor Zuschauern singen?«

»Darum habe ich Simone hergeholt.« Dad legt seine Hände auf meine Schultern. »Befolge ihre Anweisungen. Dann werden die Talentscouts nicht wissen, wie ihnen geschieht.«

»Welche Talentscouts?«

»Das ist der zweite Teil der Überraschung.« Er grinst. »Beim Konzert werden Talentscouts unter den Zuschauern sein. Sie kommen, um dich zu sehen. Es ist bereits alles arrangiert, du musst dir keine Sorgen machen – konzentrier dich nur auf dich. Oh, da fällt mir ein, wann geht dein YouTube-Kanal online? Ich habe dir die Kamera ja aus gutem Grund geschenkt.«

Ich starre ihn entsetzt an, während er sich bereits wieder seinem Handy widmet. *Talentscouts* im Publikum. Als wäre ich nicht schon nervös genug. Jetzt muss ich mich auch noch vor Talentscouts beweisen? Dafür bin ich noch nicht bereit.

»Dad, ich glaube nicht –«

»Ah, da muss ich rangehen«, sagt er entschuldigend und hält sein Handy hoch, um mir den eingehenden Anruf zu zeigen. »Ich muss los. Viel Spaß! Ich ruf dich morgen an. Dann kannst du mir erzählen, wie es war.«

»Moment mal, du gehst? Ich dachte, wir verbringen den Abend zusammen?«

»Die Arbeit ruft – aber du bist ja in guten Händen.« Mit einem aufmunternden Lächeln drückt er meinen Arm. »Simone ist genau das, was du brauchst, um den Ball ins Rollen zu bringen. Ah …« Das Handyklingeln hört kurz auf und setzt sofort wieder ein. »Diesen Anruf muss ich jetzt wirklich annehmen. Viel Glück, Nina!«

»Warte, Dad –«

Doch er nimmt das Gespräch entgegen und verlässt den Raum.

Simone fordert mich auf, mich gegenüber von ihr hinzustellen und alles nachzumachen, was sie mir zeigt. Sie hebt die Arme über den Kopf, streckt die Finger, beugt den Oberkörper vor und schwingt die Arme von einer Seite zur anderen. Da ich nicht weiß, was ich tun soll, mache ich einfach mit.

Während ich vornübergebeugt dastehe, den Kopf auf Kniehöhe, und die Arme von links nach rechts schwinge, höre ich ein lautes Glucksen an der Tür. Aus den Augenwinkeln sehe ich Jordan, der durchs Fenster schaut und so sehr lacht, dass er sich die Tränen aus den Augen wischen muss. Ich richte mich sofort auf, aber es ist zu spät. Damit, dass er mich auslacht, ist die Sache nicht ausgestanden, das weiß ich genau. Ich schlage die Hände vors Gesicht, so sehr graut mir vor morgen.

Und ich habe allen Ernstes gedacht, es könnte nicht schlimmer werden!

KAPITEL SECHZEHN

Nancy

Eine Kuh starrt mich äußerst misstrauisch an.

»Täusche ich mich oder ist die Kuh drauf und dran, auf mich loszugehen?«, frage ich nervös. »So, wie die mich anglotzt, werden wir wohl keine Freunde mehr.«

»Du verwechselst das mit Bullen«, entgegnet Miles lachend. Er streckt seine Hand aus und hilft mir, über eine Pfütze zu springen. »Die Kuh steht friedlich auf der Wiese und du tapst mitten durch ihr Reich. Kein Wunder, dass sie dich anglotzt.«

»Ich würde nicht über ihre Wiese tapsen, wenn du mir mein Handy geben würdest und ich auf der Karte nachschauen könnte«, fauche ich, die Hände in die Hüften gestützt. »Du bist schuld, dass wir uns verlaufen haben.«

»Eine Wanderung macht nur Spaß, wenn man sich nicht an die Straßen und Wege hält.« Miles wirft die Hände hoch und grinst. »Das ist doch der Sinn der Sache. Frische Luft und echte Wiesen.«

Amüsiert schaut er mir dabei zu, wie ich vorsichtig einen Bogen um die nächste Schlammpfütze mache.

»Du weißt aber schon, dass Stiefel dazu da sind, durch Pfützen zu laufen, oder? Sie sind wasserfest. Sie sind dafür gemacht, dass man durch kleine Wasserlachen platscht, ohne nasse Füße zu bekommen«, erklärt er mir.

»Warum sind hier so viele Pfützen?«, frage ich, ohne auf seine Belehrungen einzugehen. »In der letzten Nacht muss es ganz schön geregnet haben. Ich hab doch gesagt, wir hätten in ein nettes, gemütliches Café oder in eine Milchbar gehen sollen. Wir wären drinnen, hätten es schön warm und müssten uns nicht von schlecht gelaunten Kühen anstarren lassen.«

»Und ich hätte verpasst, dich jedes Mal beim Anblick eines Tiers in freier Natur laut kreischen zu hören«, meint Miles lachend. »Niemals! Hierher zu kommen, war meine beste Idee seit Langem.«

Als Miles angerufen und gefragt hat, ob wir die Wanderung durch Norfolk machen, von der Mum ihm vor einigen Wochen im Geschäft vorgeschwärmt hatte, dachte ich, er macht Witze. Aber dann stand er am Bahnhof vor mir, ausgerüstet mit Gummistiefeln, bereit für ein echtes »Outdoor-Erlebnis«. Ich habe versucht, es ihm auszureden, aber er war fest entschlossen, und jetzt sind wir hier, mitten im Nirgendwo. Vor einer Stunde, als er mitten durch den Wald wollte, obwohl der Pfad auf dem Navi des Handys nicht eingezeichnet war, hat er strenge Verbotsregeln aufgestellt. Er hat mir mein Handy weggenommen und gesagt, dass wir uns heute einfach von unseren Instinkten leiten lassen sollten und nicht von irgendwelchen digitalen Landkarten. Das hat uns von dem Waldweg zu einem anderen völlig überwucherten Pfad geführt, und von dort zu einer großen

Wiese und von der großen Wiese zu einer anderen Wiese und schließlich zu dieser Weide hier.

Inzwischen bin ich in einem Stadium, in dem mir Wiesen und Felder gewaltig auf die Nerven gehen.

»Wie schön, dass du dich amüsierst«, knurre ich missmutig, während ich über ein Grasbüschel stolpere und mich bemühe, nicht das Gleichgewicht zu verlieren. »Ich dachte nicht, dass ein Popstar gern so sein Wochenende verbringt.«

»Aber genau das habe ich gebraucht. Ich musste mal raus aus London. Dort wird es mir manchmal echt zu eng.«

»Zu eng? Die Stadt ist riesig.«

»Ich weiß.« Er zuckt die Schultern und steckt die Hände in die Taschen. »Ich habe Platz zum Atmen gebraucht. Danke, dass du mich für dieses Wochenende eingeladen hast. Das war sehr nett von dir.«

»Ehrlich gesagt hast du dich irgendwie selbst eingeladen. Aber ich bin froh darüber. Es ist schön, dich wiederzusehen. Die Party ist doch schon eine Weile her.«

Miles nickt und steuert zielstrebig den Holzzaun am Weiderand an. Er schwingt sich hinauf, setzt sich, stützt seine schlammigen Gummistiefel auf der untersten Strebe ab und lässt den Blick schweifen.

»Hey.« Gut gelaunt winkt er mich zu sich. »Was für eine Aussicht.«

»Ich wette, da sind Felder, sonst nichts«, seufze ich, während ich durch den Morast zu ihm stapfe. Ich setze mich neben ihn auf den Zaun und lehne mich gegen einen Pfosten. Ich hatte recht. Außer Feldern ist nichts zu sehen, aber ich muss zugeben, es ist wirklich schön, die Landschaft zu betrachten. Sie ist so friedlich und ruhig – wenn man von dem merkwürdigen Muhen der griesgrämigen Kuh absieht. Schweigend genießen wir eine Weile die Aussicht. Ich weiß, dass er bewusst das Thema Party meidet, und ich will ihn auch nicht drängen. Als ich ihn am Telefon gefragt habe, warum er so dringend mal aus London rausmuss, hat er was von Durchatmen und Den-Kopf-Freibekommen gesagt. Ich habe ihn gefragt, was denn los sei, aber er hat die Sache heruntergespielt.

»Hat es etwas damit zu tun, dass du so früh von der Party verschwunden bist?«, habe ich mich vorgewagt, aber er hat die Frage absichtlich überhört und das Thema gewechselt. Er soll nicht denken, er könne mir nichts anvertrauen. Daher habe ich einen neuen Versuch gestartet, als er sich noch einmal dafür bedankt hat, dass er am Wochenende nach Norfolk kommen kann.

»Kein Problem«, habe ich geantwortet und so getan, als würde ich nicht vor Aufregung durchs Zimmer tanzen. »Solange es für alle okay ist, wenn du einen Tag lang nicht in London bist? Ich meine, solange sich nicht jemand Bestimmtes darüber ärgert.«

»Wer sollte sich denn ärgern, wenn ich mal einen Tag nicht in London verbringe?«, hat er verwundert gefragt.

»Na ja, keine Ahnung, vielleicht deine Freundin oder so.«

In meinem Kopf hatte sich das ziemlich cool und lässig angehört, wie eine beiläufige Bemerkung, mehr nicht. Keine große Sache, eine ganz normale Frage. Kaum hatte ich die Worte gesagt, bereute ich sie. Es war so was von klar, worauf meine Frage abzielte, und als ich begriff, wie sich das für ihn anhören musste, begann mein Hirn zu rotieren, und ich sagte Dinge, die keinerlei Sinn ergaben, was die Sache noch zehnmal schlimmer machte.

»Oder deine Familie. Freundin oder Familie. Oder Freunde. Jemand, mit dem du schon Wochenendpläne gemacht hast. Ich meine, das macht man doch so. Pläne fürs Wochenende. Also, nicht du speziell, obwohl ich sicher bin, dass du auch Pläne machst. Alle Leute planen ihre Wochenenden, mit Freunden oder der Familie oder Freundinnen. Wenn man welche hat. Ich mache zum Beispiel Pläne mit Mum und Nina oder Jimmy, und wenn ich einen ganzen Tag weg bin, so wie du es planst, würden sie sich fragen, wo ich stecke. Ich frage nur, falls es jemanden gibt, der sich fragt, wo du steckst.«

Ich habe Luft geholt und mich gefragt, welchen Schwachsinn ich da plappere.

»Ich habe keine Freundin«, hat er ruhig geantwortet.

Und dann hat er über etwas anderes gesprochen, als hätte ich nicht soeben die idiotischste Rede aller Zeiten gehalten.

Ich bin jedenfalls froh, dass mein Wortschwall ihn nicht abgeschreckt hat und er jetzt hier ist.

»Es muss großartig gewesen sein, hier aufzuwachsen«, sagt er nachdenklich und streicht sich die Haare aus den Augen.

Ich weiß nicht, warum, aber die Art, wie er das sagt, ist hinreißend. Ich merke erst, dass ich ihn anstarre und seine dichten dunklen Haare und sein hübsches Profil bewundere, als er sich zu mir dreht und meinen Blick auffängt. Sofort schaue ich weg über die Felder und tue so, als würde ich die Landschaft bewundern und nicht vor Verlegenheit knallrot werden, weil er mich beim Schmachten ertappt hat.

»Unternimmst du oft Spaziergänge?«, fragt er.

»Ähm, ja, früher schon. Mum war ganz versessen aufs Wandern, als wir hergezogen sind. Ich glaube, es war eine gute Ablenkung für sie, um über Dad hinwegzukommen. Wir haben viel Zeit damit verbracht, querfeldein zu marschieren, um Mum ein wenig aufzuheitern und nicht dauernd an Dad zu denken.«

»Ach ja, wie läuft's mit deinem Dad?«

Ich zucke mit den Schultern. »Nicht so toll.«

»Hast du ihn inzwischen gesehen?«

»Ich nicht, aber Nina. Sie sieht ihn jedes Wochenende. Er hilft ihr bei der Verwirklichung ihrer Träume.«

Ich starre auf meine Stiefel und versuche, die Schlammklumpen wegzukicken.

»Willst du ihn nicht sehen?«, fragt Miles behutsam.

»Ich hatte bisher nicht die Chance dazu. Keine Ahnung. Eigentlich sollte es mich nicht wundern, aber er macht es sich wirklich sehr leicht. Nina ist jedes Wochenende in London, also stürzt er sich voll auf sie. Er weiß, dass sie liebenswürdig ist und ihn bewundert, egal was er in der Vergangenheit getan hat. Sie hat ihn schon immer auf ein Podest gestellt.«

»Hast du mal gefragt, ob du mitkommen kannst?«, bohrt Miles nach. »Vielleicht kann Nina ihn bitten, nicht immer aufzutauchen, wann es ihm gerade in den Kram passt, sondern lieber etwas Richtiges zu organisieren, damit du auch dabei sein kannst.«

»Das hat sie vorgeschlagen, aber ich habe das Gefühl, er ist nicht besonders scharf darauf. Ich würde ihnen ihre tolle gemeinsame Zeit verderben.«

Miles runzelt die Stirn. »Das kann ich nicht glauben.«

»Warum lässt er sich dann nicht mal hier blicken? Er hat sich kein bisschen um mich bemüht, aber Nina kauft er eine teure Kamera. Und er engagiert eine Gesangslehrerin für sie. Ich wette, er weiß von meiner Website, aber für mich rührt er keinen Finger.«

»Jetzt mal langsam«, sagt Miles. »Was meinst du mit Gesangslehrerin? Nina singt doch gar nicht, oder?«

»Dad findet es gut, wenn sie mehr als ein Eisen im Feuer hat«, erkläre ich ihm und verdrehe dabei die Augen. »Er glaubt, auf diese Weise die Talentscouts beeindrucken zu können, die er für das Konzert eingeladen hat. Bisher dachte ich, Nina muss die Guildhall-Lehrer überzeugen, nicht irgendwelche Scouts. Ach, ich weiß nicht. Und als ich gesagt habe, sie soll nicht erzählen, was Dad denkt, sondern was *sie* denkt, ist sie ganz still geworden. Ich weiß genau, dass sie damit nicht glücklich ist.«

»Sie sollte es ihm sagen«, meint Miles ernst. »Sie ist gut genug, um zu gewinnen, ohne ein zusätzliches Eisen im Feuer zu haben, wie du es genannt hast.«

»Genau das denke ich auch, aber Nina scheint nicht daran zu glauben. Sie glaubt, Dad weiß es am besten. Sie haben ihre eigene kleine Musik-Bubble und ich sitze hier fest. Ich muss draußen bleiben.«

Ein Dreckklumpen fliegt weg, als ich wieder mit dem Stiefel gegen den Zaun trete.

»Du sitzt hier nicht fest«, widerspricht Miles sanft. »Und du musst auch nicht draußen bleiben. Du hast deine Mum und Nina. Und mich. Du hast viele andere Bubbles, in denen du sein kannst.«

Ich muss lachen. »Ja, so kann man es wohl auch sehen.«

»Wie geht es deiner Mum damit, dass Nina so viel Zeit mit ihrem Dad verbringt?«

»Ich vermute, es stört sie mehr, als sie zugibt. Und ich weiß, sie ärgert sich sehr darüber, dass er bei mir nicht die gleichen Anstrengungen unternimmt wie bei Nina. Andauernd fragt sie mich, ob ich darüber reden will und wie ich mich fühle, bla, bla, bla. Wenigstens hat sie jemanden, mit dem sie ausgeht. Der Typ scheint sie sehr glücklich zu machen.«

»Du kennst ihn noch gar nicht?«

Ich schüttle den Kopf. »Sie tut sehr geheimnisvoll, aber ich bin sicher, sie wird uns von ihm erzählen, wenn sie so weit ist. Ich kann es kaum erwarten, zu sehen, ob er alle Kriterien erfüllt.«

Miles verzieht das Gesicht und gluckst in sich hinein.

»Was ist? Was machst du für ein Gesicht?«

»Ich stelle mir gerade vor, wie du dich mit einem Klemmbrett in der Hand vor ihn hinstellst und deine Liste mit Kriterien Punkt für Punkt durchgehst und Häkchen machst.« Er lacht.

»Würdest du das nicht auch machen, wenn es deine Mutter wäre?«, verteidige ich mich. »Mum verdient nur das Allerbeste. Der neue Mann muss perfekt sein. Obwohl ich es schön finde, dass sie überhaupt jemanden datet. Das hat sie nicht mehr, seit wir hierhergezogen sind.«

»Weil sie zu beschäftigt damit war, mit dir und Nina über Stock und Stein zu wandern?«

»So was in der Art.«

Ich muss lächeln, als ganz unvermittelt eine Erinnerung in mir aufsteigt. Miles knufft mich.

»Was ist? Woran denkst du?«

»Nein ... es ist albern.«

»Nun sag schon.«

»Es ist ... na ja, als wir neu hierhergekommen sind, war Mum an manchen Tagen verständlicherweise ziemlich down. Sie war unglaublich tapfer und hat versucht, sich nicht unterkriegen zu lassen, aber dann hat irgendetwas sie an Dad erinnert, und plötzlich hatte sie diesen ganz bestimmten Gesichtsausdruck. Ich habe es gehasst, wenn sie so niedergeschlagen war. Nina ist wie Mum. Wenn die beiden traurig sind, legt sich ein Schatten auf ihre Gesichter.«

»Und du hast diesen Ausdruck nicht?«, fragt er neugierig.

»Sie grübeln zu viel«, erkläre ich ihm. »Mum und Nina, meine ich. Egal. Ich weiß jedenfalls noch genau, wie Mum ausgesehen hat, wenn eine Blume sie an Dad erinnert hat, weil er ihr irgendwann mal so eine geschenkt hat ... Du weißt schon, so was halt. Und wenn Mum traurig war, ist auch Nina traurig geworden. Also habe ich ... etwas total Blödes gemacht, um sie aufzuheitern.«

»Jaaaa? Und was war das?«

Lachend schlage ich die Hände vors Gesicht. »Ich glaub's nicht. Ich bin tatsächlich kurz davor, es dir zu erzählen.«

»Kneifen gilt nicht. Ich platze vor Neugier«, sagt er. »Komm schon, Nancy. Was hast du gemacht, um sie aufzuheitern?«

Ich hole tief Luft. »Ich bin über die Wiese gerannt und habe so getan, als wäre ich Maria aus *The Sound of Music*. Du kennst doch die Stelle am Anfang, wo sie über die Hügel läuft. Das ist so bescheuert, aber die beiden haben jedes Mal gelacht. Es hat immer funktioniert. Seit Jahren habe ich nicht mehr daran gedacht, aber jetzt sehe ich mich, wie ich durchs Gras laufe und aus vollem Hals ›The hills are alive‹ singe.«

»Verstehe.« Miles' dunkle Augen glänzen. »Besteht die Chance, dass du es mir vorführst?«

»Nein, das kannst du vergessen.« Ich strecke die Hand aus und blicke prüfend zum Himmel. »Ich glaube, es fängt an zu regnen. Ich habe schon einen Tropfen abbekommen. Wir sollten uns auf den Rückweg machen.«

»Ach, komm schon! Du kannst mich nicht mit deiner Maria-aus-Sound-of-Music-Sache neugierig machen und dann kneifen.«

»Doch, das kann ich. Und ich führe es dir *garantiert nicht* vor.«

»Dann kann ich es mir aber gar nicht vorstellen.«

»Doch, das kannst du.«

»Ich brauche eine Aufheiterung.«

»Nein, brauchst du nicht.«

»Ich grüble. Mein Gesicht überziehen tiefe Schatten, nichts kann mich aufmuntern außer der Song aus *The Sound of Music*. In der Hauptrolle Miss Nancy Palmer, die im kommenden Frühjahr am West End zu bewundern sein wird.«

»Netter Versuch, Miles, aber das wird nicht passieren«, bleibe ich stur.

»Warum nicht? Ist es dir peinlich? Vorschlag: Ich mache den Anfang, und du stimmst mit ein, wann immer du willst.«

»Was? Niemals!«

»Ich gebe den ersten Ton vor und du singst die Harmonien mit.«

»Miles! Ich singe nicht irgendwelche Harmonien mit. He, was machst du da?«

Er hüpft vom Zaun und stellt sich in Positur.

»Ich versetze mich in die Figur hinein. Du hast sicher nicht nur gesungen, sondern auch getanzt, oder? Du hast gesagt, dass du genauso über die Wiese gerannt bist, wie Maria über die Hügel gerannt ist.«

»Hätte ich es dir nur nicht erzählt!«, stöhne ich entnervt.

Miles räuspert sich entschlossen.

»Es fängt wirklich an zu regnen. Diesmal habe ich den Regentropfen ganz deutlich gespürt. Was machst du? Ich werde nicht …«

Bevor ich meinen Satz zu Ende sprechen kann, breitet Miles die Arme aus und grölt »The hills are aliiiiiive …«. Er fängt an, im Kreis über die Wiese zu rennen, und ich falle fast rückwärts vom Zaun, so sehr muss ich lachen.

»Komm«, sagt er grinsend und bleibt stehen. »Lass mich deine wunderschöne Stimme hören!«

»Du bist irre!«, sage ich und schnappe nach Luft, während Miles völlig ungerührt die zweite Liedzeile anstimmt und wieder im Kreis herumrennt.

Als eine Kuh anfängt zu muhen, passend zu seinem schrägen Gesang, kriege ich einen Lachkrampf, dass ich mir den Bauch halten muss. Jetzt regnet es tatsächlich, aber das stört uns nicht.

»Weil du dich so anstellst, müssen die Kühe den Backgroundchor übernehmen«, sagt er und kommt wieder zu mir. »Nebenbei bemerkt, Maria muss ziemlich fit gewesen sein, wenn sie singen und gleichzeitig rennen konnte.«

»Das war wunderschön«, sage ich und applaudiere, als er sich vor mir verbeugt. »Wirklich, so etwas habe ich noch nie gesehen.«

»Tja, du hattest recht mit dem Regen, und du hattest recht, dass man als Maria die Leute zum Lachen bringen kann«, sagt er, als er sieht, wie ich mir mit dem Jackenärmel die Lachtränen aus den Augen wische. »Es funktioniert tatsächlich.«

»Und ich dachte, du bist nur der Drummer von Chasing Chords. Ich hatte ja keine Ahnung, was für ein Gesangstalent in dir schlummert.«

»Ja, ich halte mich da SEHR bedeckt«, sagt er und stützt sich mit den Armen auf den Zaun. »Den Ruhm als Sänger überlasse ich Chase.«

Mir fällt auf, wie sich seine Miene bei der Erwähnung von Chase verändert. Plötzlich wirkt er angespannt, als erinnere er sich gerade an etwas. Er schlägt seinen Jackenkragen hoch.

»Alles okay?«, frage ich. »Willst du lieber ins Trockene?«

Er zieht die Augenbrauen hoch. »Es nieselt ja nur ganz leicht. Ich spür den Regen kaum.«

»Also, falls du nur traurig schaust, damit ich deine hervorragende Performance nachahme, muss ich deine Hoffnungen leider enttäuschen.«

Er lächelt zu mir hoch und stützt sein Kinn auf die Hände. »Also gut, diesmal lass ich dich davonkommen«, sagt er. »Es ist sehr süß, dass du deine Mum so aufgeheitert hast. Sie hat es bestimmt sehr geliebt.«

»Ich habe es auch gemacht, wenn sie sauer auf mich war.
Wenn sie über eine schlechte Note geschimpft hat oder so.
Dann habe ich angefangen zu singen und herumzurennen,
egal ob wir zu Hause waren oder unterwegs.«

»Also war das nicht nur auf die Schlammfelder von Norfolk begrenzt?«

»Nö... Ich weiß noch, wie sie einmal wütend auf mich
war, weil ich den Unterricht geschwänzt habe. Als sie angefangen hat zu schimpfen, habe ich mich in Maria verwandelt. Ich bin mitten durchs Einkaufszentrum gerannt
und habe von den Hügeln gesungen. Die anderen Kunden
waren so begeistert, dass Mum nicht länger böse auf mich
sein konnte. Ich war einfach hinreißend.«

Er lacht. »Das ist genial. Musik und öffentliche Bloßstellung. Bei dieser Kombination kann einem niemand lange
böse sein.«

Mein Handy summt in seiner Jackentasche. Ich sehe ihn
flehentlich an.

»Was, wenn die Nachricht wichtig ist? Vielleicht ist sie von
Nina! Bitte, ich verspreche dir, ich werde keinen Blick auf
die Landkarte werfen, und wir können uns nachher noch
verlaufen, sooft wir wollen, auch wenn es bald schüttet.«

»Also gut«, sagt er und gibt mir mein Handy.

Ich stöhne auf, als ich sehe, dass die Nachricht von Layla
ist.

Kleine Erinnerung an das versprochene Update heute! Wir brauchen Stoff, richtig guten.
Und zwar SCHNELL. Jimmys Website über-
holt uns. DAS DARF NICHT PASSIEREN!

»Was ist los?«, fragt Miles, als ich ihm bereitwillig mein Handy zurückgebe.

»Layla nervt wegen der Website. Meine Tyler-Story ist schon alt und ich kann nichts Vergleichbares nachschieben. Unsere Klickzahlen sind im Sinkflug und das ist meine Schuld. Mir fällt einfach nichts ein. Das stresst mich ohne Ende.«

»Warum schreibst du nicht über die Straßenmusikanten am Bahnhof, an denen wir vorbeigekommen sind? Du hast selbst gesagt, wie viel Freude sie den Passanten machen und so weiter. Wäre das kein interessantes Thema?«

»Ich glaube nicht, dass das der Bringer wäre.«

»Dann schreib, was Musik dir ganz persönlich bedeutet«, schlägt er vor. »Darüber, wie sie die Menschen zusammenbringt.«

»Ich kann mir nicht vorstellen, dass das jemand lesen möchte. Die Leute sind scharf auf alles, was mit Promis zu tun hat«, erkläre ich ihm. »Ich muss etwas finden, womit *Glanz und Glamour* den Wettbewerb gewinnt. Sonst ist alles futsch und ich stehe wieder mit leeren Händen da. Das ist genau der Grund, warum Dad sich nicht für mich interessiert und Nina die Zwillingsschwester ist, die andere gernhaben.«

»Wie bitte?« Miles blinzelt verwirrt. »Das musst du mir jetzt aber mal erklären.«

»Was kann ich denn schon? Nur das, sonst nichts. Ich habe etwas gefunden, bei dem ich richtig gut bin. Die Leute sind endlich auf mich aufmerksam geworden. Aber seit der Tyler-Story habe ich nichts mehr zustande gebracht und die ersten verlieren bereits wieder das Interesse. Nächste Woche ist die Entscheidung. Dann ist es vorbei. Game over.«

»Versteh ich dich richtig? Du brauchst eine neue Story, damit alles wieder besser für dich läuft?«

»Ja. Du hast nicht zufällig Musikfreunde, die mir einen neuen, großen Exklusivbericht verschaffen können?«, frage ich hoffnungsvoll.

»Habe ich. Ja, ganz im Ernst. Ich hab einen echten Knüller!«

Bei dem Gedanken, dass er mir helfen kann, fängt mein Puls an zu jagen. Er hält mein Handy in meine Richtung und fängt an zu filmen.

»Das ist EXKLUSIV und nur für dich! Nancy Palmer, DIE Nancy Palmer, hat einen unfassbar gut aussehenden Drummer gekidnappt und hält ihn als Geisel, irgendwo auf den UNENDLICHEN Weiten einer Kuhweide. Nancy, hast du eine Stellungnahme abzugeben?«

Ich kneife die Augen zusammen, während er einen Daumen hochstreckt.

»Bereit für ein Close-up? Ich zoome jetzt auf dein Gesicht!«, flüstert er laut. »Sag was.«

»Es regnet auf mein Handy. Tu es weg.«

Miles schnappt dramatisch nach Luft, bevor er die Kamera auf Selfie-Modus stellt und sich selbst filmt.

»Nancy steckt wirklich voller Geheimnisse. Werde ich lebend hier wegkommen?«

Ich hüpfe vom Zaun und stelle mich neben ihn.

»Die Wahrheit ist, dass Miles MICH gekidnappt hat, eine unschuldige Bürgerin, die jetzt noch nicht einmal auf die Landkarte schauen darf, um den NACHHAUSEWEG zu finden, bevor wir pitschnass werden.«

Er zieht eine Augenbraue hoch und blickt betont misstrauisch in die Kamera. »Werden wir je die Wahrheit erfahren?«

»Okay, hör auf. Du hast deinen Standpunkt deutlich gemacht, wirklich zum Totlachen. Jetzt habe ich dieses dämliche Video auf meinem Handy, das auch noch viel Speicherplatz belegt. Ich dachte, du hättest eine RICHTIGE Story für mich.«

»Moment, eins noch«, sagt er, als ich nach meinem Handy greifen will. »Du Spielverderberin. Ich möchte das, was ich noch zu sagen habe, auf dem Video haben.«

»Ach ja? Und was soll das sein? Eine weitere Exklusiv-Story über schlammige Stiefel oder so?«

»Nein«, sagt er plötzlich sehr ernst. »Es geht um das, was du über Nina gesagt hast. Es stimmt nicht. Sie ist nicht die einzige Zwillingsschwester, die andere gernhaben.«

Unsere Blicke treffen sich und er lächelt mich auf diese ganz besondere Weise an. Das Lächeln lässt meinen Magen Purzelbäume schlagen und mein Herz pochen.

Er kommt näher und beugt sich, ohne zu zögern, zu mir herunter und küsst mich.

KAPITEL SIEBZEHN

Nina

»Darf ich ehrlich zu dir sein?«, fragt Jimmy.

Ich hebe den Kopf, den ich nur ganz kurz auf die Klaviertasten gelegt habe, und richte meinen Blick auf Jimmy, der mich von meinem Handy-Bildschirm aus anschaut.

»Wieso nicht? Ich bin in einem Stadium, in dem ich nichts mehr zu verlieren habe. Also, schieß los.«

»Okay.« Er holt tief Luft. »Du brauchst eine Pause.«

»Jimmy«, stöhne ich. »Das ist das LETZTE, was ich brauche. Es ist noch so viel zu tun. Ich kann jetzt keine Pause machen.«

»Doch, das kannst du. Du musst sogar. Erinnerst du dich an die Englischprüfung letztes Jahr? Für die ich so viel gelernt habe, nur um sie dann zu vermasseln, weil ich total müde und energielos war? Du siehst so aus wie ich damals: einfach nur schrecklich, wenn ich das sagen darf.«

»Vielleicht hätte ich dir doch nicht erlauben sollen, ehrlich zu sein.«

»Ich wäre auf jeden Fall ehrlich gewesen, ob du es mir

erlaubt hättest oder nicht«, sagt er grinsend. »Außerdem hast du mich zu einer idiotisch frühen Zeit aufgeweckt. Also erwarte bitte nicht, dass ich so früh am Morgen nett zu dir bin.«

»Es ist acht Uhr.«

»Es ist Samstag. Und wir telefonieren seit vierzig Minuten. Aber ich verzeihe dir. Ich muss meine Website vor dem Ende der Stimmabgabe noch ein letztes Mal aufpeppen. Hast du eigentlich schon gewählt?«

»Nein.«

»Warum nicht? Es ist ganz leicht, Nina – der Link steht nicht nur in der Rundmail, die an alle verschickt worden ist, sondern auch auf der Schul-Homepage. Du musst nur draufklicken und schon bis du auf der Seite für die Stimmabgabe.«

»Das Problem ist nicht der Wahlvorgang an sich.«

»Erklär mir nicht, dass persönliche Bindungen dein unparteiisches Urteilsvermögen trüben«, sagt er und sieht mich aus dem Handy heraus streng an.

»Was soll ich tun, Jimmy? Mich für dich entscheiden oder für Nancy?«

»Ja, genau. So wie alle anderen auch. Und ich kann nur hoffen, dass alle aufgrund von Inhalten und genereller Qualität der Website entscheiden und nicht aufgrund von persönlicher Beliebtheit.« Er zieht die Augenbrauen zusammen und seufzt. »Sonst habe ich keine Chance. Die Website meiner Konkurrentinnen ist nämlich nicht nur ziemlich gut. Vor allem sind Layla, Sophie und Nancy auch die VIPs unserer Schule. Ich könnte schwören, dass neulich jemand nach Luft geschnappt hat, als Nancy vorbeigegangen ist. Wie kann ich dagegen anstinken? Bei mir schnappt niemand nach Luft, wenn ich vorbeigehe.«

»Das kann ich nicht glauben. Aber wenn du möchtest, werde ich in Zukunft nach Luft schnappen, wenn du an mir vorbeigehst«, erwidere ich und unterdrücke ein Gähnen. »Und deine Website ist großartig. Das wird ein knappes Rennen.«

Nancy war nicht sicher, ob *Glanz und Glamour* es bei der starken Konkurrenz in die Endrunde schaffen würde. Und es ist ihr nicht gelungen, in letzter Minute noch eine heiße Story herauszubringen, sosehr sie sich auch bemüht hat. Inzwischen sind die Klickzahlen ihrer Website deutlich niedriger als am Anfang, was bei der Jury sicher keinen guten Eindruck macht. Jimmys Klickzahlen sind dagegen, sehr zu seiner eigenen Überraschung, stetig angestiegen. In dieser Woche hat die Schule bekannt gegeben, dass die vegetarische Auswahl für das Mittagessen als Reaktion auf seine Petition erweitert wird. Er hat mit seiner Website also tatsächlich schon etwas bewirkt.

Das bedeutet nicht, dass Nancys Website nicht gut ist. Das ist sie. Layla und Sophie haben Nancy bestürmt, sie soll weiteren Tratsch aus der Musikwelt beisteuern, aber das hat die Website meiner Meinung nach gar nicht nötig. Die Vlogs und Artikel, die Nancy neben allem anderen hochgeladen hat, sind hervorragend – ihr Schreibstil ist einzigartig, und sie weiß es nicht einmal. Ich bin mir sicher, ihre Musikkolumne wird eine entscheidende Rolle dabei spielen, wie gut die Jury die Website bewertet. Sie ist so viel besser als der Rest – allein schon, weil ihre Posts wirklich hilfreich sind, wie beispielsweise der, in dem sie über empfehlenswerte Musiktracks schreibt. Erst in dieser Woche hat sie einen Beitrag hochgeladen, was Musik ihr ganz persönlich bedeutet. Er hat mich umgehauen. *Musik beeinflusst uns auf vielerlei Weise,* hat sie am Ende des Artikels geschrieben. *Sie macht uns glücklich, sie macht uns traurig, sie macht, dass wir etwas verstehen, was wir bisher nur gespürt haben, sie gibt uns Hoffnung, wenn wir uns einsam fühlen. Musik erinnert uns daran, dass wir, selbst wenn wir uns abgehängt oder als Außenseiter fühlen, nicht machtlos sind und allein damit fertigwerden müssen. Musik verbindet uns miteinander, ob wir das wollen oder nicht.*

Ich hätte die Sätze gern ausgedruckt und überall im Haus aufgehängt, aber Nancy wollte das nicht. Schließlich haben wir uns darauf geeinigt, dass ich einen Ausdruck machen und ihn neben mein Bett legen darf.

Daher war ich nicht im Geringsten überrascht, als Mrs Smithson die Faust in die Luft stieß und verkündete, dass *Glanz und Glamour* zusammen mit Jimmys Website in die Endauswahl gekommen ist. Die bösen Blicke, die Mrs Smithson Jimmys Klassenleiter diese Woche zugeworfen hat, lassen vermuten, dass die beiden eine Wette laufen haben. Ansonsten würde mir Mrs Smithsons Begeisterung darüber, dass drei ihrer Schülerinnen möglicherweise Praktikumsplätze gewinnen, doch etwas übertrieben erscheinen.

Layla, Sophie und Nancy sind fast durchgedreht, als sie erfahren haben, dass sie in der Endrunde stehen. Alle in der Klasse haben geklatscht und gejubelt. Layla ist aufgestanden und hat Luftküsschen verteilt und Sophie hat einen seltsamen Siegestanz aufgeführt. Nancy hat ausgesehen, als würde sie jeden Augenblick in Tränen ausbrechen. Sie konnte ihr Glück kaum fassen.

»Du kannst es gewinnen!«, habe ich geschrien und sie fest in die Arme genommen.

»Endlich!«, hat sie zurückgeschrien, bevor sie zu Layla und Sophie gerannt ist, um mit ihnen zu kreischen.

Leider bringt mich das in eine schwierige Lage, denn jetzt muss ich entweder für Jimmy oder für Nancy stimmen, und ich weiß einfach nicht, wie ich mich entscheiden soll. Ich hatte gehofft, dass sie mich gar nicht erst fragen. Dann hätte ich mich davor drücken können. Aber natürlich lassen die beiden mich nicht so einfach davonkommen.

»Angesichts der Tatsache, dass du gerade mit mir redest und nicht mit Nancy, schlage ich vor, dass du für mich stimmst. Denn ich bin immer da, wenn du mich brauchst«, meint Jimmy und grinst frech. »Das ist nur fair.«

»Ich habe gerade auch schon mit Nancy geredet«, gebe ich zu. »Sie hatte nicht viel Zeit. Layla hat sie ungefähr eine Million Mal angerufen. Sie will, dass sie sich so schnell wie möglich bei ihr zu Hause treffen.«

»Das bedeutet, sie planen noch einen allerletzten Coup«, erklärt Jimmy. Er setzt sich aufrecht hin und wirkt plötzlich sehr nervös. »Nina, ich muss auflegen. Ich will mich noch bei meinen Lesern für die Unterstützung bedanken und bei der Gelegenheit auflisten, was ich mit meiner Website an der Schule bewirkt habe. Damit alle wissen, wie wichtig es ist, das Projekt weiterzuführen.«

»Gute Idee.«

»Ja, aber vermutlich nützt es nichts. Zum jetzigen Zeitpunkt kann ich nichts anderes tun, als die Leute anzubetteln, dass sie für mich stimmen. Wie ich meine drei Konkurrentinnen kenne, haben sie noch ein Ass im Ärmel.«

»Trotzdem viel Glück.« Ich lächle mein Handy an. »Du verdienst es. Tut mir leid, dass ich mich momentan so rarmache. Aber ich hoffe, du weißt, wie stolz ich auf dich bin.«

»Natürlich«, sagt er. »Und ich auf dich. Oh, und vergiss nicht, eine Pause einzulegen, Nina, sonst brichst du irgendwann zusammen. Du hast viel zu viel um die Ohren. Hast du noch Zeit vor der Unterrichtsstunde bei Caroline?«

»Ja, ein paar Stunden.«

»Gut. Dann geh und mach irgendwas anderes.«

Ich seufze. »Glaubst du wirklich, das hilft?«

»Du hast dich am frühen Morgen ans Klavier gesetzt. Wenn du die knifflige Stelle jetzt noch nicht kannst, wirst du sie auch in den nächsten Stunden nicht hinkriegen. Also gönn dir ein bisschen frische Luft und schau dir ein paar Sehenswürdigkeiten an. Alles, nur nicht am Klavier hocken. Das ist der unprofessionelle Rat deines Nicht-Musiker-Freundes.«

»Danke, Jimmy«, sage ich und winke ihm zu. »Du bist der Beste.«

»Ich weiß«, sagt er und grinst mich an, bevor er auflegt.

Ich nehme meine Jacke und gehe hinaus, denn Jimmy hat recht. Ich muss etwas anderes sehen als diesen Raum, sonst drehe ich noch durch. Ich habe jeden Tag Simones Verrenkungs- und Stimmübungen gemacht, um herauszufinden, ob das, was Dad sagt, tatsächlich in mir steckt.

Tut es nicht. Natürlich nicht. Und das bedeutet, dass ich eine komplette Woche verplempert habe. Mir rennt immer mehr die Zeit davon.

Als ich den Weg zu meinem Zimmer einschlage, treffe ich auf Jordan und James, die gerade die Treppe herunterkommen.

»Na, was machen deine Moves, Nina?« Jordan grinst boshaft, beugt sich übertrieben weit vor und schwingt die Arme von einer Seite zur anderen. »Ist das so richtig? Werde ich so gewinnen?«

»Fällt dir nichts Besseres ein?«, ruft Grace. Sie kommt mit Florence, TJ und Nico die Stufen herunter. »Der Witz ist so was von lahm, Jordan. Du hast uns schon das ganze letzte Wochenende damit genervt und niemandem ein müdes Lachen entlockt. Denk dir mal was Neues aus.«

Mit Genugtuung stelle ich fest, dass Jordans arrogantes Grinsen wie weggewischt ist, während James' Augen strahlen, als er Grace auf sich zukommen sieht.

»Man könnte fast meinen, du fürchtest dich vor Nina«, sagt TJ und lehnt sich gegen das Geländer.

»Ist das ein Scherz oder was?«, fährt Jordan ihn an.

»Wenn es einer ist, dann ist er genauso lustig wie deiner«, murmelt Grace, woraufhin die anderen loskichern.

James lacht auf, aber als er Jordans finstere Miene sieht, verstummt er sofort wieder.

»Angeblich hast du noch immer kein Musikstück fürs Konzert«, wendet sich Jordan wieder an mich. »Die Zeit wird langsam knapp, meinst du nicht auch?«

Er wartet meine Antwort gar nicht mehr ab, sondern drängt sich an mir vorbei und eilt die Treppe hinunter. James winkt Grace linkisch zu, bevor er Jordan widerstrebend folgt.

»Wenn Jordan einen Platz in der Sommerakademie bekommt, ist Musik als Kunstform dem Untergang geweiht«, erklärt Florence kopfschüttelnd. »Alles okay, Nina?«

»Ja. Tut mir leid, dass ihr mir beispringen musstet. Eigentlich müsste ich es selbst schaffen, ihm die Meinung zu sagen. Aber irgendwie gelingt es ihm immer, dass ich mich ganz klein fühle.«

»Ja, das ist eines seiner begrenzten Talente.« Grace zieht die Augenbrauen hoch. »Wann bist du heute aufgestanden? Gehst du mit uns frühstücken?«

Nico lächelt aufmunternd. »Komm doch mit.«

»Ich war schon üben, aber Jimmy, ein guter Freund von mir, hat mich dazu verdonnert, eine Pause zu machen. Daher werde ich mal nach draußen gehen, um den Kopf freizubekommen. Mein Hirn hat einen Knoten. Jordan hat recht, wisst ihr? Ich habe immer noch kein Musikstück. Ist das nicht unglaublich?«

»Nein, überhaupt nicht. Es ist nicht leicht, die richtige Musik für ein Konzert auszuwählen, das für uns so wichtig ist. Der Druck ist riesengroß und dein Freund Jimmy scheint sehr klug zu sein. Du kannst keine Entscheidung treffen, wenn dein Hirn völlig blockiert ist.«

»Falls dich das tröstet, ich habe erst gestern Abend entschieden, was ich spielen werde«, gibt Florence schulterzuckend zu.

»Irgendwelche Tipps?«, frage ich hoffnungsvoll. »Wie habt ihr denn eure Wahl getroffen?«

»Ich habe meine alte Musiklehrerin von der Schule angerufen.« Grace lacht. »Klingt seltsam, ich weiß. Aber sie kennt mich so gut, dass sie mir einen Rat geben konnte. Sie hat mir sehr geholfen. Hast du vielleicht auch so jemanden?«

»Ja, habe ich, meinen Klavierlehrer. Aber ich habe ihm bei meinen Unterrichtsstunden von Guildhall erzählt und er hat kein Wort zu meiner Musikauswahl verloren.«

»Hast du ihn denn gefragt?«, will TJ wissen.

Ich zögere. »Nein, ich glaube nicht. Ich habe ihm nur jede Woche ein neues Stück hingelegt, und er hat mir geholfen, es einzustudieren.«

»Vielleicht denkt er, du möchtest nicht, dass er sich einmischt. Ich finde, du solltest ihn direkt fragen«, sagt Grace. »Meine Lehrerin war zuerst auch erstaunt, als ich zu ihr kam. Aber dann hat sie sich gefreut, mir weiterhelfen zu können. Sie dachte, ich wäre schon ›zu weit oben auf der Leiter‹, um noch Ratschläge von ihr anzunehmen.«

»Ja, einen Versuch ist es wert, danke«, sage ich und überlege im Stillen, ob Mr Rogers schon jemals eine Meinung zu den von mir ausgewählten Stücken geäußert hat.

»Gern geschehen«, sagt Grace und geht mit den anderen Richtung Frühstücksraum. »Viel Glück!«

»Sag uns danach, wie es gelaufen ist«, ruft Florence, als ich die Treppe hinaufeile.

Ich gehe in mein Zimmer, schließe die Tür und lasse mich aufs Bett fallen. Dann rufe ich Mr Rogers an. Erst als ich die Anruftaste schon gedrückt habe, fällt mir ein, dass es noch recht früh ist, um an einem Samstag einen Lehrer anzurufen. Aber als er abhebt, klingt er kein bisschen verärgert.

»Nina?«, fragt er. »Bist du das?«

»Hallo, Mr Rogers, entschuldigen Sie bitte die Störung. Ich habe nicht daran gedacht, wie früh es ist. Soll ich später noch mal anrufen?«

»Nicht nötig, ich bin gerade auf dem Weg zu Neptune Records.«

»Oh! Grüßen Sie bitte Haley von mir.«

»Mach ich«, sagt er. »Also, Nina, was kann ich für dich tun? Möchtest du in dieser Woche eine zusätzliche Unterrichtsstunde?«

»Nein, ich rufe an, weil ich Ihren Rat brauche.«

»Na, dann schieß los, ich höre zu.«

Es sprudelt nur so aus mir heraus. Ich spreche von meinen Schwierigkeiten bei der Auswahl des Musikstücks und denke zuerst, dass es nur darum geht. Doch dann erzähle ich ihm, ohne es zu wollen, von Chase und von Dads Rückkehr, und ehe ich weiß, was ich tue, erzähle ich meinem Klavierlehrer meine ganze Lebensgeschichte an einem Samstagmorgen am Telefon, während er auf dem Weg zum Plattenladen ist.

Er protestiert nicht, und er unterbricht mich kein einziges Mal, um irgendwelche Fragen zu stellen. Geduldig lauscht er meinem Wortschwall.

»Und jetzt komme ich mir so verloren vor«, ende ich meine Lebensbeichte. »Außerdem habe ich immer noch schreckliches Lampenfieber. Chase wollte mir helfen, aber wie Sie wissen, hat er gerade sehr viel um die Ohren. Ich fürchte, ich kann nicht vor Publikum singen. Also werde ich Dad enttäuschen und die Talentscouts haben ihre Zeit verschwendet. Mein ganzes Leben lang habe ich davon geträumt, hier zu sein, und jetzt vergebe ich meine Chance auf den Sommerkurs und alles. Ich bin die schlechteste Schülerin, die Caroline je hatte. Ich weiß nicht, was ich tun soll. Vielleicht ... Vielleicht können Sie mir einen Rat geben, was ich bei dem Konzert spielen soll? Tut mir leid, dass ich Sie nicht schon früher gefragt habe.«

»Du musst dich nicht bei mir entschuldigen, Nina. Es hat Spaß gemacht, mit dir die neuen Stücke einzustudieren. Es ist gut, zu experimentieren und sich aus den vertrauten Ecken herauszuwagen. Statt dir ein bestimmtes Klavierstück zu nennen, würde ich dir lieber eine Frage stellen.«

»Ja?«

»Warum spielst du Klavier?«

»Wie?«

»Warum spielst du Klavier?«, wiederholt er. »Vergiss die Akademie, vergiss Chase, vergiss deinen Dad. Warum kommst du jede Woche zu mir?«

»Ähm. Ich weiß nicht. Das kann ich nicht erklären.«

»Denk nach und versuch's.«

Ich hole tief Luft und formuliere meine Gedanken. »Also, ich habe das Klavier schon immer geliebt, seit ich angefangen habe zu spielen. Ich weiß nicht, es ist ein Teil von mir. Das ist schon immer so gewesen.«

»Genau das dachte ich mir. Und genau das ist es, was du jetzt wissen musst.«

»Mr Rogers.« Ich lege mich zurück auf mein Kissen und reibe mir über die Stirn. »Ich verstehe nicht ganz. Was muss ich wissen?«

»Die Lehrer an der Guildhall sitzen nicht im Konzert, um zu hören, was du kannst. Sie sitzen da, um zu hören, *wer du bist*. Überleg mal, wie viele Hundert Musiker jedes Jahr für diese Kurse vorspielen. Und dann überleg mal, wie viele davon Bachs *Präludium in C* gespielt haben. Es geht nicht darum, die richtigen Tasten anzuschlagen. Es geht um das *Gefühl*. Wie du schon gesagt hast, Klavier spielen und Musik gehören zu dir. Sie machen dich zu dem Menschen, der du bist. Die Lehrer von Guildhall haben das bei deinem Vorspiel offensichtlich erkannt und dich genau aus diesem Grund in den Kurs eingeladen.«

»Als Caroline mich zu dem Bewegungslehrer mitgenommen hat ...«

»Nach dem, was du mir erzählt hast, klingt das für mich, als wollte sie dir damit zeigen, dass du das gleiche Recht hast, auf der Bühne zu sein, wie alle anderen Schüler auch. Und zwar als du selbst. Das ist der Ort, an dem du sein willst. Also entschuldige dich nicht dafür, dass du dort bist. Es ist schwer, sich zu öffnen. Dazu gehört, dass du dich dem Publikum in deiner Verletzlichkeit zeigst. Aber genau darum geht es bei Musik. Caroline hat dir zu verstehen gegeben, dass du dich mit deiner Körpersprache entschuldigst, und zwar allein dafür, dass du da bist, habe ich recht?«

»Ja.« Ich erinnere mich nur zu gut. »Das stimmt.«

»Warum entschuldigst du dich dafür, dass du das tust, was du liebst? Du machst dir so viele Sorgen, was Caroline Morreau, die berühmte Pianistin, von dir denkt, dass du Angst hast, dich auf die Musik einzulassen. Ich glaube, das hat sie gemerkt. Du hast die Noten gespielt, aber du hast nicht mehr gefühlt, worum es dabei geht.«

»War das bei allen Musikstücken, die ich mit Ihnen eingeübt habe, so?«

Am Telefon herrscht einen Augenblick Stille.

»Bei den meisten. Aber, wie ich schon sagte, es ist gut, etwas Neues auszuprobieren, und ich bin sehr stolz, wie sehr du dich technisch weiterentwickelt hast. Ich kenne niemanden, der härter an sich arbeitet als du.«

»Was mache ich denn jetzt?«

»Du verliebst dich wieder ins Klavierspielen«, antwortet er schlicht. »Spiel nicht für andere. Spiel für dich.«

Während ich seine Worte sacken lasse, höre ich im Hintergrund das wunderbar vertraute Geräusch der alten Türglocke von Neptune Records, als er das Geschäft betritt.

»Danke, Mr Rogers«, sage ich und atme tief durch. »Sie haben mir sehr geholfen.«

»Jederzeit gern, Nina. Wir sehen uns nächste Woche.«

»Ja, bis nächste Woche.«

Nachdem ich aufgelegt habe, liege ich eine Minute lang einfach nur da. Ich habe das Gefühl, als hätte jemand eine Decke der inneren Gelassenheit und Ruhe über mich ausgebreitet. Zum ersten Mal seit Wochen ist mein Kopf klar. Ich habe mich so bemüht, gut Klavier zu spielen, dass ich nicht wirklich *gespielt* habe – falls dieser Satz irgendeinen Sinn ergibt.

Die ganze Zeit habe ich versucht, Caroline zu beeindrucken. Dabei hätte ich eigentlich für mich spielen sollen! Ich springe auf, denn ich will jetzt sofort wieder in den Übungsraum. Mit neuem Schwung laufe ich die Treppe hinunter, reiße die Tür auf und –

»Nina!«

Ich renne direkt in Chase hinein, der seine Arme ausstreckt, damit ich nicht stürze.

»Hey!« Ich lache ihn an, denn ich bin noch nie so froh gewesen, in seine funkelnden blauen Augen zu sehen. »Was machst du hier? Ich dachte, wir treffen uns heute Abend.«

300

»Ich wollte es dir persönlich sagen.« Er sieht mich forschend an. »Irgendwas ist anders.«

»Wie meinst du das?«

»Etwas ist anders«, wiederholt er lächelnd. »Du wirkst ... größer. Und dein Gesicht leuchtet und strahlt.«

»Ich komme mir auch größer vor. Und ja, ich leuchte und strahle. Chase, ich hab's. Mr Rogers hat mir die Augen geöffnet darüber, was in mir vorgeht. Ich habe nicht Klavier gespielt.«

Chase runzelt die Stirn. »Du hast ... was?«

»Ich habe nicht *gespielt*.«

»Nina, bist du gestürzt und hast dir den Kopf angeschlagen?« Er geht leicht in die Knie, um in meine Augen zu schauen. »Du hast in den letzten Wochen nichts anderes gemacht, als Klavier zu spielen. Ich wundere mich, dass du dich nicht schon längst in ein Klavier verwandelt hast.«

»Das ist eine lange Geschichte«, erkläre ich ihm. »Aber das ist egal, denn ich weiß jetzt, was ich für das Konzert tun muss, und ich ... Moment mal. Was wolltest du mir unbedingt persönlich sagen?«

»Hm?«

»Als ich dich gefragt habe, was du hier machst, hast du geantwortet, dass du es mir lieber persönlich sagen willst. Was hast du damit gemeint?«

»Ach so, ja.« Er tritt von einem Bein aufs andere. »Ich dachte mir, ich komme vormittags kurz vorbei, weil ... Ich möchte unser Date heute Abend genießen und es nicht ruinieren. Also erzähle ich es dir lieber jetzt. Dann kannst du den ganzen Tag über sauer sein und mir bis zum Abend wieder verzeihen.«

»Okaaay? Das hört sich nicht gut an.«

»Nina, wir verkünden in Kürze die Neuigkeit«, sagt Chase leise. Er sieht sich um, ob jemand zuhört. »Wir werden meine Solokarriere bekannt geben. Ich habe den Vertrag mit Emerald Entertainment unterschrieben. Jetzt ist es offiziell.«

»Das ist fantastisch!«, rufe ich und springe in seine Arme. Lachend wirbelt er mich im Kreis herum und küsst mich, bevor er mich wieder auf die Füße stellt.

»Ich kann es selbst kaum glauben, aber es ist so weit.«

»Ich glaube es sofort«, sage ich grinsend. »Du hast es dir verdient. Ich freue mich so für dich. Und was ist mit der Band?«

»Wir haben alles besprochen«, erzählt er glücklich. »Miles hat sich endlich wieder eingekriegt. Und als er meine Entscheidung akzeptiert hat, waren auch die anderen einverstanden. Ich hätte von Anfang an ehrlich zu ihnen sein sollen. Wir haben ein paar sehr gute Gespräche geführt, und ich denke, inzwischen können sie meinen Standpunkt verstehen. Sie wollen mich unterstützen. Deshalb verkünden wir meinen Neustart auch gemeinsam als Band.«

»Ich bin so glücklich, Chase. Das sind großartige Neuigkeiten. Warum dachtest du, ich könnte sauer sein?«

Er blickt auf seine Füße. »Die Pressekonferenz findet zur selben Zeit statt wie dein Konzert. Ich habe versucht, den Termin zu verlegen, aber das geht nicht. Ich kann es nicht ändern.«

Ich lasse seine Hände fallen, als hätte ich mich daran verbrannt. »*Was?*«

»Nina, bitte – du weißt, dass ich nichts dafür kann.«

»Du hast versprochen, da zu sein«, flüstere ich. Alle guten Gefühle lösen sich auf einmal in Luft auf. »Du hast es *versprochen*.«

»Ich weiß, aber ich kann nichts machen. Ich habe Mark gefragt. Aber er hat gesagt, dass es nicht anders geht. Es ist nicht so einfach, eine Pressekonferenz zu organisieren. Da kommen sehr viele Leute und –«

»Chase, in den vergangenen Monaten haben wir kaum Zeit für uns gehabt, und du weißt, wie wichtig mir das Konzert ist. Es ist der eine Tag, an dem du für mich da sein wolltest, egal was passiert. Ich brauche dich im Publikum. Du musst die Pressekonferenz verlegen. Bitte!«

»*Das kann ich nicht*«, erwidert er schroff. Dann holt er Luft und spricht sanfter weiter. »Ich wünschte, ich könnte zu dem Konzert kommen. Du bist brillant, Nina, wirklich, und du wirst sie alle mitreißen, ob ich da bin oder nicht.«

»Das ist nicht der Punkt«, entgegne ich scharf. »Und das weißt du auch. Ich brauche dich und du hast es versprochen! Du hast genug Einfluss, um den Pressetermin zu verlegen, aber du lässt dich von Mark herumschubsen, wie üblich.«

»Das ist nicht fair.«

»Du denkst, du bestimmst, aber in Wirklichkeit zieht er die Fäden, und du lässt es zu, selbst wenn du damit die Band vor den Kopf stößt. Selbst wenn du *mich* vor den Kopf stößt.«

»Was erwartest du von mir, Nina?«, ruft er so laut, dass seine Stimme über den Hof schallt. »Falls du es noch nicht bemerkt hast, das ist ein großer Schritt in meiner Karriere, und lass uns ehrlich sein, bei dir ist es nur ein Konzert.«

Seine Worte sind wie ein Schlag in den Magen.

»*Nur ein Konzert?*«, flüstere ich.

»Nina«, stößt er hervor. Sein Blick ist erschrocken und traurig. »Es tut mir leid, so habe ich das nicht gemeint –«

»Hab schon kapiert. Ich muss gehen.« Ich dränge mich an ihm vorbei, renne los, ohne zu wissen, wohin, Hauptsache, weg von ihm.

»Nina, warte!«

Ich ignoriere seine Rufe und laufe, so schnell ich kann, zu dem einzigen Ort, an dem jetzt niemand ist, dem einzigen Ort, an dem Chase mich niemals vermuten wird: dem Milton Court Konzertsaal.

Nach Atem ringend betrete ich den leeren, nur matt erleuchteten Zuschauerraum. Ich gehe hinauf auf die Bühne, stelle mich in die Mitte und blicke über die vielen leeren Sitzreihen. Ich setze mich und lasse die Beine über den Bühnenrand baumeln. Nächstes Wochenende werde ich hier mit den anderen Kursteilnehmern vor einem sehr großen Publikum ein Konzert geben.

Aber im Moment gehört der Saal mir ganz allein. Niemand wird mich hier finden. Endlich kann ich weinen. Aus tiefstem Herzen weinen.

Es ist das erste Mal, dass ich mich auf einer Bühne sicher fühle.

KAPITEL ACHTZEHN

Nancy

Wenn ein Junge wie Miles dich geküsst hat, ist es schwer, sich auf irgendetwas anderes zu konzentrieren.

Ich kann nicht aufhören, an ihn zu denken, und jedes Mal, wenn ich an diesen umwerfenden ersten Kuss denke, und an die vielen weiteren Küsse auf dem Nachhauseweg, läuft mir ein Schauer über den Rücken, und ich grinse vor mich hin, und mir ist schwindlig und flau, und ich könnte PLATZEN vor Aufregung und Glück. So habe ich mich noch nie in meinem Leben gefühlt. Noch nie! Ich habe nicht gewusst, wie es ist, sich zu verlieben. Sich rettungslos bis über beide Ohren zu verlieben. Die Gefühle überrollen einen, erobern den Verstand, und man wartet nur noch darauf, dass das Handy piepst und man seinen Namen auf dem Display liest. Und wenn man diesen Namen liest, macht das Herz einen Satz, und man will auf und ab hüpfen, selbst wenn er nur ein *Hallo* geschickt hat.

Es gab eine Zeit, da glaubte ich, in Chase Hunter verliebt zu sein. Ich hatte mich in die Vorstellung verrannt, wir beide wären das ideale Paar. Das war aber, bevor er Nina gedatet hat. Ich kannte ihn damals gar nicht persönlich. Trotzdem war ich davon überzeugt, dass ich ihn liebe und dass er diese Liebe erwidern würde, sobald wir uns kennengelernt hätten. Deshalb fiel es mir nicht schwer, Geschichten über ihn zu schreiben. Ich habe sie mir einfach ausgedacht. Nichts war real.

Heute ist mir das nur noch peinlich.

Aber der Funke zwischen mir und Miles, der ist echt. Okay, Chase sieht gut aus, aber HALLO, hast du schon mal in Miles' Augen geschaut? Dieses wunderschön dunkle Dunkelbraun und diese umwerfenden langen Wimpern? Wenn er lacht, bilden sich kleine Fältchen um seine Augen, und dann weißt du, dass du ihn wirklich zum Lachen gebracht hast – denn das ist kein falsches Lachen, sondern ein echtes. Und ich liebe sein Haar, es ist so dicht! Bei Gelegenheit werde ich ihn fragen, welche Produkte er benutzt. Und dann seine Arme! Er ist Drummer, daher sind sie muskulös – und wenn er sie um mich legt, fühle ich mich sicher und geborgen. Außerdem riecht er gut. Keine Ahnung, was für einen Duft er benutzt, aber es gibt keinen besseren. Er nebelt sich auch nicht übermäßig ein, sodass man keine Luft mehr bekommt. Nein, er dosiert genau richtig.

Okay, ich höre mich an wie eine Irre. Vielleicht sollte ich besser nicht über seinen Geruch reden.

Siehst du? Siehst du, was passiert, wenn ein Junge wie Miles dich küsst? In der einen Minute erzählst du noch, wie du seinen Bandkollegen angeschmachtet hast, und in der nächsten denkst du nur noch über seinen Geruch nach.

Und jetzt blafft Layla mich an, weil ich von Miles' Lachfältchen und seinem Geruch geträumt habe, statt ihr zuzuhören.

»Nancy«, bellt sie. »Wach auf!«

Es ist nicht das erste Mal, dass meine Gedanken während unseres von Layla einberufenen Last-minute-Meetings abschweifen. Wir sind kurz davor, den Wettbewerb zu gewinnen, und wenn es uns gelingt, mehr Stimmen zu bekommen als Jimmy, haben wir das Praktikum so gut wie in der Tasche. Dann werde ich meine Ferien bei Disney Channel verbringen. Alle werden beeindruckt sein, dass ich es tatsächlich geschafft habe. Ich, Nancy Palmer.

Wir MÜSSEN gewinnen.

»Sorry, sorry. Was hast du gerade gesagt?«, frage ich.

»Deine Augen sind ganz glasig. Brauchst du vielleicht einen Kaffee?« Layla zieht die Augenbrauen hoch. »Du bist heute irgendwie anders. Was ist los?«

»Ja genau, du benimmst dich seltsam«, bestätigt Sophie, die auf dem Fußboden sitzt und ihre Fußnägel blau lackiert.

»Nein, tu ich nicht«, sage ich rasch. »Ich ... Ich bin total aufgeregt, weil wir ganz nah dran sind, zu gewinnen.«

Obwohl ich am liebsten Tag und Nacht über Miles reden würde, habe ich bisher noch niemandem von dem Kuss erzählt. Nicht einmal Nina. Als Miles am Samstagabend wieder nach London zurückmusste, habe ich ihn im Bus bis zum Bahnhof begleitet, und während wir am Bahnsteig auf den Zug gewartet haben, hat er mich an sich gezogen.

»Ich möchte nicht weg«, hat er gesagt, und ich habe mich wieder in seinen dunklen Augen verloren.

»Und ich möchte nicht, dass du gehst«, habe ich zurückgeflüstert. »Kannst du nicht hierbleiben?«

Er hat den Kopf geschüttelt. »Ich ruf dich an, wenn ich zu Hause bin. Dann überlegen wir, wann wir uns nächste Woche wiedersehen. Natürlich nur, wenn du mich wiedersehen willst.«

»Tja, ich bin ziemlich beschäftigt. Ich muss in meinem Terminkalender nachschauen, ob ich Zeit für dich erübrigen kann«, habe ich ihn geneckt, und er hat gegrinst.

»Kann ich etwas tun, um dir die Entscheidung zu erleichtern?«, hat er gefragt. Dann hat er mit dem Finger mein Kinn angehoben und mich wieder geküsst.

Wieso kann er SO GUT küssen?

Natürlich war mein Hirn nach dem Kuss wie Watte, und ich konnte mich nicht erinnern, worüber wir gesprochen hatten, wo wir waren und was gerade ablief. Daher musste er die Frage wiederholen.

»Darf ich dich nächste Woche wiedersehen, Nancy Palmer? Oder nächstes Wochenende, falls du zu beschäftigt bist, um mich an einem Abend unter der Woche unterzubringen?«, hat er gefragt und an meinem Hals geschnuppert.

Du hast richtig gehört. Miles. Der Drummer von Chasing Chords. Hat an meinem Hals geschnuppert. GESCHNUPPERT.

»Ja, das wäre schön«, habe ich mit einem leisen Quietschen gesagt und mich gefragt, ob ich das alles nur träume oder ob das gerade wirklich passiert.

»Ich freu mich drauf«, hat er gesagt.

Und dann hat er mich wieder geküsst. Als die Zugdurchsage kam und er gehen musste, hat er sich noch einmal umgedreht und gelächelt, wie nur er es kann. Ich bin mitten auf dem Bahnsteig fast dahingeschmolzen. Ich stand

308

endlos lange da und habe ihm nachgeschaut, bis er in den Zug gestiegen ist und ich ihn nicht mehr sehen konnte. Irgendwer hat mich angerempelt und sich an mir vorbeigedrängt, um den Zug zu erwischen, und dieser Stoß gegen meine Schulter hat mich aus meiner Trance gerissen. Da habe ich auf einmal gemerkt, dass ich dastand und traurig winkte und nicht die Spur von cool war. Ich habe mich abrupt umgedreht und den Bahnhof verlassen. Aber sosehr ich auch dagegen ankämpfte, ich musste immer wieder kleine Hüpfer machen, denn ich war einfach zu glücklich.

Nach ein paar Minuten war eine Nachricht von ihm gekommen. Darin stand, dass der Tag für ihn sehr schön gewesen war und er es kaum erwarten konnte, mich –

»NANCY! Du machst es schon wieder!« Laylas schrille Stimme dringt zu mir hindurch. »Deine Augen sind glasig!«

»Sorry, tut mir leid«, sage ich erschrocken und richte mich auf ihrem Bett kerzengerade auf.

»Reiß dich zusammen. Die Sache ist ernst!« Seufzend setzt Layla sich an ihren Schminktisch. »Die Frage ist: Wie können wir uns noch die letzten wichtigen Stimmen sichern?«

»Wir haben allen in unseren Kontaktlisten geschrieben und sie gebeten, uns zu wählen«, sagt Sophie. »Das müsste doch reichen.«

Layla verdreht die Augen. »Du denkst, sie stimmen ganz selbstverständlich für uns, nur weil wir sie darum bitten? Das reicht nicht! Jimmys Website ist sehr beliebt. Sein Protest vor dem Rathaus hat für viel Interesse gesorgt. Sogar die Lokalzeitungen haben darüber berichtet!«

»Dafür wurde unsere Website auf vielen Promiseiten erwähnt«, wendet Sophie ein.

»Ja, vor einigen Wochen! Inzwischen sind unsere Zugriffszahlen auf einen absoluten Tiefstand gesunken.« Layla trommelt mit den Fingernägeln auf den Tisch. »Wenn wir gegen Jimmy verlieren, ist mit dieser Welt etwas nicht in Ordnung. Also, wie können wir ihn schlagen? Ich ertrage den Gedanken nicht, dass er eine Woche mit den Stars bei Disney Channel verbringt, während wir wie alle anderen zu Hause sitzen und den Schulstoff wiederholen.«

»Du hast recht«, sage ich energisch und versuche, Miles für eine Minute aus meinem Kopf zu verbannen, damit ich mich konzentrieren kann. »Wir müssen uns etwas einfallen lassen.«

»Die Lösung liegt auf der Hand, Nancy, und zwar schon seit Langem. Du musst Chase anrufen und ihn um brandheiße News aus der Musikwelt bitten«, fordert Layla unerbittlich. »Erklär ihm die Bedeutung der Website. Dann wird er dir sicher helfen.«

»Er kann uns etwas über Chasing Chords erzählen!« Sophie strahlt vor Begeisterung.

»Ja, danke, Einstein«, sagt Layla tonlos. »Das ist ja wohl klar. Oder Nancy fragt Miles nach dem neuesten Gossip über seine Freundin Tyler Hill.«

Ich brauche nur seinen Namen zu hören und schon schwirrt mir der Kopf. Nancy, du musst dich zusammenreißen, und zwar pronto.

»Ich hab's euch doch schon gesagt – *ich kann nicht*«, erkläre ich mit Nachdruck, um es ihnen begreiflich zu machen. »Er würde denken, dass ich ihn benutze. Könnt ihr das also bitte vergessen?«

»Überleg doch mal, Nancy«, versucht Layla es auf die sanfte Tour. »Nur *eine* Exklusiv-Story wie die von Tyler Hills Fashion-Linie, nur eine *kleine* Story, damit viele unsere Seite anklicken, und Jimmy ist chancenlos. *Eine* gute Geschichte reicht, um die Leute neugierig zu machen. Es braucht gerade mal zwei Sekunden, um seine Stimme abzugeben, so steht es in großen Buchstaben ganz oben auf unserer Seite. Alle werden zu beschäftigt damit sein, durch unsere Seite zu scrollen, und keiner wird sich mehr für Jimmys Texte interessieren.«

»Das ist doch gar nicht nötig«, sage ich und versuche möglichst überzeugend zu klingen. »Deine Posts zu Make-up und Fashion sind klasse, Layla – da sind sich alle an der Schule einig. Und Sophie, dein Video ist durch die Decke gegangen.«

»Ja«, seufzt Sophie und widmet sich weiter dem Lackieren ihres kleinen Zehennagels. »Ich wollte eigentlich gar nicht gegen die Glastür rennen, aber ich bin froh, dass ich es wenigstens gefilmt habe.«

»Na also«, sage ich. »Wir haben den Sieg schon so gut wie in der Tasche!«

»Nein, haben wir nicht«, widerspricht Layla. »Es stimmt, wir haben eine treue Follower-Gemeinde, und es stimmt, meine Vlogs sind eine Inspiration für unsere Mitschüler, ABER um deren Stimmen geht es nicht. Wir brauchen die Stimmen aller anderen! Damit meine ich die Nerds und andere schräge Typen, die unsere und auch Jimmys Website nur deshalb anklicken, weil sie keine Ahnung haben, wen sie wählen sollen. Das sind die, deren Stimmen wir kriegen müssen.«

»Layla hat recht«, erklärt Sophie ernst. »Wir brauchen dich für eine allerletzte Mega-Story, die alle aufhorchen lässt. Eine Story, die in ihre Herzen vordringt.«

»Das hast du schön gesagt, Sophie«, stimmt Layla ihr zu, verblüfft über Sophies ungewohnte Wortgewandtheit. »Nancy, du kannst an dieser Schule zur *Legende* werden.«

»Red keinen Quatsch.«

»Ich meine es ernst.« Laylas Augen bohren sich in meine. »Alle werden so sein wollen wie du!«

»Alle werden deine Freunde sein wollen«, fügt Sophie enthusiastisch hinzu. »Weil es Spaß macht, mit dir abzuhängen.«

»Und noch etwas«, sagt Layla, die bei Sophies Bemerkung wieder die Augen verdreht. »Du bist mit berühmten Musikstars befreundet und allein deshalb ganz offiziell die Coolste in der Schule.«

»Ja«, bekräftigt Sophie. »*Wer* ist Nina?«

Ich blicke in ihre hoffnungsvollen Mienen und schlage die Hände vors Gesicht. »Ich wünschte, ich könnte Miles oder Chase anrufen und sie nach einer Story fragen, aber das ist echt zu peinlich. Den Mumm hab ich nicht, Leute, tut mir leid.«

»Miles hat sich doch schon einmal gefreut, dir helfen zu können«, erinnert Layla mich entnervt. Sie steht auf und kommt auf mich zu. »Ich versteh nicht, warum du dich so anstellst. Ich an deiner Stelle würde Chase anrufen und sagen: *Hör zu, kannst du mir bitte mit einer Story für ein total wichtiges Projekt helfen? Es geht um LEBEN und TOD.*«

»Schade, dass *du* nicht mit Chase Hunter befreundet bist, Layla«, meint Sophie seufzend. »Dann hätten wir unser Problem gelöst. Du hättest den nötigen Mumm.«

Layla nickt nachdenklich, und auf einmal ist da ein merkwürdiger Ausdruck in ihrem Gesicht – als würde sie gerade einen SEHR schlauen Plan aushecken. Bevor ich begreife, was sie vorhat, ist sie auch schon mit einem Satz bei mir und schnappt sich mein Handy, das vor mir auf dem Bett liegt.

»Hey! Gib das zurück!«

»Du hast Chase' Nummer gespeichert, oder?« Sie hält mir das Handy vor die Nase. »Dann hast du sicher nichts dagegen, wenn ich deine Kontakte durchscrolle und ihm eine Nachricht schicke.«

»Layla, das ist nicht lustig«, sage ich erbost und krabble über die Decke, um mir das Handy zurückzuholen. Aber Layla bringt es in letzter Sekunde außer Reichweite.

»Das ist der perfekte Plan!«, kichert Sophie. »Du brauchst dir keine Sorgen mehr zu machen, weil Layla für dich anruft. Problem gelöst!«

»Quatsch nicht! Er wird toben, weil ich seine Nummer weitergegeben habe«, fauche ich. »Layla, gib mir das Handy. Du kommst sowieso nicht rein. Es ist passwortgesichert. Du kannst es mir also zurückgeben. Ich meine es ernst!«

Layla schnaubt spöttisch »Ich bitte dich, ich kenne deinen Code schon seit Jahren, so wie du meinen kennst. Es ist nicht zufällig derselbe wie bei deinem Schulspind? Versuchen wir es mal mit 9481...«

Mein Gefühl der Überlegenheit ist wie weggeblasen, als ich zusehen muss, wie Layla die richtige Nummernfolge eingibt. Nina und ich haben schon immer denselben Code. Als wir klein waren, haben wir einen alten Schlüssel gefunden, auf dem *9481* eingraviert war. Für uns war er damals der geheimnisvollste magische Gegenstand der Welt.

Ich habe vergessen, dass Layla und ich einmal Freundinnen waren und uns gegenseitig unsere Spind-Codes verraten haben, falls eine von uns Bücher oder Hausaufgabenhefte im Spind vergessen hat und die andere sie mitbringen soll. Warum muss sie sich ausgerechnet jetzt daran erinnern?

»Na, wer sagt's denn?«, ruft Layla triumphierend. »Ich bin drin!«

»Layla! Gib mir das Handy!«

»Warum stellst du dich so an, Nancy? Was ist sonst auf deinem Handy, das wir nicht sehen sollen?«

Vor lauter Panik, dass sie die Nachrichten von Miles entdeckt oder ihre Drohung wahr macht und Chase' Telefonnummer klaut, springe ich vom Bett und stürze mich auf sie. Aber sie weicht aus, hüpft über Sophies Beine und rennt in die andere Ecke des Raums.

»Layla«, zische ich mit zusammengebissenen Zähnen. »Gib es her.«

»Du kriegst es wieder, sobald ich Chase geschrieben habe. Keine Angst, ich schnüffle nicht in deinen Privatangelegenheiten rum.«

Sie sieht mich mit zuckersüßem Lächeln an, dann scrollt sie durch meine Kontakte. »Ah, da ist er ja!«

»LAYLA!« Ich hechte über Sophies Beine hinweg und stoße Layla wie ein Rugbyspieler zu Boden.

»Hey!«, kreischt sie. »Lass mich los!«

Ich rapple mich auf, um ihr mein Handy zu entreißen,

aber sie hält es weg. Hinter mir höre ich Sophie vergnügt quietschen. Während wir miteinander ringen, wischt Layla unabsichtlich über den Bildschirm. Anscheinend hat sie dabei auch mehrmals aufs Display gedrückt, denn plötzlich wird ein Video abgespielt. Ich schreie sie an, dass ich mein Handy zurückhaben will, daher achtet anfangs niemand darauf. Aber dann dämmert es den beiden, wessen Stimme sie da hören.

»Das ist EXKLUSIV und nur für dich! Nancy Palmer, DIE Nancy Palmer, hat einen unfassbar gut aussehenden Drummer gekidnappt...«

Sophie kann gar nicht schnell genug aufstehen und zu uns kommen, so scharf ist sie darauf, das Video zu sehen.

»Ist das Miles? Miles von den Chasing Chords?«, fragt Layla, während sie mich in Schach hält und Sophie das Handy zuwirft, die es begierig auffängt.

»...und hält ihn als Geisel, irgendwo auf den UNENDLICHEN Weiten einer Kuhweide. Nancy, hast du eine Stellungnahme abzugeben?«

»Sophie«, keuche ich. »Bitte, gib es mir.«

»O mein Gott! Er hat dich mit deinem Handy gefilmt, Nancy!«, ruft Sophie. »Wo ist das? Auf einer Wiese?«

»Bereit für ein Close-up? Ich zoome jetzt auf dein Gesicht! Sag was.«

Layla starrt mich an. »Wann hat er das aufgenommen?«

»Es regnet auf mein Handy. Tu es weg.«

»Nancy steckt wirklich voller Geheimnisse. Werde ich lebend hier wegkommen?«

»AAAH! DA IST ER!«, kreischt Sophie. »Er guckt in die Kamera! O mein Gott, Nancy!«

»Die Wahrheit ist, dass Miles MICH gekidnappt hat, eine un-schuldige Bürgerin, die jetzt noch nicht einmal auf die Landkarte schauen darf, um den NACHHAUSEWEG zu finden, bevor wir pitschnass werden.«

»Werden wir je die Wahrheit erfahren?«

»Das Video ist der absolute Wahnsinn!«, erklärt Sophie und zeigt es Layla.

»Bitte«, flehe ich sie an.

Aber die beiden sind so fasziniert von dem Video, dass ich keine Chance habe, ihnen das Handy zu entreißen. Egal wie oft ich es versuche, immer wehren sie mich gemeinsam ab.

»Okay, hör auf. Du hast deinen Standpunkt deutlich gemacht, wirklich zum Totlachen. Jetzt habe ich dieses dämliche Video auf meinem Handy, das auch noch viel Speicherplatz belegt. Ich dachte, du hättest eine RICHTIGE Story für mich.«

»Moment, eins noch. Du Spielverderberin. Ich möchte das, was ich noch zu sagen habe, auf dem Video haben.«

Mir stockt der Atem. Warum läuft das Video weiter? An dieser Stelle habe ich die Aufnahme gestoppt. Oder etwa nicht?

»Ach ja? Und was soll das sein? Eine weitere Exklusiv-Story über schlammige Stiefel oder so?«

»Man sieht nur deine Jeans, Nancy«, stellt Sophie fest. »Das mit dem Filmen musst du noch üben.«

»Pst!«, zischt Layla.

»Nein. Es geht um das, was du über Nina gesagt hast. Es stimmt nicht. Sie ist nicht die einzige Zwillingsschwester, die andere gern-haben.«

Das Video stoppt Sekunden später. Sophie lässt das

316

Handy sinken. Sie und Layla starren mich an. Ich fasse es nicht, dass ich den Stopp-Button nicht richtig gedrückt habe. Ich muss es ausgestellt haben, als Miles mich geküsst hat und ich das Handy hinter seinem Rücken umklammert hielt.

»Nancy?«, fragt Layla. Alle Farbe ist aus ihrem Gesicht gewichen. »Datest du Miles?«

»Nein«, sage ich. »Natürlich nicht. Wir ... Er hat eine Auszeit von London gebraucht, das ist alles. Wir haben herumgealbert und –«

»Was ist passiert, nachdem er diesen letzten Satz zu dir gesagt hat?«, fragt Sophie. Ihre Augen funkeln vor Aufregung, als hätte sie gerade einen oscarverdächtigen Film gesehen.

»Nichts. Absolut gar nichts. Wir haben uns auf den Rückweg gemacht und er ist wieder nach London gefahren.«

»Er hat dich geküsst«, sagt Layla und schüttelt fassungslos den Kopf. »Ich weiß es. Er hat dich geküsst!«

Sie schnappt Sophie das Handy weg und drückt einen Button – plötzlich reißt sie die Augen auf und dreht wortlos das Handy so, dass wir ein Selfie von Miles und mir sehen können, das wir bei unserem Spaziergang gemacht haben.

»Da sind jede Menge Selfies von euch, und auf einem ist dein Lippenstift verschmiert!«, schreit sie mit sich überschlagender Stimme. Sie mustert das Foto noch einmal genau. Dann wischt sie weiter, von einem Bild zum nächsten, und ihre Verblüffung wird immer größer. »Ich fasse es nicht ... Du und Miles ... Ich fasse es nicht.«

Wenn nicht so viel auf dem Spiel stände, hätte ich Laylas

Reaktion sogar ganz amüsant gefunden. Allein die Vorstellung, ich könnte einen berühmten Musiker daten, bringt sie fast um. Schlimm genug, dass meine nerdige Zwillingsschwester, über die Layla sich oft lustig gemacht hat, mit Chase Hunter zusammen ist. Aber wenn jetzt auch noch *ich*, ihre einstige beste Freundin, IHREN TRAUM lebe und mit einem Promi ausgehe, dann weiß ich nicht, ob sie das packt.

»Ist das nicht IRRE?«, kreischt Sophie ohrenbetäubend laut. »Darum willst du ihn nicht nach Promi-News fragen! Weil IHR die News seid!«

»Nein, du täuschst dich. Wir sind nicht –«

»Wieso hast du uns nichts gesagt?« Sophie klatscht in die Hände. »O mein Gott, vielleicht können Layla und ich die beiden anderen Bandmitglieder daten? Das wären dann VIERFACH-DATES oder so!«

»Layla«, sage ich, während sie ungerührt weiter mein Handy durchsucht, »kann ich es jetzt wiederhaben?«

In dem Moment klingelt das Handy. Geschockt überlege ich, ob das Miles sein könnte.

»Es ist Nina«, sagt Layla und hält mir das Handy hin.

Unter Laylas forschendem Blick nehme ich es. Zum Glück hat Nina mir ein bisschen Zeit verschafft. Jetzt kann ich mir eine Antwort für Layla und Sophie ausdenken und überlegen, wie ich aus der Situation rauskomme.

»Nancy? Kannst du reden?«

Ninas Stimme ist rau und zittrig, und ich weiß sofort, dass sie weint.

»Bin gleich wieder da«, sage ich zu Layla und Sophie, bevor ich Nina frage: »Bist du okay?«

Ich mache Laylas Zimmertür hinter mir zu, gehe den

Gang entlang zur Treppe und setze mich auf die oberste Stufe.

»Was ist los? Was ist passiert?«, frage ich, als ich Nina schniefen höre.

»Es ist so schrecklich, ich weiß nicht, was ich machen soll. Ich werde bei dem Konzert nicht auftreten. Wie bin ich überhaupt auf die Idee gekommen, ich könnte an der Sommerakademie einen Platz bekommen?«

»Nina, beruhige dich erst mal. Und dann erzählst du mir, was passiert ist und was das mit dem Konzert zu tun hat.«

»Es ist wegen Chase. Er kommt nicht zum Konzert. Ohne ihn schaffe ich das nicht. Wirklich nicht. Aber er kapiert es nicht. Er denkt, es ist nicht wichtig. Aber für mich ist es sogar sehr wichtig. Zwischen uns läuft es schon seit einiger Zeit nicht so gut, und jetzt das. Er hat keine Zeit für mich, und ich ... ich frage mich, ob wir nicht einfach Schluss machen sollten.«

Sie bricht wieder in Tränen aus.

»Nina, ganz ruhig. Atme tief durch. Egal was passiert, alles wird gut«, sage ich so beruhigend wie möglich, während es mir das Herz zerreißt. »Hat Chase gesagt, warum er nicht kommen kann?«

»Er muss zu einer Pressekonferenz, bei der seine Solokarriere angekündigt wird.«

»Seine ... seine *was*?«

»Angeblich gibt es keinen anderen Termin. Mark besteht darauf, dass es ausgerechnet an diesem Tag sein muss, und Chase glaubt nicht, dass er daran etwas ändern kann.«

»Nina, ist Chasing Chords ... heißt das, die Band LÖST

SICH AUF? Und Chase macht SOLO weiter? Das ist ... UN-
FASSBAR! Ich weiß nicht, was ich sagen soll!«

»Ich auch nicht. Das ist eine lange Geschichte«, sagt
Nina traurig.

Plötzlich fühle ich mich schrecklich, weil ich mich über
Chasing Chords aufrege, obwohl es im Moment Wichtige-
res gibt.

Denn das Wichtigste sind Nina und Chase. Jetzt ist nicht
der Augenblick, um durchzudrehen, weil die Mitglieder der
besten Band der Welt sich trennen und ich sie nie wieder
zusammen hören kann. Die Trauer über diese kolossale,
furchtbare, lebensverändernde Neuigkeit muss warten.

»Ich wünschte, du wärst hier. Eine Umarmung von dir
würde mir jetzt guttun«, sagt Nina leise. »Nancy, ich weiß,
es ist etwas viel verlangt, aber könntest du –«

»Bin schon unterwegs«, sage ich und stehe auf, um in
Laylas Zimmer zurückzugehen. »In ein paar Stunden bin
ich bei dir. Keine Angst, Nina. Alles kommt in Ordnung.«

Nachdem ich aufgelegt habe, hole ich tief Luft, ehe ich
Laylas Tür aufstoße, denn ich ahne, dass es Ärger geben wird.

»Ich muss gehen«, sage ich und wappne mich innerlich
gegen Laylas Zorn. »Nina braucht mich. Sie ist völlig fertig.
Tut mir leid, aber ich kann ja unterwegs noch etwas für die
Website machen. Bestimmt fällt mir noch irgendwas ein ...«

»Kein Problem«, sagt Layla leichthin. »Nina braucht
dich. Wir kommen mit der Website schon klar.«

Sophie sieht genauso überrascht aus, wie ich mich fühle.

»Du ... du meinst, ich kann gehen?«, frage ich und fange
sofort an, meine Sachen zusammenzupacken. »Und es
macht euch wirklich nichts aus?«

»Natürlich nicht. Wenn es Nina schlecht geht, dann musst du zu ihr und sie unterstützen.« Layla sieht mich mit erhobenen Augenbrauen an. »Du brauchst gar nicht so schockiert zu schauen.«

»Na ja, ich dachte, ihr würdet vielleicht sauer sein. Es sind nur noch ein paar Stunden bis zur Stimmauszählung und –«

»Hör zu, Nancy«, unterbricht mich Layla, und ihre Gesichtszüge werden weich. »Wenn es um die Familie geht, verstehe ich das. Du musst für deine Schwester da sein. Wir kriegen das allein hin.«

»Wow. Danke«, sage ich und lächle sie an.

»Nina mag zwar eine Loserin sein, aber ich hoffe sehr, dass es ihr bald wieder gut geht«, fügt Layla hinzu und nimmt an ihrem Schreibtisch Platz. »Und jetzt starr mich nicht so an, sondern geh!«

»Danke«, sage ich noch einmal, bevor ich zur Tür hinaus und nach unten renne.

Nie hätte ich gedacht, dass mich etwas mehr schockieren könnte als die Nachricht von der Trennung meiner Lieblingsband.

Aber Layla hatte mir gerade das Gegenteil bewiesen.

> Miles, ich habe gerade das von der Band und Chase gehört. Bist du okay? Es tut mir so leid! Kein Wunder, dass du nicht weißt, wo dir der Kopf steht. Ich hoffe, es geht dir gut.

Tut mir leid, dass ich dir nichts
gesagt habe. Ich hoffe, du
verstehst, warum. Wir wollten
nicht, dass die Presse es
erfährt. Ich komme noch nicht
ganz klar damit, alles wird sich
ändern. Aber, yeah, es ist okay.
Würde jetzt gern bei dir sein x

Bin auf dem Weg nach
London, treffe mich mit
Nina. Soll ich danach zu dir
kommen?

Unbedingt. Dein Solo aus *The
Sound of Music* wäre jetzt
genau das Richtige. Brauche
dringend was zum Lachen…

Glaub mir, mein
Horrorgesang macht alles
nur noch schlimmer.

Freu mich xxx

Ich auch xxx

EXKLUSIV!
CHASE HUNTER AB SOFORT SOLO!

Von unserer Musikredakteurin Nancy Palmer

Wie wir EXKLUSIV erfahren haben, strebt Chase Hunter, der Leadsänger von Chasing Chords, demnächst eine SOLO-KARRIERE an! Auch wenn die offizielle Ankündigung noch aussteht, hat uns eine GEHEIME QUELLE bestätigt, dass Chase Hunter sich von der Band trennt, die für ihre großartigen Songs wie »Light the way« und »Torn up inside« bekannt ist. Fans von Chasing Chords werden untröstlich sein, zugleich aber voller Spannung auf Chase' neues Solo-Album warten!

HIER ERFÄHRST DU DIE TOP-NEWS ZUERST!
GLANZ UND GLAMOUR
die Nummer eins für brandheißen Musik-Gossip!

WILLST DU SCHNELLER INFORMIERT SEIN ALS ALLE ANDEREN?

DANN VERGISS NICHT, FÜR UNS AUF DER HOMEPAGE ZU VOTEN!

EXKLUSIV!
CHASING CHORDS' DRUMMER BEI
VERRÄTERISCHEM KUSS ERTAPPT

GLANZ UND GLAMOUR enthüllt exklusiv: Miles Turner, Drummer von Chasing Chords, tauscht HEIMLICHE KÜSSE mit unserer Musikredakteurin Nancy Palmer. Für BEWEISFOTOS klicke HIER! Gemeinsame Selfies UND ein Video der beiden bei ihrem ROMANTISCHEN Spaziergang!

HIER ERFÄHRST DU DIE TOP-NEWS ZUERST!
GLANZ UND GLAMOUR
die Nummer eins für brandheißen Musik-Gossip!

WILLST DU SCHNELLER INFORMIERT SEIN ALS ALLE ANDEREN?

DANN VERGISS NICHT, FÜR UNS AUF DER HOMEPAGE ZU VOTEN!

KAPITEL NEUNZEHN

Nina

Ich reiße mich zusammen, nachdem ich Nancy am Handy die Ohren vollgeheult habe. Seit ich weiß, dass sie auf dem Weg nach London ist, geht es mir etwas besser. Ich möchte nicht allein sein. Ich habe das Gefühl, dass ich allein nicht klarkomme. Aber erst einmal werde ich Jimmys Rat befolgen und einen Spaziergang machen. Es hat keinen Sinn, die Hochstimmung nach dem Telefonat mit Mr Rogers wieder heraufbeschwören zu wollen. Sie hat sich in dem Moment in Luft aufgelöst, als Chase mir gesagt hat, was er wirklich denkt.

Es ist nur ein Konzert.

Die ganze Zeit hat er so getan, als hätte das Konzert für ihn die gleiche Bedeutung wie für mich. Aber eigentlich war es für ihn eine unwichtige Nebensächlichkeit, verglichen mit seinen hohen Erwartungen an einen neuen großen Plattenvertrag und dessen Stellenwert. Er wollte mich nur bei Laune halten. Mit diesem einen Satz hat er es geschafft, dass ich mich ganz klein fühle. Nach meiner überstürzten Flucht hat er mir geschrieben und gefragt, ob wir uns sehen können. Er hat sich entschuldigt und mir versichert, dass er es nicht so gemeint hat. Vielleicht war der Satz nur im Ärger schnell dahingesagt. Vielleicht hat der Ärger aber auch seine wahren Gedanken enthüllt.

So oder so, ich möchte ihn jetzt nicht in meiner Nähe haben.

Nachdem ich mir im Toilettenraum der Konzerthalle kaltes Wasser ins Gesicht gespritzt habe, verlasse ich das Gebäude und laufe gedankenverloren durch die Straßen. An einem Café bleibe ich stehen und kaufe mir einen Becher heiße Schokolade. Dann setze ich meine ziellose Wanderung fort, bis ich mich vor der St.-Pauls-Kathedrale wiederfinde. Sie ist wunderschön, und ich frage mich, warum ich sie nicht schon längst besucht habe, wo sie doch nur eine kurze Fußstrecke von der Guildhall entfernt ist. Mein Handy vibriert. Nancy schreibt, dass sie am Bahnhof von Norwich ist und soeben in den Zug steigt. Wenn sie in London ankommt, ist meine Einzelstunde bei Caroline schon zu Ende, und ich habe Zeit bis zur Orchesterprobe am Nachmittag.

Musik reißt mich aus meiner Bewunderung für die beeindruckende Architektur der Kathedrale. Nicht weit weg steht eine Straßenmusikantin, die singt und Gitarre spielt und immer mehr Passanten anzieht. Ich gehe hin, schaue eine Zeit lang zu und versuche herauszufinden, warum sie so gut ist, bis es mir irgendwann dämmert. Ich habe zugehört, aber kein bisschen darauf geachtet, ob sie einen Fehler macht oder ob ihr Gesang total perfekt ist. Ihre offensichtliche Leidenschaft für die Musik ist ansteckend, und das ist auch der Grund, warum die Menschen stehen bleiben und ihr zuhören.

Mein Handy vibriert wieder. Ich ziehe es aus der Tasche, aber es ist nicht Nancy, wie ich vermutet habe, sondern Chase. Entschlossen drücke ich ihn weg. Ich bin noch nicht bereit, mit ihm zu reden. Er ruft noch mal an. Und noch mal. Dann schickt er eine Flut von Nachrichten, fragt mich, wo ich bin, meint, dass wir reden müssen. Er ist so hartnäckig, dass ich ihm antworte, weil er sonst niemals aufhören wird.

Chase, mir geht's gut. Ich bin
an der St.-Pauls-Kathedrale.
Ich brauche etwas Zeit für
mich.

Ich stecke das Handy zurück in meine Tasche und schaue der Straßenmusikantin zu, wie sie mitten in der Fußgängerpassage tanzt und von den Zuschauern lautstarken Applaus bekommt. Mein Handy vibriert wieder.

Bleib, wo du bist. Ich komme.

Ich ärgere mich, weil er mir nicht den Freiraum lässt, den ich brauche. Gleichzeitig wünsche ich mir verzweifelt, ihn zu sehen und von ihm zu hören, dass zwischen uns alles wieder gut werden wird. Dass es nur ein dummer Streit gewesen ist, weil wir beide momentan so unter Druck stehen. Dass er selbstverständlich zu dem Konzert kommen wird, um mich aufzumuntern und mich zu unterstützen.

Aber als ich ihn aus einem eleganten schwarzen Auto aussteigen und auf mich zukommen sehe, weiß ich sofort, dass das nicht passieren wird. Sein Gesicht ist halb von seiner Hoodie-Kapuze und seiner Sonnenbrille verdeckt, aber ich sehe genug, um zu erkennen, dass er außer sich ist vor Wut.

»Was hat Nancy sich dabei gedacht?«, knurrt er und winkt mich weg von der Menge.

»Wovon redest du?«

Er hält mir sein Handy hin, auf dem die Homepage von *Glanz und Glamour* zu sehen ist. Nancy hat zwei neue Storys gepostet. Als ich die Überschriften sehe, wird mir innerlich eiskalt. Ich lese die Posts wieder und wieder, weil ich meinen eigenen Augen nicht traue.

Nachdem ich sie so oft gelesen habe, dass meine Augen brennen, und nachdem ich die vielen Kommentare darunter überflogen habe, denke ich für einen Moment: *Nancy, wie konntest du das tun?*

Die Antwort gebe ich mir selbst. *Sie hat es nicht getan.*

Nancy hat das nicht gepostet. Ich weiß nicht, wie diese Informationen an die Öffentlichkeit gelangt sind, aber Nancy hätte diese Posts niemals hochgeladen, egal wie sehr sie diesen Wettbewerb gewinnen will.

Aber wer dann? Auf der Website sind Fotos von ihr und Miles zu sehen und ein Video, das niemand außer ihr selbst haben kann. Nicht einmal *ich* wusste von ihrem Date mit Miles. Also kann es auch sonst niemand gewusst haben.

Ich setze mich auf eine Bank vor der Kathedrale. Mein Kopf schmerzt. Kann dieser Tag tatsächlich noch schlechter werden?

»Chase«, sage ich und schaue zu ihm hoch. »Du glaubst doch nicht ernsthaft, dass Nancy das getan hat? Das muss ein Fehler sein.«

»Wer soll es denn sonst gewesen sein? Wer sonst hatte diese Informationen? Und die Fotos und das Video! Nina, die Posts sind unter dem Namen deiner Schwester veröffentlicht. Schau doch hin!« Er lässt sich neben mich auf die Bank fallen. »Das ist echt übel. Die Bombe ist geplatzt. Miles ist davongestürmt. Niemand weiß, wohin er ist. Und die Presse fällt über uns her. Zu dir zu kommen, ohne dass jemand es merkt, war wie eine Szene aus *Mission: Impossible*. Sie belagern meine Wohnung, das Studio, sie sind einfach überall. Mark dreht fast durch, aber er tut alles, um den Schaden zu begrenzen. Ich dachte, Nancy ist eine Freundin.«

»Sie ist eine Freundin!«, verteidige ich sie. »Chase, wir müssen mit ihr reden. Es muss eine Erklärung dafür geben.«

»Die einzige Erklärung ist, dass sie die Storys gepostet hat, um diesen bescheuerten Wettbewerb zu gewinnen. Ihr geht es nur um Aufmerksamkeit.«

»Chase, nein. Das stimmt nicht. Gib ihr wenigstens die Chance –«

»Hör auf, Nina«, blafft er mich an. »Du weißt genauso gut wie ich, dass sie es hasst, wenn du im Rampenlicht stehst. Jetzt hat sie die Gelegenheit genutzt und dafür gesorgt, dass alle endlich wieder über *sie* sprechen.«

»Das hätte sie niemals getan«, beschwöre ich ihn. »Sie muss reingelegt worden sein!«

»Woher weiß sie überhaupt davon?« Er nimmt seine Sonnenbrille ab und schaut mich an, seine blauen Augen sind kalt und zornig. »Du hast es ihr erzählt, stimmt's? Obwohl es noch geheim bleiben sollte. Von Miles hat sie es jedenfalls nicht.«

Ich starre zu Boden. Meine Augen füllen sich mit Tränen. So hat er noch nie mit mir gesprochen.

»Ja, ich habe es ihr gesagt. Heute Morgen nach unserem Streit.«

»Und kurz darauf gehen die Posts online.« Er schüttelt den Kopf. »Na toll. Sie hat keine Sekunde gezögert, uns zu verraten. Wie konntest du so dumm sein, sie einzuweihen?«

»Weil ich ihr vertraue!«, schreie ich ihn so laut an, dass Passanten irritiert stehen bleiben und uns neugierige Blicke zuwerfen, bevor sie weitergehen.

»Das war dein Fehler«, behauptet er. »Sie ist nicht wie du, Nina. Manche Leute würden alles tun, um an die Spitze zu kommen. Glaub mir, in meiner Branche gibt es jede Menge davon.«

»Aber so ist Nancy nicht. Es gibt eine Erklärung dafür, das weiß ich. Und ich weiß, dass du das weißt! Du vertraust ihr. Du bist nur wütend und verletzt. Bitte, beruhige dich und denk darüber nach.«

»Ich kann es mir nicht leisten, mich zu beruhigen. Es ist Wahnsinn, was sie mit ihren Posts ausgelöst hat, und ich muss zusehen, wie ich damit klarkomme. Und das Gleiche gilt für die Band.«

Chase schüttelt wieder den Kopf und setzt die Sonnenbrille auf.

»Erklär ihr, was für ein Durcheinander sie angerichtet hat. Hoffentlich ist sie jetzt glücklich.«

Er steht auf, um zu gehen.

»Chase, warte.« Ich greife nach seiner Hand, aber er zieht sie weg.

»Nein, Nina. Auf mich wartet viel Arbeit.«

Er geht zu dem Auto, ohne noch einmal stehen zu bleiben und sich umzudrehen. Entsetzt starre ich dem wegfahrenden Auto hinterher. In meinem Kopf dreht sich ein Karussell. Alles ist außer Kontrolle geraten. Ich sitze allein hier und weiß nicht, was ich tun soll. Mir ist schwindlig und mir wird schlecht. Das Atmen fällt mir schwer. Plötzlich ist mir furchtbar heiß. Ich ziehe meine Jacke aus, mein Nacken ist von Schweiß so feucht, dass meine Haare kleben bleiben. Vor lauter Panik wird mir die Kehle eng. Ich kriege immer weniger Luft. Ich halte mich an der Bank fest, um nicht umzukippen. Ich habe Angst.

Ich brauche Chase. Er muss zurückkommen.

Aber er wird nicht kommen. Mein Handy ... Wo ist mein Handy? Als ich in meiner Tasche nach meinem Handy taste und es herausziehe, sehe ich eine lange Liste verpasster Anrufe von Nancy und Mum. Ich wähle Nancys Nummer und halte das Handy an mein Ohr.

»Nina?« Sie antwortet sofort, in ihrer Stimme schwingt Panik mit. »Nina, endlich. Du musst mir glauben, ich habe wirklich nicht ... Nina, alles in Ordnung mit dir? Ich kann dich atmen hören. Nina, was ist los?«

»Ich ... ich kann nicht ...«

»Oh, Nina«, sagt sie mit tränenerstickter Stimme. »Ganz ruhig. Du musst langsam atmen. Komm schon, wir atmen zusammen. So ist's gut. Ganz langsam.«

»Mein Hals ...«

»Ist zugeschnürt, ich weiß. Das macht nichts. Du musst langsamer atmen, dann geht es dir gleich wieder besser. Sitzt du?«

»J-ja«, stammle ich.

»Gut. Das ist gut. Alles ist in Ordnung. Atme einfach weiter, schön langsam. Ich atme mit.«

Ich sitze auf der Bank, höre sie atmen und versuche im gleichen Rhythmus mitzumachen. Nach und nach lässt das Wattegefühl in meinem Kopf nach und das Summen in meinen Ohren wird leiser. Ich sehe wieder klarer. Mein Mund ist furchtbar trocken, und ich spüre, dass meine Wangen nass sind von Tränen.

»Ich brauch was zu trinken«, flüstere ich, während ich kontrolliert weiteratme.

»Ja, brauchst du. Kannst du irgendwo in deiner Nähe Wasser herkriegen?«

»Ja, da ist ein Geschäft.«

»Nimm dir noch einen Augenblick Zeit, und wenn du so weit bist, gehst du und holst dir Wasser. Geht es dir schon besser?«

»Ja. Danke, Nancy.«

»Schon gut«, sagt sie. »Es ist eine Zeit lang her, dass du so eine Panikattacke hattest. Es tut mir so leid, dass ich sie ausgelöst habe. Ich bin bald da. Dann reden wir über alles, okay?«

»Ja«, sage ich und wische mir den kalten Schweiß von der Stirn.

»Ist jemand bei dir?«

»Nein. Niemand. Aber das ist okay.«

»Nein, ist es nicht. Kannst du irgendwen anrufen, der bei dir bleibt, bis ich da bin?«

Ich denke kurz nach. »Ja. Da gibt es jemanden. Ich rufe ihn an.«

»Ich bin bald bei dir, Nina.«

Nachdem sie aufgelegt hat, zögere ich einen Moment. Ich überlege, ob es richtig ist, Dad anzurufen und ihn zu fragen. Aber außer ihm fällt mir niemand ein. Beim ersten Mal hebt er nicht ab, also versuche ich es erneut. Diesmal nimmt er den Anruf entgegen, als ich gerade auflegen will. Er sagt, dass er eben aus einem Meeting kommt. Bis zu seinem nächsten Termin ist noch ein bisschen Zeit, daher kann er kurz vorbeischauen.

Als einige Minuten später ein schwarzes Auto neben mir hält, glaube ich für einen Augenblick, Chase sei zurückgekommen, um sich zu entschuldigen, und mein Herz macht einen Satz. Doch dann steigt Dad aus dem Wagen, das Handy wie immer am Ohr, und ich ermahne mich, nicht so dumm zu sein. Chase kommt nicht zurück.

»Nina, hi«, sagt Dad. Er beendet sein Telefonat und reicht mir eine Flasche Wasser.

»Danke.« Ich lächle ein wenig, als er sich neben mich setzt. »Danke, dass du gekommen bist.«

»Wie gesagt, ich habe zwischen zwei Meetings ein bisschen Zeit.« Er blickt auf seine Uhr, dann zupft er einen Fussel von seinem makellosen Anzug. »Was kann ich für dich tun? Wie läuft es mit der Vorbereitung? Bereit für das Konzert?«

»Ja, gut so weit, aber deshalb habe ich dich nicht angerufen«, sage ich, ein wenig verwirrt, weil er offenbar meinen Tonfall am Telefon nicht richtig einordnen konnte. »Ich brauche jemanden, der ... Ich ... ich hatte eine Panikattacke.«

»Und warum? Wegen des Konzerts?«, fragt er und scrollt durch eine E-Mail. »Nina, wie oft muss ich dir noch sagen, dass du den Sieg schon so gut wie in der Tasche hast? Ich bin überzeugt, die Talentscouts würden dich sofort unter Vertrag nehmen, wenn das ginge. Das Konzert ist eine reine Formsache.«

»Nein«, sage ich, verblüfft darüber, dass ihn meine Panikattacke so wenig berührt. »Ich habe mich nicht über das Konzert aufgeregt. Es geht um Chase.«

Er blickt auf. »Was ist mit ihm?«

»Wir hatten einen Streit. Einen heftigen. Und ...« Meine Fassung bröckelt endgültig, als ich es laut ausspreche und es damit noch realer wird. »Ich weiß nicht, ob wir nicht Schluss gemacht haben.«

»Was? Ihr habt Schluss gemacht?«

»Ich bin mir nicht sicher, aber ich glaube schon. Er ist einfach weggegangen und er war schrecklich zu mir. Er war nicht er selbst, aber ich frage mich –«

»Was ist passiert?«, unterbricht mich Dad.

Meine Hände zittern leicht, als ich Nancys Website auf meinem Handy aufrufe und es ihm reiche, damit er die beiden Artikel lesen kann. Er überfliegt sie, zieht die Augenbrauen hoch und gibt mir das Handy zurück. Auf seinem Gesicht macht sich ein Lächeln breit.

»Ich kann nicht behaupten, dass mich das überrascht. Nina, das sind großartige Neuigkeiten. Warum hast du mir nichts von Chase' Solo-Plänen erzählt?«

»Was? Nein, das sind keine guten Neuigkeiten. Es war alles noch total geheim und sollte nächste Woche auf einer Pressekonferenz bekannt gegeben werden. Jetzt ist die Bombe geplatzt und Chase ist stinksauer.«

»Ja, aber überleg doch mal, was das für *dich* bedeutet«, erwidert er und lehnt sich zurück. »Ich muss sagen, Chase versteht das PR-Geschäft. Sein Name geht wieder einmal durch alle Medien. Einen besseren Schub für deine Kampagne gibt es gar nicht.«

»Meine Kampagne?« Ich schüttle den Kopf. »Dad, ich glaube, du verstehst nicht. Chase hat vielleicht mit mir Schluss gemacht. Er ist furchtbar wütend auf mich und Nancy. Ich habe ihm gesagt, dass Nancy die Posts garantiert nicht hochgeladen hat. So etwas würde sie nie tun. Aber er sagt, ich bin dumm, das zu glauben. Er hat mich verletzt. Ich weiß nicht mehr weiter.«

Dad zuckt die Schultern. »Das ist doch ganz einfach. Entschuldige dich.«

»Ich soll mich entschuldigen?«, wiederhole ich langsam und starre ihn irritiert an.

»Entschuldige dich dafür, dass du Nancy verteidigt hast. Egal was, sag es. Hauptsache, er bleibt bei dir.« Dad dreht sich zu mir, damit er mir ins Gesicht sehen kann. »Hör zu, ich verstehe ja, dass ihr im Eifer des Gefechts Dinge gesagt habt, die ihr so gar nicht meint. Und es ist auch verständlich, wenn du dich in einer ersten Reaktion auf Nancys Seite schlägst. Es ist schwer, sich zu entschuldigen, nachdem man erkannt hat, dass man falschliegt –«

»Ich liege nicht falsch«, sage ich scharf. »Nancy würde so etwas niemals tun.«

»Nina.« Er atmet tief durch und schüttelt den Kopf. »Du weißt genau wie ich, dass sie es getan hat.«

»Das ist nicht wahr.«

»Warum auch nicht?« Er lächelt, als wäre das alles nur ein Witz. »Sie hat einen MEGA-Coup gelandet! Und er ist ihr auf dem Silbertablett serviert worden. Du hast gesagt, dass ihre Website gut lief. Stell dir vor, wie erfolgreich sie jetzt sein wird! Es war ein kluger Schachzug von ihr, besonders wenn nächste Woche eine offizielle Pressekonferenz geplant war. Sie hat die Katze etwas früher aus dem Sack gelassen als geplant. Für die Band macht das keinen großen Unterschied, für sie selbst aber schon. Ich muss sagen, ich bin beeindruckt.«

»Dad«, sage ich ernst, während ich überlege, ob ich ihn richtig verstanden habe. »Nancy war das nicht. Das würde sie Chase nie antun. Das würde sie Miles nie antun und vor allem würde sie mir das NIEMALS antun. Ich weiß nicht, wie das passieren konnte, aber ich irre mich ganz sicher nicht.«

Er presst die Lippen zusammen.

»Du kennst sie nicht«, sage ich leise.

»Also gut, Nina, glaub, was du willst«, sagt Dad und streckt die Hände resignierend in die Höhe. »Du wirst sehen, das ist alles nur viel Wind um nichts. Wenn du dich erst mit Chase versöhnt hast, sieht die Welt gleich wieder ganz anders aus. Gib mir seine Adresse, dann bringe ich dich zu ihm.«

»Er will mich nicht sehen.«

»Natürlich will er dich sehen! Du musst ihn nur daran erinnern. Tu, was zu tun ist. Es ist wichtig.«

Auf seinem Handy ploppt eine neue E-Mail auf. Als er sie liest, fängt er sofort an zu fluchen, murmelt irgendetwas von Klienten, die einfach keine Ruhe geben, und tippt währenddessen bereits eine Antwort ins Handy. Ich schaue ihm zu und merke, wie mir die ersten Zweifel kommen, die ich nicht einfach abschütteln kann.

»Dad«, beginne ich, aber er blickt nicht einmal auf. »Warum willst du, dass ich alles tue, um mit Chase zusammenzubleiben? Warum ist es so wichtig, dass wir nicht Schluss machen?« Er schnaubt und tippt weiter. »Was für eine dumme Frage.«

»Ich meine es ernst. Warum ist es so wichtig?«

»Na ja, du magst ihn.« Er legt sein Handy weg und sieht mich an. »Und glaub mir, dein Leben wird sehr viel schwieriger, wenn du Chase nicht mehr an deiner Seite hast.«

»Warum denkst du das?«

»Wenn du Chase gehen lässt, wirfst du alles weg!«, erklärt er entnervt, weil er es auch noch laut aussprechen muss. »Du solltest nicht deine Karriere aufs Spiel setzen für etwas, das deine Schwester getan hat. Das ist es nicht wert.«

»Entschuldige«, sage ich langsam, während ich zu begreifen versuche, was er mir sagen will. »Du denkst, wenn ich Chase verliere, kann ich meine Karriere vergessen?«

»Natürlich. Sei nicht naiv, Nina. Nur wegen Chase stehst du momentan im Rampenlicht. Deine Beziehung zu ihm ist ein großer Anreiz für potenzielle Agenten und Musiklabels. Dank ihm hast du bereits eine Plattform, was normalerweise immer die größte Hürde ist. Du hast die besten Voraussetzungen. Aber wenn das mit Chase in die Hose geht, wer weiß, wie lang du diese Vorteile dann noch nutzen kannst?« Er holt tief Luft. »Die gute Nachricht ist, dass die Publicity-Aktion unmittelbar vor deinem Konzert stattgefunden hat. Es würde mich nicht wundern, wenn die Paparazzi jetzt scharenweise auflaufen – neben etlichen Leuten aus der Musikbranche. Ich könnte heute ein oder zwei Kontakte anrufen, solange Chase' Solo-Pläne noch Breaking News sind. Meinst du, er kann zu deinem Konzert kommen? Das würde der Veranstaltung noch mehr Gewicht verleihen.«

»Du denkst also, ich sollte alles tun, um mit Chase zusammenzubleiben, auch wenn ich mir meiner Gefühle nicht sicher bin, nur weil es meiner Karriere nützt?«

»Selbstverständlich«, erwidert er, ohne zu zögern. »Du musst im Gespräch bleiben und Chase hilft dir dabei. Warum, glaubst du, habe ich vor ein paar Wochen das Foto von euch beiden im Café online gestellt?«

Seine Worte treffen mich wie ein Schlag. Sie drücken mir die Luft ab.

»Das Foto von uns im Café.« Ich merke, wie mir schlecht wird. »Du warst das? Du hast das Foto durchs Fenster gemacht und es hochgeladen? Und kurz danach bist du bei uns in Norfolk aufgetaucht, um wieder Teil unseres Lebens zu werden?«

Er lächelt und tippt sich an die Nase. »Nina, wenn ich eines in meinem Berufsleben gelernt habe, dann das: Die Menschen müssen über dich reden, und zwar egal, was. Wenn man nicht über dich redet, bist du unbedeutend. Es war ein guter Schnappschuss und er hat dich und Chase in den Newsfeeds ganz nach oben katapultiert.«

Es ist, als würde sich ein Schleier lüften. Plötzlich ist alles auf eine schreckliche Weise klar. Ich starre ihn an, während er sich bereits wieder auf sein Handy konzentriert. Er hat absolut recht. Ich bin naiv gewesen. Aber nicht bei allem. Nur was ihn angeht.

»Kann ich dir eine Frage stellen?«, will ich wissen und

fasse den Mut, ihn direkt zu konfrontieren. »Wenn du mich verlieren würdest, jetzt, in diesem Moment, würdest du dann eine Tochter verlieren oder eine Geschäftsoption?«

»Was?« Er verdreht die Augen. »Nina, sei nicht so empfindlich.«

»Ich bin so dumm gewesen. Dabei hast du es offen gesagt, als du zu uns gekommen bist. Du hast das YouTube-Video von Chase und mir gesehen und nur deshalb bist du aus der Versenkung aufgetaucht. Deshalb hast du vor der Guildhall auf mich gewartet.« Ich schüttle den Kopf und wünsche mir so sehr, dass ich unrecht habe, aber tief in mir drinnen weiß ich, dass es stimmt. »Wie konntest du mir das antun?«

Er sieht mich an, als hätte ich den Verstand verloren. »Ich habe gesehen, dass meine Tochter Unterstützung braucht, und ich wusste, dass du mit meiner Hilfe etwas aus dir machen kannst! Ich habe alles in meiner Macht Stehende getan, um dich voranzubringen. Ich war es, der dein Potenzial erkannt hat.«

»Und was ist mit Nancy?«

»Was?«

»Ich habe gefragt, was mit Nancy ist.« Ich spüre, wie es in mir brodelt. »Siehst du auch ihr Potenzial?«

»Zugegeben, sie hat heute sicherlich Initiative gezeigt...«

Er sieht mich verständnislos an. »Nina, was ist los? Willst du, dass ich Nancy bei ihren journalistischen Zukunftsplänen helfe? Geht es darum?«

»Es geht darum, ein Dad zu sein!«, schreie ich ihn an. »Es geht darum, mich als Mensch zu sehen und nicht als eine Möglichkeit, Geld zu verdienen! Es geht darum, dass du dich um Nancy bemühen solltest, egal welche Pläne und Talente sie hat. Was, wenn ich dir sage, dass ich keine Musikkarriere machen will? Was, wenn ich dir sage, dass ich überhaupt keine Karriere machen will?«

»Dann würde ich dir antworten, dass du nicht so hysterisch sein sollst«, sagt er und blickt auf seine Uhr. »Nina, ich habe wirklich keine Zeit für so etwas. Du musst die Dinge realistisch sehen.«

»Und was ist mit der Story von deinem beruflichen Aufstieg, die du mir erzählt hast? Das war nicht die ganze Wahrheit, oder? Die Klienten deines früheren Geschäftspartners sind nicht zu dir gekommen, weil du so erfolgreich warst. Du hast sie dir hinter seinem Rücken geschnappt und dann hast du eure gemeinsame Firma im Stich gelassen. Er war dein Freund!«

Er zuckt die Schultern. »Das ist Business. So läuft das eben.«

»Und was ist mit Loyalität? Ihr wolltet euch gemeinsam etwas aufbauen. Aber dein Ehrgeiz war so groß, dass du ihn gelinkt hast.«

»Nur so kommt man zu etwas. Nina, was soll das? Ich habe wirklich nicht die Zeit, um –«

»Warum bist du zurückgekommen?«, schreie ich so laut, dass alle Leute in der Nähe stehen bleiben und uns anstarren. »Beantworte mir nur diese eine Frage: Warum bist du gerade jetzt in mein Leben zurückgekommen?«

»Weil du eine große Karriere vor dir hast!«, brüllt er zurück. Seine Wangen röten sich, als er merkt, dass wir ungewollt Aufmerksamkeit auf uns ziehen. »Es war wichtig, das Eisen zu schmieden, solange es heiß ist, und ich wusste, ich kann dir dabei helfen.«

»Du bist zurückgekommen, weil du dachtest, ich würde berühmt werden. Ein weiteres brillantes Geschäft, bei dem du mitmischen kannst.« Ich schüttle den Kopf. »Es ging nur darum, dass ich eines Tages ein großer Star sein könnte, oder?«

Er sieht mich an. »Was willst du denn, dass ich jetzt sage? Ich finde, du solltest erst einmal einen Schluck trinken. Dann fahre ich dich zu Chase und wir bringen alles wieder in Ordnung.«

»Danke, aber nein danke«, sage ich und stehe auf. »Ich gehe jetzt zur Guildhall zurück. Allein. Ich brauche deine Hilfe nicht mehr.«

»Nina«, seufzt er. »Was ist denn los mit dir?«

»Ich wollte nie, dass du mir bei meiner Karriere hilfst. Ich wollte nur, dass du mein Dad bist. Ich dachte, du willst das auch. Ich habe mich geirrt. Diesmal verlasse *ich* dich. Für immer.«

»Sei nicht albern, Nina«, sagt er, halb verärgert, halb belustigt. »Du brauchst mich, um dorthin zu kommen, wo du hinwillst. Wie willst du das sonst schaffen?«

»Du täuschst dich. Ich brauche weder dich noch Chase, um dorthin zu kommen, wo ich hinwill. Ich schaffe es auch allein. Diese wichtige Tatsache hatte ich ganz vergessen, aber zum Glück hast du mich daran erinnert. Mach's gut, Dad.«

Ich drehe mich auf dem Absatz um und gehe weg. Er hindert mich nicht daran. Er ruft nicht, und er läuft mir nicht hinterher, um mir zu sagen, dass ich mich irre. Ich muss mich nicht umdrehen, um zu wissen, dass er in das Auto steigt, ein paar Anrufe macht und wegfährt.

Und auch wenn die Wahrheit wehtut, auch wenn es sich anfühlt, als hätte ich meinen Vater ein zweites Mal verloren – während ich durch die belebten Straßen Londons gehe, fühle ich mich stärker als jemals zuvor.

Wenigstens dafür muss ich ihm danken.

KAPITEL ZWANZIG

Nancy

O mein Gott. *O mein Gott.*

Alles ist schiefgelaufen und ich habe mich noch nie so hilflos gefühlt.

Ich weiß nicht, was ich tun soll. Ich kann nirgendwohin, weil ich in diesem Zug sitze, der eine halbe Ewigkeit bis nach London braucht. Nina geht es schlecht und ich kann nichts für sie tun. Ich ertrage den Gedanken nicht, dass sie allein mit ihrer Panikattacke ist, während ich hier festsitze und warte. Miles geht nicht an sein Handy. Ich habe es hundertmal versucht, es ist zwecklos. Er will nicht mit mir sprechen. Er denkt, ich habe ihn hintergangen. Er denkt, ich habe ihn für eine gute Story ausgenutzt. Er denkt, ich mache mir nicht wirklich etwas aus ihm. Ich habe versucht, Chase anzurufen, ohne Erfolg. Sie hassen mich. Sie haben das alles missverstanden und ich kann nichts dagegen tun.

Ich starre zum Fenster hinaus, Tränen strömen über meine Wangen. Ich schäme mich und ich bin so unglücklich. Aber am schlimmsten ist, dass mir ständig Leute aus der Schule schreiben, um mir zu sagen, wie toll ich bin und wie clever ich das eingefädelt habe. Alle müssen denken, ich sei bester Stimmung, wenn man die Kommentare unter den Posts auf unserer Website liest:

OMG, ICH FASSE ES NICHT! Nancy, du bist SO COOL! ILY!! XXXX

Nancy und Miles 4ever!!! Das süßeste Pärchen! Nancy, ich bin auf derselben Schule wie du, und ich möchte dir nur sagen, dass du eine Inspiration für uns bist!!! xxx

Kann nicht glauben, dass Chase ein Solo-Album macht!! Nancy, wann bringt er seine erste Single raus? Sag es uns!!!!

Nancy, ich bin eine Klasse unter dir und dein größter FAN! Kannst du Chasing Chords fragen, ob sie noch ein letztes Konzert in Norwich machen, bevor die Band sich auflöst? SCHREIB MIR BITTE!! xx

Frage: WANN starten die Palmer-Girls ihren eigenen YouTube-Kanal? Nina ist mit Chase zusammen und Nancy mit Miles!? DIE COOLSTEN SCHWESTERN EVERRRRR xoxo

Omg, das Video ist der Wahnsinn. Nancy und Miles sind wie füreinander geschaffen! Kann bitte jemand einen Insta-Account starten mit Fotos von den beiden? BITTE! XXX

O MY GOD, ICH GEHE MIT DEN PALMER-GIRLS
ZUR SCHULE! Nancy ist die größte Inspiration für
mich!!! Sie ist so cool und hübsch, auch *in real life!!!*
WIR LIEBEN DICH!

Endlich bekomme ich die ersehnte Anerkennung, aber jetzt
will ich sie nicht mehr. Nicht dafür. Ich kann die ganzen
Kommentare nicht mehr sehen.

Ich will nur eines: dass Miles mit mir spricht.

Ich habe Layla angerufen, als die ersten Reaktionen mein
Handy überfluteten, aber sie ist weder rangegangen, noch
hat sie zurückgeschrieben. Ich habe ihr und Sophie eine
ewig lange Nachricht geschrieben, dass sie alles kaputtgemacht haben. Und dass ich ihnen nie verzeihen werde,
dass sie mich so hintergangen haben. Sie haben die Nachricht gelesen, aber keine von ihnen hat darauf reagiert.

Es ist so sonnenklar, dass ich diese Posts nicht geschrieben habe. Wer, bitte, benützt so viele Ausrufezeichen? Und
wer schreibt willkürlich irgendwelche Wörter groß? Der
Text ist absolut mies geschrieben. Ich nehme an, sie hatten
es so eilig, dass sie sich keine große Mühe gegeben haben.
Wenn ich nicht so bestürzt wäre, weil sie anderen Menschen
damit wehgetan haben, wäre ich fuchsteufelswild, weil sie
derart schlecht geschriebene Storys hochgeladen haben –
und das auch noch unter meinem Namen.

Ich habe sie angefleht, die Posts zu löschen, aber es ist zu
spät. Sie sind durch die Decke gegangen und verbreiten sich
wie ein Lauffeuer. Laylas und Sophies hinterhältiger Plan
hat funktioniert. *Glanz und Glamour* ist momentan die an-
gesagteste Musik-Website im Internet. Von so gut wie jeder

Zeitung und jedem Magazin werde ich mit Anfragen bombardiert. Alle wollen mehr über meine Romanze mit Miles oder Einzelheiten zu Chase' Solo-Plänen wissen.

Ich mag nicht mal daran DENKEN, wie chaotisch es jetzt bei Miles und Chase zugehen muss. Die Presse wird sich auf sie stürzen und natürlich werden die beiden mir die Schuld dafür geben.

Miles wird mich für den schlechtesten Menschen der Welt halten. Das zwischen uns hatte noch nicht mal richtig angefangen und jetzt ist es schon wieder vorbei. Mit meinem Ärmel wische ich mir die Tränen weg, während ich durch meine gesendeten Nachrichten scrolle – und da ist es, ganz oben: das Video und die Fotos von Miles und mir, gesendet an Laylas Nummer, und zwar genau zu dem Zeitpunkt, als Layla mein Handy in der Hand hatte. Kurz bevor Nina angerufen hat und Layla es mir zurückgegeben hat.

»Bitte!«

Ich schrecke hoch, als mir eine Hand ein Taschentuch entgegenstreckt. Ein Mann, der auf der anderen Seite des Abteils sitzt, hat bemerkt, dass ich weine, und ist zur Rettung meines Ärmels herübergekommen.

»Danke«, krächze ich und nehme das Taschentuch.

Er lächelt freundlich, dann setzt er sich wieder auf seinen Platz und nimmt sein Buch zur Hand.

Im selben Moment kommt eine Nachricht von Miles rein. Mit angehaltenem Atem öffne ich sie. Hat er inzwischen begriffen, dass ich ihm das niemals antun könnte? Als ich seine nüchterne Nachricht lese, gefriert mir das Blut in den Adern.

> Mein Agent fordert dich
> auf, nicht mit der Presse zu
> reden.

Ich schreibe schnell zurück, denn ich sehe, dass er noch online ist und es gleich lesen kann. Meine Finger zittern bei jedem Buchstaben:

> Ich war das nicht. Du musst mir
> glauben. Bitte, Miles. Bitte, rede
> mit mir.

Die längste Minute der Welt verstreicht, bis seine Antwort auf meinem Handy ankommt.

> Kann sein, dass du es
> nicht warst. Aber du hast
> jemandem die Fotos und
> das Video gezeigt. Du
> hast jemandem Infos über
> mich und über Chase
> weitergegeben. Ich schalte
> jetzt mein Handy aus.
> Schreib mir nicht mehr.

Tränen schießen mir in die Augen. Mit einem lauten Schluchzer stecke ich mein Handy in die Tasche und vergrabe meinen Kopf in den Händen. Wenn ich doch nur die Zeit zurückdrehen könnte! Ich wünschte, ich hätte Layla nie in die Nähe meines Handys gelassen. Ich wünschte, ich hätte meine Stimme gedämpft, als ich mit Nina telefoniert habe. Wenn ich doch nur nicht so überdramatisch reagiert hätte, als sie mir das von Chase erzählt hat. Ich war so enthusiastisch, dass ich einmal sogar laut Ninas Worte wiederholt habe und sie jeder hören konnte. Wäre ich doch nur nicht so naiv gewesen, als Layla mich einfach gehen ließ, damit ich Nina beistehe. Zu diesem Zeitpunkt hatten sie und Sophie bereits alles, was sie brauchten, um einen Mediensturm zu entfachen und unsere Website ganz groß rauszubringen.

Als der Zug in die Liverpool Street Station einfährt, würde ich am liebsten gleich wieder nach Norwich zurückfahren, um mich zu Hause zu verkriechen und nie wieder mein Zimmer zu verlassen. Aber als ich aussteige und durch die Absperrung gehe, steht Nina da und wartet auf mich.

Ich laufe zu ihr. Sie sagt kein Wort, sondern nimmt mich einfach in die Arme. Eine Ewigkeit stehen wir so da. Als sie sich schließlich von mir löst, muss sie sogar lachen, denn wir heulen beide wie die Schlosshunde.

»Wir sind vielleicht zwei«, sagt sie und reicht mir ein Taschentuch. »Zwei Häufchen Elend.«

»Nina, du bist bestimmt furchtbar böse auf mich.«

»Nein.« Sie schüttelt den Kopf. »Ich weiß, dass du es nicht warst.«

»Layla hat mich reingelegt.«

»Das habe ich fast schon vermutet«, meint sie. »Wir müssen über eine Menge reden. Ich kenne ein Café hier in der Nähe, falls du Lust auf eine heiße Schokolade hast?«

Ich nicke und sie hakt sich bei mir unter und führt mich zur Rolltreppe. Obwohl unser Leben ein Scherbenhaufen ist, geht es mir gleich etwas besser, weil Nina bei mir ist. Ich bin so froh, dass ich sie habe. Wie konnte es nur dazu kommen, dass wir uns so lange fremd waren, wo meine Zwillingsschwester doch die Einzige ist, die immer zu mir hält, egal was passiert?

»Ich habe das zwischen dir und Chase kaputtgemacht, oder?«, frage ich, als wir eine ruhige Straße abseits des Trubels entlanggehen. »Deshalb hattest du eine Panikattacke, stimmt's? Geht es dir wieder etwas besser?«

Sie nickt und hält mir die Tür zum Café auf. »Ja, aber nur, weil du mir am Telefon beigestanden hast.«

Während ich zur Toilette gehe, um mein Gesicht mit kaltem Wasser zu bespritzen und mein Make-up aufzufrischen, bestellt Nina zwei Becher heiße Schokolade an der Theke. Dann suchen wir uns einen gemütlichen Tisch in einer Ecke, weit weg vom Fenster.

»Tut mir leid, Nina«, sage ich und wärme meine Hände an dem Becher. »Ich habe alles verpatzt.«

»Nein, hast du nicht.«

»Layla hat sich mein Handy geschnappt und ist zufällig ausgerechnet auf das Video gestoßen. Ich habe versucht, ihr das Handy abzunehmen, aber sie und Sophie haben mich daran gehindert. Layla hat das Video und die Fotos an sich selbst geschickt, ohne dass ich davon wusste, und als ich mit dir telefoniert habe, hat sie mich auch noch belauscht. Ich schwöre dir, ich habe diese Storys nicht hochgeladen. Ich habe Layla angefleht, die Posts zu löschen, hat sie aber nicht, und jetzt ist es zu spät. Es tut mir so leid, Nina. Ich bin schuld an deiner Panikattacke.«

»Nein, das stimmt nicht. Da ist so viel zusammengekommen. Außerdem, wenn sich jemand entschuldigen muss, dann ich.« Sie holt tief Luft. »Ich habe gerade Dad gesehen – dabei hat sich herausgestellt, dass er genau so ist, wie du ihn eingeschätzt hast. Ich habe mich in ihm getäuscht.«

»Was ist passiert?« Ich starre sie überrascht an.

»Er will gar nicht unser Dad sein. Er will Dad eines berühmten Musikstars sein.«

»Oh.« Ich nippe an meiner heißen Schokolade und stelle den Becher ab. »Und? Bist du okay?«

»Ich glaube schon. Und du?«

Ich überlege einen Augenblick, bevor ich antworte. »Na ja, ich hatte gar nicht die Möglichkeit, ihn neu kennenzulernen. Ich bin enttäuscht, dass meine Erwartungen wirklich eingetroffen sind, aber ich habe ihn eigentlich schon vor langer Zeit abgeschrieben. Es tut trotzdem ein bisschen weh. Zurückweisung ist nie schön, besonders nicht vom eigenen Vater. Dass er sich für dich interessiert hat, aber nicht für mich, hat es nicht gerade einfacher gemacht.«

»Ich habe mich der Vorstellung hingegeben, dass er wieder für mich da ist, ohne Rücksicht auf deine Gefühle zu nehmen«, sagt sie und schließt die Augen, verärgert über sich selbst. »Ich war so naiv. Du musst mich für eine Idiotin halten.

»Nein, wirklich nicht. Ist doch logisch, dass er sich mehr für dich interessiert hat als für mich. Du bist diejenige mit der strahlenden Zukunft.«

»Nancy«, sagt sie eindringlich. »Es tut mir leid, dass ich ihn nicht energischer aufgefordert habe, sich um dich zu bemühen. Es muss schmerzhaft für dich gewesen sein. Er

hätte dich nie so behandeln dürfen und ich dich auch nicht.
Falls es dich tröstet, ich werde ihn nie mehr in unser Leben
lassen. Wobei ich nicht glaube, dass er das überhaupt noch
will. Er ist nur aufgetaucht, weil er sich davon Ruhm und
Geld versprochen hat.« Sie schüttelt den Kopf. »Ich habe
ihn völlig falsch eingeschätzt.«

»Wir brauchen ihn nicht«, sage ich leise, aber entschlossen. »Das haben wir noch nie.«

»Jetzt weiß ich das auch.«

»Und Chase?«, frage ich behutsam. »Was ist mit ihm?«
Ihre Stirn legt sich in Falten. Sie bemüht sich, ihre Tränen zu unterdrücken.

»Er ist wütend. Wegen alldem.«

»Das ist meine Schuld«, sage ich niedergeschlagen. »Aber
keine Sorge, ich werde mit ihm reden und ihm sagen, dass
du nichts falsch gemacht hast. Ich werde ihm erklären, was
passiert ist. Dann wird er begreifen, dass du nichts dafür-
kannst. Danach kann er stattdessen auf mich wütend sein.«

»Es ist nicht nur das«, sagt sie. »Da ist noch mehr. Die
Spannungen haben sich schon seit einer Weile aufgebaut.
Vielleicht hat er nur einen Grund gesucht, um das Ganze
zu beenden.«

»Das kann ich mir nicht vorstellen«, sage ich. »Und du
auch nicht.«

»Wir werden sehen.«

»Nina?«

Eine große Frau mit straff zu einem Pferdeschwanz ge-
bundenen tiefschwarzen Haaren und einem beneidenswert
fein geschnittenen Gesicht kommt zu uns an den Tisch herüber. In der Hand hält sie einen Coffee-to-go. Alles an ihr

drückt Autorität aus, sogar die Art, wie sie sich bewegt. Ich hoffe, dass ich eines Tages auch diese Ausstrahlung haben werde. Nina wird rot und setzt sich etwas aufrechter hin.

»Hallo«, piepst sie. »Wie geht es Ihnen?«

»Danke, gut. Ich komme gerade aus einem Meeting.« Die Frau mustert mich. »Du bist sicher Ninas Zwillingsschwester.«

»Ähm, also, ja, Entschuldigung«, sagt Nina verlegen und stolpert über ihre eigenen Worte. »Das ist Nancy. Nancy, das ist Caroline Morreau. Sie ist die Direktorin für Musik an der Guildhall.«

»Ich freue mich, Sie kennenzulernen«, sage ich und schüttle ihre Hand.

»Ganz meinerseits. Ich kenne deine Website. Sie ist sehr gut.«

Ich werfe Nina einen Blick zu, in der Annahme, dass sie Caroline von *Glanz und Glamour* erzählt hat, aber sie wirkt genauso verblüfft wie ich.

»Meine Tochter ist ein großer Fan von Tyler Hill«, erklärt Caroline, als sie merkt, wie überrascht wir sind. »Sie hat mir deine Exklusiv-Reportage über Hills Modelinie gezeigt. Als mir klar wurde, dass es sich bei der Verfasserin um Ninas Zwillingsschwester handelt, habe ich mit großem Interesse deine Musiktexte gelesen. Es ist schön, eine junge, aufstrebende Musikjournalistin kennenzulernen.«

Ich senke den Blick. »Nachdem heute Morgen jemand unter meinem Namen Posts veröffentlicht hat, werde ich wohl leider nie mehr wieder über Musik schreiben können. Niemand würde mich jetzt noch als Musikjournalistin ernst nehmen.«

»Tut mir leid, das zu hören.« Sie mustert mich neugierig. »Der Artikel darüber, was Musik mit Menschen macht, war sehr berührend und gut geschrieben. Ich nehme an, er ist tatsächlich von dir?«

Ich nicke. »Ja, den habe ich geschrieben. Er hat Ihnen gefallen?«

»Ja, das hat er. Du hast ganz offensichtlich Talent dafür, über Musik zu schreiben. Schade, dass du aufgeben willst. Ich hatte gehofft, weitere Texte dieser Art zu lesen, möglicherweise auch mit Beiträgen über Veranstaltungen an der Guildhall. Es ist immer gut, jemanden an der Hand zu haben, der ein Gefühl dafür hat, was Musik wirklich bedeutet. Nun ja.« Sie blickt auf ihre Uhr. »Ah, ich muss zurück. Ein Stapel Papierkram wartet auf mich, daher werde ich heute nicht bei der Orchesterprobe sein, Nina. Ich nehme an, du wolltest ohnehin in den nächsten Minuten aufbrechen, um nicht zu spät zu kommen?«

Nina nickt. »Ja«, sagt sie und wird rot. »Jetzt sofort.«

»Es freut mich, dass du in Sachen Pünktlichkeit Fortschritte gemacht hast. Wie schön, dich getroffen zu haben, Nancy.«

Als sie zur Tür geht, lockern sich Ninas Schultern sichtbar.

»Caroline scheint nett zu sein«, sage ich und schaue ihr nach.

»Ja, wenn man nicht zu ihren Schülern gehört«, erwidert Nina. »Ich meine, sie ist toll, aber sie ist auch so einschüchternd. Tut mir leid, dass ich dich jetzt allein lassen muss, aber ich habe Orchesterprobe. Ich verspreche, sobald ich fertig bin, können wir noch einmal in Ruhe reden.«

»Wir treffen uns später in der Eingangshalle. Keine Sorge, ich werde mir die Zeit bis dahin schon vertreiben.«

Sie zieht die Augenbrauen hoch. »Willst du versuchen, mit Miles zu reden? Wenn du ihm alles erklärst, wird er es verstehen, da bin ich mir sicher. Er braucht nur etwas Zeit.«

»Keine Ahnung«, sage ich in meinen Becher hinein. »Aber ich muss es versuchen, damit ich die Dinge richtigstellen kann. Oh, warte, als ich heute schnell noch meine Tasche zu Hause geholt habe, bevor ich in den Zug gestiegen bin, hat Mum mich gebeten, dir das zu geben. Anscheinend hat Mr Rogers es heute früh bei ihr im Laden abgegeben.«

Ich greife in meine Tasche und hole den dünnen, schmalen Umschlag hervor, den Mum mir gegeben hat mit dem Hinweis, ihn auf keinen Fall zu vergessen. Nina öffnet ihn. Ein Lächeln erhellt ihr Gesicht, als sie mehrere zerknitterte Blätter herauszieht, auf denen vorn ein Notizzettel klebt.

»Was ist das?«, frage ich.

»Nur Notenblätter«, antwortet sie, aber ihre Augen glänzen. »Danke fürs Mitbringen.«

Nina steht auf, kommt zu mir und umarmt mich. Bevor sie geht, meint sie, dass wir uns ungefähr in einer Stunde treffen können, wenn ihre Probe vorbei ist. Ich winke, als sie zur Tür eilt, den Umschlag mit den Notenblättern unter dem Arm. Dann trinke ich den letzten Schluck meiner heißen Schokolade und greife mit neuer Entschlossenheit nach meinem Handy.

Aber es ist nicht Miles, den ich anrufe. Das wäre zwecklos. Keiner aus der Band würde mit mir sprechen.

Stattdessen rufe ich jemanden an, von dem ich weiß, dass

er abheben wird, egal ob er mich mag oder nicht. Denn er hat ein ebenso großes Interesse daran, die Dinge wieder in Ordnung zu bringen, wie ich.

Als ich diesen Plattenladen betrete, schlägt mir der staubige Geruch entgegen, den Nina so mag. Das Geschäft hier ist größer als das in der Hauptstraße unserer kleinen Stadt, aber das ist ja auch kein Wunder, denn ich bin in London. Ich muss mehrere Gänge entlanglaufen, bis ich ihn schließlich ganz weit hinten entdecke. Er hat die Kapuze tief ins Gesicht gezogen und einen Kopfhörer auf, weshalb er mich nicht kommen hört. Ich tippe ihm auf die Schulter und er wirbelt herum. Als er sieht, dass ich es bin, verfinstert sich seine Miene.

»Was machst du hier?«, fragt Chase und zieht den Kopfhörer in den Nacken. »Wie hast du mich gefunden?«

»Ich habe mit Mark gesprochen. Als Nina im Koma lag, hast du mir seine Nummer gegeben, für den Fall, dass du nicht erreichbar sein solltest.«

»Warum hat er dir verraten, wo ich bin?«, fragt er irritiert. »Ich habe ihm doch gesagt, dass ich etwas Zeit für mich brauche.«

»Er macht sich Sorgen um dich. Und obwohl er mich jetzt hasst, hat er mir bereitwillig verraten, wo ich dich finde. Er hofft, dass ich dich überreden kann, nicht länger in einem alten Plattenladen zu schmollen. Du sollst stattdessen zurückkommen und ihm helfen, das Chaos wieder in Ordnung zu bringen.«

Chase starrt mich aus zusammengekniffenen Augen an. »Das Chaos, das du angerichtet hast.«

»Chase, glaubst du wirklich, ich habe diese Posts hochgeladen?«

Er schiebt seine Hände in die Taschen und blickt zur Decke.

»Mal ehrlich«, rede ich weiter, da er kein Wort sagt, »nachdem du etwas Zeit hattest, darüber nachzudenken, glaubst du wirklich, ich habe das geschrieben? Über dich? Und über Miles? Glaubst du wirklich, ich würde dir und Nina das antun? Glaubst du, ich würde tatsächlich so weit gehen und das, was gerade zwischen Miles und mir angefangen hat, für einen dummen Wettbewerb aufs Spiel setzen?«

Er stößt einen tiefen Seufzer aus. Dann senkt er den Blick und sieht mich an.

»Nein«, sagt er, und seine Gesichtszüge werden weicher. »Nein, das glaube ich nicht.«

»Trotzdem hast du jedes Recht, sauer auf mich zu sein. Ich war bei etwas sehr Wichtigem viel zu sorglos und ich habe den falschen Menschen vertraut. Auch wenn ich die Storys nicht gepostet habe, tut mir das alles wirklich schrecklich leid.«

Er nickt, sagt aber kein Wort.

»Nina trifft keine Schuld. Ich bin gekommen, um dir das zu sagen. Zugegeben, sie hat mir von deiner Solokarriere erzählt, aber garantiert nicht, damit ich es als Gossip verbreiten kann. Es ist ihr heute Morgen rausgerutscht, als sie nach eurem Streit ziemlich durcheinander war. Ich war diejenige, die am Telefon so laut geredet hat, dass jemand mich belauschen konnte. Du kannst also wütend auf mich sein, aber bitte nicht auf sie. Ich weiß zwar nicht, was da gerade zwischen euch abgeht, aber willst du meine Meinung hören?«

»Habe ich eine Wahl?«

»Nein, denn es ist wichtig, sich ab und zu auch mal die Sichtweise einer außenstehenden Person anzuhören. Mir egal, was irgendwelche Musiker sagen, aber Antworten findet man nicht immer in staubigen alten Läden.« Naserümpfend schaue ich mich um. »Wo wir gerade davon sprechen, musst du so vorhersehbar sein und dich zum Schmollen ausgerechnet hierher verkriechen?«

Er versucht, nicht zu lächeln, schafft es aber nicht. »Okay, Nancy. Sag mir, was du zu sagen hast.«

»Konzentrier dich nicht so auf die Zukunft, sonst vermasselst du dir die ganze Gegenwart. Das habe ich heute gelernt und das solltest du auch. Man vergisst so leicht, was wirklich wichtig ist. Und bis man es merkt, hat man es manchmal schon für immer verloren. Popstars singen ständig über solche Sachen, das solltest du doch wissen.«

»Kluge Worte. Ich denk drüber nach.«

»Versprich mir, dass du Nina verzeihst, egal wie sich das zwischen euch beiden entwickelt. Es war nicht ihr Fehler, das musst du mir glauben. Du kannst ihr vertrauen. Chase...«, sage ich, denn ich will eine Antwort von ihm, »versprich es.«

»Also gut«, sagt er nach einer Weile. »Ich verspreche es.«

»Danke. Jetzt lass ich dich weiter zwischen staubigen alten Schallplatten schmollen.«

»Hey«, ruft er, als ich mich zum Gehen wende. Ich drehe mich zu ihm um. »Was hast du verloren?«

»Hm?« Ich checke kurz, ob ich meine Handtasche noch umhängen habe. »Nichts. Ist noch alles da.«

»Du meintest, der heutige Tag hätte dir gezeigt, wie

schnell man etwas Wichtiges verlieren kann.« Chase kommt langsam auf mich zu. Seine durchdringenden blauen Augen bohren sich in meine. »Was hast du verloren?«

Ich lächle traurig, mein Herz wird schwer.

»Nicht was, sondern *wen*.«

Er nickt wissend. »Weißt du, das ist jetzt das zweite Mal, dass du zu mir kommst, um für deine Schwester und mich zu kämpfen. Beim ersten Mal wusste ich noch gar nicht, dass es dich überhaupt gibt.«

Ich lächle, während ich daran denke, wie ich in das Studio geplatzt bin, um Chase zu sagen, dass Nina im künstlichen Koma liegt und er sofort zu ihr gehen und ihr beistehen muss.

»Ist schon komisch«, fährt er fort. »Damals warst du so fest entschlossen, genau wie jetzt. Nichts konnte dich aufhalten. Du wolltest dich erst von der Stelle rühren, wenn ich mit dir ins Krankenhaus fahre, und auch jetzt wolltest du nicht eher gehen, bis ich dir versprochen habe, Nina den Fehler zu verzeihen, für den du dir selbst die Schuld gibst.«

»Tja«, sage ich schulterzuckend. »Du kennst mich.«

»Ja, das tue ich«, erwidert er und verschränkt die Arme. »Deshalb wundert es mich, dass du andererseits so schnell aufgibst, und zwar bei dem einen Menschen, von dem du glaubst, ihn verloren zu haben.«

»Da ist nichts zu machen, Chase.« Mir wäre lieber, wir würden nicht darüber reden, denn ich merke, wie mir wieder Tränen in die Augen steigen. »Es gibt kein Zurück mehr. Der Post ist schrecklich und so persönlich mit dem Video und allem. Er will nicht mit mir reden. Er will nichts mehr mit mir zu tun haben, und das mit Recht. Ich an seiner

Stelle würde auch nicht mehr mit mir sprechen wollen. Er ist fertig mit mir. Ich kann nichts dagegen tun.«

»Wirklich? Gar nichts?« Er sieht mich an, als müsse es irgendeine Lösung geben, aber mein Kopf ist wie leer gefegt. »Gibt es wirklich nichts, womit du seine Meinung ändern kannst?«

Ich will gerade Nein sagen, als es klick macht. Mitten in einem staubigen alten Plattenladen und unter dem fragenden Blick von Chase Hunter weiß ich auf einmal, was zu tun ist.

Tja, eines steht jedenfalls fest: Das wird noch ziemlich interessant.

Schul-Blog: Update 15:00 Uhr

DIE GEWINNER DES DISNEY-PRAKTIKUMS STEHEN FEST!

Die Stimmen sind ausgezählt, und ich freue mich, die Sieger-Website unseres Wettbewerbs verkünden zu können: GLANZ UND GLAMOUR! Glückwunsch an Layla, Sophie und Nancy. Sie werden ihre Fähigkeiten in den Osterferien bei einem Praktikum bei Disney Channel unter Beweis stellen können. Glückwunsch auch an den Zweitplatzierten Jimmy Morton mit seiner hervorragenden Website JIMMYS JOURNAL. Dank an alle, die gewählt haben, verbunden mit einem Lob an unsere Finalisten für ihren bewundernswerten Einsatz und ihre große Kreativität.

Carolyn Coles, Schulleiterin

KAPITEL EINUNDZWANZIG

Nina

»Ich habe Cupcakes gebacken.«

Mum stellt das Tablett auf den Wohnzimmertisch, auf dem drei Tassen heiße Schokolade und ein Teller mit pink glasierten und mit bunten Streuseln verzierten Cupcakes stehen.

»Ich wollte dir eine Glückwunschtorte kaufen, Nancy. Wie den Kuchen, den du Nina im Krankenhaus geschenkt hast.« Sie reicht uns die Tassen und setzt sich in den Sessel uns gegenüber. »Aber ich hatte plötzlich Lust, selbst zu backen. Ich hoffe, das ist okay. Wir sind so stolz auf dich, Nancy. Leider bin ich mit meinen Cupcakes etwas spät dran. Ich hätte sie schon am Wochenende backen sollen, als die Gewinner verkündet wurden, aber dann ist so viel passiert, und ich bin einfach nicht dazu gekommen… also, herzlichen Glückwunsch, mein Schatz.«

»Wir sind so stolz auf dich, Nancy«, stimme ich Mum zu. »Ich wusste, dass du es schaffst. *Glanz und Glamour* ist einfach toll und das liegt hauptsächlich an deinen Beiträgen.«

Nancy lächelt.»Danke, aber –« Sie starrt auf ihre Hände und runzelt die Stirn.

»Was ist los?«, fragt Mum.

»Ich verdiene keine Glückwunsch-Cupcakes.«

»Was?«, sage ich lachend. »Warum nicht?«

»Es kommt mir nicht richtig vor.« Sie seufzt.»Ich weiß nicht. Ich wollte gewinnen, aber doch nicht so. Nicht durch Posts mit privaten Informationen über Leute, die mir wichtig sind. Und das nur, um möglichst viele Klicks zu erzielen.«

»Aber du hast die Informationen nicht weitergegeben, das wissen wir«, sage ich. Mum nickt zustimmend.»Du hast in den vergangenen Wochen so viel für die Website gearbeitet – das darf doch nicht umsonst gewesen sein. Deine eigenen Artikel waren ausgezeichnet.«

»Ganz genau«, sagt Mum.»Bestimmt hättest du auch ohne diese dummen Posts gewonnen. Deine Musikkolumne hat allen gefallen.«

Nancy lächelt matt.»Danke, Mum. Die Cupcakes sehen sehr lecker aus.«

Als ich meine Tasse heiße Schokolade hochhebe, um Nancy zuzuprosten, holt Mum tief Luft.

»Mädchen, ich wollte euch ein bisschen Raum und Zeit geben, damit ihr nach diesem ereignisreichen Wochenende wieder einen klaren Kopf bekommt. Aber inzwischen ist es mitten in der Woche, und wir sind alle drei zu Hause, daher habe ich mir gedacht, es wäre ein guter Moment, um mit euch über euren Vater und alles, was passiert ist, zu sprechen.«

Mum hält einen Augenblick inne. Sie sieht sorgenvoll

aus, und in ihren Augen schimmern Tränen, die sie zurück-
zuhalten versucht.

»Es tut mir so leid für euch beide«, beginnt sie mit leiser Stimme. »Ich hätte euch vor ihm schützen müssen. Ich
bin immer noch fassungslos über dein letztes Gespräch mit
ihm, Nina. Als seine wahren Beweggründe herauskamen.
Und dass er dich so schlecht behandelt hat, Nancy –«, sie
bricht ab und ringt um Fassung. »Ich hätte das nicht zu-
lassen dürfen.«

»Mum«, sage ich schnell, weil ich es nicht ertrage, sie so
niedergeschmettert zu sehen, »das ist nicht deine Schuld.«

»Ja«, stimmt mir Nancy zu. »Du hast uns die Entscheidung überlassen, ob wir ihn wieder in unser Leben lassen
oder nicht, trotz deiner schlechten Erfahrungen mit ihm.
Das war so mutig. Ehrlich, du bist unglaublich stark.«

»Nancy hat recht«, bekräftige ich. »Du hättest uns nicht
schützen können. Wir mussten selbst diese Erfahrung
machen.«

Ein Lächeln huscht über Mums Gesicht. »Es tut mir
trotzdem leid. Er hat zwei Töchter wie euch nicht verdient.«

»Er hat vor allem *dich* nie verdient«, entgegnet Nancy.

»Wenn sich jemand entschuldigen muss, dann ich«, sage
ich und stelle meine Tasse ab. »Ich habe mich von ihm blen-
den lassen. Ich war diejenige, die nicht mutig genug war,
seine Motive zu hinterfragen.«

»Weißt du, was?« Nancy legt ihre Hand auf meine Schulter. »Wir hören jetzt auf, uns selbst Vorwürfe zu machen,
okay? *Er* hat uns das alles eingebrockt.«

»Du hast recht, Nancy.« Mum steht auf, quetscht sich

zwischen uns aufs Sofa, legt die Arme um unsere Schultern und zieht uns eng an sich. »Wenn er eines bewirkt hat, dann, dass unsere Familie jetzt noch enger zusammenhält als zuvor schon.«

»Genau.« Lächelnd schmiege ich mich an ihre Schulter. »Nichts kann uns auseinanderbringen. Schon gar nicht *er*.«

»So, da wir das nun geklärt haben«, sagt Mum und lässt uns los, damit sie sich mit einem Taschentuch die Augen abtupfen kann, »wer möchte einen Cupcake?«

»Ich natürlich!«, sage ich und nehme einen von dem Teller, den Mum mir anbietet.

»Du kriegst aber nur einen, wenn du nicht daran herumknabberst wie ein Eichhörnchen«, sagt Nancy.

»Ich knabbere NICHT wie ein Eichhörnchen«, protestiere ich und knabbere an der Kruste.

»Was ist mit dir und Chase, Nina?« Mum gibt Nancy einen Cupcake und nimmt sich selbst einen. »Habt ihr euch ausgesprochen?«

»Es läuft wieder besser, dank Nancy«, erzähle ich, woraufhin Nancy tatsächlich rot wird. »Ich weiß, ich habe es schon gesagt, aber danke noch mal, dass du zu ihm gegangen bist.«

Nancy zuckt die Achseln. »Schon gut. Schließlich war es mein Fehler. Habt ihr eure Probleme geklärt?«

»Wir haben ein paarmal telefoniert, aber er hat im Moment sehr viel zu tun, und ich muss mich auf meinen Auftritt konzentrieren…«

»Wo wir gerade davon reden, kommt er am Wochenende zum Konzert?«, fragt Mum hoffnungsvoll.

»Drückt die Daumen. Die Pressekonferenz hat jetzt ja bereits stattgefunden, da die Katze aus dem Sack ist. So gesehen müsste er am Samstag Zeit haben«, erwidere ich seufzend. »Aber weil es anscheinend so eine Sensation ist, flattern Hunderte von Presseanfragen rein, und Chase kommt mit dem Beantworten gar nicht hinterher. Alle aus der Band wissen nicht, wo ihnen der Kopf steht vor Arbeit.«

»Das überrascht mich nicht. Sie müssen geradezu überrollt worden sein. Wenn ich mir vorstelle, wie sehr *wir* belagert wurden«, meint Mum und verdreht die Augen. »Zum Glück haben die Reporter im Laufe der Woche das Interesse verloren. Stellt euch vor, einige von ihnen haben sich in meinem Laden sogar als Kunden ausgegeben!«

»Ich nehme an, sie haben relativ schnell eingesehen, dass sie uns keinen Kommentar entlocken können. Die einzigen Fotos, an die sie rangekommen sind, waren Aufnahmen von Nina und mir auf dem Weg zur Schule und nach Hause«, sagt Nancy. »Nicht gerade sehr aufregend. Obwohl es beeindruckend war, unsere Rektorin zu sehen, wie sie die Pressefuzzis am Montag zur Schnecke gemacht hat, als einer von ihnen es wagte, seinen Fuß auf das Schulgelände zu setzen.«

»Sie hat ihnen richtig Angst eingejagt!«, sage ich kichernd. »Promis sollten *sie* anheuern, wenn sie von Paparazzi belästigt werden.«

»Und was ist mit Miles?«, wendet Mum sich an Nancy. »Hast du mit ihm geredet?«

Nancy schüttelt den Kopf. »Er ist immer noch sauer auf mich. Aber keine Sorge, ich habe einen Plan, wie ich ihn wiedergewinnen kann.«

Mum und ich schauen uns verwirrt an.

»Ach ja?«, frage ich. »Und wie sieht dieser Plan aus?«

»Das wirst du schon noch erfahren«, sagt Nancy geheimnisvoll, bevor sie den letzten Happen Cupcake verschlingt und sich an Mum kuschelt. »Glaubt mir, wenn ich ihn damit nicht zurückgewinne, dann weiß ich auch nicht.«

Das Klackern von Carolines Absätzen hallt laut durch die Stille des Konzertsaals, als sie die Bühne betritt. Die Spotlights folgen ihr auf ihrem Weg zur Bühnenmitte.

»Guten Abend. Voller Freude und Stolz darf ich Sie heute zu unserem Konzert begrüßen. Unsere Schüler haben in den vergangenen Wochen sehr hart gearbeitet, und wir sind überglücklich angesichts der Fortschritte, die sie gemacht haben. Heute können Sie einige sehr vielsprechende Talente erleben. Ich bin sicher, sie werden Ihnen einen unvergesslichen Abend bereiten ...«

Ich schenke mir den Rest ihrer Begrüßungsrede, um nicht noch nervöser zu werden, als ich es ohnehin schon bin. Leise ziehe ich mich hinter die Kulissen in den Aufenthaltsraum zurück, wo bereits einige Schüler warten, die ebenfalls zu aufgeregt sind, um direkt neben der Bühne zu stehen, und sich lieber auf ihren Auftritt vorbereiten. In einer Ecke steht Grace und macht Atemübungen. Als sie mich sieht, grinst sie und kommt zu mir.

»Wie fühlst du dich?«, fragt sie und schüttelt ihre Hände aus.

»So als müsse ich mich jeden Moment übergeben.« Ich umklammere meine zerknitterten Notenblätter noch etwas fester.

»Ich auch«, gibt Grace zu. »Das ist bestimmt das Adrenalin. Was ja angeblich gut sein soll. Hast du schon einen Blick ins Publikum geworfen?«

»Ich habe es versucht, aber die Bühnenbeleuchtung ist so grell, dass man keine Gesichter erkennen kann. Als die Türen am Einlass geöffnet wurden, hörte es sich an, als würden eine Menge Zuschauer hereinströmen.«

»Nico meinte, ein paar Journalisten hätten versucht, sich heimlich unters Publikum zu mischen, aber die Heiratsvermittlerin hat ihnen eine Ansage gemacht und sie hinausgeworfen«, berichtet Grace vergnügt. »Einer von ihnen soll fast in Tränen ausgebrochen sein. Was für ein Spaß! Ich für meinen Teil würde mich nicht mit der Heiratsvermittlerin anlegen!«

»Ich auch nicht«, sage ich. »Ich fürchte, es werden trotzdem noch einige Reporter draußen herumlungern und auf eine Gelegenheit für Fotos warten.«

»Glaubst du, Chase wird da sein?«, fragt sie vorsichtig.

»Ich weiß es nicht«, gebe ich zu. »Ich hoffe es. Heute Morgen hat er geschrieben, dass er versuchen wird, rechtzeitig hier zu sein, aber…« Ich hole tief Luft und lockere mit noch ungewohntem Selbstvertrauen meine Schultern, »es ist egal, ob er im Publikum sitzt oder nicht. Ich kann das auch allein.«

»Und ob du das kannst«, sagt sie. Dann sieht sie an mir vorbei. »Oh, es scheint, als würde die Heiratsvermittlerin vor deinem Auftritt noch mit dir reden wollen.«

Ich drehe mich um und sehe Caroline, die an der Tür steht und uns beobachtet. Sie hat ihre Begrüßungsrede beendet, das heißt, der erste Schüler ist schon auf der Bühne.

Ich bin die Zweite. Caroline fängt meinen Blick auf und winkt mich zu sich.

»Ich muss gehen«, seufze ich widerstrebend. Eigentlich will ich gar nicht hören, was Caroline zu sagen hat. »Wann bist du dran?«

»Direkt nach dir.« Grace lächelt. »Häng die Latte nicht zu hoch, Palmer.«

Ich lächle zweifelnd, dann lasse ich Grace ihre Atemübungen fortsetzen und gehe zu Caroline, die mit verschränkten Armen dasteht und geduldig wartet.

»Bist du bereit?«, fragt sie und mustert mich von Kopf bis Fuß.

Ich nicke und sage: »Für etwas anderes ist wohl auch keine Zeit mehr. In ein paar Minuten bin ich an der Reihe.«

»Ja«, bestätigt Caroline. »Nina, ich möchte dir noch etwas sagen, bevor du auf die Bühne gehst.«

»Ich weiß nicht, ob ich jetzt noch letzte Anweisungen umsetzen kann«, erwidere ich unruhig. Wenn sie jetzt an meinen Fehlern herummäkelt, kann ich meine Konzentration sicher nicht aufrechterhalten.

»Ich habe keine Anweisungen für dich.« Sie holt tief Luft. »Nina, habe ich dir eigentlich schon gesagt, wie sehr mir dein allererstes Vorspiel gefallen hat?«

Ich schüttle den Kopf.

»Ich habe etwas in dir gesehen, Nina Palmer«, sagt sie und berührt dabei leicht meinen Arm. »Eine innere Verbindung zur Musik. Dann bist du hergekommen und hast alles darangesetzt, anders zu sein, als du bist. Aber Musik verdeckt uns nicht, sie öffnet uns. Sie macht uns verletzlich und sie verleiht uns Macht. Das habe ich dir beizubringen versucht, neben all den technischen Fertigkeiten. Und heute Morgen bei der Generalprobe ist mir klar geworden, dass du es verstanden hast. Ich habe gemerkt, dass du jetzt weißt, worauf es ankommt.«

Ich lächle. »Vor Kurzem hat mich jemand daran erinnert, warum ich überhaupt Klavier spiele.«

»Gut. In den vergangenen Wochen hast du viel geübt und deine Technik ganz erstaunlich verbessert.« Sie beugt sich zu mir und sieht mir in die Augen. »Du bist eine wunderbare Pianistin, Nina. Du hast großes Potenzial. Ich würde gern weiter mit dir arbeiten und noch mehr aus dir herausholen.«

»Wirklich?«, flüstere ich, weil ich kaum glauben kann, was sie da sagt.

»Ja, wirklich«, wiederholt sie, ohne zu zögern.

»Nina Palmer!« Ein Mädchen mit einem Headset streckt den Kopf herein. »Nina Palmer ist als Nächste dran.«

»Sie kommt gleich«, sagt Caroline, dann dreht sie sich wieder zu mir und nimmt meine Hände. »Brauchst du deine Notenblätter?«

»Nein«, sage ich und reiche sie ihr.

»Das dachte ich mir. Und jetzt geh. Viel Glück.«

»Danke, Caroline. Danke, dass Sie immer so geduldig waren. Ich hoffe, meine Unterrichtsstunden haben Sie nicht den letzten Nerv gekostet.«

»Ha!«, schnaubt sie und schüttelt den Kopf. Dann hält sie mir die Tür auf und sagt so leise, dass niemand es hören kann: »Versuch mal, Jordan etwas beizubringen. Das ist *wirklich* harte Arbeit.«

Ich lächle immer noch über ihre letzte Bemerkung, als

ich die Stufen hinter der Bühne hinaufsteige. Erst als ich draußen auf der Bühne den Flügel sehe, begreife ich, dass es tatsächlich passiert. Alles in mir verkrampft sich und mein Magen fängt an zu rumoren. Meine Hände zittern und ich kann nichts dagegen tun. Der laute Applaus – und damit meine ich richtig laut, das heißt, der Saal ist voll – für den ersten Schüler verebbt allmählich. Caroline tritt nach vorn, um mich anzukündigen.

Während ich noch überlege, ob ich wegrennen soll, fangen die Zuschauer an zu klatschen. Caroline kommt noch einmal zu mir.

»Du schaffst das«, sagt sie. »Denk dran, du tust das, was du liebst.«

»Ich tue das, was ich liebe«, wiederhole ich heiser.

TJ, Nico, Florence und Grace haben sich an der Bühnenseite versammelt und feuern mich mit ihrem Applaus an. Caroline berührt mich am Rücken und schiebt mich sanft auf die Bühne. Mit unsicheren Schritten trete ich ins Scheinwerferlicht und nehme auf dem Klavierhocker Platz. Ich blicke nicht ins Publikum, als es still wird im Saal. Ich verbeuge mich nicht und ich stelle mich auch nicht vor. Ich schließe nur die Augen und hole tief Luft, dann schlage ich sie wieder auf, bereit für den ersten Ton. Mein Nacken ist feucht von Schweiß, und mein Mund ist so trocken, dass ich nicht schlucken kann. Ich lege die Finger auf die Tasten.

Es ist so weit. Auf diesen Moment habe ich hingearbeitet. Und jetzt bin ich hier. Allein. An diesem wunderschönen Flügel. Ich denke nicht mehr an Dad und daran, wie sehr er mich verletzt hat. Ich denke nicht mehr an meine Beziehungsprobleme mit Chase. Ich denke nicht mehr darüber nach, wie sehr ich mir einen Platz an der Sommerakademie der Guildhall wünsche. Ich vergesse alles außer das eine, woran mich Caroline erinnert hat: Ich bin hier, um das zu tun, was ich liebe.

Ich fange an zu spielen – mein Lieblingsstück von Austin Golding. Das Stück, das Mr Rogers in einen Umschlag gesteckt und mit dem Satz versehen hat: *Ich denke, das ist das, wonach du gesucht hast.*

Ich kann nicht beurteilen, ob ich gut spiele. Ich tauche in die Musik ein und mache mir keine Gedanken, ob ich alles richtig spiele oder ob ich das, was ich am Rand der Notenblätter notiert habe, korrekt umsetze oder ob mein Gesicht beim Spielen hübsch aussieht oder ob die Zuhörer vielleicht der Meinung sind, das Stück sei viel zu leicht für eine Schülerin der Guildhall.

Nichts davon ist von Belang. Ich genieße jeden Moment am Klavier. Die Akustik des Saals ist hervorragend und verleiht der Musik einen herrlichen Klang. Ein Gefühl der Wärme erfasst meinen Körper. Als ich am Ende des Stücks angelangt bin, habe ich das Publikum völlig vergessen.

Ich spiele die letzte Note, der Ton hallt in der Stille nach. Ich lasse ihn einen Augenblick schweben, bevor ich den Fuß vom Pedal nehme. Applaus brandet auf und holt mich in die Gegenwart zurück. Ich stehe abrupt auf und sehe mich einem Meer aus Gesichtern gegenüber. Sofort verwandeln sich meine Beine in Gummi. Ich stütze die Hand auf den Flügel und versuche, mein Gleichgewicht zu finden. Dann verbeuge ich mich ungeschickt und flüchte, so schnell ich kann, von der Bühne, direkt in die Arme von jemandem, der mich auffängt.

»Chase!«, rufe ich und klammere mich an ihn. »Du bist da!«

»Natürlich bin ich da«, sagt er. Und dann küsst er mich. Ich strahle übers ganze Gesicht, als wir uns voneinander lösen. Ich strahle so sehr, dass mir schon fast der Kiefer wehtut. Chase streicht mir die Strähne von meiner Wange hinters Ohr. Ich bin so hingerissen von seinen meerblauen Augen, dass ich beinahe Grace übersehe, die an uns vorbei zur Bühne geht.

»Du warst umwerfend, Nina«, raunt sie mir zu. »Wir sehen uns danach.«

»Viel Glück!«, wispere ich, als sie die Schultern strafft, das Kinn hebt und unter dem frenetischen Beifall des Publikums auf die Bühne schwebt, als würde sie nirgendwo sonst hingehören.

Bereits vor meinem Auftritt ist jede Menge Adrenalin durch meine Adern gejagt, währenddessen noch viel mehr. Und jetzt, wo Chase da ist und direkt vor mir steht, könnte ich platzen vor Glück.

»Nina«, flüstert er und hält mich ganz fest, »können wir nach Grace' Auftritt irgendwo reden?«

Ich nicke und drehe mich zur Bühne. Chase stellt sich hinter mich, legt seine Arme um meine Taille und stützt sein Kinn auf meine Schulter. Er ist hier. *Natürlich ist er hier.*

Grace stimmt den Song »Listen« aus *Dreamgirls* an. Sie singt so wundervoll, dass mir die Tränen kommen. Ich höre, wie Chase hinter mir scharf einatmet, als er Grace singen hört, und ich muss daran denken, wie es mir am Anfang unseres Kurses ergangen ist, als ich sie das erste Mal hörte. Ich hätte nicht gedacht, dass das möglich ist, aber Grace ist noch besser geworden. Als der letzte Ton verklungen ist, juble ich so stürmisch und laut, dass ich heiser werde.

Grace kommt von der Bühne und fragt uns nervös, wie wir es fanden.

»Du hast eine wunderschöne Stimme«, sagt Chase voll Bewunderung.

Verlegen schlägt Grace die Hände vors Gesicht. »Chase Hunter findet, ich habe eine wunderschöne Stimme«, quietscht sie so aufgeregt, dass ich lachen muss.

Wir lassen sie mit James allein, der mit leicht weggetretenem Gesichtsausdruck herankommt, um ihr zu gratulieren. Chase verschränkt seine Finger mit meinen und führt mich die Stufen hinunter.

»Am Ende des Gangs sind noch weitere Räume hinter dem Aufenthaltsraum«, erkläre ich ihm, als er die Tür für mich aufhält. »Ich bin sicher, wir –«

»Nina«, unterbricht mich Jordan, der in diesem Moment aus dem Aufenthaltsraum kommt.

Ich spüre Chase' plötzliche Anspannung, aber nicht einmal Jordan kann heute meine gute Laune verderben.

»Hey, Jordan, viel Glück! Du bist bald an der Reihe, oder?«

Er nickt. »Danke. Ich wollte dir sagen, dass ich deinen Auftritt gesehen habe und...« Er zögert, sucht nach Worten, räuspert sich. »Es war nicht das, was ich erwartet hatte. Vielleicht habe ich dich doch falsch eingeschätzt. Als Pianistin, meine ich.«

»Okay«, sage ich mit einem Seitenblick auf Chase, der genauso verwirrt aussieht, wie ich mich fühle.

»Was ich damit sagen will«, fährt Jordan mit einem Seufzer fort. »Du warst gut. Richtig gut. Obwohl es ein Stück von Austin Golding war.«

»Danke, Jordan.« Ich muss grinsen, weil ich sehe, wie schwer ihm das gefallen ist.

Er nickt noch einmal verlegen und geht dann zur Tür hinaus Richtung Bühne.

»Irgendwie schräg, oder?«, meint Chase, als ich ihn in einen kleinen Übungsraum am Ende des Gangs führe. »Ich glaube, das war ein Kompliment. Aber ganz sicher bin ich mir nicht.«

»Ich auch nicht«, gebe ich zu und setze mich. »Aber es war das Netteste, was er je zu mir gesagt hat. Also habe ich wohl nicht so schlecht gespielt.«

»Machst du Witze? Du warst fantastisch«, erklärt Chase und setzt sich mir gegenüber. »Nina, ich habe dich noch nie so spielen hören. Wie hast du das gemacht?«

Ich lächle, aber meine Wangen brennen. »Ich weiß es selbst nicht genau. Ich habe alles beiseitegeschoben, was in letzter Zeit passiert ist, und mich ganz auf die Musik eingelassen.«

»Da war ein Talentscout der Plattenfirma im Publikum, bei der auch Chasing Chords unter Vertrag sind«, erzählt er und zieht vielsagend die Augenbrauen hoch. »Er schien großes Interesse an dir zu haben.«

»Den hat sicherlich Dad eingeladen.«

Chase nickt langsam. »Das mit deinem Dad tut mir leid. Er ist ein Idiot.«

»Ja, das ist er.«

»Und wie geht es dir damit?«

»Ich bin traurig, wenn ich daran denke, was hätte sein

können«, sage ich nach kurzem Zögern. »Ich dachte wirklich, ich würde ihm etwas bedeuten. Und es wäre schön gewesen, wieder einen Dad zu haben. Aber ich komme drüber weg. Er verdient unsere Familie nicht und ich werde ihn ganz sicher nicht mehr in meine Nähe lassen. Außerdem brauche ich ihn nicht. Ich habe Mum, Nancy und Jimmy, die alle im Publikum sitzen, und ich weiß, dass sie immer für mich da sein werden.« Ich sehe ihn an und lächle. »Aber vor allem habe ich dich. Ich kann es immer noch nicht fassen, dass du tatsächlich gekommen bist.«

»Darüber wollte ich mit dir reden.« Er umschließt meine Finger mit seinen warmen Händen. »Es hätte nie so weit kommen dürfen, dass du daran zweifelst, ob ich heute für dich da bin. Meine Solokarriere ist mir wichtig, Nina – aber du bist mir viel wichtiger. Es tut mir so leid, dass ich nicht für dich da war, als du mich am meisten gebraucht hast. Stattdessen war ich mit meinen eigenen Problemen beschäftigt. Ich hoffe, du kannst mir das verzeihen. Du bist der beste Mensch, den ich kenne. Ich möchte dich nicht verlieren. Ich habe nur noch an meine Musikkarriere gedacht und dabei übersehen, was ich bereits habe. Ich will nicht in der Zukunft leben, sondern in der Gegenwart. Mit dir. Von jetzt an, das verspreche ich dir, werde ich dafür sorgen, dass wir Zeit füreinander haben. Ganz egal, was um uns herum passiert. Du bist meine Nummer eins.«

Er blickt nervös auf seine Füße und fährt etwas leiser und nicht mehr ganz so selbstbewusst fort. »Ich verstehe natürlich, wenn du erst noch Zeit und Raum für dich brauchst. Ich habe einige ziemlich dumme Sachen gesagt, und ich weiß, dass ich kein toller Freund für dich war. Wenn du also erst nachdenken musst, dann ist das völlig in Ordnung. Ich möchte nur, dass du weißt, wie ich es sehe.«

»Ich brauche weder Zeit noch Raum«, erkläre ich so glücklich, dass ich fast die Worte nicht herausbekomme. »Ich möchte dich nicht verlieren. Niemals. Das alles klingt gut für mich. Auch ich war nicht gerade eine tolle Freundin und das tut mir leid. Aber wir beide werden gemeinsam alles dafür tun, dass es funktioniert.«

Chase zerquetscht mir fast die Finger. Er grinst und zieht mich hoch.

»Nina, ich wollte es dir schon lange sagen, aber dann dachte ich immer, du bist vielleicht noch nicht so weit. Aber jetzt ist mir das egal – ich sage es einfach.« Er holt tief Luft. »Ich habe mich Hals über Kopf und von den Haar- bis zu den Zehenspitzen in dich verliebt.«

Da ist es. Er hat es gesagt. Dieses Wort. Der Augenblick ist noch viel schöner als in meiner Vorstellung.

»Was für ein Glück.« Mein Herz schlägt Purzelbäume, als ich in seine Augen schaue. »Denn ich habe mich auch in dich verliebt.«

Als er lächelt, vertiefen sich seine Grübchen, die ich so süß finde. Er nimmt mich in seine Arme, hebt mich hoch und wirbelt mich im Kreis herum wie in einem kitschigen Hollywoodfilm. Ich habe nicht geahnt, wie glücklich man sein kann.

Ich blicke in seine funkelnden Augen und denke, wie perfekt er ist und wie perfekt dieser Moment ist, als jemand höflich an der Tür klopft. Grace streckt den Kopf herein und lächelt entschuldigend.

»Gleich ist das Orchester dran. Kommst du, Nina?«

»Das hätte ich fast vergessen«, sage ich und wende mich Chase zu. »Ich muss gehen. Wir sehen uns nachher.«

»Ich werde da sein«, verspricht er und küsst mich auf die Wange. »Oh, und falls Nancy fragt, sag ihr, ich habe das getan, worum sie mich gebeten hat.«

Ich bin so benommen vor lauter Glück, dass ich erst über seine Worte nachdenke, als er bereits an seinen Platz im Publikum zurückgekehrt ist und ich mit den anderen Musikern hinter der Bühne stehe und warte. Was hat er damit gemeint? Worum hat Nancy ihn gebeten? Außerdem sieht er sie doch viel früher als ich, wenn sie gemeinsam nach dem Konzert auf mich warten, oder? Warum kann er es ihr nicht selbst sagen?

Ich rätsle immer noch, als ich Nancy auf Zehenspitzen die Stufen zu uns hochkommen sehe.

»Nancy!« Ich verlasse meinen Platz hinter Jordan und schleiche zu ihr ans Ende der Reihe. »Was machst du hier? Du musst zurück ins Publikum.«

»Ich wollte mal eine bessere Sicht auf die Bühne haben«, erklärt sie mir flüsternd. »Nina, du warst brillant. Wenn du nicht gewinnst, dann haben deine Lehrer kein Hirn im Kopf. Ich bin so stolz auf dich. Mum auch. Sie hat die ganze Zeit geweint, während du gespielt hast. Ich meine, richtig geweint. Sie hat sich gar nicht mehr eingekriegt. Ich habe ein Foto gemacht, damit wir später darüber lachen können, aber es ist verschwommen, weil ich zu nah an ihr dransaß.«

»Danke, Nancy, aber du musst jetzt zurück zu deinem Platz. Es geht gleich los.« Ich deute mit einem Nicken zu unserem Dirigenten, der unter dem Applaus des Publikums die Bühne betritt.

»Viel Glück, Nina«, sagt sie und lächelt. »Ich finde, nach diesem Konzert solltet ihr die Plätze tauschen, dieser Jonathan und du.«

»Jordan.«

»Sag ich doch. Du solltest Klavier eins sein, du warst hundertmal besser als er.«

»Nancy, ich meine es ernst. Warum bist du noch hier? Im Zuschauerraum hörst und siehst du das Konzert viel besser.«

»Ich steh niemand im Weg rum, ehrlich«, sagt sie und ignoriert meinen Einwand.

»Okay. Ach, übrigens, ich habe gerade mit Chase gesprochen. Ich soll dir sagen, dass er gemacht hat, worum du ihn gebeten hast. Was meint er damit?«

Ihre Wangen röten sich. »Cool. Danke, Nina«, sagt sie, aber ich merke, dass sie mit ihren Gedanken woanders ist.

»Nina«, zischt Jordan und winkt mich zu sich, während die ersten Orchestermitglieder bereits ihre Plätze einnehmen. »Wo bleibst du denn?«

Nancy streckt beide Daumen hoch und ich reihe mich schnell hinter Jordan ein und folge ihm hinaus ins Scheinwerferlicht. Ich bin erleichtert, dass ich mein Solo hinter mich gebracht habe und beim Orchesterstück ganz hinten sitze. Mein Lampenfieber ist jetzt nicht mehr ganz so heftig. Nach einem letzten Stimmen der Instrumente hebt der Dirigent die Hände, zählt vor und gibt den Einsatz. Ich weiß nicht, ob es an den vielen Proben liegt oder daran, dass wir nach unseren Einzelauftritten jetzt nicht mehr in direkter Konkurrenz zueinander stehen, aber wir spielen um Klassen besser als je zuvor.

Der Dirigent ist mit vollem Körpereinsatz dabei, und als wir die letzte Note spielen und das Musikstück mit einem dröhnenden Paukenschlag endet, kann man sehen, wie seine Schultern sich lockern. Er strahlt uns an, als wären wir seine absoluten Lieblinge.

Dann dreht er sich zum Publikum und verbeugt sich. Die Lichter gehen an, und wir sehen, dass die Zuschauer sich von ihren Plätzen erhoben haben. Mit einer Geste fordert der Dirigent uns auf, aufzustehen und uns zu verbeugen.

Das war's. Es ist vorbei. Der Kurs ist zu Ende. Ich schaue zu Nico, TJ, Florence und schließlich zu Grace, die Tränen in den Augen hat. Auch ich spüre einen Kloß im Hals. Nach Wochen voller Frustration, Stress und harter Arbeit ist der Gedanke, mich von der Guildhall verabschieden zu müssen, fast unerträglich. Endlich fühle ich mich hier zu Hause. Und ich bin doch gerade erst dabei, die anderen kennenzulernen.

Da geschieht etwas Unerwartetes. Aus den Augenwinkeln sehe ich eine Bewegung und – mir bleibt der Mund offen stehen.

Nancy betritt die Bühne. *Was macht sie da?*

Alle Geräusche im Saal verstummen, als sie sich in die Mitte stellt.

»Hallo, ich bin Nancy«, verkündet sie mit einem leichten Zittern in der Stimme. »Ich werde nicht allzu viel von Ihrer Zeit in Anspruch nehmen. Sie sind sicher alle gespannt, zu erfahren, wer einen Platz in der Sommerakademie gewonnen hat, und so weiter. Daher bedanke ich mich bei Caroline Morreau, dass sie mir diese Gelegenheit gibt…« Sie nickt Caroline zu, die in der ersten Reihe sitzt, und Caroline lächelt zurück.

WAS GEHT HIER VOR? Was um alles in der Welt passiert da gerade?

»Miles«, sagt Nancy und tritt in den Lichtkegel der Scheinwerfer. »Das ist für dich.«

KAPITEL ZWEIUNDZWANZIG

Nancy

Das war's. Mein Leben ist vorbei.

Ich habe mich ganz offiziell zum Trottel gemacht. Ich kann nur noch meine Sachen packen, mich aus der menschlichen Gesellschaft zurückziehen und den Rest meines Lebens als Einsiedlerin fristen.

Kaum habe ich meinen Fuß auf die Bühne gesetzt, bereue ich meine Entscheidung. Aber da ist es schon zu spät. Ich habe den Entschluss gefasst – jetzt bleibt mir nichts anderes übrig, als es auch durchzuziehen.

Und so bin ich hier und singe »The hills are alive« aus *The Sound of Music,* und das auch noch völlig schief und ohne Begleitung, dafür mit allen dazugehörigen Bewegungen, vor einem großen Publikum, das sich beruflich mit Musik beschäftigt, vor Talentscouts, vielversprechenden Jungmusikern und ihren Familien. Jetzt halbherzig zu sein, bringt nichts. Also lege ich mein ganzes Herz und meine Seele in diese grauenhaft schlechte Darbietung.

Das Orchester nimmt den Großteil der Bühne ein, für meine Performance bleibt nur ein schmaler Streifen. Ich breite die Arme aus, renne an der Rampe entlang und singe lauthals »*The hills are alive, with the sound of music!*«, dann drehe ich um und segle möglichst elegant auf die andere Seite, um dort die nächste Zeile zu singen.

Ein Meer aus geschockten Gesichtern starrt mich an, fragende Blicke fliegen hin und her, keiner weiß, was los ist. Ich könnte es dabei belassen. Das wäre der Moment, um aufzuhören. Ich habe die ersten Worte des Lieds gesungen. Mehr braucht es nicht. Aber aus irgendeinem Grund, den ich selbst nicht kenne, mache ich weiter.

Ich stimme die zweite Strophe an, laufe wieder zurück zur Mitte und blinzle in das helle Licht der Spotlights. Ich kann nur hoffen, dass Miles im Publikum sitzt. Denn das war meine Bitte an Chase: Locke Miles in Ninas Konzert. Das war es, was ich von ihm wollte, und wenn ich Nina richtig verstanden habe, hat er es gemacht. Dann ist diese grottenschlechte Show, die ich hier abziehe, vielleicht doch nicht umsonst. Falls Chase gelogen hat und Miles nicht da ist und ich mich völlig unnötig zum Affen mache, dann... dann bringe ich Chase um.

Im Grunde genommen ist er an allem schuld. Er war derjenige, der mich auf die Idee gebracht hat, als er mich im Plattenladen gefragt hat, ob ich nicht doch etwas tun könne, um Miles zurückzugewinnen. Da sind mir Miles' Worte eingefallen, dass einem niemand lange böse sein kann bei einer Kombination aus Musik und öffentlicher Bloßstellung. Also tue ich genau das.

Ich hasse ihn. Hätte er nicht sagen können, dass niemand einem lange böse sein kann, wenn man ihm eine Nachricht auf dem Handy schreibt und sich aus tiefstem Herzen entschuldigt? Aber nein, es MUSSTE ja unbedingt das Singen eines Lieds in aller Öffentlichkeit sein.

»My heart wants to siiing, every song it hears!« Ich halte inne, weil ich vergessen habe, wie der Text weitergeht.

Jeder andere hätte gestern noch den Text gelernt, nur ich nicht. Natürlich nicht. Ich ärgere mich über mich selbst. WARUM HABE ICH DEN TEXT NICHT GELERNT?

Im Saal ist es mucksmäuschenstill. Ich stehe da und räuspere mich. Ich muss etwas sagen. Ich kann hier nicht einfach rumstehen wie eine Vollidiotin. Sicher fragen sich alle, ob ich fertig bin oder ob noch was kommt. Die Leute rutschen unruhig auf ihren Stühlen hin und her. Es gibt nichts Schlimmeres als diese Stille. SAG WAS. IRGENDWAS.

»Ich habe den restlichen Text vergessen«, stoße ich hervor.

Okay. Das nun gerade nicht. Die schreckliche Stille war immer noch besser als das, was jetzt folgt. Alle starren mich an, als wäre ich VERRÜCKT. Was genau genommen sogar stimmt.

Jemand lacht. Ein einzelner Lacher. Ich glaube… Ich *glaube*, es ist Miles' Lachen, aber ich bin mir nicht sicher. Blinzelnd lasse ich den Blick durch die Reihen schweifen und versuche herauszufinden, woher das Lachen kam. Aber in dem blöden Scheinwerferlicht verschwimmen die Gesichter. Vielleicht war es doch nicht Miles. Vielleicht wünsche ich mir das nur. Gut möglich, dass er mich immer noch hasst, obwohl ich soeben meinen Ruf und meine Würde für ihn geopfert habe.

Jemand fängt an zu klatschen. Andere folgen dem Beispiel. Der Applaus wird immer lauter, bis manche jubeln und lachen. Das Orchester spendet ebenfalls Beifall. Ich blicke über die Schulter und sehe Nina, die sich vor Lachen den Bauch hält. Der andere Klavierspieler, Jordan, lacht ebenfalls Tränen. Das ist wenigstens etwas. Zumindest die anderen Zuhörer fanden mich doch ziemlich unterhaltsam, auch wenn Miles mich immer noch hassen sollte.

Ich verbeuge mich etwas ungeschickt und salutiere vor dem Publikum, dann renne ich von der Bühne. Hinter den Kulissen lehne ich mich gegen die Wand und ringe nach Luft. Ich versuche das, was gerade passiert ist, zu begreifen. Wow, nach so einem Bühnenauftritt ist der Adrenalinausstoß so hoch wie nach einer Achterbahnfahrt. Wie kann man so was ernsthaft als Beruf ausüben wollen?

Caroline Morreau betritt die Bühne, steckt den Kopf hinter den Vorhang und zwinkert mir zu, bevor sie sich an die Zuschauer wendet.

»Spontane Musikdarbietungen sind immer wieder schön. Danke, Nancy, für diesen ... faszinierenden Auftritt. Und nun möchte ich Ihnen mitteilen, wer am heutigen Abend durch eine überragende Darbietung zu überzeugen wusste und somit einen Platz in unserer begehrten Sommerakademie gewonnen hat.«

Ich wische mir den Schweiß von der Stirn und fächle mir mit der Hand Luft zu. Ich brauche dringend eine Abkühlung. Mir ist ganz heiß, weil ich mich so schäme, und ich will nur noch weglaufen und mich verkriechen, aber zuerst muss ich das Ergebnis des Wettbewerbs hören. Nina wirft mir von ihrem Platz hinter dem Klavier einen Blick zu. Ich halte meine gedrückten Daumen hoch. Sie lächelt.

»Die Gewinnerin ist ...«

Sag Nina. Sag Nina. Sag Nina. Sag Nina.

»GRACE BRIGHT.«

Donnernder Beifall brandet auf. Ich sehe, wie Nina aufspringt und einer Sängerin zujubelt, die so verdattert ist, dass sie sich nicht von der Stelle rührt. Ich bin enttäuscht, dass Nina nicht gewonnen hat, aber sie selbst sieht gar nicht so betrübt aus. Eigentlich sieht sie sogar sehr glücklich aus.

Ich überlege, ob ich noch backstage warten soll, um Nina zu trösten. Aber dann fällt mir ein, dass Mum und Jimmy ja auch noch da sind, und überlasse ihnen die Aufgabe. Mr Rogers ist ebenfalls im Publikum, er wollte seine Starschülerin in ihrem Element sehen. Und dann ist da ja noch Chase, der ganz sicher irgendwo steckt. Sonst hätte er Nina nicht die Nachricht für mich weitergeben können. Ich hoffe wirklich, dass zwischen ihnen wieder alles in Ordnung ist.

Ich steuere sofort die Toiletten in der Eingangshalle an, bevor sich dort eine lange Schlange bildet, und schließe mich in einer der Kabinen ein. Dann lehne ich mich gegen die Tür und spreche mir selbst Mut zu.

Ich muss ihm gegenübertreten. Ich kann das.

Was soll's, wenn *The Sound of Music* eine Pleite war? Was soll's, wenn Miles die Nase voll von mir hat? Was soll's, wenn ich mich vor einem Riesenpublikum bis auf die Knochen blamiert habe und es trotzdem nichts genützt hat?

Wenn Miles kein Interesse hat, dann ist das auch in Ordnung. Es gibt tausend andere Dinge in meinem Leben.

Zum Beispiel meine Pläne für eine neue Website. Ich habe Layla und Sophie meinen Rücktritt als Musikredakteurin erklärt und ihnen gesagt, dass ich etwas Eigenes auf die Beine stellen werde. Ich kann das und ich hätte es von Anfang an so machen sollen. Nicht dass Layla und Sophie besonders traurig darüber gewesen wären. Ich vermute, *Glanz und Glamour* ist sowieso bald nur noch Geschichte. Am Donnerstag sind wir alle drei ins Rektorat zitiert worden. Layla und Sophie waren total gespannt. Sie dachten, die Schulleiterin würde uns Näheres über das Praktikum erzählen. Bevor wir das Sekretariat betraten, erklärte ich ihnen, dass ich den Praktikumsplatz nicht annehmen würde, weil es sich nicht richtig anfühle, und dass ich das der Rektorin auch sagen würde.

»Wie du meinst«, erwiderte Layla mit einem gleichgültigen Schulterzucken.

Als wir Mrs Coles gegenübersaßen, fing ich sofort mit der kleinen Rede an, die ich vorbereitet hatte.

»Mrs Coles, das Disney-Praktikum ist eine tolle Sache, aber ich kann den Platz leider nicht annehmen. Ich habe die letzten zwei Beiträge nicht geschrieben. Daher denke ich –«

Mrs Coles hob die Hand, um mich zu unterbrechen, und musterte uns über ihre Brillengläser hinweg. »Danke, Nancy, aber du musst nicht weitersprechen. Ich gehe davon aus, dass keiner von euch drei das Praktikum machen wird.«

Laylas Kinnlade klappte herunter. »WAS? Aber, Mrs Coles, nur weil Nancy den Platz nicht will, heißt das nicht, dass –«

»Es geht nicht um Nancy«, unterbrach Mrs Coles sie ruhig, »sondern um Betrug. Wie wir inzwischen erfahren haben, hat sich am Tag der Wahlentscheidung jemand unbefugt auf Jimmys Website eingeloggt und seinen letzten Artikel gelöscht. Ihr wisst nicht zufällig, wer das war?«

Layla sank auf ihren Stuhl zurück. Sophie starrte auf ihre Hände.

»Nein«, antwortete ich verwirrt. »Ich kann es nicht glauben! Jemand hat an Jimmys Website herumgepfuscht? Wie mies ist das denn?«

»Ganz meine Meinung«, sagte Mrs Coles und warf Sophie einen scharfen Blick zu. »Unser IT-Experte hat die IP-Adresse des Computers identifiziert, von dem die Manipulation ausging. Möchtet ihr mir irgendetwas dazu sagen? Sophie? Layla?«

Ich starrte sie fassungslos an. Sie haben nicht nur die Artikel unter meinem Namen hochgeladen, sondern auch noch Jimmys Website sabotiert?

Nachdem sie ihre Taten gestanden hatten, brummte Mrs Coles ihnen Nachsitzen für den Rest des Schuljahrs auf. Noch am selben Tag konnte man eine neue Meldung auf der Schulwebsite lesen, nämlich dass »die Autorinnen von *Glanz und Glamour* sich aufgrund von unvorhergesehenen Umständen aus dem Wettbewerb zurückziehen«.

Jimmy wurde zum Sieger erklärt und erhielt das Disney-Praktikum. Ich kann mir niemanden vorstellen, der es mehr verdient hätte. Am Ende kam alles so, wie es sein sollte.

Also werde ich in den Osterferien nicht für Disney arbeiten, sondern an meiner eigenen Website basteln.

Nicht zu vergessen die unwichtige Nebensächlichkeit, die sich Abschlussprüfungen nennt. So gesehen ist für einen Freund, der mich von der Arbeit abhält, ohnehin kein Platz in meinem Leben. Schon gar nicht für jemanden wie Miles, mit seinen starken Armen und seinen schönen dunklen Augen. Ich würde überhaupt nichts auf die Reihe kriegen! Daher ist es völlig egal, was passiert, wenn ich jetzt diese Toilettenkabine verlasse. Ich komme damit klar.

Ich hole tief Luft, öffne die Tür und lasse am Waschbecken eiskaltes Wasser über meine Hände laufen. Inzwischen haben die Besucher den Konzertsaal verlassen und viele suchen die Toilette auf. Mit gesenktem Kopf husche ich an ihnen vorbei und hoffe, dass niemand mich erkennt. Aber entweder sie erkennen mich tatsächlich nicht, oder sie sind zu höflich, um etwas zu sagen, denn niemand spricht mich auf meine Darstellung der Maria an. Draußen in der Empfangshalle herrscht ein großes Stimmengewirr, die Mitwirkenden stehen bei ihren Familien, nehmen Glückwünsche entgegen, sprechen über das Konzert, während Drinks und kleine Häppchen auf feinen Silbertabletts gereicht werden.

Mum steht bei Nina, Jimmy, Mr Rogers und Caroline Morreau. Ich bahne mir einen Weg durch die Menge bis zu ihnen. Die Kommentare, die ich gleich zu hören bekommen werde, sind mir jetzt schon peinlich.

»Ah, da bist du ja, Nancy«, sagt Mum belustigt grinsend. »Ms Morreau berichtet uns gerade, wie hervorragend Nina sich im Kurs geschlagen hat.«

»*Mum*«, flüstert Nina entsetzt. »Das hat sie doch gar nicht gesagt.«

»Bitte nennt mich Caroline – und genau das habe ich gesagt«, entgegnet die Klavierlehrerin. »Ich war sehr angetan von deinen Fortschritten, Nina. Und es ist mir ein Vergnügen, den Mann kennenzulernen, der dieses Talent gefördert hat«, sagt sie zu Mr Rogers, der tatsächlich errötet. »Nina, ich hoffe sehr, dass du dich für unser Sommerprogramm bewirbst.«

»Das werde ich.« Nina nickt energisch. »Danke, Caroline.«

»Ich freue mich schon auf dein Bewerbungsvorspiel«, sagt Caroline lächelnd zu ihr. »So, nun muss ich meine Runde fortsetzen. Ich wünsche allen noch einen schönen Abend. Nancy, wir sehen uns bald.«

»Danke. Für alles«, sage ich mit brennenden Wangen.

Sie nickt und geht weiter zu Jordans Familie, die schon in der Nähe lauert.

»Ich glaube, das ist das erste Mal, dass ich sie habe lächeln sehen«, meint Nina beinahe schockiert.

»Ist sie nicht fabelhaft?«, schwärmt Mum. »So anmutig und wortgewandt! Nina, kein Wunder, dass du von ihr so viel gelernt hast. Ich habe ihre Platten immer bewundert, die du mir vorgespielt hast, aber als Person ist sie genauso faszinierend!«

»Echt cool, dass sie dich aufgefordert hat, dich zu bewerben«, sagt Jimmy und drückt Ninas Arm. »Nicht dass mich das überrascht, nach deiner Vorstellung heute Abend. Wenn du nicht bald einen Plattenvertrag bekommst, fresse ich meinen Laptop.«

»Danke, Jimmy, du bist der Beste«, sagt Nina lachend. Dann wendet sie sich an ihren Klavierlehrer. »Das habe ich nur Ihnen zu verdanken, Mr Rogers. Sie haben nicht zugelassen, dass ich aufgebe, und mich immer wieder daran erinnert, wie sehr ich die Musik liebe. Danke, dass Sie heute Abend gekommen sind. Es war sehr nett von Ihnen, den weiten Weg nach London auf sich zu nehmen.«

»Um nichts in der Welt hätte ich das Konzert verpassen wollen. Ich bin sehr stolz auf dich. Und ... ähm ...« Mr Rogers wirft Mum einen Blick zu und betrachtet dann eingehend seine Füße. »Das ist nicht der einzige Grund, warum ich hier bin.«

»Genau«, bestätigt Mum. Sie legt ihre Hand auf seinen Arm. »Mädchen, ich möchte euch den wundervollen Mann vorstellen, mit dem ich ausgehe. Max Rogers.«

Moment mal. WAS? Ich schaue Nina an, die mit offenem Mund dasteht. Ihre Augen sind so groß wie Teller.

»Du ... Ihr seid ein Paar?«, krächzt Nina und deutet auf Mum und Mr Rogers.

»Ja, ich hoffe, du hast nichts dagegen, Nina. Ich habe es dir nicht sofort gesagt, weil wir zuerst herausfinden wollten, wie ernst es uns ist. Wir haben uns auf Nancys Überraschungsparty kennengelernt und, nun ja, es hat sofort gefunkt«, erzählt Mum beinahe schüchtern und sieht Ninas Klavierlehrer mit klimpernden Wimpern an.

»Deine Mutter bedeutet mir sehr viel, und ich war noch nie so glücklich, aber –« Mr Rogers richtet sich auf und räuspert sich. »Ich kann verstehen, wenn du nicht weißt, was du davon halten sollst, Nina. Daher möchte ich dich ganz offiziell um die Erlaubnis bitten, mit deiner Mutter zusammen zu sein.«

Nina zögert kurz, dann lächelt sie entzückt. »Das ist wunderbar! Meine Erlaubnis habt ihr!«

Jimmy beugt sich zu mir und flüstert: »DAS habe ich nicht erwartet.«

»Ich auch nicht«, flüstere ich zurück.

Als ich sehe, wie Mum Mr Rogers anstrahlt, würde ich

am liebsten losheulen. Sie verdient es so sehr, glücklich zu sein.

»Also«, sagt Jimmy und legt seine Hände auf meine Schultern, »wollen wir jetzt nicht endlich mal über Nancys Showeinlage reden? Oder tun wir einfach so, als wäre ihr Auftritt keine große Überraschung – und auch nicht völlig durchgeknallt?«

»Ja, damit hat wohl keiner gerechnet«, kichert Mum selig, während Mr Rogers den Arm um sie legt.

»Ich verlange auf jeden Fall einige Antworten«, sagt Nina. »Wie hast du es geschafft, dass Caroline dich auf die Bühne gelassen hat?«

»Nach unserer zufälligen Begegnung im Café bin ich, wie du ja weißt, zu Chase gegangen. Er hat mich überhaupt erst auf die Idee gebracht, mich ... ähm ...«

»Dich bei Miles zu entschuldigen, indem du in aller Öffentlichkeit einen Song aus *The Sound of Music* singst?«, beendet Nina meinen Satz.

»Genau. Total dämlich, schon klar.«

»Nicht dämlich«, sagt Mum. »Es war wundervoll. Früher hast du mich damit aufheitern wollen und es hat immer geklappt. Aber heute Abend hast du dich selbst übertroffen.«

»Danke, Mum. Leider werde ich nach diesem peinlichen Auftritt das Land verlassen müssen, aber ich weiß dein Lob zu schätzen.« Ich seufze. »Egal. Nach meinem Gespräch mit Chase bin ich hergekommen, um auf Nina zu warten, und als ich in der Eingangshalle saß, kam Caroline herein. Ich muss wohl ziemlich fertig ausgesehen haben, denn sie hat mich in ihr Büro auf eine Tasse Tee eingeladen. Es endete damit, dass ich ihr mein Herz ausgeschüttet habe. Sie hatte schon bei unserem ersten Treffen so nette Dinge über meine Website gesagt und auch diesmal war sie total verständnisvoll.«

»Wirklich?« Nina schüttelt ungläubig den Kopf. »Aber sie ... sie ist *Caroline Morreau,* die Direktorin für Musik an der Guildhall!«

»Für dich vielleicht. Für mich ist sie eine sehr freundliche Frau, die mir eine Tasse Tee angeboten hat. Sie hat mir sogar Mut gemacht, was den Musikjournalismus angeht. Sie hat gefragt, ob ich Lust hätte, ehemalige Guildhall-Absolventen für meine Website zu interviewen.«

»Ich bin begeistert!«, ruft Mum. »Einen besseren Start für dein neues Projekt kann ich mir kaum vorstellen!«

»Ich weiß. Ich habe sie gefragt, warum sie ausgerechnet *mir* diese Chance gibt und nicht einem angesehenen und erfahrenen Journalisten. Sie hat nur geantwortet, dass sie einen frischen Blick auf die Akademie vorzieht und wie wichtig es wäre, neue Talente zu fördern.«

»Genau das macht sie zu einer so hervorragenden Lehrerin«, stellt Mr Rogers fest.

»Außerdem hat sich herausgestellt, dass sie eine unverbesserliche Romantikerin ist«, erzähle ich weiter, um wieder zum ursprünglichen Thema zurückzukehren. »Ich habe ihr von *The Sound of Music* erzählt, und sie meinte, das Konzert wäre die ideale Gelegenheit. Eine große Geste, mit der ich Miles überzeugen könnte.«

»Dass du auf der Bühne für Miles gesungen hast, war ihre Idee?«, fragt Jimmy und blickt fassungslos zu Caroline, die auf der anderen Seite des Foyers mit Eltern plaudert.

»Auf mich hat sie so einschüchternd und ernsthaft gewirkt, aber jetzt sehe ich sie mit ganz anderen Augen.«

»Ist Miles hier? Hat es funktioniert?«, fragt Mr Rogers neugierig.

»Ich weiß es nicht.«

»Oh... ich denke, das werden wir gleich erfahren«, sagt Jimmy, blickt über meine Schulter und nickt bedeutungsvoll in diese Richtung.

Ich drehe mich um und sehe Chase und Miles auf uns zukommen. Miles' Anblick raubt mir den Atem. Die Schmetterlinge in meinem Bauch spielen verrückt. Sie flattern so aufgeregt, dass mir ganz schlecht wird.

»Hi«, sagt Chase grinsend und legt den Arm um Nina. »Da bist du ja.«

Er küsst sie auf die Wange, und Nina versinkt in seinen Augen, schmilzt förmlich dahin. Ich meine, es ist abartig, ihnen zuzuschauen, aber es ist auch total schön, dass zwischen den beiden wieder alles gut ist. Nicht dass ich jemals daran gezweifelt hätte.

Miles steht jetzt direkt vor mir, aber ich bringe es nicht fertig, ihn anzusehen. Eine unangenehme Stille breitet sich aus. Alle überlegen, was sie sagen könnten.

»Hey!«, ruft Nina plötzlich völlig übertrieben enthusiastisch. »Ich möchte euch meine Guildhall-Freunde vorstellen. Da drüben stehen sie. Nancy, du hast sie ja schon backstage kennengelernt, nicht?«

»Nein, ich hatte eigentlich –«

»Dann kannst du ja hierbleiben, wenn du sie schon kennst«, unterbricht Nina mich und sieht mich durchdringend an. »Und Miles, du kannst auch hierbleiben, weil...

ähm ... weil wir ohnehin schon so viele sind und nicht alle über sie herfallen wollen. Okay, da drüben sind sie, also gehen wir.«

Wow. Das war so ziemlich die uneleganteste Ausrede, die man sich vorstellen kann.

Alle nicken zustimmend und marschieren los – einschließlich Mum, die im Weggehen wieder ZWINKERT, genauso offensichtlich und megapeinlich wie damals in ihrem Geschäft. Nur ich bleibe allein mit Miles zurück.

»Hi, Nancy«, sagt er.

Natürlich werde ich sofort rot. Ich zwinge mich, ihn anzusehen. Er lächelt. Ist das ein gutes Zeichen? O Gott, warum sind meine Handflächen so feucht?

»Oh, hey, Miles«, sage ich so lässig wie möglich. »Na, wie geht's?«

WIE GEHT'S? Etwas Besseres fällt mir nicht ein? Ich setze mich selbst auf meine Abschussliste.

»Gut«, sagt er und tut so, als wäre alles ganz normal. WIE KANN ER SO RUHIG SEIN? »Wollen wir nach draußen gehen? Hier ist es so voll.«

»Ja, klar.«

Ich folge ihm durch die Menge. Mein Herz schlägt bis zum Hals. Was, wenn er sagt, dass alles vorbei ist, noch bevor es richtig angefangen hat? Ich darf nicht losheulen. Nicht hier in der Guildhall, zwischen all den Leuten. Es ist Ninas großer Abend. Für sie muss ich stark bleiben. Ich darf kein Häufchen Elend sein. Zum Glück sind die wenigen Reporter, die noch draußen vor der Guildhall ausharren, damit beschäftigt, über einen ihrer Kollegen zu lachen, der sich aus Langeweile als Opernsänger versucht. Daher bemerken sie nicht, wie wir uns nach draußen und um die Ecke schleichen. *Egal was passiert, du darfst nicht heulen*, sage ich mir, als Miles noch ein Stück weitergeht, damit wir auch wirklich ungestört sind.

»Ich hatte eine sehr interessante Woche«, erzählt er. »Ich weiß nicht, ob du vor ein paar Tagen die Pressekonferenz gesehen hast? Chase hat mich nämlich gefragt, ob ich mit ihm zusammen die Songs für sein erstes Solo-Album schreibe, bevor wir uns an das nächste Album für Chasing Chords setzen. Ich dachte, alles ist aus und vorbei, aber genau das Gegenteil ist der Fall. Ich habe ein aufregendes Jahr mit sehr viel Arbeit vor mir.«

»Oh. Das ist gut. Glückwunsch«, sage ich und starre meine Füße an.

Da ich nicht weiß, was ich noch sagen soll, starre ich weiter auf den Boden. Einen Augenblick herrscht Schweigen.

»Nancy«, unterbricht er die Stille. Ich spüre seinen bohrenden Blick, obwohl ich eingehend meine Schuhe betrachte. »Ich weiß, dass du die Posts nicht hochgeladen hast. Ich weiß, dass du nicht schuld daran warst.«

»Doch, es war meine Schuld«, sage ich. Heiße Tränen brennen in meinen Augen. »Alles war meine Schuld.«

»Nein, war es nicht«, wiederholt er sanft. »Es tut mir leid, dass ich mich nicht bei dir gemeldet habe. Ich wusste einfach nicht, was ich sagen sollte.«

»Sei nicht so nett zu mir. Das macht es nur noch schlimmer.« Ich zwinge mich dazu, in diese verflixt schönen Augen zu blicken. »Es tut mir so leid, Miles. Ich wünschte, ich könnte alles wiedergutmachen. Das meine ich ernst.«

»Das weiß ich doch. Spätestens seit deiner kleinen Show

heute Abend.« Ein breites Lächeln erhellt sein Gesicht.»Du hattest recht, Nancy. Niemand kann dir bei deiner Version von *The Sound of Music* lange böse sein. Es war ein bemerkenswerter Auftritt, und ich fühle mich geehrt, dass du das für mich gemacht hast. Ich habe dich sowieso schon nicht mehr aus dem Kopf gekriegt und nach heute Abend habe ich ohnehin keine Chance mehr.«

Seine Worte sind ein zarter Hoffnungsschimmer. Was genau meint er damit, dass er mich nicht mehr aus dem Kopf gekriegt hat? Meint er das auf eine gute oder auf eine schlechte Weise? Himmel, WARUM müssen Jungs immer in Rätseln sprechen?

»Es war das Mindeste, was ich tun konnte«, sage ich leise.

»Danke«, sagt er. Keine Ahnung, ob es Absicht ist, aber seine Hand streicht wie zufällig über meine Finger. Bei der Berührung jagt ein Schauer durch mich hindurch.

»Tja, also, ich muss dringend raus aus London, wegen der vielen Arbeit für Chase' Solo-Album und so. Ich brauche frische Luft und Inspiration für die Songtexte. Lange Spaziergänge durch Norfolks Landschaft wären vermutlich genau das Richtige.«

Ich sehe ihn blinzelnd an. »W-wirklich?«

»Ja. Aber nur, wenn du den Job als Fremdenführerin übernimmst. Beim letzten Mal warst du sehr überzeugend, als du uns im Kreis über die Wiesen geführt hast und wir fast nicht mehr zurückgefunden hätten.«

»Hey, das war deine Schuld«, protestiere ich energisch. Die quälende Unsicherheit der vergangenen Woche fällt von mir ab, und es macht wieder Spaß, ihn zu necken. »Du hast mich nicht auf die Karte schauen lassen.«

»Vielleicht erinnerst du dich ja beim nächsten Mal daran, wo du wohnst und wie man dorthin kommt. Aber stimmt ja, du lebst auch erst seit sieben Jahren dort.«

Ich verdrehe die Augen. »Weißt du was? Vielleicht gehst du nächstes Mal einfach allein wandern.«

»Ah, das wäre zu langweilig. Außerdem wäre es dann kein Date, oder?«

»Heißt das... es ist ein Date?«, frage ich hoffnungsvoll. Ich traue mich kaum, Luft zu holen, so nervös bin ich.

»Ja, es ist ein Date. Ich mag dich sehr, Nancy Palmer. Schon lange.«

Er macht einen Schritt auf mich zu und steht jetzt so nah vor mir, dass ich den Kopf in den Nacken legen muss, um ihn anzusehen.

»Erinnerst du dich noch, als ich in den Laden deiner Mum gekommen bin und gefragt habe, ob wir zusammen Mittagessen gehen?«

Ich nicke. Mir fällt nicht ein, was ich sagen könnte, weil er mir so nah ist. Er riecht so gut. Wie soll man sich da auf etwas anderes konzentrieren?

»Die Band war an dem Wochenende gar nicht in Norfolk, um den Produzenten zu treffen. Ich hatte an dem Tag nichts vor, aber ich wusste von Chase, dass du im Geschäft deiner Mutter arbeiten wolltest, während Nina bei ihrem Kurs ist. Daher beschloss ich, einen Versuch zu wagen. Ich habe so getan, als würde ich mir den Plattenladen anschauen wollen, aber –«, er zögert, wirkt plötzlich verlegen, »ich wollte dich sehen.«

Ich starre ihn an und versuche zu begreifen, was er da sagt.

»Warte mal ... Du bist den ganzen Weg gekommen ... nur um mit mir essen zu gehen?«

»Ja.«

»Wirklich?«, frage ich und werde ganz kribbelig vor Glück. »Klingt nach Stalking.«

Er lacht und streicht mit dem Daumen über meine Wange.

»Hätte ich bloß nicht diesen Hummerhut aufgehabt ...«, sage ich und verliere mich in seinen Augen.

Er legt den Arm um meine Taille und zieht mich an sich. Ich kann nicht glauben, dass das gerade wirklich passiert. Mein Herz ist so übervoll, dass es fast explodiert.

»Du warst perfekt.« Er beugt sich zu mir, um mich zu küssen. Aber dann hält er inne und *lächelt*. Es ist dieses Lächeln, das er nur für mich reserviert hat. Das Lächeln, das ich von jetzt an jeden Tag sehen möchte.

Das Lächeln, dass ich nie mehr verlieren will.

»Moment mal«, sagt er, und seine Augen funkeln frech. »Taucht das hier auch irgendwann im Internet auf, sodass alle es sehen können?«

»Nein«, sage ich und stelle mich auf die Zehenspitzen, um ihn zu küssen. »Dieser Augenblick gehört mir ganz allein.«

Die Autorinnen

Die sympathischen Zwillingsschwestern Lucy und Lydia sind bekannt geworden durch ihren erfolgreichen YouTube-Kanal mit Stylingtipps. Ihre »Get the Look«-Videos, in denen sie sich stylen wie ihre Lieblingsmusiker, haben ihnen unter anderem eine Exklusivserie bei MTV eingebracht, die 6 Millionen Klicks erhielt. Durch ihre riesige Fangemeinde wissen sie genau, was Teenager wollen und wie sie sich fühlen. Geschrieben haben sie das Buch zusammen mit der international erfolgreichen Jugendbuchautorin Katy Birchall (»Plötzlich It-Girl«).

Die Übersetzerin

Petra Koob-Pawis studierte in Würzburg und Manchester Anglistik und Germanistik, arbeitete anschließend an der Universität und ist seit 1987 als Übersetzerin tätig. Sie wohnt in der Nähe von München, und wenn sie gerade nicht übersetzt, lebt sie wild und gefährlich, indem sie Museen durchstreift, Vögel beobachtet und ihren einäugigen Kater daran zu hindern versucht, sämtliche Möbel zu ruinieren.

Mehr über cbj auf Instagram unter @hey_reader

Lucy und Lydia Connell; Katy Birchall
Find the Girl

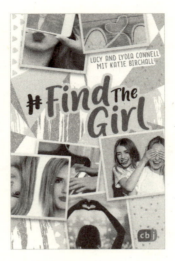

352 Seiten, ISBN 978-3-570-16573-7

Nancy und Nina gleichen sich wie ein Ei dem anderen. Aber die beiden Zwillinge könnten nicht unterschiedlicher sein. Nancy gehört zu den beliebten Kids und lebt ihr Leben online – als Fangirl Nummer eins der YouTube-Boygroup Chasing Chords. Leadsänger Chase und sie sind füreinander bestimmt, so viel ist klar. Chase weiß das nur noch nicht. Nina mag keine Boygroups und ist nicht mal bei Instagram. Widerwillig begleitet sie ihre Schwester auf ein Konzert. Doch dann trifft ausgerechnet Nina zufällig auf Chase und es knistert gewaltig. So sehr, dass er online nach ihr sucht. Wie soll sie das nur ihrer Schwester beibringen?

www.cbj-verlag.de